Annales 2022

Sujets & corrigés

Mathématiques 3e

Carole Feugère

Professeure de Mathématiques

Gilles Mora

Professeur de Mathématiques

W0391427

Nathan

PRÉSENTATION

Ces *Annales ABC du Brevet* ont été conçues pour vous aider à préparer efficacement l'épreuve de Mathématiques du **Brevet 2022**. Vous y trouverez des sujets tombés entre 2019 et 2021 corrigés par nos auteurs et conformes au programme du collège entré en application à la rentrée 2016.

→ **En juin 2022**, l'examen du Brevet sera constitué de :
– **4 épreuves écrites** : Mathématiques ; Français ; Physique-Chimie – SVT – Technologie et Histoire – Géographie – EMC ;
– **1 épreuve orale.**

→ Nous vous proposons 5 sujets complets de Mathématiques et des exercices classés par thèmes.

5 sujets complets corrigés

→ Les sujets présents dans ces annales sont tous des vrais sujets tombés dans les différents centres d'examen entre 2019 et 2021.

53 exercices classés par thèmes

→ **Une sélection d'exercices et de problèmes** choisis parmi les sujets les plus intéressants des sessions antérieures.

→ Ces exercices ont été **classés par thèmes** pour permettre **un entraînement efficace** tout au long de l'année.

Une analyse détaillée de chaque sujet

→ **Une rubrique *Les Clés pour réussir*** après l'énoncé du sujet pour bien analyser et comprendre.

→ **Un corrigé détaillé, entièrement rédigé**, conforme à l'examen.

→ **Des encadrés d'aide** au fil du corrigé pour mieux s'entraîner.

Des compléments indispensables et pratiques

→ **L'Infos-Brevet** : un dossier complet pour aborder l'examen et l'épreuve de mathématiques.

→ **Des fiches de révisions** pour retenir les points-clés.

→ **10 fiches de calcul mental** classées en deux niveaux de difficulté : une autre façon de réviser progressivement le programme de 3e. Pour chaque fiche, 10 réponses à noter directement sur l'ouvrage et un corrigé détaillé permettant de travailler la rapidité et l'efficacité dans les calculs.

Et en plus, une offre numérique innovante

→ **Gratuitement** avec ce livre, **un abonnement au site abcbrevet.com** vous est offert. Vous y trouverez des exercices et des fiches de révisions, ainsi que des sujets d'annales.

→ Grâce à **l'application gratuite Nathan live**, flashez les pages de votre ouvrage pour avoir accès à **des ressources supplémentaires en direct** :
– des sujets supplémentaires en flashant la couverture de l'ouvrage ;
– des exercices de révisions, QCM et textes à trous en flashant la p. 235.

(!) L'application nécessite une connexion Internet

COMMENT FAIRE ? C'EST FACILE !

1. Téléchargez l'application gratuite **Nathan live** disponible dans tous les stores sur votre smartphone ou votre tablette (Appstore, GooglePlay, Windows Store).
2. Ouvrez l'application. Flashez les pages de vos annales où ce logo apparaît en plaçant votre appareil au-dessus de la page.
3. Consultez les ressources !

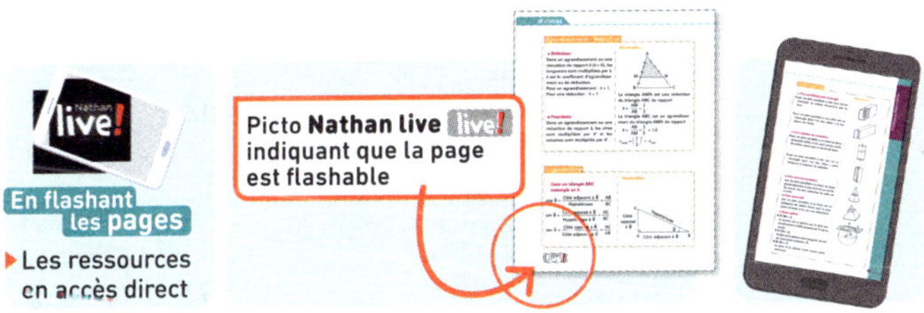

Couverture : Jean-Marc Denglos et Clémentine Largant
Coordination éditoriale : Marie-Pierre Lowys, Maria Tasso
Édition : Fanny Morquin
Fabrication : Laurence Monaï
Mise en page : Nord Compo
Conception graphique intérieur : Julie Lannes

Nathan 2021 - 92, avenue de France - 75013 Paris - ISBN 978-2-09-157265-9

Mon planning de révisions,

Ce planning propose une sélection de sujets de difficulté progressive et adaptés à différents besoins.

Choisissez votre parcours en fonction de vos objectifs de révisions

Parcours vert — Objectif : REPRENDRE CONFIANCE

Parcours bleu — Objectif : RÉUSSITE ASSURÉE

BREVET – 6 semaines

Lun	CALCUL NUMÉRIQUE/LITTÉRAL Sujet N° 4, exo 6 Exos 2 (Les boulets de canon) + 4 (Décomposition)
Mar	
Mer	CALCUL NUMÉRIQUE/LITTÉRAL Sujet N° 3, exo 2 Exos 1 (Un joli programme) + 6 (Tests d'un vaccin)
Jeu	CALCUL NUMÉRIQUE/LITTÉRAL Sujet N° 5, exo 2 Exo 1 (Un joli programme)
Ven	GÉOMÉTRIE DANS LE PLAN Sujet N° 3, exo 3 Sujet N° 4, exo 2 Exo 34 (Hissez la voile !)
Sam	
Dim	

BREVET – 5 semaines

Lun	GÉOMÉTRIE DANS LE PLAN Sujet N° 4, exo 5 Exos 32 (Cerf-volant) + 35 (Réalisation d'une terrasse)
Mar	STATISTIQUES/PROBABILITÉS Sujet N° 4, exo 3 Exos 21 (Le concours) + 22 (Finales du 100 m)
Mer	
Jeu	
Ven	GÉOMÉTRIE DANS LE PLAN Sujet N° 2, exo 3 Exo 38 (Classique)
Sam	FONCTIONS Sujet N° 3, exo 4 Exos 13 (Le réchauffement climatique) + 16 (Le hand-spinner)
Dim	STATISTIQUES/PROBABILITÉS Sujet N° 5, exo 4 Exos 20 (Un assemblage de carreaux) + 24 (Le jeu du plateau)

BREVET – 4 semaines

Lun	
Mar	
Mer	FONCTIONS Sujet N° 2, exo 2 Exos 14 (Le médicament dans le sang) + 15 (Course de natation)
Jeu	GÉOMÉTRIE DANS L'ESPACE Exos 44 (Le ballon de basket) + 45 (Boule de cristal) + 46 (La confiture de fraise)
Ven	
Sam	STATISTIQUES/PROBABILITÉS Sujet N° 5, exo 4 Exo 27 (Répartition dans la classe)
Dim	ALGORITHMIQUE ET PROGRAMMATION Sujet N° 3, exo 5 Sujet N° 4, exo 4

6 semaines avant le BREVET !

Pour choisir votre parcours, vous pouvez vous aider du QUIZ sur www.abcbrevet.com

Parcours rouge — Objectif : **EXCELLENCE**

BREVET - 3 semaines

Lun	GÉOMÉTRIE DANS L'ESPACE Exos 44 (Le ballon de basket) + 45 (Boule de cristal) + 46 (La confiture de fraise)
Mar	
Mer	CALCUL NUMÉRIQUE/LITTÉRAL Exos 5 (Les deux programmes) + 8 (Une mosaïque) + 10 (Méli-mélo)
Jeu	
Ven	FONCTIONS Sujet N° 5, exo 6 Exo 18 (La tension monte)
Sam	ALGORITHMIQUE ET PROGRAMMATION Sujet N° 3, exo 5 Sujet N° 4, exo 4
Dim	GÉOMÉTRIE DANS LE PLAN Sujet N° 2, exo 5 Exos 37 (Triangles semblables) + 39 (Au choix)

BREVET - 2 semaines

Lun	
Mar	STATISTIQUES/PROBABILITÉS Exos 25 (Le tirage avec remise) + 26 (L'IMC) + 28 (Lanceuses de poids)
Mer	GÉOMÉTRIE DANS L'ESPACE Exos 44 (Le ballon de basket) + 48 (Comparaison de volumes)
Jeu	
Ven	CALCUL NUMÉRIQUE/LITTÉRAL Sujet N° 4, exo 6 Exos 4 (Décomposition) + 7 (Les pluviomètres)
Sam	FONCTIONS Exos 15 (Course de natation) + 17 (Programme de calcul et fonction) + 19 (L'enclos)
Dim	

BREVET - 1 semaine

Lun	SUJET COMPLET Sujet N° 1
Mar	SUJET COMPLET Sujet N° 1
Mer	
Jeu	SUJET COMPLET Sujet N° 1
Ven	
Sam	SUJET COMPLET Sujet N° 5
Dim	

SOMMAIRE

INFOS-BREVET

SUJETS COMPLETS

À refaire | Réussi

À refaire | Réussi

EXERCICES CLASSÉS PAR THÈMES

RÉVISIONS

CALCUL MENTAL

Tableaux des sujets complets par thèmes

Calculs numériques et littéraux

Multiples/diviseurs		1 E_2 – 4 E_1
Nombres premiers		1 E_2 – 2 E_1 – 3 E_1 – 4 E_1 – 5 E_1
Programmes de calculs		1 E_4 – 3 E_2 – 4 E_6 – 5 E_2
Développement/factorisation		1 E_4 – 2 E_1 – 4 E_6 – 5 E_2
Égalité de deux expressions		3 E_2 – 4 E_6 – 5 E_2
Équations/inéquations		1 E_4 – 3 E_2 – 4 E_5
Mise en équations/inéquations		3 E_2 – 4 E_6 – 5 E_3
Grandeurs composées		2 E_2 – 4 E_3 – 5 E_6 – 5 E_7
QCM et vrai-faux	**sans justification**	3 E_1 – 5 E_1
	avec justification	2 E_1
Problèmes de calculs/recherche (vie courante…)		1 E_2 – 2 E_2 – 2 E_5 – 3 E_3 – 3 E_4 – 5 E_7
Lecture et interprétation de plusieurs documents		1 E_2 – 2 E_2 – 5 E_7
Tableur		3 E_4 – 5 E_2

Pourcentages, statistiques et probabilités

Pourcentages et proportions		1 E_5 – 4 E_2
Pourcentages d'évolution		1 E_1 – 2 E_5 – 3 E_3 – 5 E_1
Statistiques (fréquence, moyenne, médiane, etc.)		1 E_1 – 1 E_2 – 2 E_1 – 3 E_1 – 4 E_3 – 5 E_1
Calculs de probabilités		1 E_3 – 3 E_1 – 4 E_4 – 5 E_4
QCM et vrai-faux	**sans justification**	1 E_3 – 3 E_1 – 5 E_1
	avec justification	1 E_2 – 2 E_1
Tableur		1 E_1

Fonctions

Images, antécédents	2 E_1
Lectures graphiques	2 E_2 – 3 E_4 – 5 E_6
Représentation graphique	3 E_4
Fonctions linéaires	3 E_4
Proportionnalité	3 E_4 – 5 E_6
QCM et vrai-faux	2 E_1

Géométrie dans le plan

Théorèmes divers		1 E_2 – 3 E_5
Constructions		5 E_3
Théorème de Pythagore		1 E_5 – 2 E_1 – 3 E_3 – 5 E_5
Thalès	théorème	1 E_2 – 3 E_3 – 5 E_5
	réciproque	5 E_5
Trigonométrie	calculs d'angles	3 E_3
	calculs de longueurs	2 E_1 – 4 E_2 – 5 E_1
Triangles semblables		4 E_2
Homothétie		1 E_3 – 3 E_1 – 4 E_5 – 5 E_1
Translations		4 E_5
Autres transformations (symétrie, rotations)		1 E_3 – 2 E_3 – 4 E_5
Agrandissement/réduction		1 E_3 – 3 E_1 – 4 E_2 – 4 E_5
Périmètres et aires		1 E_5 – 3 E_5 – 4 E_5 – 5 E_3
QCM	sans justification	1 E_3 – 3 E_1 – 5 E_1
	avec justification	2 E_1
Exercice avec recherche		5 E_5

Géométrie dans l'espace

Calculs d'aires et de volumes	1 E_5 – 3 E_1 – 4 E_3 – 5 E_7
QCM	3 E_1

Algorithmique et programmation

Calcul et Scratch	1 E_4
Géométrie dans le plan et Scratch	3 E_5 – 4 E_4 – 5 E_3
Autres programmes	2 E_4

Infos-Brevet

Comment obtenir le Brevet ?

Le DNB (Diplôme National du Brevet)

- Le Brevet permet d'**évaluer les compétences** acquises par l'élève à l'issue du collège et du **cycle 4.**
- Le DNB s'obtient par les notes :

– du **contrôle continu** qui représente **400 points** :

- l'évaluation des huit composantes du socle commun de compétences, de connaissances et de culture entre désormais dans le calcul des points pour l'obtention du brevet,
- la maîtrise de chacune des huit composantes du socle commun est évaluée lors du dernier conseil de classe de 3e ;

– de **l'examen final** qui représente **400 points** :

- 4 épreuves écrites : 300 points,
- 1 épreuve orale : 100 points.

- Pour être déclaré admis au diplôme national du Brevet, il faut cumuler un total de **400 points** sur un total de **800** (soit 10 sur 20).
- Des **mentions sont attribuées** selon le barème suivant :

– mention assez bien pour un total de points au moins égal à 480 sur 800 ;
– mention bien pour un total de points au moins égal à 560 sur 800 ;
– mention très bien pour un total de points au moins égal à 640 sur 800.

Les 4 épreuves écrites

Mathématiques	Français	Sciences	Histoire-Géo-EMC
100 points	100 points	50 points	50 points
2 heures	3 heures	1 heure	2 heures

L'épreuve orale

- Vous pouvez présenter le projet seul ou en groupe de 2 ou 3.
- D'une durée de 15 ou 25 minutes suivant le nombre de candidats dans le groupe, l'épreuve orale évalue votre capacité à exposer un projet et est notée sur 100 points.
- Vous devez présenter un projet, de votre choix, que vous avez étudié lors des EPI (Enseignements pratiques interdisciplinaires), d'un parcours éducatif (Avenir, Citoyen, Éducation culturelle et artistique) ou en histoire des arts.
- L'oral se déroule en deux temps :

– présentation du projet ;
– questions du jury.

Le contrôle continu

Évaluation des **huit composantes du socle commun** de connaissances, de compétences et de culture tout au long de l'année scolaire.

→ 400 points

L'épreuve orale

dès avril – fin juin

Présentation d'un projet mené en histoire des arts ou dans le cadre d'un EPI ou de l'un des parcours éducatifs (Avenir, Citoyen, Éducation culturelle et artistique).
L'exposé est suivi d'un entretien.

→ oral individuel : 100 points (15 min)
ou
→ oral collectif : 100 points (25 min)

L'épreuve d'Histoire, Géographie et EMC

Analyse et compréhension de documents.

→ 50 points (2 h)

L'épreuve de Français

Travail sur un texte littéraire
Dictée
Rédaction

→ 100 points (3 h)

L'épreuve de Mathématiques

Exercices, dont certains assortis de tableaux ou de schémas, et un exercice d'informatique.

→ 100 points (2 h)

L'épreuve de Sciences

- Physique-Chimie
- SVT
- Technologie

→ 50 points (1 h)

début juillet

Publication des résultats du Brevet

Diplôme et mentions

Admission au diplôme national du Brevet :
400 points sur 800 (soit 10 sur 20)

- **Mention assez bien** plus de 480 points
- **Mention bien** plus de 560 points
- **Mention très bien** plus de 640 points

septembre octobre

Cérémonie républicaine de remise des diplômes du Brevet

L'épreuve de Maths expliquée

Comment s'organise l'épreuve ?

- **Durée** : 2 heures.
- **Notation** : sur 100 points.
- Un ou plusieurs exercices portent sur une thématique commune (par exemple la sécurité routière).
- Les exercices peuvent prendre différentes formes : exercices à prise d'initiative, questionnaire à choix multiples...
- Ils peuvent s'appuyer sur des situations issues de la vie courante ou d'autres disciplines.

Top chrono !

Pour vous organiser efficacement, prévoyez environ :

- **5 minutes pour lire attentivement le sujet.** Cela vous permet de cibler les exercices avec lesquels vous êtes le plus à l'aise et de commencer par ceux-là ;
- **10 à 30 minutes par exercice**, selon sa longueur. Surveillez attentivement le temps qu'il vous reste. Ne vous éternisez pas sur une question ;
- **5 minutes pour vous relire** en fin d'épreuve : mettez en évidence les résultats, effacez les ratures, vérifiez l'orthographe...

Quel matériel pour cette épreuve ?

- **Le kit du bon géomètre** : compas, règle, équerre et rapporteur.
- **Votre calculatrice** (avec les piles chargées) : indispensable et irremplaçable !
- **Attention** : « *L'utilisation des téléphones portables et, plus largement, de tout appareil permettant des échanges ou la consultation d'informations, est interdite* » et ce, dans tous les examens. Aussi vous n'avez pas le droit d'utiliser votre téléphone pour effectuer des calculs ou pour consulter l'heure. Vous devrez veiller à le ranger éteint (pas même en veille ou en mode silencieux) dans votre sac, lui-même déposé à l'entrée ou au fond de la salle d'examen.

La méthode pour le Brevet

De l'organisation

Comment aborder votre sujet

- **Prenez le temps de lire l'intégralité du sujet** avant de vous lancer. Ainsi, vous prenez connaissance des thèmes abordés et réfléchissez aux exercices par lesquels vous débuterez.
- **Commencez** par les exercices avec lesquels vous êtes le plus à l'aise. En effet, vous pouvez traiter les exercices dans l'ordre de votre choix.
- **Gérez correctement votre temps.** Prévoyez de garder un peu de temps pour la relecture.

Au brouillon

- **Utilisez les feuilles de brouillon** pour faire certains **calculs**, tracer les **figures** ou les **constructions** de manière à apprécier la place nécessaire à la réalisation sur la copie.
- **Pour les QCM**, faites les calculs intégralement sur votre brouillon pour vous assurer de la bonne réponse. Pas de précipitation !

En bref

Commencez par les exercices que vous préférez, vous prendrez confiance en vous au début de l'épreuve et gagnerez tout de suite des points !

De la rigueur et de la cohérence

- **Énoncez clairement les théorèmes utilisés** sans négliger de vérifier les hypothèses. Par exemple, pour faire de la trigonométrie, assurez-vous de travailler dans un triangle rectangle; pour utiliser le théorème de Thalès, vous devez avoir des droites parallèles.
- **En géométrie**, complétez les mesures données par l'énoncé sur la figure si elle est fournie dans le sujet ou bien dessinez-en une sur votre brouillon. Cela vous aidera dans votre réflexion.
- **Essayez de traiter les questions les unes après les autres** dans un même exercice. Si toutefois vous séchez sur une question, passez à la suite (en laissant un peu de place, quitte à y revenir plus tard éventuellement) en considérant le résultat comme démontré.

Astuce

Parfois, le résultat d'une question peut apparaître plus loin dans l'exercice (d'où encore l'intérêt de lire avec attention l'énoncé en entier).

- **Soyez cohérent dans vos réponses.**

→ Si l'on vous demande de montrer qu'un triangle est rectangle, c'est qu'il l'est ! Ne concluez pas qu'il n'est pas rectangle. Si tel est le cas, c'est qu'il y a une erreur quelque part... (si elle n'est pas dans l'énoncé, où est-elle d'après vous ?).

→ De même dans un QCM, si vos calculs ne mènent à aucune des réponses proposées, vous devez chercher votre erreur...

→ Si en calculant le prix d'un pain au chocolat par exemple, vous trouvez 256 €, interrogez-vous.

En bref

Les mathématiques sont une discipline scientifique qui requiert de la rigueur. Aussi, pensez à expliquer le plus clairement possible vos raisonnements.

Toutes les réponses doivent être justifiées, sauf si une indication contraire est donnée.

Pour chaque question, si le travail n'est pas terminé, laissez tout de même une trace de la recherche. Elle sera prise en compte dans les notations.

Du soin

- **Faites attention à l'orthographe.** Un théorème de *Phythagore* ou un théorème de *Talès* ne sont pas les bienvenus ! On leur préfère de très loin *Pythagore* et *Thalès*.
- **Évitez les ratures** qui nuisent à la lisibilité ou les « pâtés » de blanc correcteur.
- **Évitez le « je »** ou le **« nous »** dans la rédaction.
- **Soulignez ou encadrez vos résultats.** Et vérifiez par la même occasion que ce que vous avez mis en évidence répond bien à la question posée dans le sujet.
- **Notez bien les numéros des questions** quand vous traitez un exercice.

En bref

Les enseignants qui corrigent vos copies sont sensibles aux efforts faits pour rendre une copie soignée et agréable à lire. Prenez alors votre plus belle écriture et rendez un travail propre !

Le programme de Maths

Finalités et objectifs

Au collège, les mathématiques contribuent à entraîner les élèves à la pratique d'une démarche scientifique. L'objectif est de développer les capacités d'expérimentation et de raisonnement, d'imagination et d'analyse critique. La mise en œuvre du programme doit permettre de développer les six compétences majeures de l'activité mathématique : **chercher**, **modéliser**, **représenter**, **raisonner**, **calculer**, **communiquer**.

Partie 1 : Nombres et calculs

Attendus de fin de cycle :

- Utiliser les nombres pour comparer, calculer et résoudre des problèmes.
- Comprendre et utiliser les notions de divisibilité et de nombres premiers.
- Utiliser le calcul littéral.

Thèmes	Connaissances
Arithmétique	• Diviseurs, multiples. • Notions de nombres premiers. • Décomposition en produit de facteurs premiers. • Fractions irréductibles.
Écritures littérales	• Établir et utiliser une expression littérale. • Double distributivité. • Égalités remarquables. • Utiliser un calcul littéral pour prouver un résultat général, pour valider ou réfuter une conjocture.
Équations et inéquations du premier degré	• Résoudre une équation. • Propriétés des inégalités. • Résoudre une inéquation. • Résoudre des problèmes se ramenant au premier degré.

Partie 2 : Organisation et gestion de données, fonctions

Attendus de fin de cycle :

- Interpréter, représenter et traiter des données.
- Comprendre et utiliser des notions élémentaires de probabilités.
- Résoudre des problèmes de proportionnalité.
- Comprendre et utiliser la notion de fonction.

Thèmes	Connaissances
Notion de fonction	• Modéliser des phénomènes continus par une fonction. • Déterminer l'image d'un nombre. • Déterminer un antécédent d'un nombre.

Fonctions linéaires, fonctions affines	• Représenter une fonction linéaire ou une fonction affine. • Déterminer une fonction linéaire ou affine. • Fonctions linéaires et proportionnalité. • Résoudre un problème en utilisant une fonction linéaire ou affine.
Statistiques	• Moyenne, médiane, étendue. • Interpréter des caractéristiques de position ou de dispersion d'une série statistique.
Probabilités	• Notions de probabilités. • Calculer des probabilités dans un contexte simple.

Partie 3 : Grandeurs et mesures

Attendus de fin de cycle :

- Calculer avec des grandeurs mesurables ; exprimer les résultats dans les unités adaptées.
- Comprendre l'effet de quelques transformations sur des grandeurs géométriques.

Thèmes	Connaissances
Aires et volumes	• Calculer des aires et des volumes. • Étudier l'effet d'un agrandissement-réduction.
Grandeurs composées	• Étudier des grandeurs produits ou quotients (vitesse, débit, concentration, masse volumique...). • Changements d'unités.

Partie 4 : Espace et géométrie

Attendus de fin de cycle :

- Représenter l'espace.
- Utiliser les notions de géométrie plane pour démontrer.

Thèmes	Connaissances
Théorème de Thalès	• Utiliser le théorème de Thalès pour calculer une longueur. • Réciproque du théorème de Thalès. • Homothéties. • Triangles semblables.
Trigonométrie	• Cosinus, sinus, tangente d'un angle aigu. • Calculer une longueur dans un triangle rectangle ou un angle.
Géométrie dans l'espace	• Se repérer dans l'espace. • Sections de solides.

Partie 5 : Algorithmique et programmation

Attendus de fin de cycle :

- Écrire, mettre au point et exécuter un programme simple.

Thèmes	Connaissances
Algorithmique et programmation	• Utilisation d'un nouveau type de variables. • Étude d'un algorithme. • Utilisation des boucles, des instructions conditionnelles.

SUJETS COMPLETS

Sujet 1 — France métropolitaine, juin 2021

100 pts — 2 heures

Exercice 1

20 min — 20 pts

Cette feuille de calcul présente les températures moyennes mensuelles à Tours en 2019.

	A	B	C	D	E	F	G	H	I	J	K	L	M	N
1	Mois	J	F	M	A	M	J	J	A	S	O	N	D	Moyenne sur l'année
2	Température en °C	4,4	7,8	9,6	11,2	13,4	19,4	22,6	20,5	17,9	14,4	8,2	7,8	

1 D'après le tableau ci-dessus, quelle a été la température moyenne à Tours en novembre 2019 ? **2 pts**

2 Déterminer l'étendue de cette série. **3 pts**

3 Quelle formule doit-on saisir en cellule N2 pour calculer la température moyenne annuelle ? **4 pts**

4 Vérifier que la température moyenne annuelle est 13,1 °C. **4 pts**

5 La température moyenne annuelle à Tours en 2009 était de 11,9 °C.

Le pourcentage d'augmentation entre 2009 et 2019, arrondi à l'unité, est-il de 7 %, 10 % ou 13 % ? Justifier la réponse. **7 pts**

Exercice 2

30 min — 20 pts

Le Futuroscope est un parc de loisirs situé dans la Vienne. L'année 2019 a enregistré 1,9 million de visiteurs.

1 Combien aurait-il fallu de visiteurs en plus en 2019 pour atteindre 2 millions de visiteurs ? **2 pts**

2 L'affirmation « Il y a eu environ 5 200 visiteurs par jour en 2019 » est-elle vraie ? Justifier la réponse. **4 pts**

3 Un professeur organise une sortie pédagogique au Futuroscope pour ses élèves de troisième. Il veut répartir les 126 garçons et les 90 filles par groupes. Il souhaite que chaque groupe comporte le même nombre de filles et le même nombre de garçons.

a. Décomposer en produits de facteurs premiers les nombres 126 et 90. **3 pts**

b. Trouver tous les entiers qui divisent à la fois les nombres 126 et 90. **3 pts**

c. En déduire le plus grand nombre de groupes que le professeur pourra constituer. Combien de filles et de garçons y aura-t-il alors dans chaque groupe ? **3 pts**

4 Deux élèves de troisième, Marie et Adrien, se souviennent avoir vu en mathématiques que les hauteurs inaccessibles pouvaient être déterminées avec l'ombre. Ils souhaitent calculer la hauteur de la Gyrotour du Futuroscope.
Marie se place comme indiqué sur la figure ci-dessous, de telle sorte que son ombre coïncide avec celle de la tour. Après avoir effectué plusieurs mesures, Adrien effectue le schéma ci-dessous (*le schéma n'est pas à l'échelle*), sur lequel les points A, E et B, ainsi que les points A, D et C sont alignés.
Calculer la hauteur BC de la Gyrotour. **5 pts**

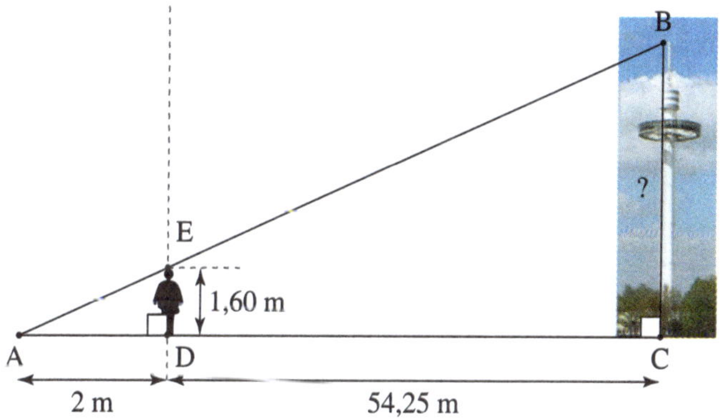

Exercice 3

20 min **20 pts**

Cet exercice est un questionnaire à choix multiples (QCM).
Aucune justification n'est demandée.
Pour chaque question, trois réponses (A, B et C) sont proposées.
Une seule réponse est exacte.

Partie A

Une urne contient 7 jetons verts, 4 jetons rouges, 3 jetons bleus et 2 jetons jaunes. Les jetons sont indiscernables au toucher. On pioche un jeton au hasard dans cette urne.

4 pts par réponse

Question	Réponse A	Réponse B	Réponse C
1 À quel évènement correspond une probabilité de $\frac{7}{16}$?	Obtenir un jeton de couleur rouge ou jaune	Obtenir un jeton qui n'est pas vert	Obtenir un jeton vert
2 Quelle est la probabilité de ne pas tirer un jeton bleu ?	$\frac{13}{16}$	$\frac{3}{16}$	$\frac{3}{4}$

Partie B

On considère la figure suivante, composée de vingt motifs numérotés de 1 à 20, dans laquelle :

- $\widehat{AOB} = 36°$;
- le motif 11 est l'image du motif 1 par l'homothétie de centre O et de rapport 2.

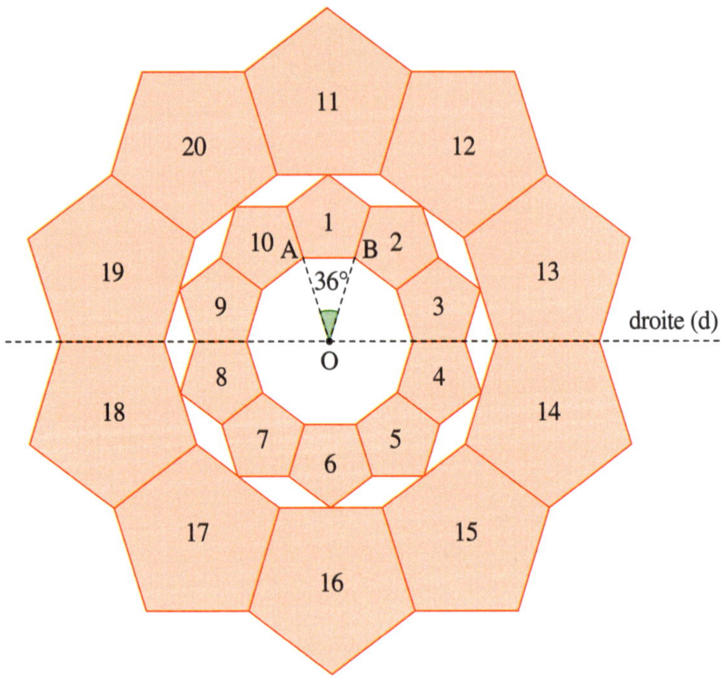

4 pts par réponse

Question	Réponse A	Réponse B	Réponse C
1 Quelle est l'image du motif 20 par la symétrie d'axe la droite (d) ?	Le motif 17	Le motif 15	Le motif 12
2 Par quelle rotation le motif 3 est-il l'image du motif 1 ?	Une rotation de centre O et d'angle 36°	Une rotation de centre O et d'angle 72°	Une rotation de centre O et d'angle 90°
3 L'aire du motif 11 est égale :	au double de l'aire du motif 1	à 4 fois l'aire du motif 1	à la moitié de l'aire du motif 1

Exercice 4

25 min **20 pts**

Voici un programme de calcul :

- Choisir un nombre.
- Prendre le carré du nombre de départ.
- Ajouter le triple du nombre de départ.
- Soustraire 10 au résultat.

1 Vérifier que si on choisit 4 comme nombre de départ, on obtient 18. **2 pts**

2 Appliquer ce programme de calcul au nombre – 3. **3 pts**

3 Vous trouverez ci-dessous un script, écrit avec Scratch.

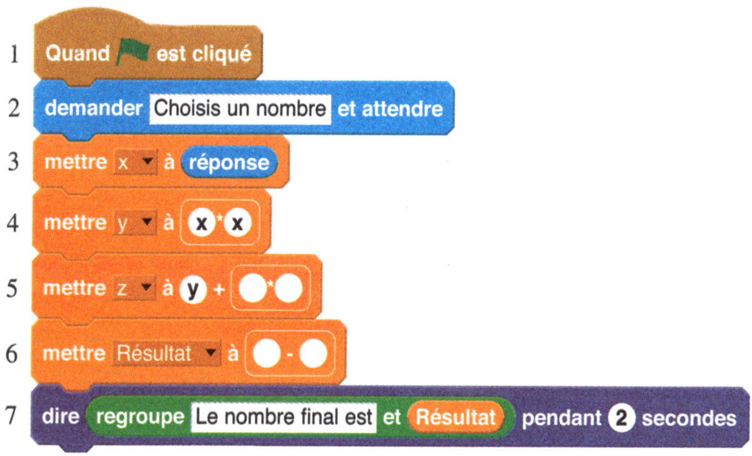

Compléter les lignes 5 et 6 pour que ce script corresponde au programme de calcul. **4 pts**

4 On veut déterminer le nombre à choisir au départ pour obtenir zéro comme résultat.

a. On appelle x le nombre de départ. Exprimer en fonction de x le résultat final. **4 pts**

b. Vérifier que ce résultat peut aussi s'écrire sous la forme $(x + 5)(x - 2)$. **4 pts**

c. Quel(s) nombre(s) doit-on choisir au départ pour obtenir le nombre 0 à l'arrivée ? **3 pts**

Exercice 5

25 min **20 pts**

La production annuelle de déchets par Français était de 5,2 tonnes par habitant en 2007. Entre 2007 et 2017, elle a diminué de 6,5 %.

1 De combien de tonnes la production annuelle de déchets par Français en 2017 a-t-elle diminué par rapport à l'année 2007 ? **4 pts**

2 Pour continuer à diminuer leur production de déchets, de nombreuses familles utilisent désormais un composteur.
Une de ces familles a choisi le modèle ci-dessous, composé d'un pavé droit et d'un prisme droit (*la figure du composteur n'est pas à l'échelle*). Le descriptif indique qu'il a une contenance d'environ 0,5 m^3. On souhaite vérifier cette information.

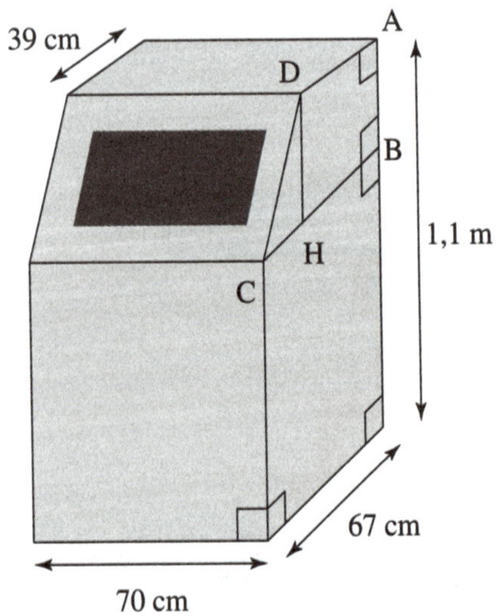

Trapèze ABCD

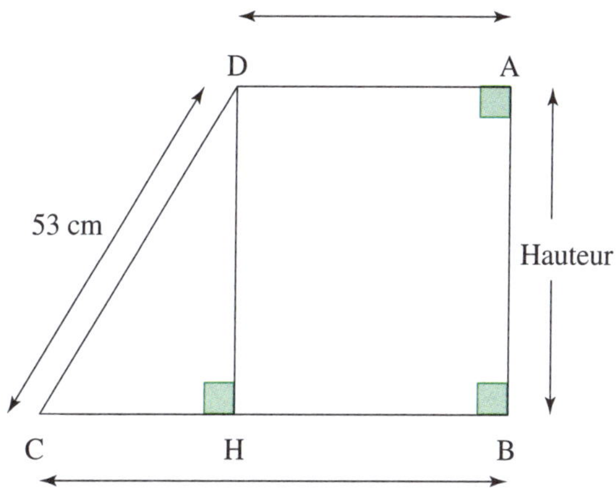

a. Dans le trapèze ABCD, calculer la longueur CH. **2 pts**

b. Montrer que la longueur DH est égale à 45 cm. **4 pts**

c. Vérifier que l'aire du trapèze ABCD est de 2 385 cm². **5 pts**

d. Calculer le volume du composteur.

L'affirmation « il a une contenance d'environ 0,5 m³ » est-elle vraie ? Justifier. **5 pts**

Rappels :

- Aire d'un trapèze = $\dfrac{(\text{Petit côté} + \text{Grand côté}) \times \text{Hauteur}}{2}$
- Volume d'un prisme droit = Aire de la base × Hauteur
- Volume d'un pavé droit = Longueur × Largeur × Hauteur

Sujet 1 Corrigé

Les clés pour réussir

Exercice 1

Révisez **Les statistiques et les pourcentages d'évolution**

- Étendue d'une série = Valeur maximale – Valeur minimale.
- Moyenne d'une série de valeurs = $\frac{\text{Somme des valeurs}}{\text{Nombre de valeurs}}$.
- Augmenter un nombre de t %, c'est le multiplier par $1 + \frac{t}{100}$.

Les difficultés du sujet

3 Réfléchissez au calcul de la moyenne avec les nombres, puis remplacez-les par les noms des cellules. Pensez au signe « = » devant la formule utilisée.

5 La température moyenne en 2009 est 11,9 °C. Testez chaque pourcentage d'évolution proposé (une augmentation de 7 %, 10 % et 13 %), puis comparez le résultat obtenu à 13,1 °C.

Exercice 2

Révisez **Le calcul numérique, l'arithmétique et la géométrie dans le plan**

- Un nombre entier naturel est premier s'il admet exactement deux diviseurs : 1 et lui-même.
- Tout entier naturel (non premier) se décompose en produit de facteurs premiers.
- Deux droites perpendiculaires à une même troisième droite sont parallèles entre elles.
- Si (MN) // (BC), d'après le théorème de Thalès :

$$\frac{AM}{AB} = \frac{AN}{AC} = \frac{MN}{BC}$$

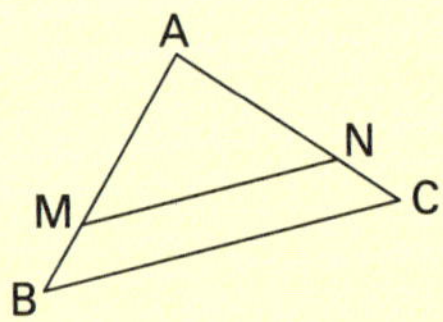

Les difficultés du sujet

2 Un calcul de moyenne vous permettra de prendre position. Mais lisez soigneusement l'affirmation. C'est vrai ou faux, selon votre argumentation.

3 **b.** On trouve les six diviseurs communs à 126 et 90 en effectuant tous les produits des facteurs premiers communs à ces deux nombres.

c. Dans la liste établie en **3 b.**, prenez le plus grand nombre pour déterminer le nombre de groupes.

4 Vous devez commencer par justifier que (DE) et (BC) sont parallèles avant d'utiliser le théorème de Thalès.

Exercice 3

Révisez **Les probabilités et les transformations du plan**

- En situation d'équiprobabilité, une probabilité p se calcule avec la formule :

$$p = \frac{\text{Nombre d'issues favorables}}{\text{Nombre d'issues possibles}}$$

- **La symétrie axiale**

Le symétrique d'un point A par rapport à une droite (d) est le point A′ tel que (d) soit la médiatrice du segment [AA′].

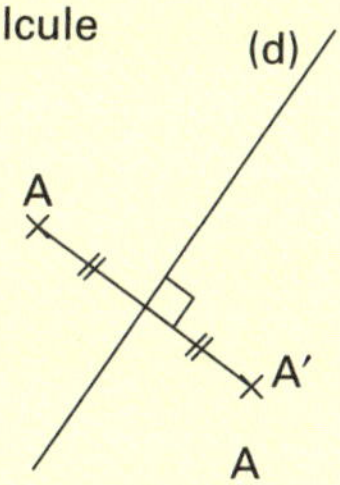

- **La rotation**

Le point A′ est l'image du point A par la rotation de centre O et d'angle α dans le sens direct.

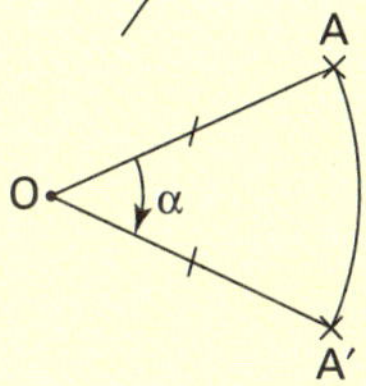

- Une homothétie de rapport k ($k > 0$) multiplie les longueurs par k et les aires par k^2.

Les difficultés du sujet

2 Comptez par exemple le nombre de jetons qui ne sont pas bleus et déduisez-en la probabilité cherchée.

4 Vous pouvez par exemple construire les images des points A et B (qui appartiennent au motif 1) par chaque rotation proposée. La rotation cherchée est celle pour laquelle les deux points images sont situés sur le motif 3.

Exercice 4

Révisez **Le calcul littéral**

Une équation produit nul est une équation du type $\underbrace{A \times B}_{\text{produit}} = \underbrace{0}_{\text{nul}}$.

Les solutions de ce type d'équation sont les solutions de chacune des équations $A = 0$ et $B = 0$.

Les difficultés du sujet

2 Le carré d'un nombre négatif est un nombre positif.

3 Le script Scratch retranscrit le programme de calcul. Il utilise 4 variables : x, y, z et *Résultat*. Faites le lien entre ces variables et les étapes du programme.

4 b. Développez le résultat proposé en utilisant la double distributivité. Vous devez obtenir le même résultat que dans la question **a.**
c. Il s'agit de résoudre une équation. Utilisez la question précédente.

Exercice 5

Révisez **Les pourcentages et la géométrie**

Prendre t % d'une quantité revient à la multiplier par $\frac{t}{100}$.

Les difficultés du sujet

1 Dans cette question, il n'est pas demandé de donner la production annuelle de déchets en 2017.

2 a. Aidez-vous de la figure.
b. C'est un théorème connu de géométrie utilisé dans un triangle rectangle.
c. Vous avez le choix entre l'utilisation de la formule donnée dans les rappels ou bien la décomposition du trapèze en un rectangle et un triangle rectangle dont vous connaissez les mesures.
d. Le composteur est composé de deux solides : un pavé droit et un prisme droit. Aidez-vous, si besoin, des formules rappelées pour calculer leur volume. Pensez à conclure en comparant le résultat obtenu à 0,5 m^3.

Exercice 1

1 Lecture de données

En novembre 2019, la température moyenne à Tours a été de **8,2 °C.**

2 Étendue de la série

La série des températures s'étend de 4,4 °C (en janvier) à 22,6 °C (en juillet).
22,6 – 4,4 = 18,2.
L'étendue de cette série est 18,2 °C.

Remarque
Il y a 18,2 °C d'écart entre le mois le plus chaud et le mois le plus froid.

3 Formule dans un tableur et moyenne

La température moyenne annuelle se calcule comme la somme des températures mensuelles (de la cellule B2 à M2) divisée par le nombre de mois (12).
Ainsi, la cellule N2 contient la formule :
=MOYENNE(B2:M2) ou **=SOMME(B2:M2)/12**
ou **=(B2+C2+D2+E2+F2+G2+H2+I2+J2+K2+L2+M2)/12**

Remarque
Il y a plusieurs réponses possibles.

4 Calcul de moyenne

La température moyenne annuelle T à Tours en 2019 est :

$$T = \frac{4,4 + 7,8 + 9,6 + 11,2 + 13,4 + 19,4 + 22,6 + 20,5 + 17,9 + 14,4 + 8,2 + 7,8}{12}$$

$$T = \frac{157,2}{12}$$

$T = 13,1$ °C.

C'est bien le résultat annoncé.

Gagnez des points !

Moyenne annuelle = Somme des températures ÷ 12

5 Pourcentage d'augmentation de la température entre 2009 et 2019

La température moyenne annuelle à Tours est passée de 11,9 °C à 13,1 °C.

$$11,9 \times \left(1 + \frac{7}{100}\right) \simeq 12,7$$

$$11,9 \times \left(1 + \frac{10}{100}\right) \simeq 13,1$$

$$11,9 \times \left(1 + \frac{13}{100}\right) \simeq 13,4$$

Rappel

Le nombre $1 + \frac{7}{100} = 1,07$

est aussi appelé coefficient multiplicateur et noté CM.

Le pourcentage d'augmentation entre 2009 et 2019 est donc de 10 %.

Autre méthode

La température est passée de 11,9 °C à 13,1 °C.

Elle a augmenté de $13,1 - 11,9 = 1,2$ °C.

Par rapport à une température initiale de 11,9 °C, cela représente une évolution de $\frac{1,2}{11,9} \simeq 0,1$.

$0,1 = \frac{10}{100} = 10$ %.

Cela correspond alors à une augmentation de 10 %.

Exercice 2

1 Visiteurs manquants pour atteindre le seuil de 2 millions

2 000 000 – 1 900 000 = 100 000

Il aurait fallu 100 000 visiteurs de plus en 2019 pour atteindre 2 millions de visiteurs.

Pensez-y !

1 million = 10^6 = 1 000 000

Autre méthode

Si on effectue le calcul en millions :

$2 - 1,9 = 0,1$.

Il a manqué 0,1 million de visiteurs, soit 100 000 visiteurs, pour atteindre la barre des 2 millions.

2 Étude d'une affirmation

On s'intéresse au nombre quotidien de visiteurs du Futuroscope.

• L'année 2019 a enregistré 1,9 million, soit 1 900 000 visiteurs, sur une période de 365 jours. Si l'on calcule la moyenne du nombre de visiteurs correspondante :

$\frac{1\,900\,000}{365} \simeq 5\,205$ (résultat arrondi).

Ainsi, l'affirmation selon laquelle « il y a eu environ 5 200 visiteurs par jour en 2019 » est vraie en moyenne.

> **Piège à éviter**
> Il faut préciser « en moyenne » pour que l'affirmation soit vraie.

• En revanche, sans la notion de valeur moyenne, cette affirmation est fausse. En effet, il est inexact de dire que le parc a réalisé environ 5 200 entrées quotidiennes durant l'année 2019. **Le nombre réel d'entrées est fluctuant chaque jour et n'est pas exactement de 5 205 par jour.**

> **Gagnez des points !**
> L'affirmation est vraie ou fausse selon vos arguments.

3 a. Décomposition en produit de facteurs premiers

126	2
63	3
21	3
7	7
	1

126 $= 2 \times 3 \times 3 \times 7 = \mathbf{2 \times 3^2 \times 7}$

90	2
45	3
15	3
5	5
	1

90 $= 2 \times 3 \times 3 \times 5 = \mathbf{2 \times 3^2 \times 5}$

> **Pensez-y !**
> Un nombre est divisible par 3 si la somme des chiffres qui le composent est un multiple de 3.

b. Recherche de diviseurs communs

$126 = \underline{2} \times \underline{3} \times \underline{3} \times 7 \qquad 90 = \underline{2} \times \underline{3} \times \underline{3} \times 5$

Les diviseurs communs à ces deux nombres sont tous les produits de 1, 2, 3 et 3 :

1 ; 2 ; 3 ; $2 \times 3 = 6$; $3 \times 3 = 9$; $2 \times 3 \times 3 = 18$.

126 et 90 ont 6 diviseurs communs : 1 ; 2 ; 3 ; 6 ; 9 ; 18.

> **Piège à éviter**
> Dans la liste des diviseurs communs, n'oubliez pas 1 !

c. Nombre et répartition des groupes

• Le plus grand nombre de groupes répartissant les 126 garçons et 90 filles correspond alors au diviseur commun le plus grand des nombres 126 et 90. D'après la question **1 b.**, c'est 18.

Le professeur pourra constituer 18 groupes.

> **Remarque**
> 18 est appelé PGCD (plus grand commun diviseur) des nombres 126 et 90.

- $\frac{126}{18} = 7$ et $\frac{90}{18} = 5$.

Chaque groupe d'élèves sera composé de 7 garçons et 5 filles.

4 Calcul de la hauteur de la Gyrotour

- Les droites (DE) et (CB) sont toutes deux perpendiculaires à la droite (CD). Ainsi, (DE) et (CB) sont parallèles.
- Les points A, E, B et les points A, D, C sont alignés dans le même ordre.

Piège à éviter

Il faut justifier que (DE) // (CB), car ce n'est pas une donnée de l'énoncé.

- (DE) et (CB) étant parallèles, on applique le théorème de Thalès :

$$\frac{AE}{AB} = \frac{AD}{AC} = \frac{DE}{BC}$$

$$\frac{AE}{AB} = \boxed{\frac{2}{2 + 54{,}25} = \frac{1{,}60}{BC}}$$

Gagnez des points !

Comme A, D et C sont alignés, AD + DC = AC.

De l'égalité encadrée, on déduit par produit en croix :

$2 \times BC = 56{,}25 \times 1{,}60$

$BC = \frac{56{,}25 \times 1{,}60}{2}$

$BC = 45$

La Gyrotour mesure 45 m de haut.

Exercice 3

Partie A

1 Évènement correspondant à une probabilité donnée

On cherche l'évènement associé à une probabilité de $\frac{7}{16}$.

L'urne contient 7 jetons verts pour un total de :
$7 + 4 + 3 + 2 = 16$ jetons.

Le quotient $\frac{7}{16}$ correspond donc à $\frac{\text{Nombre de jetons verts}}{\text{Nombre total de jetons}}$.

C'est la probabilité d'obtenir un jeton vert.

Réponse C

Autre méthode

On calcule la probabilité de chaque évènement proposé.

- La probabilité d'obtenir un jeton rouge ou jaune est :

$$p_1 = \frac{4+2}{7+4+3+2} = \frac{6}{16} \neq \frac{7}{16}.$$

- La probabilité d'obtenir un jeton qui n'est pas vert est :

$p_2 = \frac{4+3+2}{16} = \frac{9}{16} \neq \frac{7}{16}$.

- La probabilité d'obtenir un jeton vert est $p_3 = \frac{7}{16}$. C'est la probabilité proposée.

2 Calcul d'une probabilité

L'urne compte 3 jetons bleus parmi 16 jetons au total.
Il y a 16 − 3 = 13 jetons qui ne sont pas bleus.
La probabilité de ne pas tirer un jeton bleu vaut alors : $\frac{13}{16}$.

Réponse A

Méthode

Comptez les jetons « non bleus » et déduisez-en la probabilité cherchée.

Autres méthodes

- La probabilité de tirer un jeton bleu est : $\frac{3}{16}$.

La probabilité de ne pas tirer un jeton bleu est l'évènement contraire du précédent :

$1 - \frac{3}{16} = \frac{16}{16} - \frac{3}{16} = \frac{13}{16}$.

- La probabilité de ne pas tirer un jeton bleu est aussi la probabilité de tirer un jeton vert, rouge ou jaune, soit :

$\frac{7}{16} + \frac{4}{16} + \frac{2}{16} = \frac{13}{16}$.

C'est la probabilité proposée.

Partie B

1 Image par une symétrie axiale

L'image du motif 20 par la symétrie d'axe la droite (d) est le motif 17 (voir couleur bleue).

Réponse A

2 Caractérisation d'une rotation

Le motif 3 est l'image du motif 1 par la rotation de centre O et d'angle $\widehat{AOC} = 2 \times 36° = 72°$ (voir couleur rouge).

Réponse B

Pensez-y !

Sans précision, la rotation s'opère dans le sens direct (sens des aiguilles d'une montre).

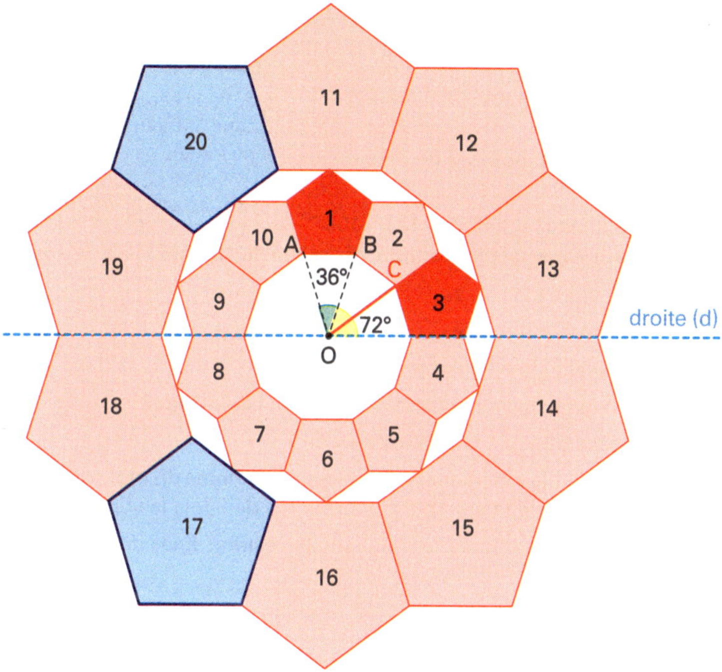

3 Aire d'un motif

Le motif 11 est l'image du motif 1 par l'homothétie de centre O et de rapport 2.

Les longueurs du motif 11 sont donc le double de celles du motif 1.

L'aire du motif 11 s'obtient donc comme l'aire du motif 1 multipliée par $2^2 = 2 \times 2 = 4$.

Réponse B

Remarque

Le motif 11 est un agrandissement du motif 1 de coefficient 2.

Exercice 4

1 Calcul d'une valeur avec le programme de calcul

- Le nombre choisi est 4.
- Prendre le carré du nombre de départ : $4^2 = 16$.
- Ajouter le triple du nombre de départ : $16 + 3 \times 4 = 28$.
- Soustraire 10 au résultat : $28 - 10 = 18$.

Le résultat obtenu est bien 18.

2 Calcul d'une valeur avec le programme de calcul

- Le nombre choisi est -3.
- Prendre le carré du nombre de départ : $(-3)^2 = 9$.
- Ajouter le triple du nombre de départ : $9 + 3 \times (-3) = 0$.
- Soustraire 10 au résultat : $0 - 10 = -10$.

Quand on applique le programme de calcul au nombre -3, le résultat obtenu est -10.

> **Pensez-y !**
> Si vous écrivez -3^2 (donc sans parenthèses), vous ne mettez pas -3 au carré.
> $-3^2 = -3 \times 3 = -9$
> et $(-3)^2 = (-3) \times (-3) = 9$.

3 Script Scratch complété

Le script retranscrit le programme de calcul :

- Ligne 3 : la variable x contient le nombre choisi au départ ;
- Ligne 4 : la variable y contient le carré de x ;
- Ligne 5 : la variable z contient la variable y augmentée du triple du nombre de départ, c'est-à-dire la variable y augmentée de 3 fois la variable x ;
- Ligne 6 : la variable *Résultat* contient le résultat final du programme, c'est-à-dire la variable z diminuée de 10.

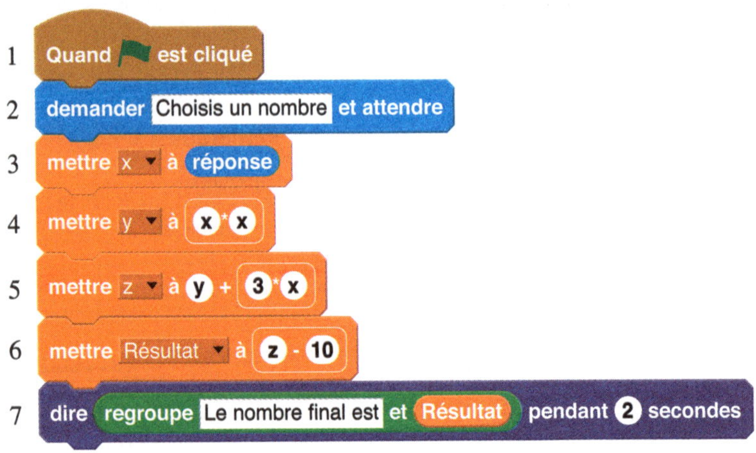

4 a. Résultat du programme avec x

- Le nombre choisi est x.
- Prendre le carré du nombre de départ : x^2.
- Ajouter le triple du nombre de départ : $x^2 + 3 \times x = x^2 + 3x$.
- Soustraire 10 au résultat : $x^2 + 3x - 10$.

Le résultat obtenu en fonction de x est : $x^2 + 3x - 10$.

> **Remarque**
> Cette écriture est une forme développée (somme de trois termes).

b. Autre écriture du résultat

En développant l'expression donnée, on obtient :

$(x+5)(x-2) = x \times x - 2 \times x + 5 \times x - 5 \times 2$
$= x^2 - 2x + 5x - 10$
$= x^2 + 3x - 10$

On reconnaît l'expression obtenue en **4** a.

Quel que soit le nombre *x* choisi au départ, on obtient au final comme résultat : $(x+5)(x-2)$.

Remarque

Cette écriture est une forme factorisée (produit de deux facteurs).

Pensez-y !

L'équation $x^2 + 3x - 10 = 0$ est une équation qu'on ne sait pas résoudre en troisième. C'est pourquoi on utilise la forme factorisée. On dit que les équations $x^2 + 3x - 10 = 0$ et $(x+5)(x-2) = 0$ sont équivalentes.

c. Nombres à choisir pour obtenir 0

On cherche les nombres *x* qui vérifient :

$x^2 + 3x - 10 = 0$

soit : $\underbrace{(x+5)(x-2)}_{\text{produit}} = \underbrace{0}_{\text{nul}}$

$x + 5 = 0$ ou $x - 2 = 0$

$x = -5$ ou $x = 2$

On peut choisir −5 ou 2 pour obtenir le nombre 0 à l'arrivée.

Exercice 5

1 Nombres de tonnes de déchets en moins entre 2007 et 2017

Entre 2007 et 2017, la production annuelle de déchets a diminué de 6,5 %. Elle était de 5,2 tonnes en 2007.

Elle a donc baissé de 6,5 % de 5,2 tonnes entre 2007 et 2017.

6,5 % de $5{,}2 = \dfrac{6{,}5}{100} \times 5{,}2$
$= 0{,}065 \times 5{,}2$
$= 0{,}338.$

La production de déchets annuelle a baissé de 0,338 tonne, soit 338 kg entre 2007 et 2017.

Gagnez des points !

Même si la conversion de 0,338 tonne en kilogrammes n'est pas demandée, vous pouvez l'écrire dans la conclusion.

2 a. Calcul de la longueur CH

D'après la figure, on a :

CH = Grand côté − Petit côté

CH = 67 − 39

CH = 28

La longueur CH est égale à 28 cm.

b. Calcul de la longueur DH

Le triangle CHD est rectangle en H. D'après le théorème de Pythagore, on a :

$CD^2 = CH^2 + DH^2$

$53^2 = 28^2 + DH^2$

$2\,809 = 784 + DH^2$
$DH^2 = 2\,809 - 784$
$DH = 2\,025$
$DH = \sqrt{2\,025}$ (car $DH > 0$)
$BD = 45$
La longueur BD est bien égale à 45 cm.

L'astuce du prof

Il est hors de question de trouver une valeur autre que 45. L'énoncé est clair.

c. Calcul de l'aire du trapèze

On utilise la formule de l'aire du trapèze donnée dans l'énoncé :

$$\text{Aire du trapèze} = \frac{(\text{Petit côté} + \text{Grand côté}) \times \text{Hauteur}}{2}$$
$$= \frac{(AD + BC) \times DH}{2}$$
$$= \frac{(39 + 67) \times 45}{2}$$
$$= \frac{4\,770}{2}$$
$$= 2\,385.$$

L'aire du trapèze est donc égale à 2 385 cm².

Autre méthode

Le trapèze est composé d'un rectangle et d'un triangle rectangle. On calcule son aire en effectuant la somme des aires de ces deux figures :

- $\text{Aire}_{\text{rectangle ABHD}} = AD \times DH$
$= 39 \times 45 = 1\,755.$
- $\text{Aire}_{\text{triangle CHD}} = \dfrac{CH \times DH}{2}$
$= \dfrac{28 \times 45}{2} = 630.$
- $\text{Aire}_{\text{trapèze ABHD}} = \text{Aire}_{\text{rectangle ABHD}} + \text{Aire}_{\text{triangle CHD}}$
$= 1\,755 + 630 = 2\,385 \text{ cm}^2.$

L'aire du trapèze ABHD est bien 2 385 cm².

d. Volume du composteur

Le composteur est composé d'un pavé droit et d'un prisme droit. Son volume est donc la somme des volumes de ces deux solides.

Remarque

La hauteur du pavé est donnée par la différence de la hauteur du composteur (1,1 m = 110 cm) avec la hauteur du prisme (45 cm).

- Volume du pavé droit = Longueur × Largeur × Hauteur
$= \underbrace{70}_{\text{Longueur}} \times \underbrace{67}_{\text{Largeur}} \times \underbrace{(110 - 45)}_{\text{Hauteur}}$
$= 304\,850$

Le volume du pavé droit est 304 850 cm³.

- Volume du prisme droit = Aire de la base × Hauteur
  = Aire du trapèze × DH
  = 2 385 × 70
  = 166 950

Le volume du prisme droit est 166 950 cm^3.

- Le volume du composteur est donc : 304 850 + 166 950 = **471 800 cm^3**.

471 800 cm^3 = 471,800 dm^3 = 0,471800 m^3.
Ce résultat est assez proche de 0,5 m^3.
On peut considérer que l'affirmation est vraie.

Pensez-y !

La hauteur du prisme n'est pas la hauteur du trapèze.

Remarque

0,5 – 0,4718 = 0,0282.
La différence est de 0,0282 m^3, soit 28,2 litres.

Sujet 2 — Amérique du Nord, juin 2021

100 pts — 2 heures

Exercice 1

30 min — 26 pts

Pour chacune des six affirmations suivantes, indiquer si elle est vraie ou fausse.

On rappelle que ***chaque réponse doit être justifiée****.*

1 On considère la fonction f définie par $f(x) = 3x - 7$.

Affirmation n° 1 : « L'image par f du nombre -1 est 2. » 3 pts

2 On considère l'expression $E = (x - 5)(x + 1)$.

Affirmation n° 2 : « L'expression E a pour forme développée et réduite $x^2 - 4x - 5$. » 3 pts

3 n est un nombre entier positif.

Affirmation n° 3 : « Lorsque n est égal à 5, le nombre $2^n + 1$ est un nombre premier. » 4 pts

4 On a lancé 15 fois un dé à six faces numérotées de 1 à 6 et on a noté les fréquences d'apparition dans le tableau ci-dessous :

Numéro de la face apparente	1	2	3	4	5	6
Fréquence d'apparition	$\frac{3}{15}$	$\frac{4}{15}$	$\frac{5}{15}$	$\frac{2}{15}$	$\frac{1}{15}$	…

Affirmation n° 4 : « La fréquence d'apparition du 6 est 0. » 4 pts

5 On considère un triangle RAS rectangle en S.

Le côté [AS] mesure 80 cm et l'angle $\widehat{ARS}$ mesure 26°.

Affirmation n° 5 : « Le segment [RS] mesure environ 164 cm. » 6 pts

6 Un rectangle ABCD a pour longueur 160 cm et pour largeur 95 cm.

Affirmation n° 6 : « Les diagonales de ce rectangle mesurent exactement 186 cm. » 6 pts

Exercice 2

30 min **21 pts**

Une athlète a réalisé un triathlon d'une longueur totale de 12,9 kilomètres. Les trois épreuves se déroulent dans l'ordre suivant :

Épreuve ①	Épreuve ②	Épreuve ③
Natation Distance = 400 m	Cyclisme	Course à pied Distance = 2,5 km

Entre deux épreuves, l'athlète doit effectuer sur place un changement d'équipement.

Le graphique ci-dessous représente la distance parcourue par l'athlète (exprimée en kilomètres), en fonction du temps de parcours de l'athlète (exprimé en minutes) pendant son triathlon.

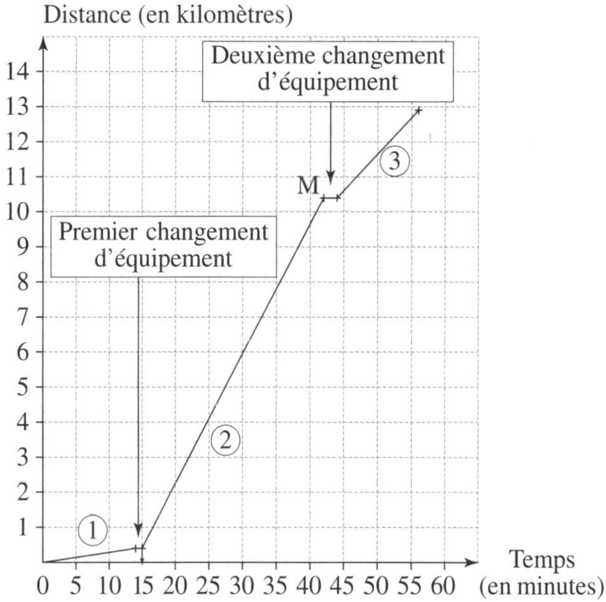

Le point M a pour abscisse 42 et pour ordonnée 10,4.

À l'aide du tableau ou par lecture du graphique ci-dessus (avec la précision qu'il permet), répondre aux questions suivantes, en justifiant.

1 Au bout de combien de temps l'athlète s'est-elle arrêtée pour effectuer son premier changement d'équipement ? **2 pts**

2 Quelle est la longueur, exprimée en kilomètres, du parcours de l'épreuve de cyclisme ? **2,5 pts**

3 En combien de temps l'athlète a-t-elle effectué l'épreuve de course à pied ? **2,5 pts**

4 Parmi les trois épreuves, pendant laquelle l'athlète a-t-elle été la moins rapide ? **9 pts**

5 On considère que les changements d'équipement entre les épreuves font partie du triathlon.
La vitesse moyenne de l'athlète sur l'ensemble du triathlon est-elle supérieure à 14 km/h ? **5 pts**

Exercice 3

15 min **16 pts**

Dans cet exercice, aucune justification n'est demandée.

On a construit un carré ABCD.
On a construit le point O sur la droite (DB), à l'extérieur du segment [DB] et tel que : OB = AB.
Le point H est le symétrique de D par rapport à O.

On a obtenu la figure ci-contre en utilisant plusieurs fois la même rotation de centre O et d'angle 45°.

La figure obtenue est symétrique par rapport à l'axe (DB) et par rapport au point O.

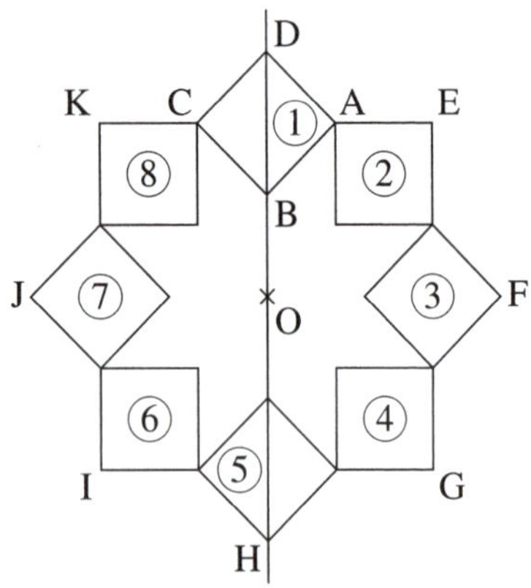

1 Donner deux carrés différents, images l'un de l'autre par la symétrie axiale d'axe (DB). **4 pts**

2 Le carré ③ est-il l'image du carré ⑧ par la symétrie centrale de centre O ? **2 pts**

3 On considère la rotation de centre O qui transforme le carré ① en le carré ②. Quelle est l'image du carré ⑧ par cette rotation ? **4 pts**

4 On considère la rotation de centre O qui transforme le carré ② en le carré ⑤. Préciser l'image du segment [EF] par cette rotation. **6 pts**

Exercice 4

20 min **16 pts**

Dans cet exercice, aucune justification n'est demandée.

On dispose d'un tableau carré ci-contre partagé en neuf cases blanches de mêmes dimensions qui constituent un motif.

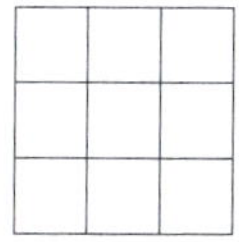

Quatre instructions A, B, C et E permettent de changer l'aspect de certaines cases. Ainsi :

Instruction	Descriptif	Effet de l'instruction
A	La case centrale du motif est noircie.	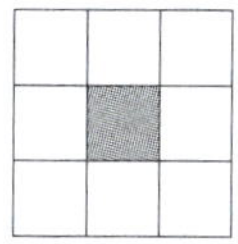
B	Dans le motif, la case en bas à gauche et la case en haut à droite sont noircies.	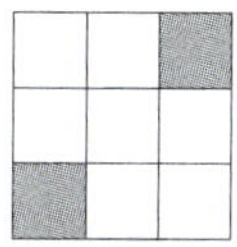
C	Dans le motif, la case médiane à gauche et la case médiane à droite sont noircies.	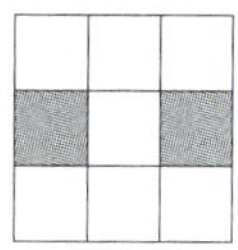
E	Les couleurs du motif sont inversées : les cases blanches deviennent noires et les cases noires deviennent blanches.	Inverser les couleurs

Remarque :
Si une case du motif est déjà noire et si une instruction demande de la noircir, alors cette case ne change pas de couleur et reste noire à la suite de cette instruction.

Exemples :
À partir d'un motif dont toutes les cases sont blanches :

– la suite d'instructions A C permet d'obtenir le motif suivant

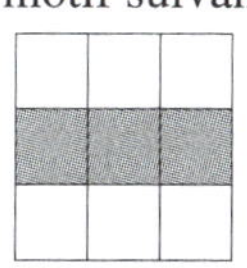

– la suite d'instructions A C E permet d'obtenir le motif suivant

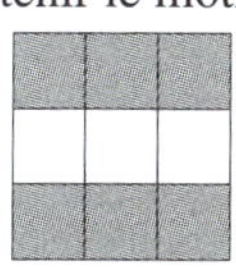

Pour chacune des questions suivantes, on dispose au départ d'un motif dont toutes les cases sont blanches.

1 Représenter le motif obtenu avec la suite d'instructions A B. **2 pts**

2 Parmi les quatre propositions suivantes, deux propositions permettent d'obtenir le motif ci-dessous. Lesquelles ?

Proposition nº 1 : A B C

Proposition nº 2 : C E

Proposition nº 3 : B C E C

Proposition nº 4 : C A E A

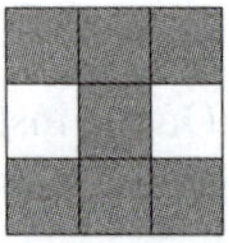

8 pts

3 Donner une suite d'instructions qui permet d'obtenir le motif ci-contre.

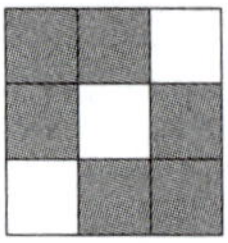

6 pts

Exercice 5

25 min **21 pts**

On souhaite rénover une salle de bain qui a la forme d'un parallélépipède rectangle. Il faut coller du papier peint sur les quatre murs. On n'en colle pas sur la porte, ni sur la fenêtre.

Voici un schéma de la salle de bain :

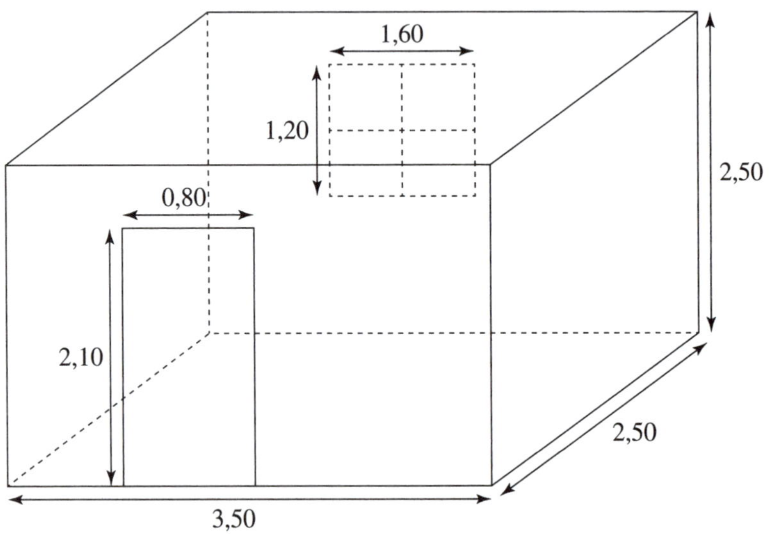

Les dimensions sont exprimées en mètres.

On dispose des informations suivantes :

Prix du papier peint :	**Prix de la colle** :
– le papier peint est vendu au rouleau entier ; – un rouleau coûte 16,95 € ; – un rouleau permet de recouvrir 5,3 m^2. *Conseil du vendeur :* Prévoir un rouleau de papier peint en plus afin de compenser les pertes liées aux découpes.	– la colle est vendue au pot entier ; – un pot a une masse de 0,2 kg ; – un pot coûte 5,70 €. *Conseil du vendeur :* Compter un pot de colle pour 4 rouleaux de papier peint.

1 Montrer que la surface à recouvrir de papier peint est de 26,4 m^2. **5 pts**

2 Calculer le prix, en euros, d'un mètre carré de papier peint. Arrondir au centime d'euro. **3 pts**

3 Si on suit les conseils du vendeur, combien coûtera la rénovation de la salle de bain ? **7 pts**

4 Le jour de l'achat, une remise de 8 % est accordée.
Quel est le prix à payer après remise ? Arrondir au centime d'euro. **6 pts**

Sujet 2 Corrigé

Les clés pour réussir

Exercice 1

Révisez **Les fonctions, le calcul littéral, l'arithmétique, les statistiques et la géométrie**

- Le développement de $(a + b)(c + d)$ est $ac + ad + bc + bd$.
- Un nombre premier est un nombre admettant pour seuls diviseurs 1 et lui-même.
- Dans un triangle rectangle :

$$\cos \widehat{x} = \frac{\text{Côté adjacent à } \widehat{x}}{\text{Hypoténuse}} \qquad \sin \widehat{x} = \frac{\text{Côté opposé à } \widehat{x}}{\text{Hypoténuse}}$$

$$\tan \widehat{x} = \frac{\text{Côté opposé à } \widehat{x}}{\text{Côté adjacent à } \widehat{x}}$$

Les difficultés du sujet

1 Pour calculer une image par une fonction, on remplace x par la valeur du nombre dont on cherche l'image.

2 Pour développer, faites attention au signe de chacun des facteurs.

3 Écrivez la décomposition en produit de facteurs premiers du nombre obtenu.

4 Quand on lance un dé, on ne peut obtenir que 1, 2, 3, 4, 5 ou 6.

5 Réalisez une figure à main levée.

6 Dans un rectangle, il y a des angles droits et donc des triangles rectangles.

Exercice 2

Révisez **La lecture graphique et la vitesse**

- Vitesse moyenne $= \dfrac{\text{Distance parcourue}}{\text{Temps de parcours}}$.

Les difficultés du sujet

4 Calculez la vitesse moyenne de l'athlète dans chacune des trois disciplines en convertissant les distances en kilomètres et les temps en heures (1 minute $= \dfrac{1}{60}$ heure).

Exercice 3

Révisez **Les transformations du plan**

- L'image d'un carré par une symétrie axiale, une symétrie centrale ou une rotation reste un carré.
- Dans une symétrie centrale, un point, son image et le centre de la symétrie centrale sont alignés.
- Par une rotation, l'image d'un segment est un segment.

Les difficultés du sujet

3 Déterminez l'angle de la rotation qui transforme le carré ① en le carré ②.

4 Après avoir trouvé l'angle de la rotation qui transforme le carré ② en le carré ⑤, déterminez l'image du point E, puis celle du point F par cette rotation. Les deux images obtenues sont les extrémités du segment cherché.

Exercice 4

Révisez **La programmation**

Les difficultés du sujet

2 Pour chacune des propositions, faites le croquis du motif obtenu en plusieurs étapes pour les propositions n° 3 et n° 4 notamment.

3 La réponse n'est pas unique.
Aidez-vous de motifs intermédiaires pour obtenir d'abord le motif inverse de celui cherché.

Exercice 5

Révisez **Le calcul numérique, les grandeurs composées et les pourcentages**

- Aire d'un rectangle = Longueur × Largeur.
- Appliquer une remise de t %, c'est multiplier le prix initial par $1 - \frac{t}{100}$.

Les difficultés du sujet

3 Le coût de la rénovation se décompose en deux dépenses : le papier peint (ne pas oublier le conseil du vendeur) et la colle.

4 Diminuer un prix de 8 %, c'est multiplier ce prix par 0,92.

Exercice 1

1 Calcul d'une image

L'image de -1 par la fonction f est donnée par $f(-1)$.

$f(-1) = 3 \times (-1) - 7$

$f(-1) = -3 - 7$

$f(-1) = -10$

L'image de -1 par f est -10.

L'affirmation est donc fausse.

Pensez-y !

Ne confondez pas image avec antécédent. Ici, -1 est un antécédent de -10.

2 Développement d'une expression

$E = (x - 5)(x + 1)$

$E = x \times x + x \times 1 - 5 \times x - 5 \times 1$

$E = x^2 + x - 5x - 5$

$E = x^2 - 4x - 5$

L'affirmation est vraie.

3 Nombre premier

Lorsque $n = 5$, $2^n + 1$ prend la valeur $2^5 + 1 = 33$.
33 n'est pas un nombre premier car $33 = 3 \times 11$.

L'affirmation est fausse.

Remarque

33 a quatre diviseurs : 1, 3, 11 et 33.

4 Calcul d'une fréquence

La somme des fréquences d'apparition doit être égale à 1. On en déduit que la fréquence d'apparition du 6 est donnée par :

$$1 - \left(\frac{3}{15} + \frac{4}{15} + \frac{5}{15} + \frac{2}{15} + \frac{1}{15}\right) = 1 - \frac{15}{15} = 0$$

L'affirmation est vraie.

Remarque

Ne soyez pas surpris par cette fréquence nulle.
En effet, il est tout à fait possible de ne pas obtenir de 6 sur 15 lancers. De plus, le dé est peut-être truqué.

5 Longueur d'un segment

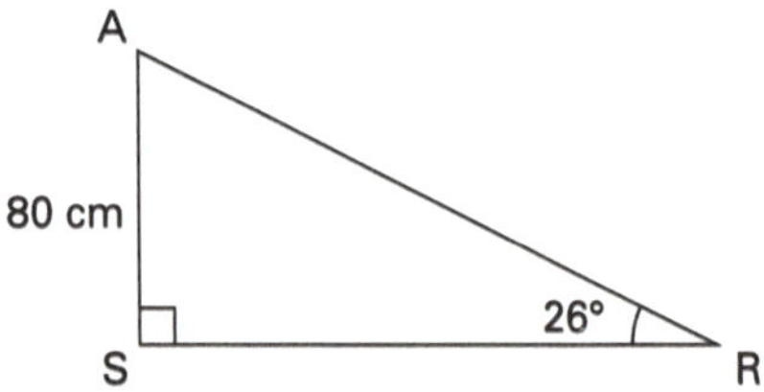

L'astuce du prof

Pour ce type d'énoncé, faites une figure.

Dans le triangle ARS rectangle en S, on a :

$$\tan \widehat{ARS} = \frac{\text{Côté opposé à } \widehat{ARS}}{\text{Côté adjacent à } \widehat{ARS}}$$

$$\tan(26°) = \frac{AS}{RS}$$

$\tan(26°) = \dfrac{80}{RS}$

$RS \times \tan(26°) = 80$ (Égalité des produits en croix.)

$RS = \dfrac{80}{\tan(26°)}$

$RS \simeq 164$

Le segment [RS] mesure environ 164 cm.

L'affirmation est vraie.

6 Calcul de la longueur des diagonales d'un rectangle

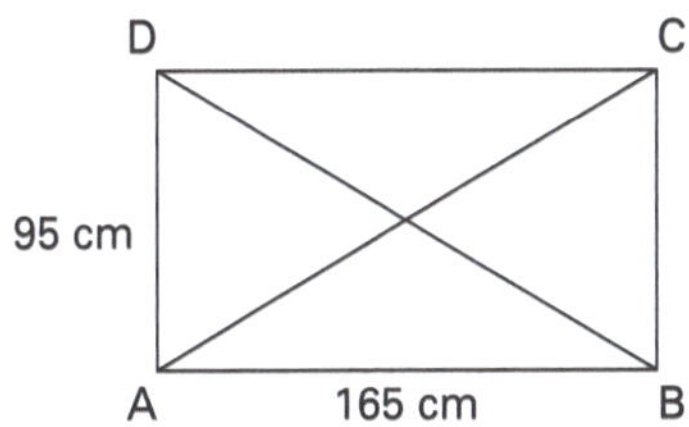

Remarque

Dans un rectangle, les diagonales ont la même mesure.

Puisque ABCD est un rectangle, le triangle ABD est rectangle en A.
D'après le théorème de Pythagore, on a :

$BD^2 = AB^2 + AD^2$

$BD^2 = 165^2 + 95^2$

$BD^2 = 36\,250$

$BD = \sqrt{36\,250}$

$BD \simeq 190$ (résultat arrondi au cm près)

Les diagonales du rectangle ne mesurent donc pas exactement 186 cm.

L'affirmation est fausse.

Exercice 2

1 Détermination graphique du premier temps d'arrêt

L'athlète s'est arrêtée pour effectuer son premier changement d'équipement **après 14 minutes de natation** (voir pointillés bleus sur la figure ci-après).

L'astuce du prof

Tracez des pointillés pour faciliter vos lectures graphiques.

2 Longueur de l'épreuve de cyclisme

L'épreuve de triathlon est longue de 12,9 km, dont 400 m (soit 0,4 km) de natation et 2,5 km de course à pied.

12,9 – 0,4 – 2,5 = 10.

L'épreuve de cyclisme est longue de 10 km.

Autre méthode : par lecture graphique

L'épreuve ② commence au kilomètre 0,4 et s'achève au kilomètre 10,4 (voir pointillés rouges). Elle est donc longue de 10,4 – 0,4 = 10 km.

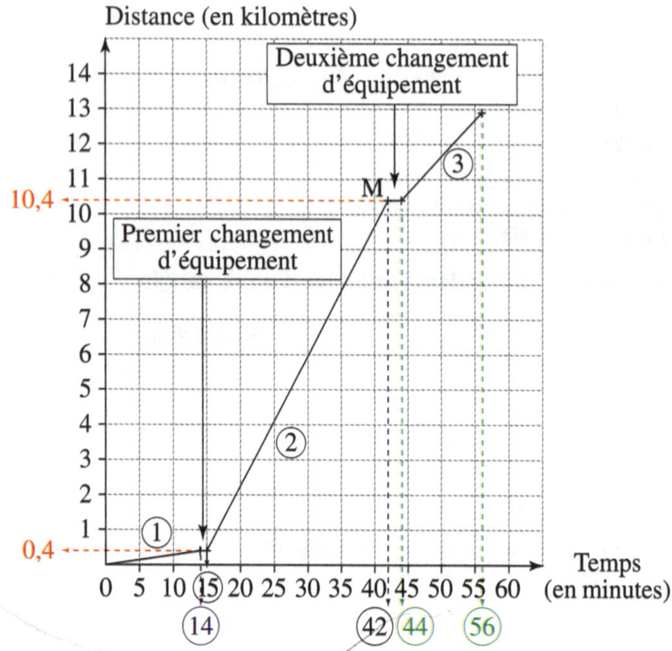

3 Durée de l'épreuve de course à pied

L'épreuve de course à pied est la troisième épreuve : elle commence à l'instant $t = 44$ min et s'achève à $t = 56$ min (voir pointillés verts).

L'épreuve de course à pied a donc duré 56 – 44 = 12 minutes.

4 Épreuve pendant laquelle l'athlète a été la moins rapide

Il s'agit de comparer la vitesse de l'athlète sur chacune des trois disciplines.

- **Sur l'épreuve de natation**

L'athlète a parcouru 400 m = 0,4 km en un temps $t = 14 \text{ min} = \frac{14}{60}$ h.

> **Rappel**
> 1 000 m = 1 km
> 100 m = 0,1 km

Sa vitesse moyenne v_1 sur l'épreuve est :

$$v_1 = \frac{0{,}4}{\frac{14}{60}}$$

$v_1 \simeq 1{,}7$ km/h.

- **Sur l'épreuve de cyclisme**

L'athlète a parcouru 10 km (question **2**) entre les instants $t = 15$ min et $t = 42$ min (voir pointillés noirs), donc en :

$42 - 15 = 27 \text{ min} = \frac{27}{60}$ h.

> **Gagnez des points !**
> $1 \text{ min} = \frac{1}{60}$ h
> donc $27 \text{ min} = \frac{27}{60}$ h.

Sa vitesse moyenne v_2 sur l'épreuve est :

$$v_2 = \frac{10}{\frac{27}{60}}$$

$v_2 \simeq 22,2$ km/h.

- **Sur l'épreuve de course à pied**

L'athlète a parcouru 2,5 km en 12 min = $\frac{12}{60}$ h (question **3**).

Sa vitesse moyenne v_3 sur l'épreuve est :

$$v_3 = \frac{2,5}{\frac{12}{60}}$$

$v_3 = 12,5$ km/h.

- **Comparaison des vitesses**

$v_1 < v_3 < v_2$.

L'athlète est la moins rapide sur l'épreuve de natation.

Pensez-y !
Ne perdez pas de vue la question qui est de comparer les vitesses.

Remarque
Ce résultat est cohérent car on nage moins vite qu'on ne court à pied, et on est plus rapide à vélo qu'à pied.

Autre méthode
Graphiquement, la vitesse de l'athlète sur chaque discipline correspond à la pente de la droite associée.
La droite ayant la pente la plus petite est celle associée à la natation.
La droite ayant la pente la plus importante est celle associée au cyclisme.

5 Vitesse moyenne sur l'épreuve de triathlon

L'épreuve complète de triathlon est réalisée en 56 min = $\frac{56}{60}$ h pour une longueur totale de 12,9 km.
La vitesse moyenne v sur l'épreuve est :

$$v = \frac{12,9}{\frac{56}{60}}$$

$v \simeq 13,8$ km/h.
$v < 14$ km/h.

En conclusion, la vitesse moyenne de l'athlète sur l'ensemble du triathlon n'est pas supérieure à 14 km/h.

Pensez-y !
Comparez votre résultat avec 14.

Exercice 3

1 Image d'un carré par une symétrie axiale

Sont images l'un de l'autre par la symétrie axiale d'axe (DB) : les carrés ② et ⑧, les carrés ③ et ⑦, et les carrés ④ et ⑥.

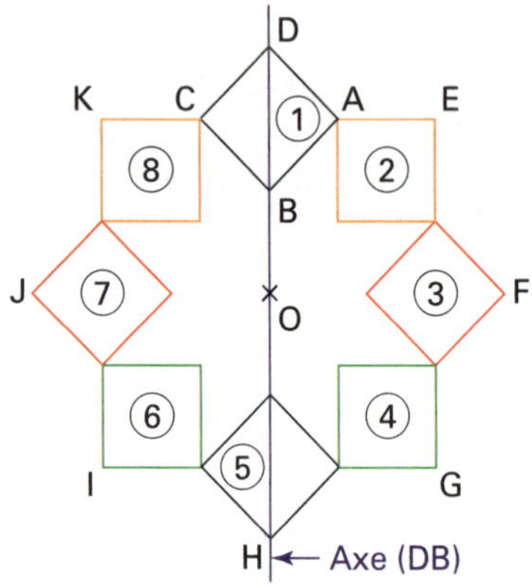

Remarque

L' image du carré ① est lui-même par cette symétrie. On dit qu'il est invariant. Il en est de même pour le carré ⑤.

2 Image d'un carré par une symétrie centrale

Le carré ③ n'est pas l'image du carré ⑧ par la symétrie centrale de centre O. Par exemple, les sommets de ces deux carrés ne sont pas alignés avec O.

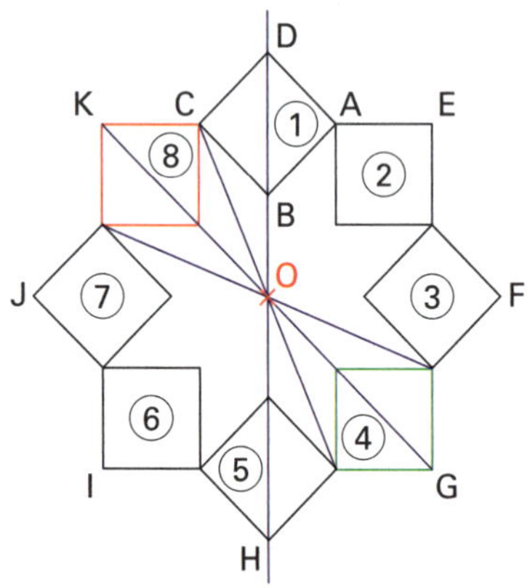

Gagnez des points !

L'image du carré ⑧ par cette symétrie est le carré ④.

3 Image d'un carré par une rotation

La rotation de centre O qui transforme le carré ① en le carré ② a pour angle 45° (dans le sens des aiguilles d'une montre). Elle transforme le carré ⑧ en le carré ①.

4 Image d'un segment par une rotation

La rotation de centre O qui transforme le carré ② en le carré ⑤ transforme le point E en H, et le point F en I.

L'image du segment [EF] par cette rotation est donc le segment [HI].

> **Remarque**
> Cette rotation a pour angle : $3 \times 45° = 135°$.

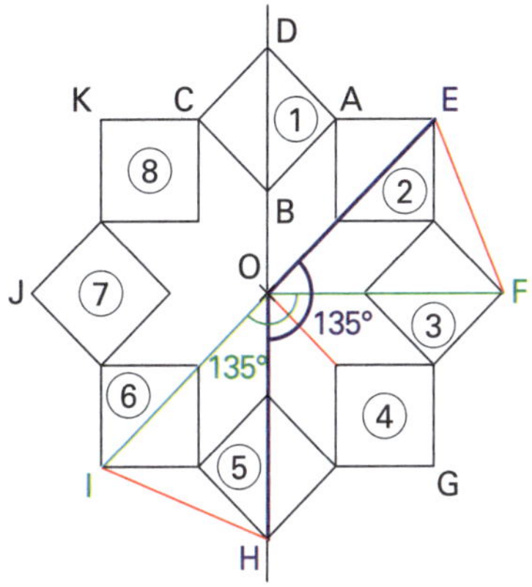

Exercice 4

1 Motif obtenu avec la suite d'instructions A B

D'abord, la case centrale du motif est noircie. Ensuite, la case en bas à gauche et la case en haut à droite sont noircies.

On obtient le motif :

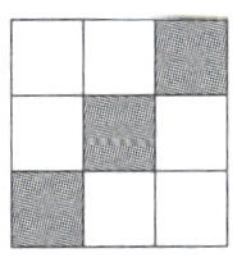

2 Détermination de séries d'instructions

- **Proposition n° 1** : A B C

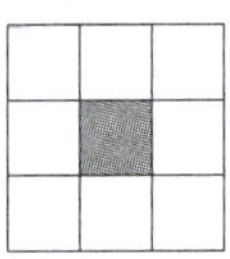
A

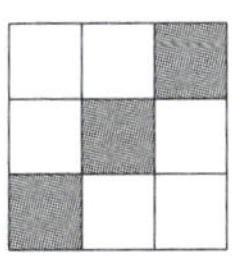
A B

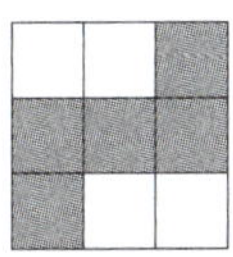
A B C

> **Gagnez des points !**
> Construisez le motif étape par étape.

- **Proposition n° 2** : C E

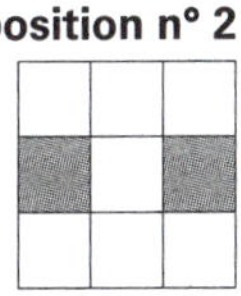
C

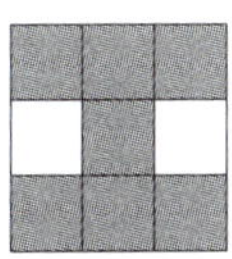
C E

- **Proposition n° 3 :** B C E C

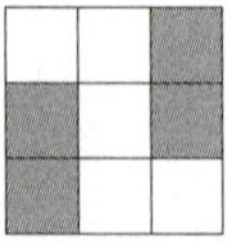

B C

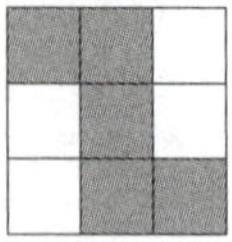

B C E

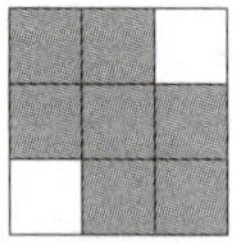

B C E C

- **Proposition n° 4 :** C A E A

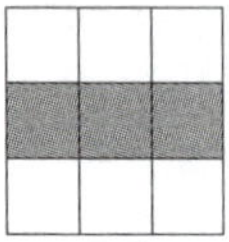

C A

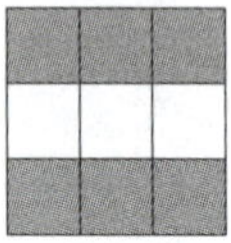

C A E

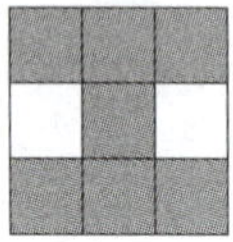

C A E A

> **L'astuce du prof**
> D'après l'énoncé, deux propositions conviennent.

En conclusion, les propositions n° 2 et n° 4 permettent d'obtenir le motif cherché.

3 Suite d'instructions pour un motif donné

Le motif proposé s'obtient par exemple avec la suite d'instructions A B E.

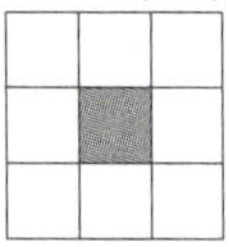

A

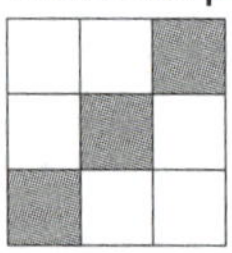

A B

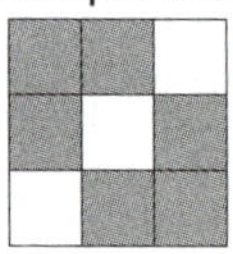

A B E

> **Remarque**
> On obtient le même motif avec les instructions B A E.

Exercice 5

1 Surface à tapisser

La surface S à tapisser de papier peint est composée de la surface des quatre murs moins les surfaces des ouvertures.

$$S = \underbrace{\underbrace{3{,}5 \times 2{,}5}_{\text{face avant}} \times 2}_{\text{face avant et arrière}} + \underbrace{\underbrace{2{,}5 \times 2{,}5}_{\text{côté droit}} \times 2}_{\text{côtés droit et gauche}} - \underbrace{2{,}1 \times 0{,}8}_{\text{porte}} - \underbrace{1{,}2 \times 1{,}60}_{\text{fenêtre}}$$

$S = 17{,}5 + 12{,}5 - 1{,}68 - 1{,}92$

$S = 26{,}4$.

La surface à recouvrir de papier peint est de 26,4 m².

> **L'astuce du prof**
> Le résultat est donné dans l'énoncé.
> C'est un atout précieux.

2 Prix d'un mètre carré de papier peint

Un rouleau de papier peint recouvre 5,3 m² pour un prix de 16,95 €.

$\dfrac{16{,}95}{5{,}3} \simeq 3{,}20.$

Un mètre carré de papier peint coûte environ 3,20 €.

> **Pensez-y !**
> Arrondir un prix au centime d'euro près, c'est arrondir à deux décimales.

3 Coût de la rénovation de la salle de bain

Les coûts pour la rénovation de la salle de bain sont répartis entre le papier peint et la colle à papier peint.

- **Le papier peint**

Un rouleau permet de recouvrir 5,3 m^2. On souhaite recouvrir 26,4 m^2.

$\frac{26,4}{5,3} \simeq 4,98.$

Cinq rouleaux de papier sont nécessaires pour recouvrir les murs.
Le vendeur conseille d'en acheter un de plus pour compenser les pertes liées aux découpes. Il faut donc acheter 6 rouleaux de papier peint :
$6 \times 16,95 = 101,7.$
Le coût en papier peint s'élève à 101,70 €.

- **La colle à papier peint**

On compte un pot de colle pour 4 rouleaux de papier peint.
Deux pots de colle sont donc nécessaires :
$2 \times 5,70 = 11,4.$
Le coût en colle s'élève à 11,40 €.

- **Total**

On obtient donc au total :
$101,7 + 11,4 = 113,10.$
La rénovation de la salle de bain coûtera 113,10 €.

4 Calcul du prix de la rénovation avec remise

Appliquer une baisse de 8 %, c'est multiplier le prix initial par $1 - \frac{8}{100} = 0,92.$

$113,10 \times 0,92 = 104,052.$

Après remise, le prix à payer sera de 104,05 € (résultat arrondi au centime d'euro près).

Gagnez des points !

Le nombre $1 - \frac{8}{100}$ est appelé coefficient multiplicateur et noté CM.

Autre méthode

8 % de 113,10 correspond à 9,048.
Le montant de la remise est de 9,05 €.
$113,10 - 9,05 = 104,05.$
La rénovation coûte finalement 104,05 €.

Sujet 3 — France métropolitaine, septembre 2020

100 pts — 2 heures

Exercice 1

20 min — 20 pts

Cet exercice est un questionnaire à choix multiples (QCM).
Pour chaque question, une seule des trois réponses proposées est exacte.
Indiquer le numéro de la question et recopier, sans justifier, la réponse choisie.

4 pts par question

Question	Réponse A	Réponse B	Réponse C
1 On donne la série de nombres suivante : 10 ; 6 ; 2 ; 14 ; 25 ; 12 ; 22. La médiane est :	12	13	14
2 Un sac opaque contient 50 billes bleues, 45 rouges, 45 vertes et 60 jaunes. Les billes sont indiscernables au toucher. On tire une bille au hasard dans ce sac. La probabilité que cette bille soit jaune est :	60	0,3	$\frac{1}{60}$
3 La décomposition en facteurs premiers de 2 020 est :	$2 \times 10 \times 101$	$5 \times 5 \times 101$	$2 \times 2 \times 5 \times 101$
4 La formule qui permet de calculer le volume d'une boule de rayon R est :	$2\pi R$	πR^2	$\frac{4}{3}\pi R^3$
5 Une homothétie de centre A et de rapport -2 est une transformation qui :	agrandit les longueurs	réduit les longueurs	conserve les longueurs

Exercice 2

25 min **20 pts**

On considère le programme de calcul suivant :

- Choisir un nombre.
- Ajouter 7 à ce nombre.
- Soustraire 7 au nombre choisi au départ.
- Multiplier les deux résultats précédents.
- Ajouter 50.

1 Montrer que si le nombre choisi au départ est 2, alors le résultat obtenu est 5. **2 pts**

2 Quel est le résultat obtenu avec ce programme si le nombre choisi au départ est – 10 ? **3 pts**

3 Un élève s'aperçoit qu'en calculant le double de 2 et en ajoutant 1, il obtient 5, le même résultat que celui qu'il a obtenu à la question **1**.
Il pense alors que le programme de calcul revient à calculer le double du nombre de départ et à ajouter 1.
A-t-il raison ? **5 pts**

4 Si x désigne le nombre choisi au départ, montrer que le résultat du programme de calcul est $x^2 + 1$. **5 pts**

5 Quel(s) nombre(s) doit-on choisir au départ du programme de calcul pour obtenir 17 comme résultat ? **5 pts**

Exercice 3

30 min **23 pts**

Une entreprise fabrique des portiques pour installer des balançoires sur des aires de jeux (voir doc. 1 et doc. 2 ci-après).

1 Déterminer la hauteur AH du portique, arrondie au centimètre près. **4 pts**

2 Les barres de maintien doivent être fixées à 165 cm du sommet (AN = 165 cm). Montrer que la longueur MN de chaque barre de maintien est d'environ 140 cm. **5 pts**

3 Montrer que le coût minimal d'un tel portique équipé de balançoires s'élève à 196,98 €. **5 pts**

4 L'entreprise veut vendre ce portique équipé 20 % plus cher que son coût minimal. Déterminer ce prix de vente arrondi au centime près. **5 pts**

5 Pour des raisons de sécurité, l'angle $\widehat{BAC}$ doit être compris entre 45° et 55°. Ce portique respecte-t-il cette condition ? **4 pts**

Doc. 1 **Croquis d'un portique**

Vue d'ensemble

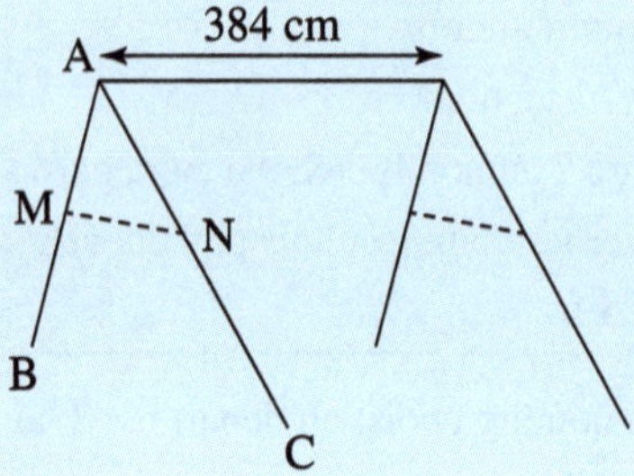

Vue de côté

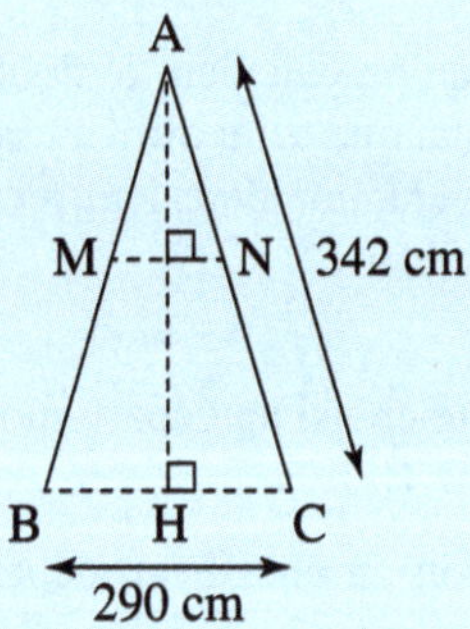

—— : poutres en bois de diamètre 100 mm
----- : barres de maintien latérales en bois

ABC est un triangle isocèle en A.
H est le milieu de [BC].
(MN) est parallèle à (BC).

Doc. 2 **Coût du matériel**

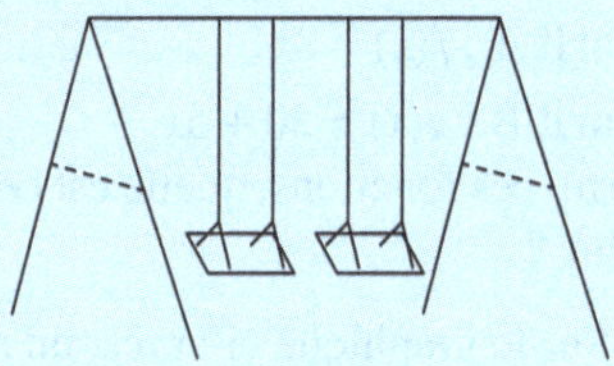

Poutres en bois de diamètre 100 mm :
– longueur 4 m : 12,99 € l'unité ;
– longueur 3,5 m : 11,75 € l'unité ;
– longueur 3 m : 10,25 € l'unité.

Barres de maintien latérales en bois :
– longueur 3 m : 6,99 € l'unité ;
– longueur 2 m : 4,75 € l'unité ;
– longueur 1,5 m : 3,89 € l'unité.

Ensemble des fixations nécessaires pour un portique : 80 €.

Ensemble de deux balançoires pour un portique : 50 €.

Exercice 4

25 min **23 pts**

Une association propose diverses activités pour occuper les enfants pendant les vacances scolaires.
Plusieurs tarifs sont proposés :

- **tarif A** : 8 € par demi-journée ;
- **tarif B** : une adhésion de 30 € donnant droit à un tarif préférentiel de 5 € par demi-journée.

Un fichier sur tableur a été préparé pour calculer le coût à payer en fonction du nombre de demi-journées d'activités pour chacun des tarifs proposés :

	A	B	C	D	E	F
1	Nombre de demi-journées	1	2	3	4	5
2	Tarif A	8	16	24	38	40
3	Tarif B	35	40	45	50	55

Les questions **1**, **2**, **4** et **5** ne nécessitent pas de justification.

1 Compléter le tableau ci-avant. **3 pts**

2 Retrouver, parmi les réponses suivantes, la formule qui a été saisie dans la cellule B3 avant de l'étirer vers la droite :

Réponse A	Réponse B	Réponse C	Réponse D	Réponse E
=8*B1	=30*B1+5	=5*B1+30*B1	=30+5*B1	=35

4 pts

3 On considère les fonctions f et g qui donnent les tarifs à payer en fonction du nombre x de demi-journées d'activités :

- **tarif A** : $f(x) = 8x$;
- **tarif B** : $g(x) = 30 + 5x$.

Parmi ces fonctions, quelle est celle qui traduit une situation de proportionnalité ? **3 pts**

4 Sur le graphique ci-après, on a représenté la fonction g. Représenter sur ce même graphique la fonction f. **4 pts**

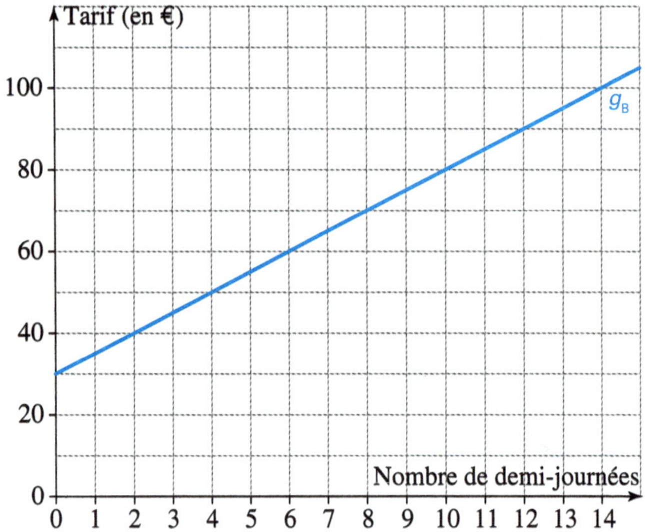

5 Déterminer le nombre de demi-journées d'activités pour lequel le tarif A est égal au tarif B. **4 pts**

6 Avec un budget de 100 €, déterminer le nombre maximal de demi-journées auxquelles on peut participer.
Décrire la méthode choisie. **5 pts**

Exercice 5

20 min **14 pts**

On cherche à dessiner une éolienne avec le logiciel Scratch ; elle est formée de 3 pales qui tournent autour d'un axe central.

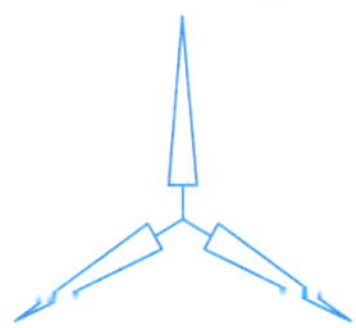

Éolienne modélisée par Scratch

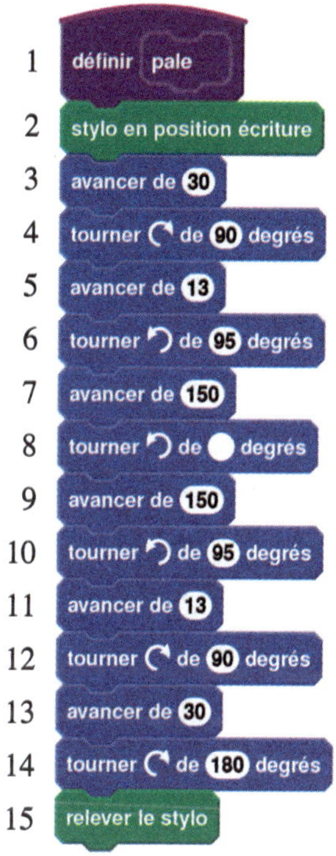

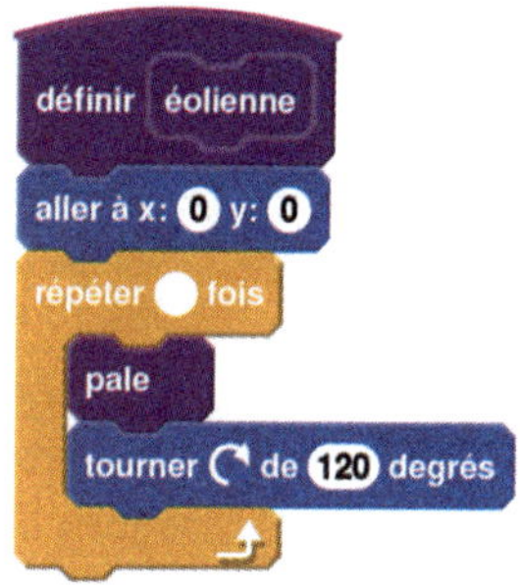

1 La figure ci-dessous représente une pale d'éolienne.

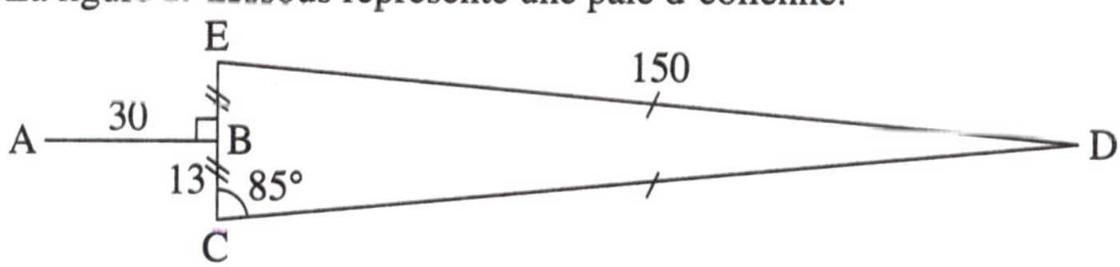

DEC est un triangle isocèle en D ; B est le milieu de [EC] ; [AB] est perpendiculaire à [EC] ; $\widehat{ECD} = 85°$.

a. Montrer que l'angle $\widehat{CDE}$ mesure 10°. **5 pts**

b. Le script « pale » ci-avant permet de tracer une pale de l'éolienne avec le logiciel Scratch. Pourquoi la valeur indiquée dans le bloc de la ligne n° 6 est-elle 95 ? **3 pts**

c. Dans ce même script « pale », par quelle valeur doit-on compléter le bloc situé à la ligne n° 8 ? **3 pts**

2 Le script « éolienne » ci-avant permet de tracer l'éolienne avec le logiciel Scratch.

Par quelle valeur doit-on compléter la boucle « répéter » ? **3 pts**

Sujet 3 Corrigé

Les clés pour réussir

Exercice 1

Révisez **Les statistiques, les probabilités, l'arithmétique et la géométrie**

- Dans une série ordonnée dans le sens croissant, la médiane partage la série en deux groupes de même effectif.
- En situation d'équiprobabilité, une probabilité p se calcule avec la formule :

$$p = \frac{\text{Nombre de cas favorables}}{\text{Nombre de cas possibles}}$$

- Un nombre premier est un nombre admettant pour seuls diviseurs 1 et lui-même.
- Deux figures images l'une de l'autre par une homothétie sont une réduction ou un agrandissement l'une de l'autre. Si le rapport de l'homothétie est strictement supérieur à 1 ou strictement inférieur à -1, la figure image est un agrandissement de la figure de départ.

Exercice 2

Révisez **Le calcul littéral**

- Pour tous nombres a et b, $(a + b)(a - b) = a^2 - b^2$.
- L'équation $x^2 = a$ a deux solutions si $a > 0$ ($-\sqrt{a}$ et $\sqrt{a}$), une solution si $a = 0$ (0) et aucune solution si $a < 0$.

Les difficultés du sujet

3 Utilisez le résultat de la question **2**. Si le résultat est en cohérence avec ce qu'affirme l'élève, il faudra faire un calcul littéral pour montrer le résultat pour tous les nombres. Si le résultat n'est pas cohérent, l'élève a tort.

4 Utilisez l'égalité remarquable pour développer et obtenir le résultat attendu.

5 Pour résoudre cette équation, isolez x^2 dans le membre de gauche.

Exercice 3

Révisez **La géométrie dans le plan (Pythagore, Thalès, trigonométrie)**

- Dans un triangle rectangle :

$$\cos \widehat{x} = \frac{\text{Côté adjacent à } \widehat{x}}{\text{Hypoténuse}} \qquad \sin \widehat{x} = \frac{\text{Côté opposé à } \widehat{x}}{\text{Hypoténuse}}$$

$$\tan \widehat{x} = \frac{\text{Côté opposé à } \widehat{x}}{\text{Côté adjacent à } \widehat{x}}$$

• Sur la figure ci-dessous, si (BC) est parallèle à (MN), alors d'après le théorème de Thalès :

$$\frac{AN}{AB} = \frac{AM}{AC} = \frac{MN}{BC}$$

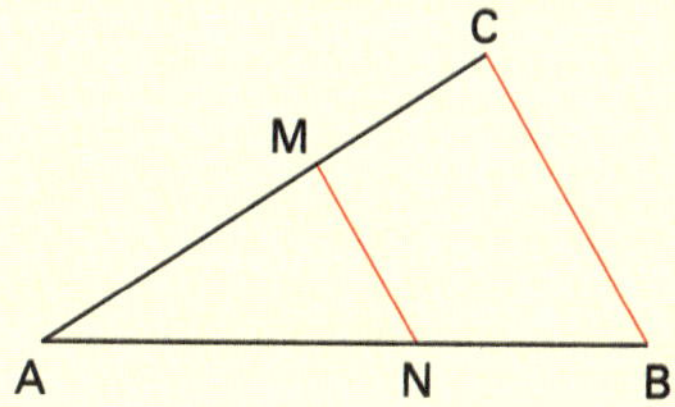

Les difficultés du sujet

1 Deux longueurs sont connues dans un triangle rectangle, on cherche la troisième longueur.

2 (MN) et (BC) sont des droites parallèles.

3 Acheter une barre de 3 m et la couper en deux coûte moins qu'acheter deux barres de 1,5 m.

4 Calculer 20 % d'un nombre revient à le multiplier par 0,2.

5 Utilisez la trigonométrie. N'oubliez pas que le triangle ABC est isocèle.

Exercice 4

Révisez **Les fonctions**

La représentation graphique d'une fonction linéaire est une droite passant par l'origine du repère.

Les difficultés du sujet

3 Une fonction traduisant une situation de proportionnalité est une fonction linéaire.

4 Une fonction linéaire se représente par une droite. Sachant qu'elle passe par l'origine du repère, il reste à trouver un deuxième point de cette droite.

5 Vous avez le choix entre une méthode graphique et une méthode calculatoire.

6 Deux méthodes sont possibles : par un graphique ou par le calcul.

Exercice 5

Révisez **Scratch**

Les difficultés du sujet

1 **a.** Le triangle CDE est isocèle, il a donc deux angles de même mesure.

b. et **c.** Identifiez la direction dans laquelle on se trouve après les instructions 5 et 7.

2 De combien de pales est formée une éolienne ?

Exercice 1

1 Détermination d'une médiane

La liste des 7 valeurs dans l'ordre croissant est :

$$\underbrace{2\ ;\ 6\ ;\ 10}_{\text{3 valeurs}}\ ;\ \boxed{12}\ ;\ \underbrace{14\ ;\ 22\ ;\ 25}_{\text{3 valeurs}}$$

La valeur médiane est : 12.

Réponse A

Pensez-y !

Pour déterminer une médiane, les valeurs doivent être dans l'ordre croissant.

2 Calcul d'une probabilité

Dans le sac, il y a 50 + 45 + 45 + 60 = 200 billes au total. Sur ces 200 billes, 60 sont jaunes.

La probabilité p de choisir une bille jaune est :

$$p = \frac{60}{200} = \frac{3}{10} = 0{,}3$$

Réponse B

Pensez-y !

Une probabilité peut s'écrire de différentes façons. 0,3 est l'écriture décimale de la probabilité.

3 Décomposition en facteurs premiers de 2 020

2 020	2
1 010	2
505	5
101	101
1	

La décomposition en produit de facteurs premiers de 2 020 est $2\,020 = 2 \times 2 \times 5 \times 101$.

Réponse C

L'astuce du prof

Pour savoir si 101 est un nombre premier, on teste avec les diviseurs premiers : 2, 3, 5 et 7. Il faut tester la division avec les nombres premiers inférieurs à $\sqrt{101} \simeq 9,2$.

4 Recherche d'une formule

- $2\pi R$ est le périmètre d'un cercle de rayon R.
- πR^2 est l'aire d'un disque de rayon R.
- $\frac{4}{3}\pi R^3$ est le volume d'une boule de rayon R.

Réponse C

Remarque

Ces formules sont à connaître par cœur.

5 Image par une homothétie de rapport – 2

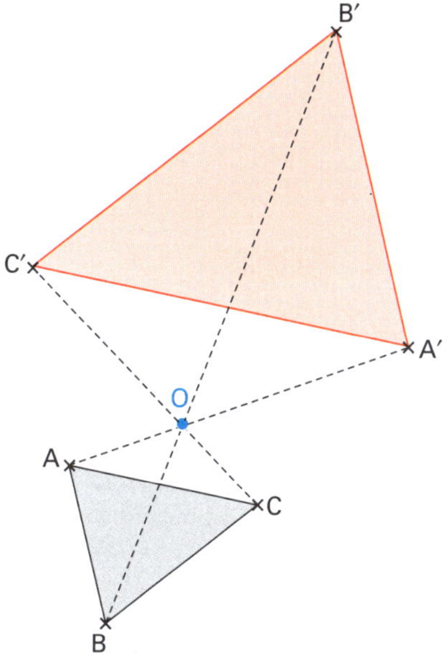

Le triangle A′B′C′ est l'image du triangle ABC dans l'homothétie de centre O et de rapport –2.
On a, par exemple, A et A′ qui sont de part et d'autre du point O (car le rapport est négatif) et OA′ = 2 × OA.
Les longueurs sont multipliées par 2. Elle sont donc agrandies.

Réponse A

Exercice 2

1 Calcul d'une valeur avec le programme de calcul

Le nombre choisi est 2.

- Ajouter 7 : $2 + 7 = 9$.
- Soustraire 7 au nombre choisi au départ : $2 - 7 = -5$.
- Multiplier les deux résultats précédents : $9 \times (-5) = -45$.
- Ajouter 50 : $-45 + 50 = 5$.

Le résultat obtenu est bien 5.

2 Calcul d'une valeur avec le programme de calcul

Le nombre choisi est –10.

- Ajouter 7 : $-10 + 7 = -3$.
- Soustraire 7 au nombre choisi au départ : $-10 - 7 = -17$.
- Multiplier les deux résultats précédents : $-3 \times (-17) = 51$.
- Ajouter 50 : $51 + 50 = 101$.

Le résultat obtenu est 101.

3 Vérification d'une affirmation

L'affirmation est correcte pour le premier exemple, mais l'est-elle encore pour le second ?
Avec -10, on obtient avec son raisonnement $-10 \times 2 + 1 = -19$, ce qui n'est pas le résultat trouvé.
Cet élève a donc tort.

Remarque

On pouvait aussi calculer le résultat du programme avec comme nombre de départ x, mais la donnée d'un contre-exemple avec -10 suffit pour prouver que l'affirmation est fausse.

4 Résultat du programme avec x

Le nombre choisi est x.

- Ajouter 7 : $x + 7$.
- Soustraire 7 au nombre choisi au départ : $x - 7$.
- Multiplier les deux résultats précédents : $(x + 7) \times (x - 7)$.
- Ajouter 50 : $(x + 7)(x - 7) + 50$.

En développant l'expression, on obtient :

$$\underbrace{(x+7)(x-7)}_{(a+b)(a-b)} + 50 = \underbrace{x^2 - 7^2}_{a^2 - b^2} + 50$$
$$= x^2 - 49 + 50$$
$$= x^2 + 1$$

Le résultat obtenu est $x^2 + 1$ lorsque le nombre choisi au départ est x.

Méthode

Pour développer l'expression $(x + 7)(x - 7)$, on utilise l'égalité remarquable $(a + b)(a - b) = a^2 - b^2$.
On peut aussi utiliser la double distributivité.

Remarque

$x^2 + 1$ n'est pas égal à $2x + 1$ pour tous les nombres x.
$x^2 = x \times x$ et $x + x = 2x$.

5 Nombres à choisir pour obtenir 17

On cherche les nombres x tels que : $x^2 + 1 = 17$.

$$x^2 + 1 = 17$$
$$x^2 = 17 - 1$$
$$x^2 = 16$$

$x = -4$ ou $x = 4$

Méthode

On résout ce type d'équation en isolant le carré dans le membre de droite. Il y a deux nombres x dont le carré donne 16 : -4 et 4.

Exercice 3

1 Calcul de la longueur AH

Comme le triangle ABC est isocèle en A, H est le milieu de [BC] et par conséquent :

$$HC = \frac{290}{2} = 145.$$

Dans le triangle AHC rectangle en H, d'après le théorème de Pythagore :

$$AH^2 + HC^2 = AC^2$$
$$AH^2 + 145^2 = 342^2$$
$$AH^2 = 342^2 - 145^2$$
$$AH^2 = 95\,939$$
$$AH = \sqrt{95\,939}$$
$$AH \simeq 310 \text{ (résultat arrondi au cm près)}$$

Au centimètre près, la longueur AH vaut 310 cm.

2 Calcul de la longueur MN

Dans le triangle ABC, M est sur le côté [AB] et N est sur le côté [AC]. De plus, (MN) est parallèle à (BC). D'après le théorème de Thalès :

$$\frac{AM}{AB} = \frac{AN}{AC} = \frac{MN}{BC}$$

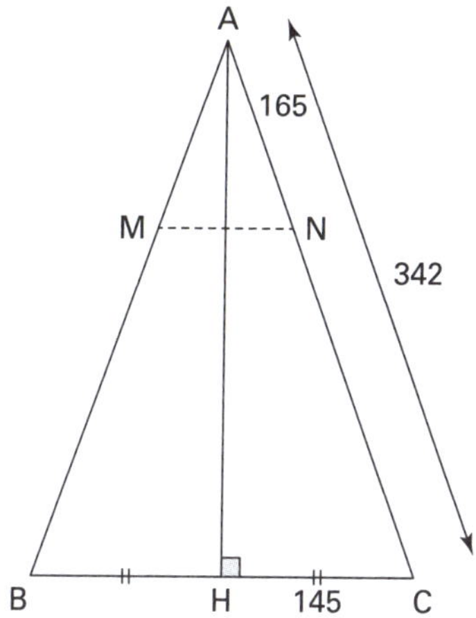

En remplaçant les longueurs par les valeurs, on obtient :

$$\frac{165}{342} = \boxed{\frac{165}{342} = \frac{MN}{290}}$$

En utilisant l'égalité des deux quotients encadrés, on a :

$$\frac{165}{342} = \frac{MN}{290}$$

$$342 \times MN = 165 \times 290$$

(Égalité des produits en croix)

$$342\ MN = 47\ 850$$

$$MN = \frac{47\ 850}{342}$$

$$MN \approx 140$$

La longueur MN mesure bien environ 140 cm.

3 Coût du portique

En utilisant les graphiques, le portique est constitué de :

- 5 poutres en bois de diamètre 100 mm (4 de longueur 342 cm et 1 de longueur 384 cm).
Il faut donc acheter 4 poutres de 3,5 m pour un prix de 4 × 11,75 = 47 € et une poutre de 4 m pour un prix de 12,99 €;
- 2 barres de maintien horizontales de longueur 140 cm.
Il faut donc acheter une barre de maintien de 3 m pour un prix de 6,99 €;

> **Pensez-y !**
> On pouvait aussi acheter deux barres de maintien pour un prix de 3,89 € l'unité, mais cela serait revenu plus cher.

- un ensemble de fixations pour un prix de 80 €;
- un ensemble de deux balançoires pour un prix de 50 €.

Le montant total dépensé sera alors de :

$$47 + 12,99 + 6,99 + 80 + 50 = 196,98$$

Le coût minimal d'un tel portique est donc bien de 196,98 €.

4 Prix de vente du portique

20 % de 196,98 = 0,2 × 196,98 = 39,396.
Le prix du portique doit donc être augmenté de 39,40 €. Il doit être vendu :

196,98 + 39,40 = 236,38

Le prix de vente doit donc être 236,38 € (au centime près).

L'astuce du prof

Pour augmenter une quantité de 20 %, on la multiplie par 1 + 0,2 soit 1,2. Ce nombre est appelé coefficient multiplicateur associé à une hausse de 20 %.

5 Condition de sécurité

Dans le triangle AHC rectangle en H, on a :

$$\sin \widehat{HAC} = \frac{\text{Côté opposé à } \widehat{HAC}}{\text{Hypoténuse}} = \frac{HC}{AC} = \frac{145}{342}$$

Ainsi, on obtient :

$$\widehat{HAC} = \sin^{-1}\left(\frac{145}{342}\right)$$
$$\simeq 25°.$$

Méthode

Utilisez la calculatrice en mode degrés.

Comme le triangle AHC est isocèle, on a :
$\widehat{BAC} = 2 \times \widehat{HAC} \approx 50°$.
Le portique respecte bien la condition de sécurité.

Exercice 4

1 Tableau complété

	A	B	C	D	E	F
1	Nombre de demi-journées	1	2	3	4	5
2	Tarif A	8	16	3 × 8 = **24**	4 × 8 = **32**	5 × 8 = **40**
3	Tarif B	35	40	30 + 3 × 5 = **45**	30 + 4 × 5 = **50**	30 + 5 × 5 = **55**

2 Formule dans le tableur

Le tarif B est donné par la somme de 30 € et du produit du nombre de demi-journées par 5 €. La valeur calculée en B3 s'obtient en multipliant la valeur en B1 (nombre de demi-journées) par 5 et en ajoutant 30 : = 30+5*B1
C'est la réponse D.

Remarque

La cellule B3 correspond au prix avec le tarif B.

3 Fonction et proportionnalité

Une fonction *h* traduisant une situation de proportionnalité est de la forme $h(x) = a \times x$. Ici, seule l'expression de la fonction *f* est de cette forme.

C'est donc la fonction *f* qui traduit une situation de proportionnalité.

L'astuce du prof

Le tarif A est proportionnel au nombre de demi-journées (8 € par demi-journée).

4 Représentation graphique de la fonction *f*

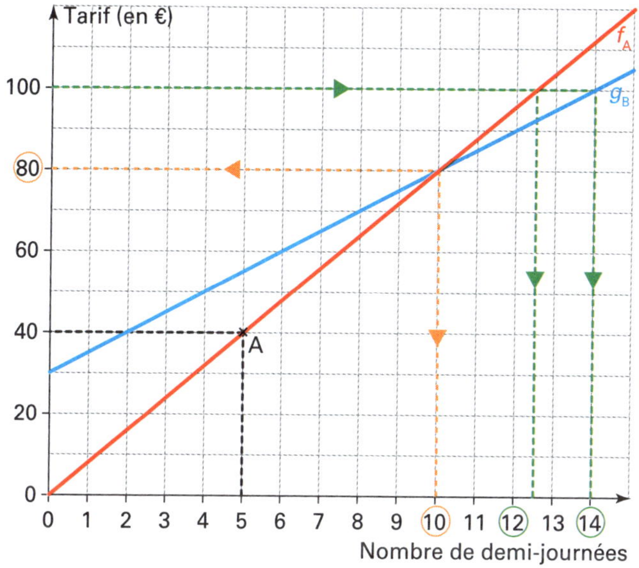

f est une fonction linéaire. Elle est donc représentée par une droite passant par l'origine du repère.
Comme $f(5) = 5 \times 8 = 40$, la droite passe également par le point A de coordonnées (5 ; 40).

5 Recherche d'un nombre de demi-journées

Graphiquement, le nombre de demi-journées pour lequel les deux tarifs sont égaux est donné par l'abscisse du point d'intersection des deux droites.
C'est donc pour 10 demi-journées que les deux tarifs sont identiques (voir pointillés orange). Le tarif est alors de 80 €.

L'astuce du prof

Vérifiez par le calcul que les deux tarifs sont les mêmes :
- pour A : $f(10) = 8 \times 10 = 80$;
- pour B : $g(10) = 30 + 5 \times 10 = 80$.

Autre méthode : par le calcul

On cherche la valeur de x telle que les deux tarifs A et B soient égaux. Autrement dit, on cherche x tel que $f(x) = g(x)$. On résout l'équation :

$$8x = 30 + 5x$$
On retranche $5x$ dans chaque membre.
$$8x - 5x = 30 + 5x - 5x$$
On divise par 3 chaque membre.
$$\frac{3x}{3} = \frac{30}{3}$$
$$x = 10$$

On retrouve bien le résultat lu graphiquement.

6 Recherche du nombre maximal de demi-journées avec 100 €

Graphiquement (pointillés verts) :

- **Avec le tarif A** : pour 100 €, le nombre de demi-journées auxquelles on peut participer est 12.
- **Avec le tarif B** : pour 100 €, le nombre de demi-journées auxquelles on peut participer est 14.

Remarque

On cherche l'antécédent de 100 par la fonction *f*, puis par la fonction *g*.

- On en déduit que c'est avec le tarif B que le nombre de demi-journées auxquelles on peut participer est le plus grand.

Ainsi, avec 100 €, on peut participer au maximum à 14 demi-journées.

Autre méthode : par le calcul

On cherche la valeur de x telle que $f(x) = 100$, puis telle que $g(x) = 100$.

- $f(x) = 100$

$8x = 100$ On divise par 8 chaque membre.

$\frac{8x}{8} = \frac{100}{8}$

$x = 12,5$

Avec le tarif A, on peut participer à 12 demi-journées.

- $g(x) = 100$

$30 + 5x = 100$ On retranche 30 dans chaque membre.

$30 + 5x - 30 = 100 - 30$

$5x = 70$ On divise par 5 chaque membre.

$\frac{5x}{5} = \frac{70}{5}$

$x = 14$

Avec le tarif B, on peut participer à 14 demi-journées, soit deux de plus qu'avec le tarif A.

Exercice 5

1 a. Calcul d'un angle

Comme DEC est un triangle isocèle, ses deux angles à la base sont égaux.

Ainsi, on a donc :

$\widehat{ECD} = \widehat{CED} = 85°$.

Par conséquent, on obtient :

$\widehat{CDE} = 180 - 2 \times 85 = 10°$.

La mesure de l'angle $\widehat{CDE}$ est bien 10°.

b. Instruction Scratch

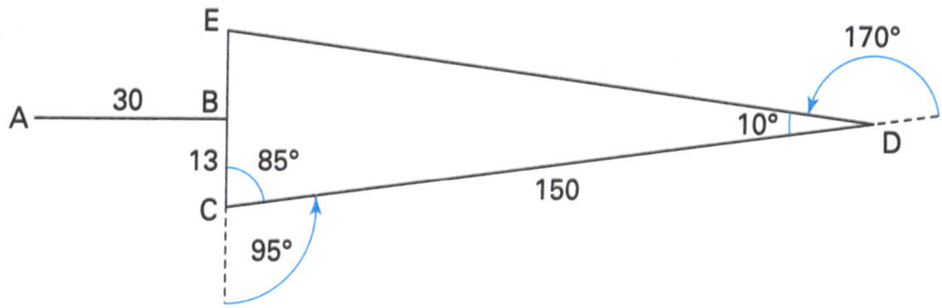

Après la ligne 5, on est en C dans la direction opposée à celle de E ; pour aller vers D, il faut tourner vers la gauche du supplémentaire de l'angle de mesure 85°, soit de 180 – 85 = 95°.

> **Rappel**
> Deux angles sont supplémentaires quand la somme de leurs mesures vaut 180°.

c. Instruction Scratch

Après la ligne 9, on est en D, dans la direction opposée de celle de C. Pour aller vers E, il faut faire demi-tour, donc tourner vers la gauche de : 180 – 10 = 170°.

2 Instruction Scratch

Il y a 3 pales : il faut donc répéter **3 fois** le script « pale ».

Sujet 4

100 pts — 2 heures

France métropolitaine, juillet 2019

Exercice 1

10 min — 10 pts

Le capitaine d'un navire possède un trésor constitué de 69 diamants, 1 150 perles et 4 140 pièces d'or.

1 Décomposer 69, 1 150 et 4 140 en produits de facteurs premiers. 5 pts

2 Le capitaine partage équitablement le trésor entre les marins.
Combien y a-t-il de marins sachant que toutes les pièces, perles et diamants ont été distribués ? 5 pts

Exercice 2

25 min — 19 pts

Dans cet exercice, on donnera, si nécessaire, une valeur approchée des résultats au centième près.

Pour construire le décor d'une pièce de théâtre (**figure 1**), Joanna dispose d'une plaque rectangulaire ABCD de 4 m sur 2 m dans laquelle elle doit découper les trois triangles du décor avant de les superposer. Elle propose un découpage de la plaque (**figure 2**).

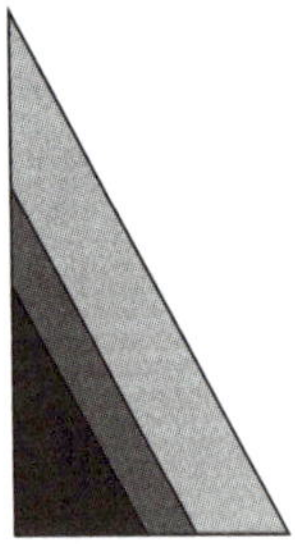

Figure 1

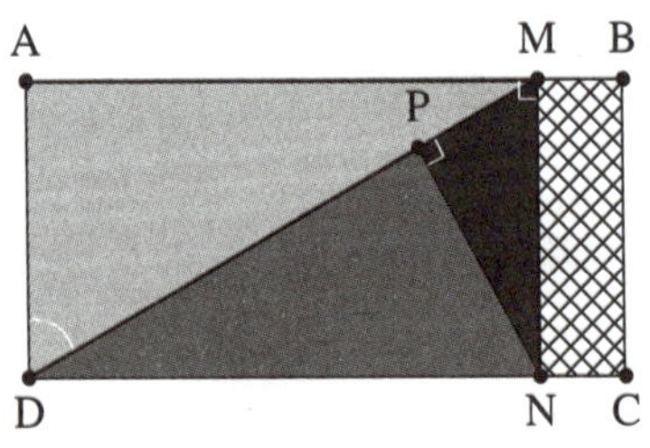

Figure 2

Le triangle ADM respecte les conditions suivantes :

- le triangle ADM est rectangle en A ;
- AD = 2 m ;
- $\widehat{ADM} = 60°$.

1 Montrer que [AM] mesure environ 3,46 m. **4 pts**

2 La partie de la plaque non utilisée est représentée en quadrillé sur la **figure 2**.
Calculer une valeur approchée au centième de la proportion de la plaque qui n'est pas utilisée. **3 pts**

3 Pour que la superposition des triangles soit harmonieuse, Joanna veut que les trois triangles AMD, PNM et PDN soient semblables. Démontrer que c'est bien le cas. **6 pts**

4 Joanna aimerait que le coefficient d'agrandissement pour passer du triangle PDN au triangle AMD soit plus petit que 1,5. Est-ce le cas ? Justifier. **6 pts**

Exercice 3

20 min **17 pts**

Les questions **1** *et* **2** *sont indépendantes.*

Un sablier est composé de :
– deux cylindres C_1 et C_2 de hauteur 4,2 cm et de diamètre 1,5 cm ;
– un cylindre C_3 ;
– deux demi-sphères S_1 et S_2 de diamètre 1,5 cm.
On rappelle le volume $\mathcal{V}$ d'un cylindre d'aire de base B et de hauteur h :

$$\mathcal{V} = B \times h$$

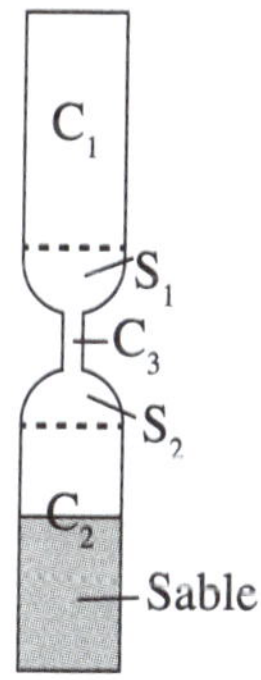

1 a. Au départ, le sable remplit le cylindre C_2 aux deux tiers. Montrer que le volume du sable est environ 4,95 cm³. **4 pts**

b. On retourne le sablier. En supposant que le débit d'écoulement du sable est constant et égal à 1,98 cm³/min, calculer le temps en minutes et secondes que va mettre le sable à s'écouler dans le cylindre inférieur. **4 pts**

2 En réalité, le débit d'écoulement d'un même sablier n'est pas constant. Dans une usine où on fabrique des sabliers comme celui-ci, on prend un sablier au hasard et on teste plusieurs fois le temps d'écoulement dans ce sablier.
Voici les différents temps récapitulés dans le tableau suivant :

Temps mesuré	2 min 22 s	2 min 24 s	2 min 26 s	2 min 27 s	2 min 28 s	2 min 29 s	2 min 30 s
Nombre de tests	1	1	2	6	3	7	6

Temps mesuré	2 min 31 s	2 min 32 s	2 min 33 s	2 min 34 s	2 min 35 s	2 min 38 s
Nombre de tests	3	1	2	3	2	3

a. Combien de tests ont été réalisés au total ? **1 pt**

b. Un sablier est mis en vente s'il vérifie les trois conditions ci-dessous, sinon il est éliminé :

- l'étendue des temps est inférieure à 20 s ;
- la médiane des temps est comprise entre 2 min 29 s et 2 min 31 s ;
- la moyenne des temps est comprise entre 2 min 28 s et 2 min 32 s.

Le sablier testé sera-t-il éliminé ? **8 pts**

Exercice 4

25 min **19 pts**

On veut réaliser un dessin constitué de deux types d'éléments (tirets et carrés) mis bout à bout.
Chaque script ci-dessous trace un élément et déplace le stylo.
On rappelle que « s'orienter à 90 degrés » signifie qu'on oriente le stylo vers la droite.

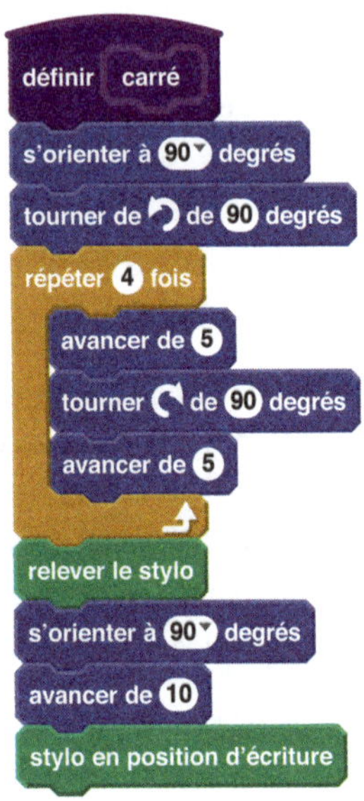

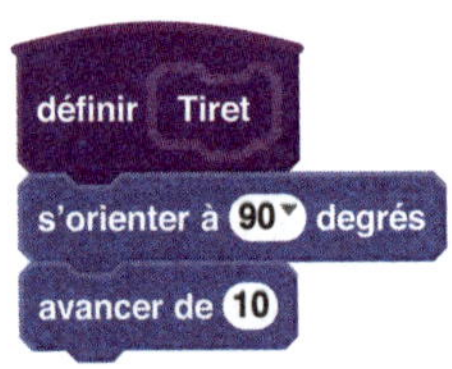

1 En prenant 1 cm pour 2 pixels, représenter la figure obtenue si on exécute le script « carré ». Préciser les positions de départ et d'arrivée du stylo sur votre figure. **6 pts**

Pour tracer le dessin complet, on a réalisé deux scripts qui se servent des blocs « carré » et « tiret » ci-avant :

Script 1

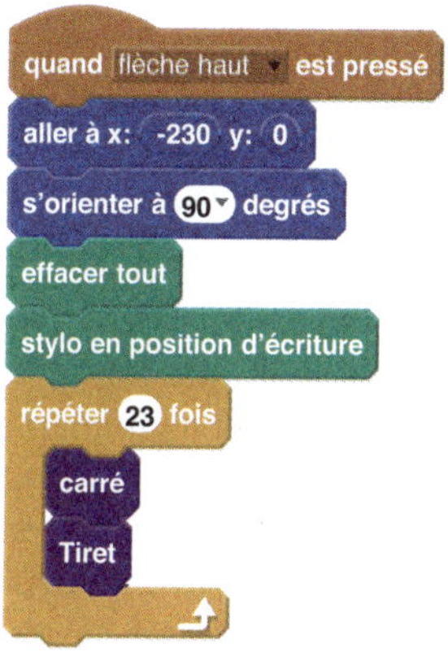

Script 2

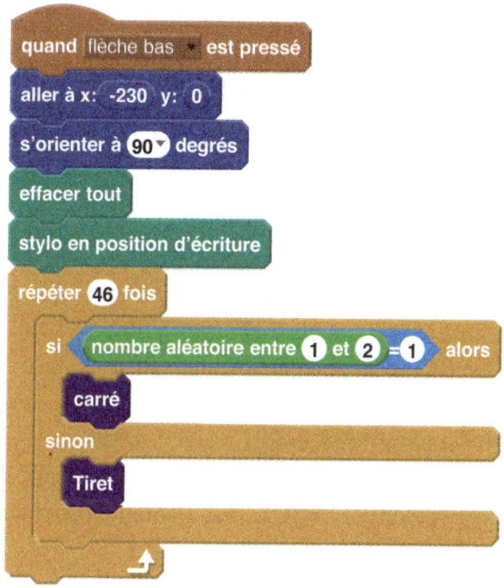

On exécute les deux scripts et on obtient les deux dessins ci-dessous :

Dessin A

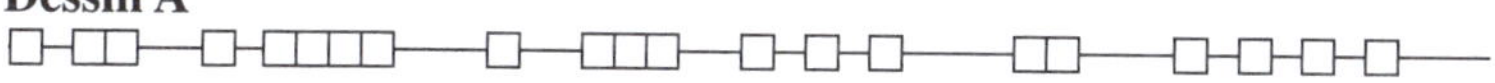

Dessin B

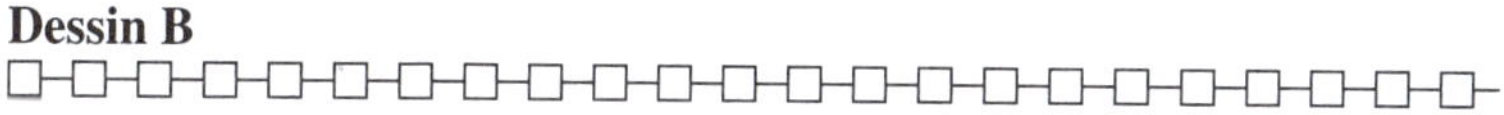

2 Attribuer à chaque script la figure dessinée. Justifier votre choix. **3 pts**

3 On exécute le **script 2**.

a. Quelle est la probabilité que le premier élément tracé soit un carré ? **2 pts**

b. Quelle est la probabilité que les deux premiers éléments soient des carrés ? **3 pts**

4 Dans le **script 2**, on aimerait que la couleur des différents éléments, tirets ou carrés, soit aléatoire, avec à chaque fois 50 % de chance d'avoir un élément noir et 50 % de chance d'avoir un élément rouge.
Écrire la suite d'instructions qu'il faut alors créer et préciser où l'insérer dans le **script 2**. **5 pts**

Indication : on pourra utiliser les instructions 

et 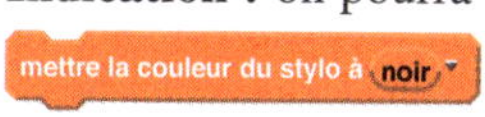

pour choisir la couleur du stylo.

Exercice 5

20 min **18 pts**

Olivia s'est acheté un tableau pour décorer le mur de son salon.
Ce tableau, représenté ci-contre, est constitué de quatre rectangles identiques nommés ①, ②, ③ et ④, dessinés à l'intérieur d'un grand rectangle ABCD d'aire égale à 1,215 m². Le ratio longueur : largeur est égal à 3:2 pour chacun des cinq rectangles.

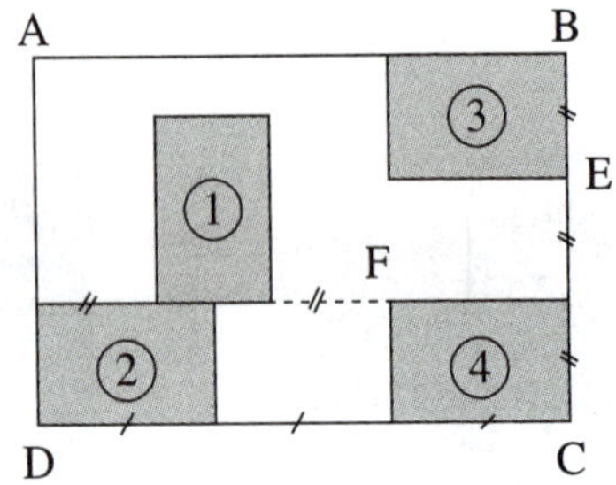

1 Recopier, en les complétant, les phrases suivantes.
Aucune justification n'est demandée.

a. Le rectangle … est l'image du rectangle … par la translation qui transforme C en E. **2 pts**

b. Le rectangle ③ est l'image du rectangle … par la rotation de centre F et d'angle 90° dans le sens des aiguilles d'une montre. **2 pts**

c. Le rectangle ABCD est l'image du rectangle … par l'homothétie de centre … et de rapport 3. **3 pts**
(*Il y a plusieurs réponses possibles, une seule est demandée.*)

2 Quelle est l'aire d'un petit rectangle ? **5 pts**

3 Quelles sont la longueur et la largeur du rectangle ABCD ? **6 pts**

Exercice 6

20 min **17 pts**

Voici deux programmes de calcul.

Programme 1

- Choisir un nombre.
- Le multiplier par 3.
- Ajouter 1.

Programme 2

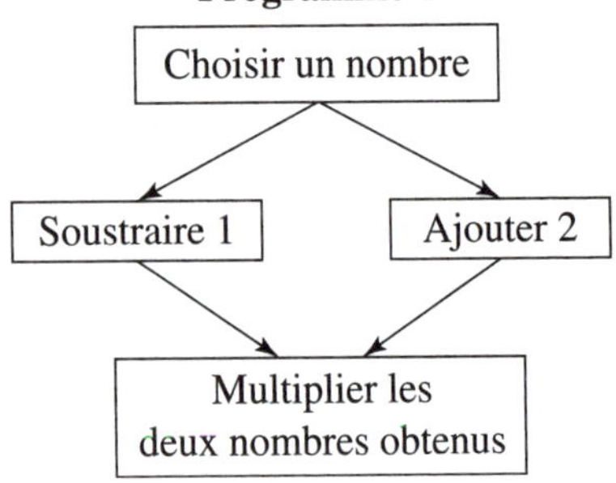

1 Vérifier que si on choisit 5 comme nombre de départ :
- le résultat du programme 1 vaut 16 ;
- le résultat du programme 2 vaut 28. **2 pts**

On appelle $A(x)$ le résultat du programme 1 en fonction du nombre x choisi au départ.

La fonction $B : x \mapsto (x - 1)(x + 2)$ donne le résultat du programme 2 en fonction du nombre x choisi au départ.

2 **a.** Exprimer $A(x)$ en fonction de x. **3 pts**

b. Déterminer le nombre que l'on doit choisir au départ pour obtenir 0 comme résultat du programme 1. **2 pts**

3 Développer et réduire l'expression : $B(x) = (x - 1)(x + 2)$. **3 pts**

4 **a.** Montrer que $B(x) - A(x) = (x + 1)(x - 3)$. **4 pts**

b. Quels nombres doit-on choisir au départ pour que le programme 1 et le programme 2 donnent le même résultat ? Expliquer la démarche. **3 pts**

Sujet 4 Corrigé

Les clés pour réussir

Exercice 1

Révisez L'arithmétique

- Un nombre premier est un nombre admettant pour seuls diviseurs 1 et lui-même.
- Tout entier naturel (non premier) se décompose en produit de facteurs premiers.

Les difficultés du sujet

2 Le nombre de marins cherché est un diviseur de 69, 1 150 et 4 140. Repérez dans les décompositions faites dans la question **1** le(s) facteur(s) commun(s).

Exercice 2

Révisez La géométrie dans le plan

- Dans un triangle rectangle :

$$\cos \widehat{x} = \frac{\text{Côté adjacent à } \widehat{x}}{\text{Hypoténuse}} \qquad \sin \widehat{x} = \frac{\text{Côté opposé à } \widehat{x}}{\text{Hypoténuse}}$$

$$\tan \widehat{x} = \frac{\text{Côté opposé à } \widehat{x}}{\text{Côté adjacent à } \widehat{x}}.$$

- Proportion (d'une surface) $= \dfrac{\text{Surface de la partie}}{\text{Surface totale}}$.
- Deux triangles semblables sont deux triangles qui ont leurs angles deux à deux de même mesure.
- Coefficient k d'agrandissement $= \dfrac{\text{Longueur agrandie}}{\text{Longueur initiale}}$.

Les difficultés du sujet

2 Calculez l'aire du rectangle MNCB, puis celle du rectangle ABCD. La proportion cherchée est le quotient de ces aires.

3 Dans chacun des trois triangles AMD, PNM et PDN, donnez (ou calculez) les mesures de chacun des angles. Vous penserez que la somme des mesures des angles d'un triangle vaut 180°.

4 • Deux triangles semblables ayant leurs côtés proportionnels, le coefficient d'agrandissement k s'obtient comme :

$$k = \frac{\text{Longueurs du triangle AMD}}{\text{Longueurs du triangle PDN}}$$

- Pour calculer k, il est alors nécessaire de calculer la longueur DM (ou DP ou PN) avec la trigonométrie par exemple.
- Enfin, il faut conclure en comparant la valeur de k calculée avec 1,5.

Exercice 3

Révisez Les volumes, les grandeurs composées et les statistiques

- Aire d'un disque de rayon r : $\pi \times r^2$.
- Débit $= \dfrac{\text{Volume écoulé}}{\text{Temps d'écoulement}}$
- L'étendue est la différence entre la plus grande et la plus petite valeur de la série.
- La médiane d'une série est la valeur qui partage cette série en deux « sous-séries » de même effectif. Il y a autant de valeurs de la série supérieures ou égales à la médiane, qu'inférieures ou égales à la médiane.
- La moyenne m est la somme des valeurs divisée par le nombre de valeurs : $m = \dfrac{n_1x_1 + n_2x_2 + \dots}{n_1 + n_2 + \dots}$.

Les difficultés du sujet

1 a. Calculez d'abord le volume du cylindre C_2 qui a pour base un disque de rayon 0,75 cm.

Le volume de sable cherché correspond aux deux tiers du volume de C_2.

b. Le temps obtenu doit être converti en minutes et secondes.

2 b. • Il s'agit de calculer, pour la série de 40 valeurs, son étendue, sa médiane et sa moyenne.

- La série compte 40 mesures de temps, la médiane Me partage donc en deux séries de 20 la liste des temps.
- Pour calculer le temps moyen d'écoulement m, additionnez tous les temps après les avoir convertis en secondes (par exemple $1 \times 142 + 1 \times 144 + 2 \times 146 + \dots$), puis divisez par 40.

Exercice 4

Révisez L'algorithmique et les probabilités

Les difficultés du sujet

1 1 cm représente 2 pixels, donc pour « avancer de 5 », on trace un segment de longueur 2,5 cm.

Au démarrage, on s'oriente à 90° (donc vers la droite), mais juste après, on tourne de 90° dans le sens contraire des aiguilles d'une montre (donc le stylo s'oriente vers le haut).

Faites attention, la répétition de la commande « avancer de 5 » deux fois dans la boucle indique que le carré aura un côté de longueur 10 pixels.

2 Soyez attentif à la figure qui doit être répétée 23 fois dans le **script 1** et 46 fois dans le **script 2.**

3 a. La commande « nombre aléatoire entre 1 et 2 » renvoie avec autant de chances 1 ou 2.

b. Utilisez un arbre pour compter le nombre de possibilités qu'il y a pour les deux premiers éléments.

4 Il s'agit d'inclure dans la boucle « répéter 46 fois » le choix aléatoire de la couleur du stylo.

Exercice 5

Révisez **Les transformations du plan**

- La translation

Le point A′ est l'image du point A par la translation qui transforme B en B′.

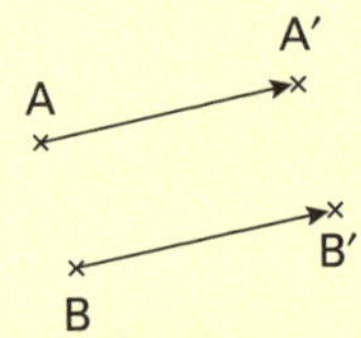

- La rotation

Le point A′ est l'image du point A par la rotation de centre O et d'angle α dans le sens des aiguilles d'une montre.

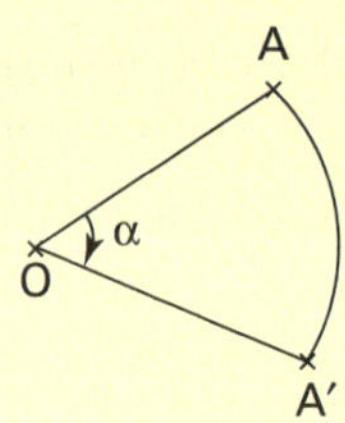

- L'homothétie

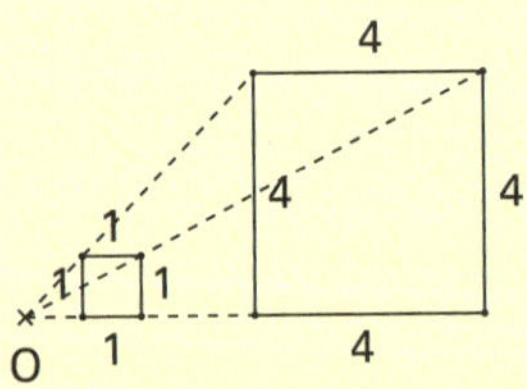

Le grand carré est l'image du petit carré par une homothétie de centre O et de rapport $k = 4$.

k est le coefficient d'agrandissement de la figure de départ.

- Dans un agrandissement de rapport k, les aires sont multipliées par k^2.
- Deux nombres a et b sont dans le ratio 3:2 si $\frac{a}{3} = \frac{b}{2}$, d'où $\frac{a}{b} = \frac{3}{2}$.

Les difficultés du sujet

1 b. Tracez le segment [FE]. Le point E est l'image du point G tel que : FE = EG et $\widehat{GFE} = 90°$ (angle droit).

c. Puisque le rapport de l'homothétie est 3, le rectangle cherché a des mesures 3 fois plus petites. Dans une homothétie, le centre est invariant.

2 Utilisez la question précédente.
Si les mesures des petits rectangles sont 3 fois plus petites que les mesures du grand rectangle, alors que peut-on dire des aires ?

3 Utilisez les données : le ratio longueur:largeur est 3:2.
Exprimez ainsi la longueur en fonction de la largeur, puis résolvez une équation dont l'inconnue est la longueur en utilisant l'égalité suivante : longueur × largeur = 0,135.

Exercice 6

Révisez **Le calcul littéral et les équations**

- $(a + b)(c + d) = a \times c + a \times d + b \times c + b \times d$
  $= ac + ad + bc + bd.$
- Un produit de deux facteurs est nul si et seulement si l'un au moins des deux facteurs est nul.

Les difficultés du sujet

2 b. Vous devez résoudre une équation.

3 Faites attention aux signes et n'oubliez pas de réduire.

4 a. Faites deux calculs séparés :
$B(x) - A(x) = (x - 1)(x + 2) - (3x + 1) = \ldots$ et $(x + 1)(x - 3) = \ldots$
Vous devez trouver le même résultat.
b. Résoudre $B(x) = A(x)$ revient à résoudre $B(x) - A(x) = 0$. Utilisez la question précédente.

Exercice 1

1 Décomposition en produit de facteurs premiers

- $69 = \mathbf{3} \times \mathbf{23}$.

Méthode
Un nombre est divisible par 3 si la somme des chiffres qui le composent est un multiple de 3. Ici pour 69 : 6 + 9 = 15 est un multiple de 3. Donc 69 est divisible par 3.

-

1 150	2	(1 150 ÷ 2 = 575)
575	5	(575 ÷ 5 = 115)
115	5	(115 ÷ 5 = 23)
23	23	(23 ÷ 23 = 1)
1		

$1\,150 = 2 \times 5 \times 5 \times 23 = \mathbf{2} \times \mathbf{5^2} \times \mathbf{23}$.

Méthode
Un nombre est divisible par 5 s'il se termine par 0 ou 5.

-

4 140	2	(4 140 ÷ 2 = 2 070)
2 070	2	(2 070 ÷ 2 = 1 035)
1 035	3	(1 035 ÷ 3 = 345)
345	3	(345 ÷ 3 = 115)
115	5	(115 ÷ 5 = 23)
23	23	(23 ÷ 23 = 1)
1		

$4\,140 = 2 \times 2 \times 3 \times 3 \times 5 \times 23 = \mathbf{2^2} \times \mathbf{3^2} \times \mathbf{5} \times \mathbf{23}$.

Autre méthode

On décompose en produit de facteurs « évidents » dans un premier temps (même s'ils ne sont pas premiers, comme 9, 10...).
Dans un deuxième temps, on poursuit la décomposition jusqu'à n'avoir plus que des facteurs premiers.
Enfin, on ordonne (par facteurs croissants) le produit.

- $1\,150 = 10 \times 115 = (2 \times 5) \times (5 \times 23) = 2 \times 5 \times 5 \times 23$.
- $4\,140 = 10 \times 414 = 10 \times 9 \times 46 = 2 \times 5 \times 3 \times 3 \times 2 \times 23$.
  $= 2 \times 2 \times 3 \times 3 \times 5 \times 23$.

2 Calcul du nombre de marins

- Le trésor composé de 69 diamants, 1 150 perles et 4 140 pièces d'or est partagé équitablement entre les marins : cela signifie que chaque marin a le même nombre de diamants, de perles et de pièces d'or.

Le nombre de marins est donc un diviseur commun à 69, 1 150 et 4 140.

- $69 = 3 \times 23$

$1\,150 = 2 \times 5^2 \times 23$

$4\,140 = 2^2 \times 3^2 \times 5 \times 23$

La décomposition faite en **1** permet d'établir que les seuls diviseurs communs à ces trois nombres sont 1 et 23. Comme l'énoncé précise « entre les marins », on suppose qu'il y en a plus de 1.

- En conclusion, **le navire compte 23 marins.**

L'astuce du prof

On cherche dans les trois décompositions le(s) facteur(s) commun(s).

Remarque

Chaque marin aura : $69 \div 23 = 3$ diamants ; $1\,150 \div 23 = 50$ perles ; $4\,140 \div 23 = 180$ pièces d'or.

Exercice 2

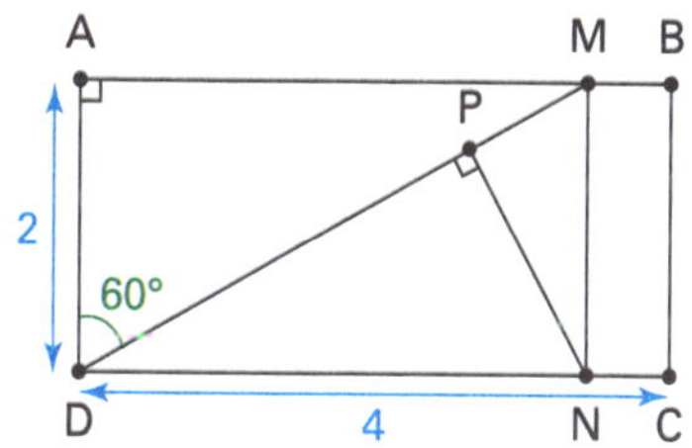

L'astuce du prof

Réalisez un croquis sur lequel vous portez les mesures connues et codez les informations de l'énoncé.

1 Justification de la longueur AM

Dans le triangle ADM rectangle en A,

$\tan\widehat{ADM} = \dfrac{\text{Côté opposé à } \widehat{ADM}}{\text{Côté adjacent à } \widehat{ADM}} = \dfrac{AM}{AD}.$

$\tan(60°) = \dfrac{AM}{2}.$

$AM = 2 \times \tan(60°)$

$AM \simeq 3{,}46.$

[AM] mesure bien environ 3,46 m.

Gagnez des points !

Identifiez les côtés par rapport à l'angle $\widehat{D}$. Ici, on cherche le côté opposé et on connaît le côté adjacent. On utilise donc la tangente.

Remarque

La calculatrice donne la valeur exacte de AM : $AM = 2\sqrt{3}$ m.

2 Proportion de plaque non utilisée

La proportion p de la plaque qui n'est pas utilisée est :

$$p = \frac{\mathscr{A}_{MNCB}}{\mathscr{A}_{ABCD}}$$

- MNCB est un rectangle de longueur BC = AD = 2 m et de largeur NC = MB = AB – AM (car les points A, M et B sont alignés) = $4 - 3{,}46 = 0{,}54$ m.

$\mathscr{A}_{MNCB}$ = longueur × largeur = BC × MB = $2 \times 0{,}54 = 1{,}08$ m^2.

- ABCD est un rectangle de longueur AB = 4 m et de largeur AD = 2 m.
$\mathcal{A}_{ABCD} = 4 \times 2 = 8\ m^2$.
- D'où $p = \frac{1,08}{8} = 0,135$ (valeur exacte), soit $p \simeq 0,14$ (valeur approchée au centième).
Environ 14 % de la plaque n'est pas utilisée pour la construction du décor.

Pensez-y !
Une proportion est un nombre compris entre 0 et 1, sans unité. On l'exprime souvent en % pour le rendre plus représentatif.

3 Démonstration de triangles semblables

- Comparons les mesures des angles des trois triangles AMD, PNM et PDN.
- Dans le triangle AMD
Le triangle ADM est rectangle en A :
$\widehat{DAM} = 90°$.
$\widehat{ADM} = 60°$ (donnée de l'énoncé).
$\widehat{AMD} = 180 - 90 - 60 = 30°$.

Pensez-y !
$\widehat{ADM}$ et $\widehat{AMD}$ sont deux angles complémentaires : la somme de leurs mesures vaut 90°.

- Dans le triangle DPN
Le triangle DPN est rectangle en P : $\widehat{DPN} = 90°$.
$\widehat{PDN} = \widehat{ADN} - \widehat{ADP} = \widehat{ADC} - \widehat{ADM} = 90 - 60 = 30°$.
$\widehat{PND} = 180 - \widehat{DPN} - \widehat{PDN} = 180 - 90 - 30 = 60°$.
- Dans le triangle MPN
Le triangle PNM est rectangle en P : $\widehat{MPN} = 90°$.
$\widehat{PMN} = \widehat{AMN} - \widehat{AMD} = 90 - 30 = 60°$.
$\widehat{MNP} = 180 - \widehat{MPN} - \widehat{PMN} = 180 - 90 - 60 = 30°$.

Gagnez des points !
Le triangle MPN étant rectangle, ses angles aigus sont complémentaires.

- En conclusion, les triangles AMD, PNM et PDN ont leurs angles deux à deux de mêmes mesures (90°, 60° et 30°) : **ils sont donc semblables.**

Gagnez des points !
On met en correspondance les côtés de chaque triangle par ordre décroissant de longueur par exemple.

4 Coefficient d'agrandissement

Les triangles PDN et AMD sont semblables. Leurs côtés sont donc deux à deux proportionnels.

Triangle PDN	DN	DP	PN
Triangle AMD	DM	AM	AD

$\times k$ (agrandissement)

Le coefficient d'agrandissement k pour passer du triangle PDN au triangle AMD est :

$$k = \frac{\text{Longueur d'un côté du triangle AMD}}{\text{Longueur du côté du triangle PDN correspondant}}$$

$$k = \frac{DM}{DN} = \frac{AM}{DP} = \frac{AD}{PN}.$$

Pour obtenir k, il faut calculer une des longueurs inconnues, par exemple DM.
Dans le triangle ADM rectangle en M,

$$\cos\widehat{ADM} = \frac{\text{Côté adjacent à } \widehat{ADM}}{\text{Hypoténuse}} = \frac{AD}{DM}$$

$$\cos(60°) = \frac{2}{DM}.$$

$$DM \times \cos(60°) = 2$$

$$DM = \frac{2}{\cos(60°)} = 4.$$

L'astuce du prof

On entoure les longueurs connues pour visualiser les longueurs manquantes.

Gagnez des points !

Il est indispensable de travailler dans un triangle rectangle pour utiliser la trigonométrie.

Autre méthode

On peut aussi calculer DM en appliquant le théorème de Pythagore dans le triangle ADM rectangle en A :

$DM^2 = DA^2 + AM^2 = 2^2 + 3{,}56^2 \simeq 15{,}97$

$DM = \sqrt{15{,}97}$ ($DM > 0$) soit $DM \simeq 4$.

La valeur obtenue pour DM par cette méthode est approchée, puisque pour AM, on a utilisé également une valeur approchée.

On en déduit alors le coefficient d'agrandissement cherché :

$$k = \frac{DM}{DN} = \frac{4}{3{,}46} \text{ soit } k \simeq 1{,}16 < 1{,}5.$$

En conclusion, **le coefficient d'agrandissement étudié est bien inférieur à 1,5, comme le souhaitait Joanna.**

Remarque

Un coefficient supérieur à 1 indique un agrandissement. Un coefficient compris entre 0 et 1 indique une réduction.

Autres méthodes

- Pour obtenir k, on peut aussi calculer DP puisque $k = \frac{AM}{DP}$.

Dans le triangle DPN rectangle en P :

$$\cos\widehat{PDN} = \frac{DP}{DN} \text{ soit } \cos(30°) = \frac{DP}{3{,}46}.$$

$DP = 3{,}46 \times \cos(30°)$, soit $DP \simeq 3$.

On en déduit $k = \frac{AM}{DP} = \frac{3{,}46}{3}$, soit $k \simeq 1{,}15$.

De la même façon, on pouvait obtenir la longueur DP en utilisant l'angle $\widehat{PND} = 60°$ et le sinus.

- Pour obtenir k, on peut aussi calculer PN car $k = \frac{AD}{PN}$.

Dans le triangle DPN rectangle en P :

$\sin \widehat{PDN} = \frac{PN}{DN}$, soit $\sin(30°) = \frac{PN}{3,46}$.

D'où PN = 3,46 × sin(30°) = 1,73.

Et finalement $k = \frac{AD}{PN} = \frac{2}{1,73}$, soit $k \simeq 1,15$.

On pouvait aussi calculer PN en utilisant l'angle $\widehat{PND} = 60°$ et le cosinus.

Exercice 3

1 a. Volume $\mathcal{V}_S$ du sable

- Le cylindre C_2 est de hauteur $h = 4,2$ cm et de base un disque de rayon $r = \frac{\text{diamètre}}{2} = \frac{1,5}{2} = 0,75$ cm.

Gagnez des points !

La base d'un cylindre est un disque d'aire π × rayon².

Le volume $\mathcal{V}_{C_2}$ de C_2 est :

$\mathcal{V}_{C_2} = B \times h = (\pi r^2) \times h$

$\mathcal{V}_{C_2} = \pi \times 0,75^2 \times 4,2$

$\mathcal{V}_{C_2} = 2,3625\pi$

$\mathcal{V}_{C_2} \simeq 7,42$ cm³.

- Le sable remplit C_2 aux deux tiers.

Le volume de sable cherché $\mathcal{V}_S$ est :

$\mathcal{V}_S \simeq \frac{2}{3} \times 7,42$

$\mathcal{V}_S \simeq 4,95$ cm³.

C'est le résultat annoncé.

Remarque

La valeur exacte de $\mathcal{V}_S$ est :

$\mathcal{V}_S = 2,3625\pi \times \frac{2}{3} = 1,575\pi$.

b. Temps d'écoulement du sable

Débit (en cm³/min) = $\frac{\text{Volume (en cm}^3)}{\text{Temps (en min)}}$.

Le temps t nécessaire à l'écoulement de 4,95 cm³ de sable avec un débit de 1,98 cm³/min est tel que :

$1,98 = \frac{4,95}{t}$

$1,98 \times t = 4,95$

$t = \frac{4,95}{1,98} = 2,5$ min = 2 min 30 s.

Gagnez des points !

0,5 min = 0,5 × 60 s
= 30 s

Le sable s'écoule dans le cylindre inférieur en 2 minutes et 30 secondes.

2 a. Nombre de tests réalisés

1 + 1 + 2 + 6 + 3 + 7 + 6 + 3 + 1 + 2 + 3 + 2 + 3 = 40.

L'usine a effectué 40 tests au total.

b. Étude de la mise en vente du sablier

Il s'agit de vérifier les trois conditions en calculant les trois indicateurs utilisés : l'étendue, la médiane et la moyenne.

- L'étendue *e* des temps vaut :

e = (temps mesuré le plus grand) – (temps mesuré le plus petit)

e = 2 min 38 s – 2 min 22 s

e = 16 s

e < 20 s.

La condition sur l'étendue est donc vérifiée.

- La série compte 40 tests (un nombre pair), ordonnés ici dans le sens croissant.

Le temps médian Me est donc le temps qui coupe en deux ensembles de 20 temps chacun la liste proposée.

L'astuce du prof

Un schéma aide au calcul de la médiane.

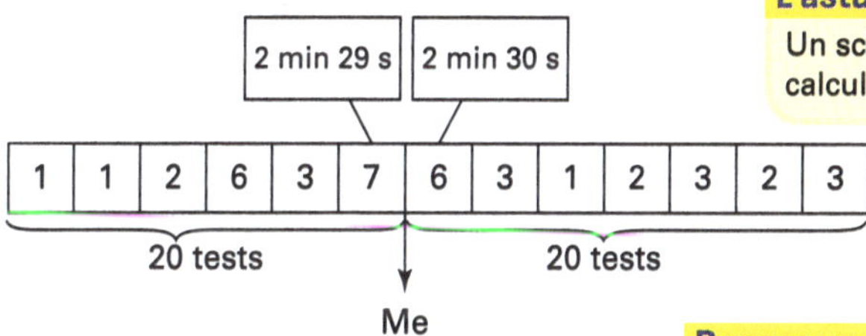

Remarque

On aurait pu conclure Me = 2 min 29,5 s.
Mais l'énoncé demande seulement un encadrement.

Ainsi, Me se situe entre 2 min 29 s et 2 min 30 s.

La condition sur la médiane des temps (comprise entre 2 min 29 s et 2 min 31 s) est donc vérifiée.

- Pour calculer la moyenne *m* des temps, on va d'abord convertir tous les temps mesurés en secondes sachant que 2 min = 120 s.

Ainsi, 2 min 22 s = 120 + 22 = 142 s,

2 min 24 s = 120 + 24 s = 144 s, etc.

$m = (1 \times 142 + 1 \times 144 + 2 \times 146 + 6 \times 147$
$+ 3 \times 148 + 7 \times 149 + 6 \times 150 + 3 \times 151 + 1 \times 152$
$+ 2 \times 153 + 3 \times 154 + 2 \times 155 + 3 \times 158) \div 40$

m = 150,1 s = 120 s + 30,1 s = 2 min 30,1 s.

m est bien comprise entre 2 min 28 s et 2 min 32 s.

La condition sur la moyenne des temps est donc vérifiée.

Rappel

m = somme des temps ÷ nombre de mesures.

Remarque

0,1 s = un dixième de seconde.

Autre méthode

Comme tous les temps mesurés sont de la forme 2 min + ... s, on pouvait aussi calculer la moyenne « des secondes », soit :
$1 \times 22 + 1 \times 24 + 2 \times 26 + ... + 3 \times 38) \div 40 = 30{,}1$.
Le temps moyen d'écoulement est donc 2 min 30,1 s.

• En conclusion, les trois conditions sont vérifiées par le sablier testé : **celui-ci ne sera pas éliminé** et pourra bien être mis en vente.

Gagnez des points !
Pensez à conclure.

Exercice 4

1 Représentation de la figure obtenue

À condition que le stylo soit en position d'écriture au départ, on obtient :

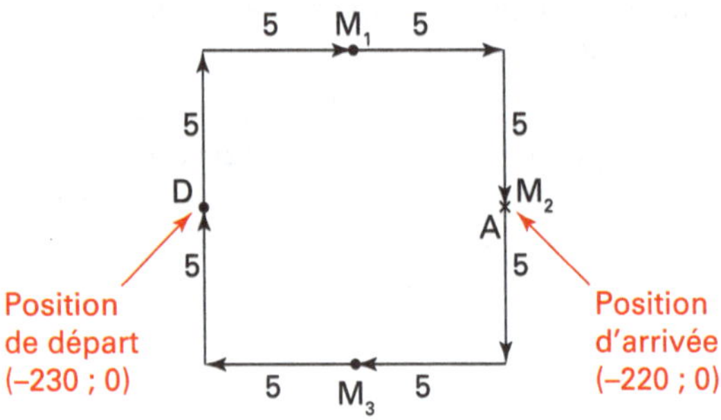

Pensez-y !
Le bloc s'appelle « carré ».
Vous devez donc obtenir un carré comme figure.

Explications :

• Le stylo est en M_1 après le premier passage dans la boucle.

• Après le deuxième passage, il est en M_2 ; puis après le troisième, il est en M_3, et enfin après le quatrième, il est en D.

• Après les quatre passages, le stylo est relevé et s'oriente à 90° (donc vers la droite). Il avance de 10. Il se retrouve finalement en A (qui est confondu avec la position M_2).

2 Choix des figures

Le **script 1** répète 23 fois le carré suivi du tiret.
La figure de base (carré + tiret) est donc répétée 23 fois.
Il s'agit donc du dessin B qui est associé au script 1.
Par déduction, **le dessin A est associé au script 2.**

3 a. Probabilité que le premier élément tracé soit un carré

Un nombre aléatoire est choisi parmi 1 et 2.
Il y a autant de chances d'obtenir 1 que 2.

Remarque
La commande « nombre aléatoire entre 1 et 2 » donne soit 1, soit 2.

Ainsi, **la probabilité que le premier élément tracé soit un carré est $\frac{1}{2}$.**

b. Probabilité que les deux premiers éléments tracés soient des carrés
Voici les possibilités :

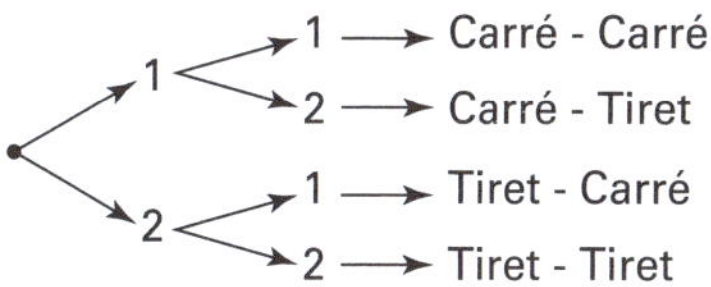

Gagnez des points !
Faites un arbre pour compter (et voir) toutes les issues.

Il y a donc 4 possibilités toutes équiprobables. Puisqu'il n'y a qu'une seule possibilité d'avoir carré-carré, sur 4 possibilités, **la probabilité que les deux éléments soient des carrés est : $p = \frac{1}{4} = 0{,}25$.**

Rappel
« Équiprobable » signifie que chacune des 4 issues a exactement la même probabilité d'être obtenue.

4 Suite d'instructions à ajouter

Le choix de la couleur doit être aléatoire et se faire 46 fois. Les instructions pour le choix aléatoire de la couleur sont donc incluses dans la boucle « répéter 46 fois ».
Pour obtenir un choix aléatoire de couleur, entre le rouge et le noir, on utilise la suite d'instructions :

Pensez-y !
Cette commande de choix aléatoire était déjà utilisée dans le script, réutilisez-la !

Cette suite d'instructions doit donc être insérée entre les lignes 6 et 7 du script 2.

Exercice 5

1 Phrases complétées

a. Image par une translation
Par la translation qui transforme C en E :
- le point I a pour image le point B ;
- le point H a pour image le point J ;
- le point F a pour image le point K.

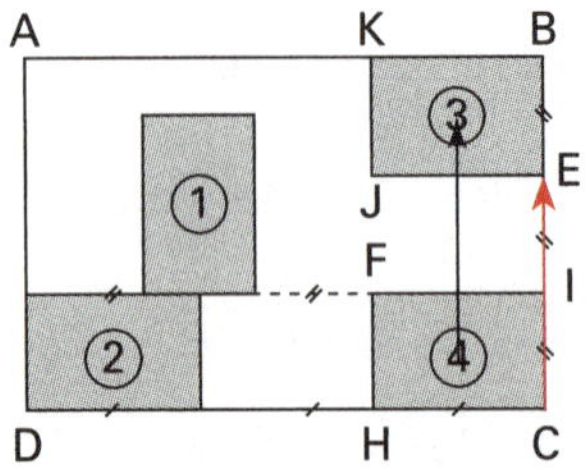

Remarque

Cette translation est matérialisée par la flèche de C vers E.

Le rectangle ③ est l'image du rectangle ④ par la translation qui transforme C en E.

b. Image par une rotation

Par la rotation de centre F et d'angle 90° dans le sens des aiguilles d'une montre :

- le point B est l'image du point N (on a bien FN = FB et $\widehat{NFB} = 90°$) ;
- le point K est l'image du point O (on a bien FO = FK et $\widehat{OFK} = 90°$) ;
- le point E est l'image du point M (on a bien FM = FE et $\widehat{MFE} = 90°$) ;
- le point J est l'image du point L (on a bien FL = FJ et $\widehat{LFJ} = 90°$).

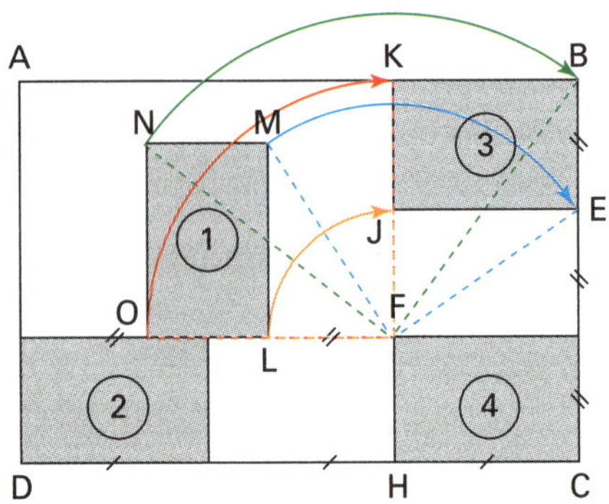

Méthode

Identifiez les points qui ont pour images les sommets du rectangle ③.

Le rectangle ③ est l'image du rectangle ① par la rotation de centre F et d'angle 90° dans le sens des aiguilles d'une montre.

c. Image par une homothétie

Par l'homothétie de centre D et de rapport 3 :

- le point B est l'image du point Q (on a bien DB = 3 × DQ) ;
- le point C est l'image du point P (on a bien DC = 3 × DP) ;
- le point A est l'image du point R (on a bien DA = 3 × DR) ;
- le point D est l'image du point D.

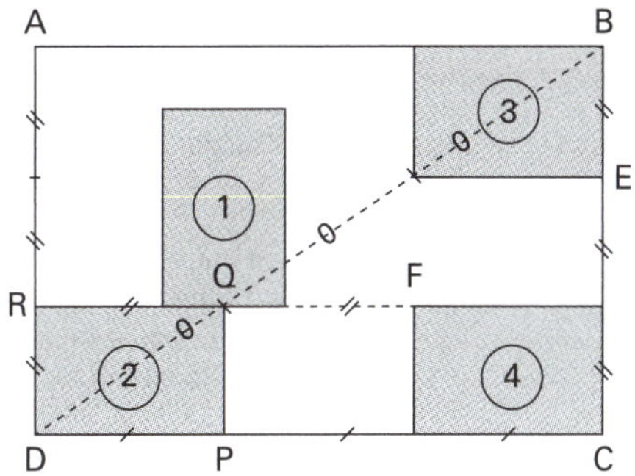

Rappel

Le point D est le seul point invariant par cette homothétie.

Le rectangle ABCD est l'image du rectangle ② par l'homothétie de centre D et de rapport 3.

Autres réponses possibles

- Le rectangle ABCD est l'image du rectangle ③ par l'homothétie de centre B et de rapport 3.
- Le rectangle ABCD est l'image du rectangle ④ par l'homothétie de centre C et de rapport 3.

2 Aire d'un petit rectangle

ABCD est l'image d'un petit rectangle par une homothétie de rapport 3.

ABCD est donc un agrandissement de coefficient 3 d'un petit rectangle.

On peut également dire qu'un petit rectangle est une réduction du rectangle ABCD de coefficient $\frac{1}{3}$.

Remarque

Un coefficient de $\frac{1}{3}$ est un coefficient de réduction, car $0 < \frac{1}{3} < 1$.

Dans un agrandissement ou une réduction, si les longueurs sont multipliées par k, les aires sont multipliées par k^2.

Ainsi, on a :

$$\text{Aire (petit rectangle)} = \left(\frac{1}{3}\right)^2 \times \text{Aire (ABCD)}$$

$$= \frac{1}{9} \times 1{,}215$$

$$= 0{,}135$$

L'aire d'un petit rectangle est 0,135 m².

Remarque

Multiplier par $\frac{1}{9}$ revient à diviser par 9.

Remarque

Dans ABCD, il y a 9 petits rectangles.

3 Dimensions du rectangle ABCD

Le ratio longueur:largeur est égal à 3:2 signifie que $\frac{\text{longueur}}{3} = \frac{\text{largeur}}{2}$ et que $\frac{\text{longueur}}{\text{largeur}} = \frac{3}{2}$. Ainsi, longueur $= \frac{3}{2} \times$ largeur $= 1{,}5 \times$ largeur.

En notant L la longueur et ℓ la largeur, on obtient $L = 1{,}5 \times \ell$.

L'aire d'un petit rectangle s'écrit alors :

$$\underbrace{L}_{1{,}5\,\ell} \times \ell = 0{,}135$$

$$1{,}5\,\ell \times \ell = 0{,}135$$

$$1{,}5\,\ell^2 = 0{,}135$$

$$\ell^2 = \frac{0{,}135}{1{,}5}$$ on divise par 1,5

$$\ell^2 = 0{,}09$$

$$\ell = \sqrt{0{,}09} = 0{,}3$$

Comme $L \times \ell = 0{,}135$, alors $L \times 0{,}3 = 0{,}135$ soit $L = \frac{0{,}135}{0{,}3} = 0{,}45$.

La longueur d'un petit rectangle est 0,45 m et sa largeur 0,3 m.

Méthode

On connaît l'aire du petit rectangle. L'idée est de trouver une équation qui modélise la situation.

Rappel

Deux nombres ont pour carré 0,09 : $-\sqrt{0{,}09}$ et $\sqrt{0{,}09}$. Ici, on sait que ℓ est positif.

Vérification

On a bien : $\frac{0{,}45}{3} = \frac{0{,}3}{2}$ et $\frac{0{,}45}{0{,}3} = \frac{3}{2}$.

Exercice 6

1 Vérifications

Avec le programme 1 :

- Choisir un nombre : 5.
- Le multiplier par 3 : $3 \times 5 = 15$.
- Ajouter 1 : $15 + 1 = 16$.

Avec le programme 2 :

- Choisir un nombre : 5.
- Soustraire 1 : $5 - 1 = 4$.
- Ajouter 2 : $5 + 2 = 7$.
- Multiplier les deux nombres obtenus : $4 \times 7 = 28$.

Le résultat du programme 1 est bien 16 et celui du programme 2 est 28.

2 a. Expression de $A(x)$ en fonction de x

- Choix du nombre de départ : x.
- Le multiplier par 3 : $3 \times x = 3x$.
- Ajouter 1 : $3x + 1$.

L'expression de $A(x)$ en fonction de x est $\boldsymbol{A(x) = 3x + 1}$.

Méthode

On refait les mêmes calculs que dans la question précédente, mais avec x comme nombre de départ.

b. Détermination d'un nombre

On cherche x tel que $A(x) = 0$:

$$A(x) = 0$$
$$3x + 1 = 0$$
$$3x + 1 - 1 = 0 - 1$$
$$\frac{3x}{3} = -\frac{1}{3}$$
$$x = -\frac{1}{3}$$

Pour obtenir 0 comme résultat du programme 1, il faut entrer $-\frac{1}{3}$.

3 Développement de $B(x)$

$B(x) = (x - 1)(x + 2)$

$= x \times x + x \times 2 - 1 \times x - 1 \times 2$

$= x^2 + 2x - x - 2$

$= \mathbf{x^2 + x - 2}$

expression développée et réduite

Rappel

Développer, c'est transformer un produit en somme.

4 a. Justification d'une égalité

- $B(x) - A(x) = (x - 1)(x + 2) - (3x + 1)$
  $= x^2 + x - 2 - 3x - 1$
  $= x^2 - 2x - 3.$
- Or $(x + 1)(x - 3) = x \times x - 3 \times x + 1 \times x - 1 \times 3$
  $= x^2 - 3x + x - 3$
  $= x^2 - 2x - 3$

On retrouve le résultat précédent.

- Ainsi, $\mathbf{B(x) - A(x) = (x + 1)(x - 3)}$.

Pensez-y !

N'oubliez pas les parenthèses autour de $3x + 1$.

b. Recherche des nombres x tels que $A(x) = B(x)$

Rechercher les nombres x tels que $A(x) = B(x)$ revient à chercher les nombres x tels que $B(x) - A(x) = 0$.

Cette dernière équation s'écrit, grâce à la question 4 a. : $(x + 1)(x - 3) = 0$.

On reconnaît une équation produit nul.

Un produit de deux facteurs est nul si et seulement si l'un au moins de ses facteurs est nul.

$$x + 1 = 0 \text{ ou } x - 3 = 0$$
$$x = -1 \text{ ou } x = 3$$

Les nombres qu'il faut choisir pour que les deux programmes donnent les mêmes résultats sont – 1 et 3.

L'astuce du prof

On peut vérifier les résultats obtenus :

- pour $x = -1$, $A(-1) = B(-1) = -2$;
- pour $x = 3$, $A(3) = B(3) = 10$.

Sujet 5 — Centres étrangers, juin 2019

100 pts — 2 heures

Exercice 1

15 min — 15 pts

Cet exercice est un questionnaire à choix multiples (QCM). Pour chaque question, une seule des trois réponses proposées est exacte. Indiquer le numéro de la question et recopier, sans justifier, la réponse choisie. Une bonne réponse rapporte 3 points ; aucun point ne sera enlevé en cas de mauvaise réponse.

3 pts par question

Questions	Réponse A	Réponse B	Réponse C
1 Quelle est la décomposition en produit de facteurs premiers de 28 ?	4×7	2×14	$2^2 \times 7$
2 Un pantalon coûte 58 €. Quel est son prix en euros après une réduction de 20 % ?	38	46,40	57,80
3 Quelle est la longueur en mètres du côté [AC], arrondie au dixième près ? 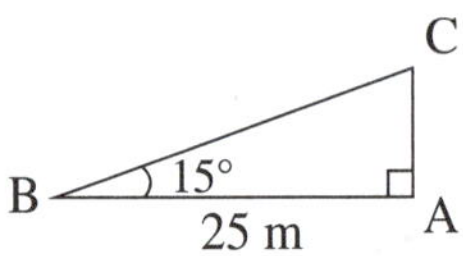	6,5	6,7	24,1
4 Quelle est la médiane de la série statistique suivante ? 2 ; 5 ; 3 ; 12 ; 8 ; 6	5,5	6	10
5 Quel est le rapport de l'homothétie qui transforme le carré A en carré B ? 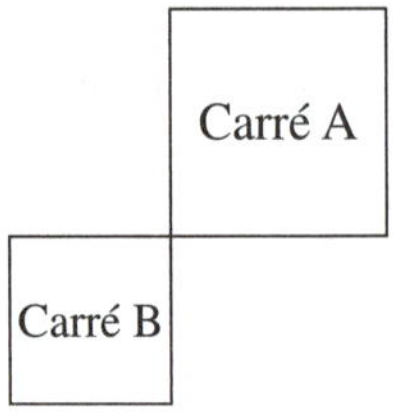	–0,5	0,5	2

Exercice 2

15 min **14 pts**

On considère le programme de calcul :

- Choisir un nombre.
- Prendre le carré de ce nombre.
- Ajouter le triple du nombre de départ.
- Ajouter 2.

1 Montrer que si on choisit 1 comme nombre de départ, le programme donne 6 comme résultat. **1 pt**

2 Quel résultat obtient-on si on choisit -5 comme nombre de départ ? **2 pts**

3 On appelle x le nombre de départ, exprimer le résultat du programme en fonction de x. **3 pts**

4 Montrer que ce résultat peut aussi s'écrire sous la forme $(x + 2)(x + 1)$ pour toutes les valeurs de x. **4 pts**

5 La feuille de tableur suivante regroupe des résultats du programme de calcul précédent.

	A	B	C	D	E	F	G	H	I	J
1	x	-4	-3	-2	-1	0	1	2	3	4
2	$(x+2)(x+1)$	6	2	0	0	2	6	12	20	30

a. Quelle formule a été écrite dans la cellule B2 avant de l'étendre jusqu'à la cellule J2 ? **2 pts**

b. Trouver les valeurs de x pour lesquelles le programme donne 0 comme résultat. **2 pts**

Exercice 3

20 min **16 pts**

Partie I

Dans cette partie, toutes les longueurs sont exprimées en centimètres.

On considère les deux figures ci-dessous, un triangle équilatéral et un rectangle, où x représente un nombre positif quelconque.

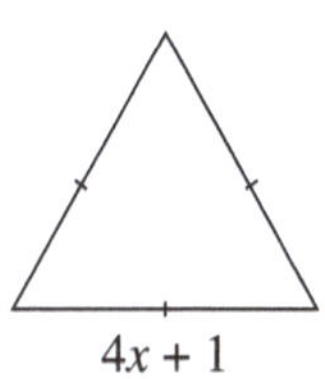

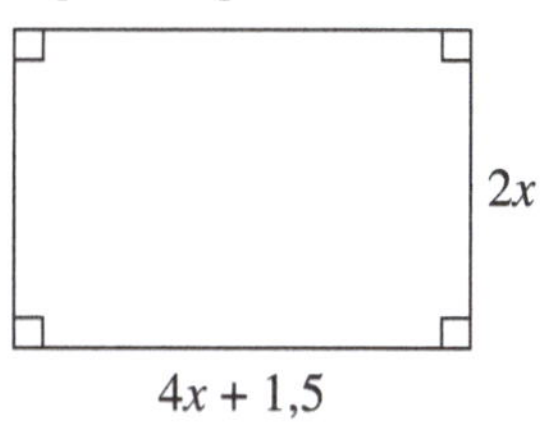

1 Construire le triangle équilatéral pour $x = 2$. **2 pts**

2 **a.** Démontrer que le périmètre du rectangle en fonction de x peut s'écrire $12x + 3$. **3 pts**

b. Pour quelle valeur de x le périmètre du rectangle est-il égal à 18 cm ? **3 pts**

3 Est-il vrai que les deux figures ont le même périmètre pour toutes les valeurs de x ? Justifier. **4 pts**

Partie II

On a créé les scripts ci-dessous sur Scratch qui, après avoir demandé la valeur de x à l'utilisateur, construisent les deux figures de la **Partie I**.
Dans ces deux scripts, les lettres A, B, C et D remplacent des nombres.
Donner des valeurs à A, B, C et D pour que ces deux scripts permettent de construire les figures de la **Partie I** et préciser alors la figure associée à chacun des scripts. **4 pts**

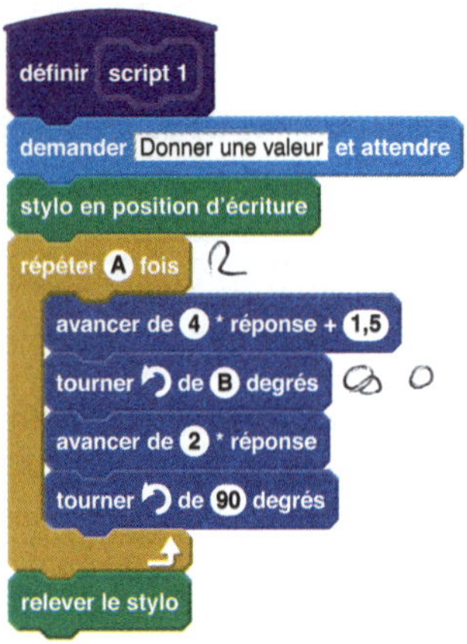

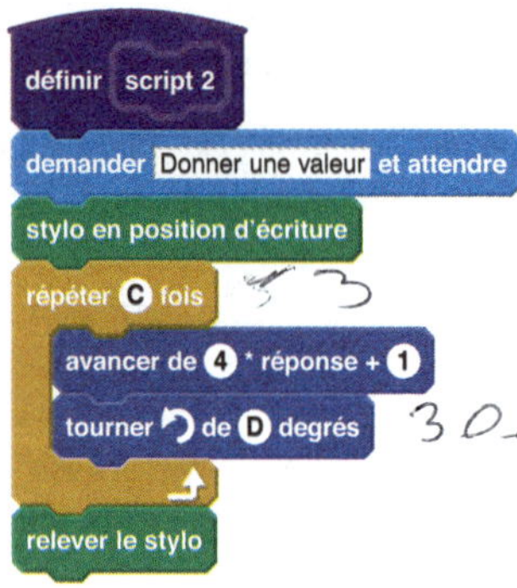

Exercice 4

15 min **13 pts**

Dans la vitrine d'un magasin A sont présentés au total 45 modèles de chaussures. Certaines sont conçues pour la ville, d'autres pour le sport et sont de trois couleurs différentes : noire, blanche ou marron.

1 Compléter le tableau suivant. **3 pts**

Modèle	Pour la ville	Pour le sport	Total
Noir		5	20
Blanc			
Marron		3	
Total	27		45

2 On choisit un modèle de chaussures au hasard dans cette vitrine.

a. Quelle est la probabilité de choisir un modèle de couleur noire ? **2 pts**

b. Quelle est la probabilité de choisir un modèle pour le sport ? **2 pts**

c. Quelle est la probabilité de choisir un modèle pour la ville de couleur marron ? **2 pts**

3 Dans la vitrine d'un magasin B, on trouve 54 modèles de chaussures dont 30 de couleur noire. On choisit au hasard un modèle de chaussures dans la vitrine du magasin A, puis dans celle du magasin B.
Dans laquelle des deux vitrines a-t-on le plus de chance d'obtenir un modèle de couleur noire ? Justifier. **4 pts**

Exercice 5

20 min **14 pts**

Dans l'exercice suivant, les figures ne sont pas à l'échelle.

Un décorateur a dessiné une vue de côté d'un meuble de rangement composé d'une structure métallique et de plateaux en bois d'épaisseur 2 cm, illustré par la **figure 1**.
Les étages de la structure métallique de ce meuble de rangement sont tous identiques et la **figure 2** représente l'un d'entre eux.

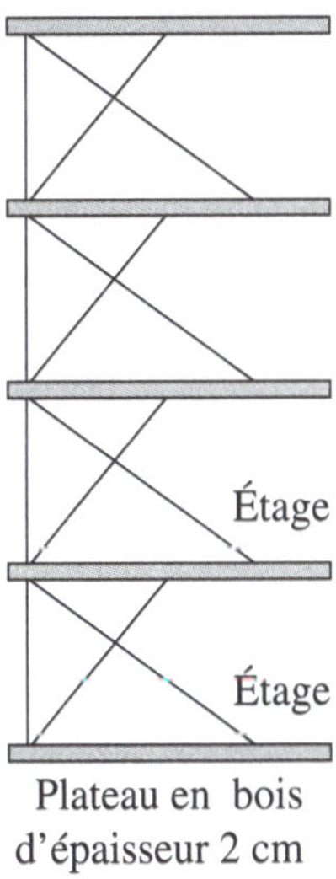

Figure 1

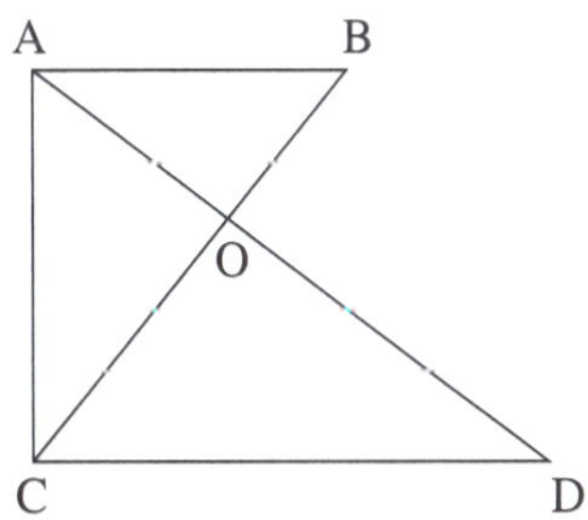

Figure 2

On donne :

- OC = 48 cm ; OD = 64 cm ; OB = 27 cm ; OA = 36 cm et CD = 80 cm ;
- les droites (AC) et (CD) sont perpendiculaires.

1 Démontrer que les droites (AB) et (CD) sont parallèles. **4 pts**

2 Montrer par le calcul que AB = 45 cm. **4 pts**

3 Calculer la hauteur totale du meuble de rangement. **6 pts**

Exercice 6

15 min **14 pts**

Une famille a effectué une randonnée en montagne. Le graphique ci-dessous donne la distance parcourue en kilomètres en fonction du temps en heures.

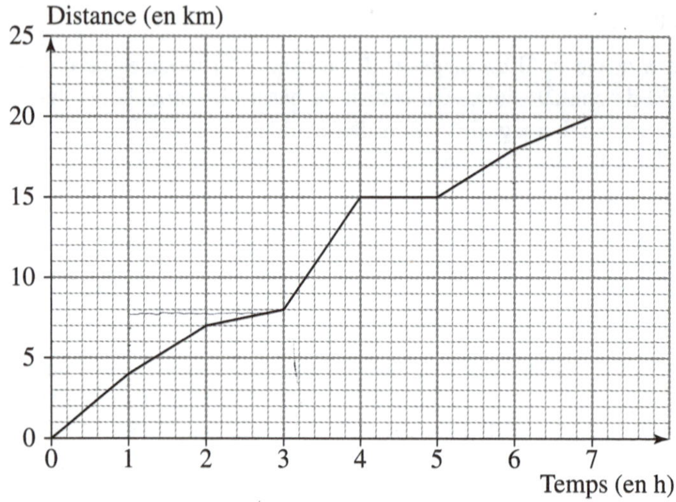

1 Ce graphique traduit-il une situation de proportionnalité ? Justifier la réponse. **3 pts**

2 On utilisera le graphique pour répondre aux questions suivantes.
Aucune justification n'est demandée.

a. Quelle est la durée totale de cette randonnée ? **1 pt**

b. Quelle distance cette famille a-t-elle parcourue au total ? **1 pt**

c. Quelle est la distance parcourue au bout de 6 h de marche ? **1,5 pt**

d. Au bout de combien de temps ont-ils parcouru les 8 premiers kilomètres ? **1,5 pt**

e. Que s'est-il passé entre la 4e et la 5e heure de randonnée ? **2 pts**

3 Un randonneur expérimenté marche à une vitesse moyenne de 4 km/h sur toute la randonnée. Cette famille est-elle expérimentée ? Justifier la réponse. **4 pts**

Exercice 7

20 min **14 pts**

Une famille désire acheter, pour les enfants, une piscine cylindrique hors sol équipée d'une pompe électrique. Elle compte l'utiliser cet été du mois de juin au mois de septembre inclus. Elle dispose d'un budget de 200 €.
À l'aide des documents suivants, dire si le budget de cette famille est suffisant pour l'achat de cette piscine et les frais de fonctionnement.

Information 1	Information 2
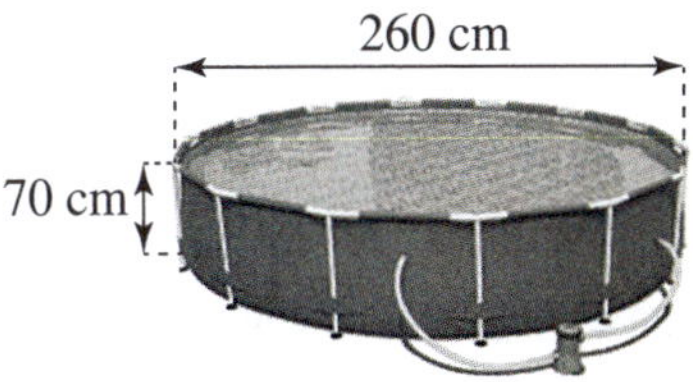	**Information 2** Prix d'un kWh : 0,15 €. Le kWh (kilowatt-heure) est l'unité de mesure de l'énergie électrique.
	Information 3 Prix d'un m^3 d'eau : 2,03 €.
Caractéristiques techniques : • Hauteur de l'eau : 65 cm. • Consommation électrique moyenne de la pompe : 3,42 kWh par jour. • Prix (piscine + pompe) : 80 €.	**Information 4** Le volume d'un cylindre est donné par la formule suivante : $V = \pi \times r^2 \times h$ où r est le rayon du cylindre et h sa hauteur.

Sujet 5 Corrigé

Les clés pour réussir

Exercice 1

Révisez **L'arithmétique, les pourcentages et les statistiques, et la géométrie dans le plan**

- Un nombre premier admet exactement deux diviseurs : 1 et lui-même.
- Diminuer un nombre de $t\,\%$, c'est le multiplier par $1 - \frac{t}{100}$.
- Dans un triangle rectangle :

$$\cos \widehat{x} = \frac{\text{Côté adjacent à } \widehat{x}}{\text{Hypoténuse}} \qquad \sin \widehat{x} = \frac{\text{Côté opposé à } \widehat{x}}{\text{Hypoténuse}}$$

$$\tan \widehat{x} = \frac{\text{Côté opposé à } \widehat{x}}{\text{Côté adjacent à } \widehat{x}}$$

- Dans une série ordonnée dans le sens croissant, la médiane partage la série en deux groupes de même effectif.

Les difficultés du sujet

4 Commencez par ordonner la série des six nombres du plus petit au plus grand.

5 Réfléchissez en deux étapes :
– le carré B est-il plus petit ou plus grand que le carré A ?
– recherchez le centre de l'homothétie (en prenant deux points et leurs images), puis regardez si le carré B est du même côté que le carré A par rapport au centre ou non. Cela vous donnera le signe du rapport de cette homothétie (qui est un agrandissement ou une réduction ?).

Exercice 2

Révisez **Les calculs numériques et littéraux et le tableur**

- $(a + b)(c + d) = a \times c + a \times d + b \times c + b \times d$.

Les difficultés du sujet

2 Le carré d'un nombre négatif est un nombre positif.

4 En développant l'expression $(x + 2)(x + 1)$, vous devez retrouver la forme développée de la question **3**. Sinon, il faut chercher l'erreur…

5 **a.** Pour calculer $(x + 2)(x + 1)$, remplacez x par le contenu de la cellule B1, puis C1, D1… jusque J1.

Exercice 3

Révisez **Les périmètres, le calcul numérique et les algorithmes**

- Périmètre d'un triangle équilatéral = 3 × longueur d'un côté.
- Périmètre d'un rectangle = 2 × (longueur + largeur).

Partie I

2 b. Il s'agit de résoudre l'équation du premier degré $12x + 3 = 18$.

3 Exprimez en fonction de x le périmètre du triangle équilatéral, puis comparez l'expression obtenue à $12x + 3$.

Partie II

- A représente le nombre de répétitions du tracé « longueur-largeur ».
- B correspond à la mesure de l'angle entre la longueur et la largeur.
- C correspond au nombre de répétitions du tracé « côté ».
- D est la mesue de l'angle en degrés entre « l'horizontale » et un côté du triangle.

Exercice 4

Révisez **Les probabilités**

- En situation d'équiprobabilité, une probabilité p se calcule avec la formule : $p = \frac{\text{Nombre de cas favorables}}{\text{Nombre de cas possibles}}$.

Les difficultés du sujet

3 Il s'agit de comparer deux probabilités.

Exercice 5

Révisez **La géométrie dans le plan**

- La réciproque du théorème de Thalès permet de montrer, à partir de points bien placés et de quotients égaux, que deux droites sont parallèles.
- Si (MN) // (BC), d'après le théorème de Thalès :
$\frac{AM}{AB} = \frac{AN}{AC} = \frac{MN}{BC}$.
- Le théorème de Pythagore permet de calculer la longueur manquante dans un triangle rectangle dont on connaît les deux autres longueurs.

Les difficultés du sujet

3 Le meuble de rangement est décomposé en cinq plateaux de hauteur connue et quatre rangements, chacun de hauteur AC à calculer avec le théorème de Pythagore.

Exercice 6

Révisez **Les lectures graphiques, la proportionnalité et la vitesse**

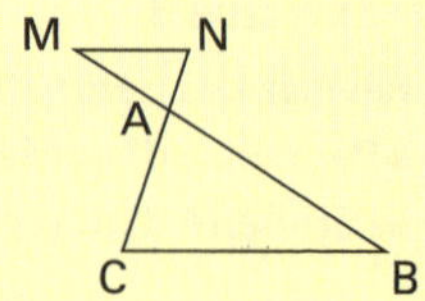

- Une situation de proportionnalité entre deux grandeurs se traduit graphiquement par une droite passant par l'origine du repère.
- Vitesse moyenne (en km/h) $= \dfrac{\text{Distance parcourue (en km)}}{\text{Temps de parcours (en h)}}$.

Les difficultés du sujet

1 Deux conditions sont à vérifier : la courbe passe-t-elle par l'origine du repère ? la courbe est-elle une droite ?

Exercice 7

Révisez **Les grandeurs composées et les volumes**

Les difficultés du sujet

La difficulté de cet exercice réside dans le fait d'utiliser convenablement les informations proposées.

Vous devez procéder par étapes pour établir le coût total cherché qui se répartit en trois éléments :

– l'achat de la piscine et de la pompe ;

– les dépenses en électricité : après avoir calculé le nombre de jours d'utilisation de la pompe, calculez le nombre de kWh utilisés durant cette période (*information 1*) et enfin le prix correspondant (*information 2*) ;

– les dépenses en eau : calculez le volume d'eau utilisé (*information 1* et formule donnée dans l'*information 4*) et son prix (*information 3*).

Exercice 1

1 Décomposition en produit de facteurs premiers

$28 = 2 \times 14 = 2 \times 2 \times 7 = 2^2 \times 7$.

Réponse C

Autre méthode

On peut trouver la bonne réponse en procédant par éliminations :

- 4 n'est pas un nombre premier. Donc la réponse A est exclue ;
- il en est de même pour 14, ce qui exclut la réponse B.

2 Calcul de prix réduit

Appliquer une réduction de 20 %, c'est multiplier par $1 - \frac{20}{100} = 1 - 0{,}2 = 0{,}8$.

Le pantalon remisé coûte alors :
$58 \times 0{,}8 = 46{,}40$ €.

Réponse B

Autre méthode

- On calcule le montant de la remise : 20 % de $58 = 0{,}2 \times 58 = 11{,}6$.
- On retranche cette somme au prix initial : $58 - 11{,}6 = 46{,}4$.

3 Calcul de longueur dans un triangle rectangle

Dans le triangle ABC rectangle en A,

$$\tan \hat{B} = \frac{\text{Côté opposé à } \hat{B}}{\text{Côté adjacent à } \hat{B}} = \frac{AC}{AB}$$

$$\tan 15° = \frac{AC}{25}$$

Par produit en croix, on déduit :
$AC = 25 \times \tan 15°$
$AC \simeq 6{,}7$ cm.

Réponse B

Méthode

Dans le triangle ABC, on connaît l'angle $\hat{B}$, le côté adjacent, et on cherche le côté opposé. C'est donc la tangente qu'on va utiliser.

4 Détermination d'une médiane

Commençons par ordonner la série : 2 ; 3 ; 5 ; 6 ; 8 ; 12.

Cette série compte un nombre pair (6) de termes. La médiane est donc la demi-somme des deux termes « du milieu », soit $\frac{5 + 6}{2} = 5{,}5$.

Réponse A

Remarque

Parfois, la médiane n'est pas une valeur de la série, comme ici.

5 Rapport d'une homothétie

- La figure obtenue (le carré B) est une réduction du carré A dans laquelle les longueurs ont été divisées par 2, soit multipliées par 0,5. Cela exclut la réponse C.
- Par ailleurs, les carrés A et B se trouvent de part et d'autre du point commun des deux carrés (centre de l'homothétie), donc le rapport cherché est négatif. C'est – 0,5.

Réponse A

Autre méthode

On peut aussi faire un croquis du carré obtenu par une homothétie de rapport k.

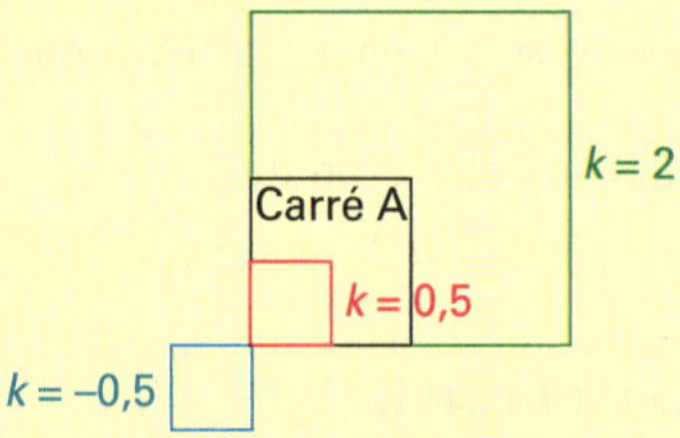

Exercice 2

1 Vérification d'un résultat

- On choisit 1 comme nombre de départ.
- On prend le carré de ce nombre : $1^2 = 1 \times 1 = 1$.
- On ajoute le triple du nombre de départ : $1 + 3 \times 1 = 1 + 3 = 4$.
- On ajoute 2 : $4 + 2 = 6$.

En choisissant 1 pour nombre de départ, on obtient bien 6 pour résultat.

L'astuce du prof

Cette vérification permet de s'assurer que vous avez bien compris le fonctionnement du programme de calcul.

2 Application du programme au nombre – 5

- Le nombre choisi au départ est – 5.
- $(-5)^2 = (-5) \times (-5) = 25$.
- $25 + 3 \times (-5) = 25 + (-15) = 25 - 15 = 10$.
- $10 + 2 = 12$.

Le programme de calcul appliqué au nombre – 5 donne pour résultat 12.

3 Application du programme au nombre x

- Le nombre choisi au départ est x.
- Le carré de ce nombre est x^2.
- Ajoutons à x^2 le triple de x : on obtient $x^2 + 3x$.
- Ajoutons 2 au résultat : on obtient $x^2 + 3x + 2$.

En choisissant x pour nombre de départ, le programme retourne pour résultat $x^2 + 3x + 2$.

L'astuce du prof

- Pour $x = 1$, vous retrouvez $1^2 + 3 \times 1 + 2 = 6$ (question 1).
- Pour $x = -5$, vous retrouvez $(-5)^2 + 3 \times (-5) + 2 = 12$ (question 2).

4 Autre expression du résultat

- Développons l'expression proposée par distributivité :

$$\begin{aligned}(x+2)(x+1) &= x \times x + x \times 1 + 2 \times x + 2 \times 1 \\ &= x^2 + x + 2x + 2 \\ &= x^2 + 3x + 2\end{aligned}$$

- Pour toutes les valeurs de x : $x^2 + 3x + 2 = (x+2)(x+1)$.

Le résultat du programme de calcul peut aussi s'écrire sous la forme $(x+2)(x+1)$.

5 a. Formule écrite en B2

```
=(B1+2)*(B1+1)
```

Gagnez des points !

Remplacez dans le calcul $(x+2)(x+1)$ le x par le contenu de la cellule B1.

b. Lecture dans la feuille de calcul

Les résultats du programme de calcul sont donnés dans la ligne 2.

Ainsi, le programme donne 0 (en D2 et E2) pour $x = -2$ (en D1) et pour $x = -1$ (en E1).

Remarque

On peut retrouver ces résultats par le calcul.

$x^2 + 3x + 2 = 0$
$(x+2)(x+1) = 0$ d'après la question 4

On reconnaît une équation produit-nul dans laquelle l'un au moins des facteurs est nul.

$x + 2 = 0$ ou $x + 1 = 0$

$x = -2$ ou $x = -1$.

Exercice 3

Partie I

1 Construction du triangle équilatéral pour $x = 2$

Pour $x = 2$: $4x + 1 = 4 \times 2 + 1 = 9$.

Le triangle à construire est donc un triangle équilatéral de côté 9 cm.

L'astuce du prof

Utilisez une règle et un compas pour tracer ce triangle.

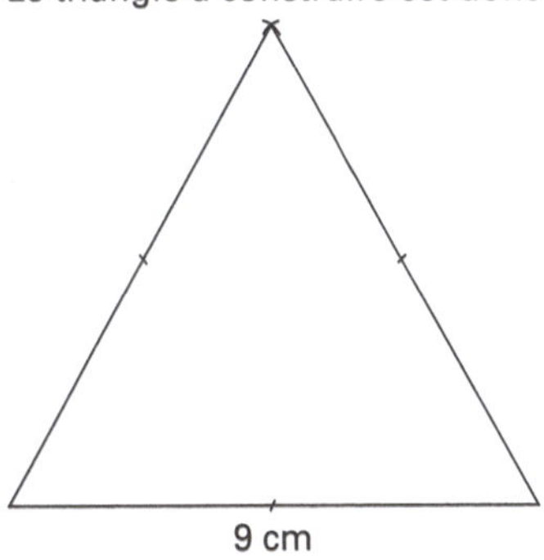

La figure n'est pas à l'échelle.

2 a. Périmètre du rectangle en fonction de x

Le périmètre $\mathcal{P}$ du rectangle est :

$\mathcal{P} = 2 \times (\text{longueur} + \text{largeur}) = 2 \times (4x + 1{,}5 + 2x)$

$\mathcal{P} = 2 \times (6x + 1{,}5) = 2 \times 6x + 2 \times 1{,}5$

$\mathcal{P} = 12x + 3.$

Le périmètre du rectangle en fonction de x s'écrit $12x + 3$.

b. Valeur de x pour laquelle $\mathcal{P} = 18$ cm

Il s'agit de déterminer la valeur de x pour laquelle :

$\mathcal{P} = 18$

$12x + 3 = 18$

$12x = 18 - 3$

$12x = 15$

$x = \frac{15}{12}$

$x = \frac{5}{4} = 1{,}25.$

Gagnez des points !

Pour résoudre une équation du premier degré, on isole dans le membre de gauche les x, et dans celui de droite les « non x ». Puis l'équation $ax = b$ a pour solution $x = \frac{b}{a}$.

Le périmètre du rectangle est égal à 18 cm quand x vaut 1,25 cm.

3 Comparaison des périmètres

- Le périmètre du rectangle est $\mathcal{P} = 12x + 3$.
- Le périmètre $\mathcal{P}'$ du triangle équilatéral est :
$\mathcal{P}' = 3 \times (4x + 1) = 3 \times 4x + 3 \times 1 = 12x + 3.$
- On remarque que $\mathcal{P} = \mathcal{P}'$: **pour toutes les valeurs de x, les deux figures ont le même périmètre.**

Gagnez des points !

Exprimez en fonction de x le périmètre du triangle.

Partie II

Scripts à compléter

- Le script 1 permet de construire le rectangle (on « reconnaît » la longueur $4x + 1{,}5$ et la largeur $2x$ dans les étiquettes `avancer de 4 * réponse + 1,5` et `avancer de 2 * réponse`).

A = 2 et B = 90.

- Le script 2 permet de construire le triangle équilatéral (on « reconnaît » la longueur du côté $4x + 1$ dans l'étiquette `avancer de 4 * réponse + 1`).

C = 3 et D = 120.

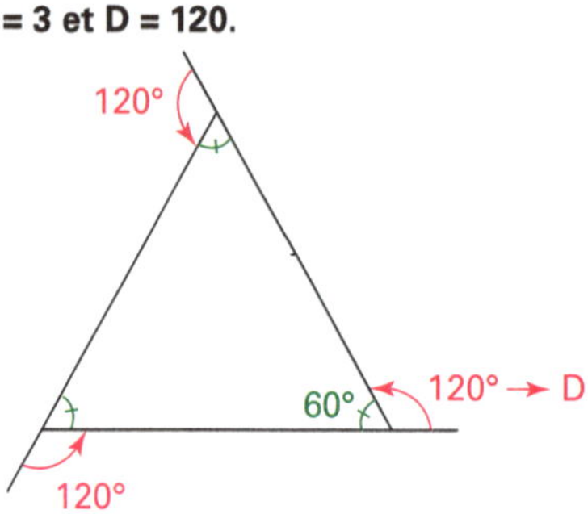

Piège à éviter

D est la mesure de l'angle entre « l'horizontale » et le côté suivant du triangle (attention, ce n'est pas 60°).

Exercice 4

1 Tableau complété des modèles de chaussures du magasin A

Modèle	Pour la ville	Pour le sport	Total
Noir	**15**	5	20
Blanc	7	**10**	**17**
Marron	**5**	3	**8**
Total	27	**18**	45

2 a. Probabilité p_1 de choisir un modèle de couleur noire

$$p_1 = \frac{\text{Nombre de modèles noirs}}{\text{Nombre de modèles}} = \frac{20}{45}$$

$$p_1 = \frac{4}{9}.$$

Gagnez des points !

$\frac{4}{9}$ est la valeur exacte de p_1 ; 0,44 est une valeur approchée seulement. Écrivez les probabilités sous forme de fractions irréductibles.

b. Probabilité p_2 de choisir un modèle pour le sport

$$p_2 = \frac{\text{Nombre de modèles pour le sport}}{\text{Nombre de modèles}} = \frac{18}{45}$$

$$p_2 = \frac{2}{5} = 0,4.$$

Remarque

$\frac{2}{5}$ est la forme fractionnaire de p_2 ; 0,4 est la forme décimale de p_2.

c. Probabilité p_3 de choisir un modèle pour la ville marron

$$p_3 = \frac{\text{Nombre de modèles pour la ville marron}}{\text{Nombre de modèles}} = \frac{5}{45}$$

$$p_3 = \frac{1}{9}.$$

3 Comparaison de probabilités

- Dans le magasin A, la probabilité d'avoir en vitrine un modèle de couleur noire est $p_1 = \frac{4}{9}$ (calculé en 2 a.).
- Dans le magasin B, la probabilité d'avoir en vitrine un modèle de couleur noire est :

$$p = \frac{\text{Nombre de modèles noirs}}{\text{Nombre de modèles}} = \frac{30}{54} = \frac{5}{9}$$

- $\frac{4}{9} < \frac{5}{9}$

L'astuce du prof

Les deux fractions ont le même dénominateur 9. Pour les comparer, il suffit seulement de comparer les deux numérateurs 4 et 5.

En conclusion, **on a le plus de chance d'obtenir un modèle de couleur noire dans la vitrine du magasin B que dans celle du magasin A.**

Exercice 5

Pour bien aborder l'exercice, il est indispensable de faire un croquis et d'y reporter toutes les données de l'énoncé.

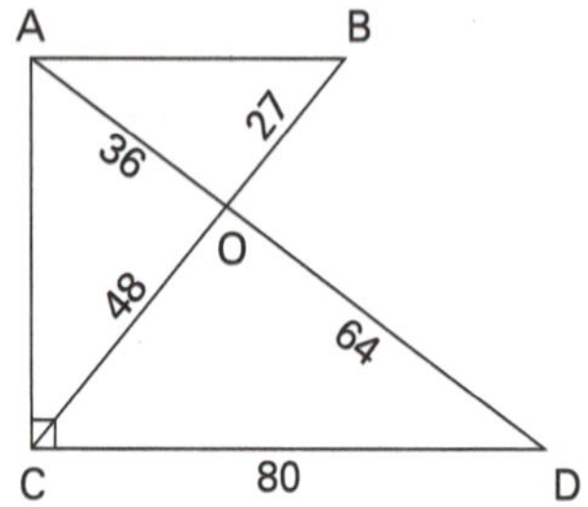

L'astuce du prof
Ce croquis permet de repérer des configurations clés : Thalès et Pythagore.

1 Justification du parallélisme de [AB] et [CD]

Les points A, O et D d'une part ainsi que les points B, O et C d'autre part sont alignés dans cet ordre.

$\frac{OA}{OD} = \frac{36}{64} = \frac{9}{16} = 0,5625$

$\frac{OB}{OC} = \frac{27}{48} = \frac{9}{16} = 0,5625$

donc $\frac{OA}{OD} = \frac{OB}{OC}$.

On en déduit, d'après la réciproque du théorème de Thalès, que **les droites (AB) et (CD) sont parallèles.**

Gagnez des points !
Pour comparer les quotients, on utilise les valeurs exactes : ici $\frac{9}{16}$ ou 0,5625.

2 Calcul de la longueur AB

Dans les triangles OAB et OCD, (AB) et (CD) étant parallèles, on applique le théorème de Thalès :

$$\frac{OA}{OD} = \boxed{\frac{OB}{OC} = \frac{AB}{CD}}$$

L'égalité encadrée s'écrit : $\frac{27}{48} = \frac{AB}{80}$.

Par produit en croix, on obtient :

$48 \times AB = 27 \times 80$

$AB = \frac{27 \times 80}{48}$

AB = 45 cm. C'est le résultat annoncé.

Remarque
On dit que les triangles OAB et OCD sont en configuration de Thalès.

Gagnez des points !
Aux numérateurs des quotients figurent les longueurs des côtés du triangle OAB, et les longueurs correspondantes du triangle OCD aux dénominateurs.

Remarque

On aurait tout aussi bien pu utiliser l'autre quotient :

$\frac{OA}{OD} = \frac{AB}{CD}$ soit $\frac{36}{64} = \frac{AB}{80}$.

D'où, par un raisonnement analogue : $AB = \frac{36 \times 80}{64} = 45$.

3 Calcul de la hauteur *h* du meuble de rangement

- Le meuble se décompose en deux parties, 5 plateaux en bois et 4 étagères de structure métallique. Sa hauteur *h* s'écrit :
$h = 5 \times$ épaisseur du plateau en bois $+ 4 \times$ hauteur d'une étagère métallique.
- La hauteur d'une étagère métallique correspond à la longueur AC.
Le théorème de Pythagore appliqué au triangle ACD rectangle en C permet d'écrire :
$AD^2 = AC^2 + CD^2$
Les points A, O et D étant alignés :
$AD = AO + OD = 36 + 64 = 100.$
$100^2 = 80^2 + CD^2$
$CD^2 = 100^2 - 80^2 = 10\,000 - 6\,400 = 3\,600.$
$CD = \sqrt{3600}$ (car $CD > 0$)
$CD = 60$ cm.

> **Autre méthode**
>
> À condition d'avoir, au préalable, justifié que le triangle ABC est rectangle en A, on pouvait aussi calculer AC en utilisant le théorème de Pythagore dans le triangle ABC.
>
> - En effet, dans le triangle ABC, (AB) // (CD) d'après la question 1 et (AC) ⊥ (CD) d'après l'énoncé.
>
> Par conséquent, (AB) ⊥ (AC) et le triangle ABC est bien rectangle en A.
>
> - D'après le théorème de Pythagore appliqué au triangle ABC rectangle en A :
>
> $BC^2 = AB^2 + AC^2$
> Les points C, O, B étant alignés : $BC = BO + OC = 27 + 48 = 75.$
> $75^2 = 45^2 + AC^2$
> $AC^2 = 75^2 - 45^2 = 5\,625 - 2\,025 = 3\,600.$
> D'où $AC = \sqrt{3600} = 60$ cm.

- La hauteur totale *h* du meuble de rangement est :
$h = 5 \times 2 + 4 \times 60 = 250.$
En conclusion, le meuble de rangement mesure 250 cm de hauteur.

> **Pensez-y !**
> N'oubliez pas la conclusion.

Exercice 6

1 Étude de proportionnalité

Une situation de proportionnalité entre deux grandeurs s'illustre graphiquement par une droite passant par l'origine du repère.
Le graphique représenté passe par l'origine du repère, mais n'est pas une (seule et même) droite. Par conséquent, **ce graphique ne traduit pas une situation de proportionnalité**.

> **Remarque**
> On dit que la fonction représentée est affine par morceaux.

2 Lectures graphiques

> **Méthode**
> Le temps de parcours se lit en abscisse (en x) et la distance parcourue en ordonnée (en y).

a. Durée totale de la randonnée

La randonnée dure **7 heures** (voir pointillés noirs dans la figure ci-dessous).

b. Distance totale parcourue par la famille

La famille a parcouru un total de **20 km** (voir pointillés verts).

c. Distance parcourue au bout de 6 h de marche

Au bout de 6 heures de marche, la famille a parcouru **18 km** (voir pointillés rouges).

d. Temps de parcours des 8 premiers kilomètres

Les 8 premiers kilomètres ont été parcourus en **3 heures** (voir pointillés bleus).

e. Interprétation graphique du résultat entre la 4e et 5e heure

Entre la 4e et la 5e heure de randonnée, la fonction représentée est constante (horizontale, voir surligné jaune) : la distance parcourue par la famille reste la même, égale à 15 km. La famille a marqué un temps de pause entre la 4e et la 5e heure de randonnée.

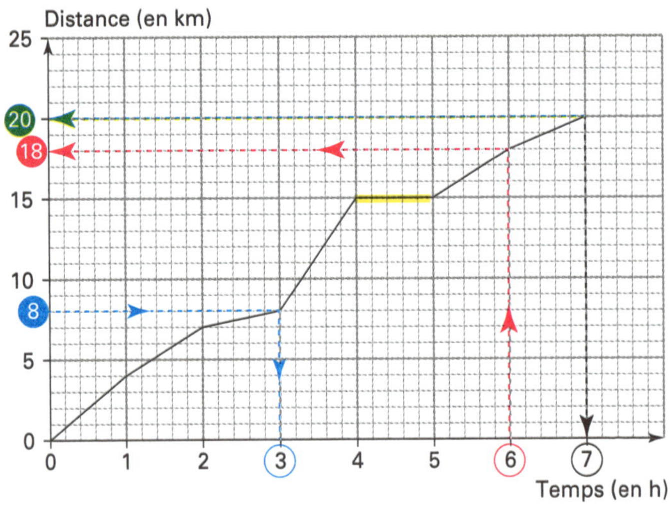

3 Étude de la vitesse de la famille

La famille a effectué la randonnée de 20 km en 7 heures.

Sa vitesse moyenne v est :

$$v = \frac{\text{Distance parcourue}}{\text{Temps de parcours}} = \frac{20}{7}\ \text{km/h}$$

> **Gagnez des points !**
> Comparez la vitesse calculée à la vitesse d'un randonneur expérimenté pour conclure.

On obtient donc : $v \simeq 2{,}9$ km/h soit $v < 4$ km/h.

En conclusion, cette famille n'est pas considérée comme expérimentée.

Autre méthode

Un randonneur expérimenté parcourt 4 km en 1 heure, donc $7 \times 4 = 28$ km en 7 heures.

Pour être expérimentée, la famille aurait dû parcourir au moins 28 km. Elle en a parcouru 20. Donc elle n'est pas considérée comme expérimentée.

Exercice 7

Calcul des différentes dépenses liées à l'achat et au fonctionnement de la piscine

• **Achat du matériel**

La piscine et la pompe coûtent 80 €.

• **Dépenses d'électricité liées au fonctionnement de la pompe**

– La piscine est utilisée de juin à septembre, soit un total de $30 + 31 + 31 + 30 = 122$ jours.

– Chaque jour, la pompe consomme 3,42 kWh (*information 1*).

Sur l'été, seront consommés :

$122 \times 3{,}42 = 417{,}24$ kWh.

– Le prix d'un kWh est de 0,15 € (*information 2*).

Sur l'été, cela correspond à une dépense de :

$417{,}24 \times 0{,}15 \simeq 62{,}59$ €.

• **Dépenses liées au remplissage de la piscine**

– Le volume $\mathcal{V}$ d'eau mis dans la piscine correspond au volume d'un cylindre de rayon $r = \frac{260}{2}$ cm = 130 cm = 1,3 m et de hauteur $h = 65$ cm = 0,65 m (*information 2*).

$\mathcal{V} = \pi \times r^2 \times h$ (*information 4*)

$\mathcal{V} = \pi \times 1{,}3^2 \times 0{,}65$

$\mathcal{V} = 1{,}0985\,\pi$ m³ (volume exact)

$\mathcal{V} \simeq 3{,}45$ m³ (volume approché)

– Un m³ d'eau coûte 2,03 € (*information 3*).

Le prix correspondant au volume $\mathcal{V}$ d'eau est : $3{,}45 \times 2{,}03 \simeq 7$ €.

• Les dépenses totales associées à la piscine s'élèvent à :

Achat matériel + Dépenses électricité + Dépenses eau

$= 80 + 62{,}59 + 7$

$= 149{,}59$ € < 200 €.

En conclusion, le budget de la famille (de 200 €) est suffisant pour l'achat de cette piscine et les frais de fonctionnement.

Pensez-y !

Juin compte 30 jours, juillet et août 31 jours, et septembre 30 jours.

Piège à éviter

- Rayon = diamètre ÷ 2.
- Attention aux unités à convertir en mètres pour obtenir un volume en mètres cubes.

Remarque

Attention, la hauteur de l'eau est 65 cm.

Gagnez des points !

Comparez les dépenses totales au budget de la famille pour conclure.

c. Zoé observe les résultats, puis confirme que **pour tout** nombre x choisi, le résultat du programme de calcul est bien $x^2 + x$. Démontrer sa réponse. **3 pts**

d. Déterminer tous les nombres pour lesquels le résultat du programme est 0. **3 pts**

1 Corrigé

1 a. Utilisation du programme de calcul avec 4

- *Étape 1* – Choisir un nombre de départ : 4.
- *Étape 2* – Ajouter 6 au nombre de départ : 4 + 6 = 10.
- *Étape 3* – Retrancher 5 au nombre de départ : 4 – 5 = –1.
- *Étape 4* – Multiplier les résultats des étapes 2 et 3 : 10 × (–1) = – 10.
- *Étape 5* – Ajouter 30 à ce produit : –10 + 30 = 20.
- *Étape 6* – Donner le résultat : 20.

Le résultat est bien 20 lorsqu'on choisit 4 comme nombre de départ.

b. Utilisation du programme de calcul avec – 3

- *Étape 1* – Choisir un nombre de départ : –3.
- *Étape 2* – Ajouter 6 au nombre de départ : –3 + 6 = 3.
- *Étape 3* – Retrancher 5 au nombre de départ : –3 – 5 = –8.
- *Étape 4* – Multiplier les résultats des étapes 2 et 3 : 3 × (–8) = –24.
- *Étape 5* – Ajouter 30 à ce produit : –24 + 30 = 6.
- *Étape 6* – Donner le résultat : 6.

Le résultat est 6 lorsqu'on choisit –3 comme nombre de départ.

2 a. Vérification

- Avec 4 comme nombre de départ :

$\underbrace{4 + 4^2}_{\text{Somme du nombre choisi au départ et de son carré}} = 4 + 16 = 20$

- Avec –3 comme nombre de départ :

$\underbrace{-3 + (-3)^2}_{\text{Somme du nombre choisi au départ et de son carré}} = -3 + 9 = 6$

Zoé a bien raison quand le nombre choisi est 4, et aussi quand le nombre choisi est –3.

Méthode

La somme du nombre choisi au départ et de son carré se traduit mathématiquement par $x + x^2$, si le nombre choisi au départ est x.

Pensez-y !

Il est impératif de retrouver les résultats de la question 1.

EXERCICES

b. Formule dans un tableur

À l'étape 4, on multiplie les résultats des étapes 2 et 3. Ainsi, dans la cellule B4, on écrit :

=B2*B3

c. Démonstration d'un résultat

On choisit x comme nombre de départ :

- *Étape 1* : Choisir un nombre de départ : x.
- *Étape 2* : Ajouter 6 au nombre de départ : $x + 6$.
- *Étape 3* : Retrancher 5 au nombre de départ : $x - 5$.
- *Étape 4* : Multiplier les résultats des étapes 2 et 3 : $(x + 6) \times (x - 5)$.
- *Étape 5* : Ajouter 30 à ce produit : $(x + 6) \times (x - 5) + 30$.
- *Étape 6* : Donner le résultat : $(x + 6) \times (x - 5) + 30$.

Méthode

Pour démontrer un résultat général, on utilise le calcul littéral : en entrant x comme nombre de départ, on calcule le résultat du programme en fonction de x.

Pour vérifier le résultat annoncé, il faut développer l'expression finale trouvée : $(x + 6) \times (x - 5) + 30$.

$$(x+6)\times(x-5)+30 = x^2-5x+6x-30+30 \quad \leftarrow \text{on utilise la double distributivité}$$
$$= x^2 + x$$

Ainsi, le résultat final de ce programme de calcul lorsque le nombre choisi est x est bien $x^2 + x$, ce qui démontre le résultat de Zoé.

d. Recherche de valeurs

Rechercher les nombres pour lesquels le résultat du programme est 0 revient à déterminer les nombres x qui vérifient $x^2 + x = 0$.

$$x^2 + x = 0 \quad \text{on factorise}$$
$$\underbrace{x(x + 1)}_{\text{produit}} = \underbrace{0}_{\text{nul}}$$

$x = 0$ ou $x + 1 = 0$

$x = 0$ ou $x = -1$

Méthode

Pour résoudre cette équation, on transforme le premier membre pour obtenir un produit et se ramener à une équation au produit nul.

Il y a donc deux nombres qui donnent comme résultat 0 à l'issue de ce programme : 0 et – 1.

Vérification

- $0^2 + 0 = 0$.
- $(-1)^2 + (-1) = 1 - 1 = 0$.

Amérique du Nord, juin 2019 — 15 pts — 20 min

2 Les boulets de canon

Pour ranger les boulets de canon, les soldats du XVIe siècle utilisaient souvent un type d'empilement pyramidal à base carrée, comme le montrent les dessins suivants :

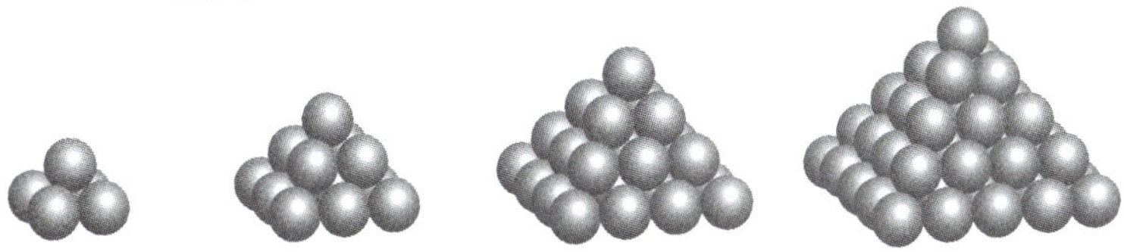

Empilement à 2 niveaux — **Empilement à 3 niveaux** — **Empilement à 4 niveaux** — **Empilement à 5 niveaux**

1 Combien de boulets contient l'empilement à 2 niveaux ? **2 pts**

2 Expliquer pourquoi l'empilement à 3 niveaux contient 14 boulets. **3 pts**

3 On range 55 boulets de canon selon cette méthode. Combien de niveaux comporte alors l'empilement obtenu ? **4 pts**

4 Ces boulets sont en fonte ; la masse volumique de cette fonte est de 7 300 kg/m^3. On modélise un boulet de canon par une boule de rayon 6 cm. Montrer que l'empilement à 3 niveaux de ces boulets pèse 92 kg, au kilogramme près. **6 pts**

Rappels :

- Volume d'une boule $= \frac{4}{3} \times \pi \times \text{Rayon} \times \text{Rayon} \times \text{Rayon}$.
- Une masse volumique de 7 300 kg/m^3 signifie que 1 m^3 pèse 7 300 kg.

2 Corrigé

1 Nombre de boulets pour un empilement à 2 niveaux

Le premier niveau de l'empilement contient 4 boulets et le deuxième niveau, un seul.

Au total, **un empilement à 2 niveaux contient 5 boulets.**

2 Nombre de boulets pour un empilement à 3 niveaux

Dans un empilement à 3 niveaux :

- le premier niveau (le plus bas) contient $3 \times 3 = 9$ boulets :

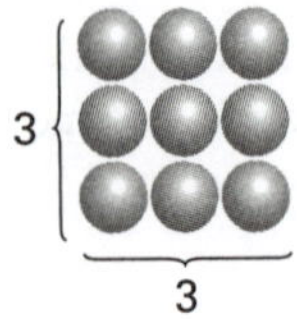

> **L'astuce du prof**
> Vous pouvez faire des schémas pour vous aider.

- le deuxième niveau en contient $2 \times 2 = 4$:

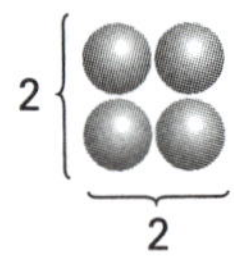

- le troisième et dernier niveau en contient 1.

$9 + 4 + 1 = 14$

Au total, **un empilement à 3 niveaux contient 14 boulets.**

3 Recherche de niveaux

Pour un empilement à 4 niveaux, il faut un niveau de plus que le précédent, soit $4 \times 4 = 16$ boulets de plus.

$14 + 16 = 30$.

Pour un empilement à 4 niveaux, le nombre de boulets est 30.

Il faut donc un niveau supplémentaire.

Pour un empilement à 5 niveaux, il faut $5 \times 5 = 25$ boulets de plus.

$30 + 25 = 55$.

C'est donc un empilement à 5 niveaux qui contient 55 boulets.

> **L'astuce du prof**
> Le nombre de boulets n'étant pas très important, on peut raisonner à tâtons.

4 Masse d'un empilement à 3 niveaux

Dans un empilement à 3 niveaux, il y a 14 boulets.

- Le volume d'un boulet en m^3 est :

$$\mathcal{V} = \frac{4}{3} \times \pi \times 0{,}06 \times 0{,}06 \times 0{,}06$$

$\mathcal{V} = 0{,}000\,288\,\pi\ m^3$ (valeur exacte)

$\mathcal{V} \simeq 0{,}000\,905\ m^3$ (valeur approchée)

> **Remarque**
> On peut écrire :
> $0{,}06 \times 0{,}06 \times 0{,}06 = 0{,}06^3$.

- $0{,}000\,288\,\pi \times 14 = 0{,}004\,032\,\pi$

Les 14 boulets ont un volume de $0{,}004\,032\,\pi\ m^3$ soit environ $0{,}012\,67\ m^3$.

- 1 m^3 de fonte a une masse de 7 300 kg, donc la masse de $0{,}004\,032\,\pi\ m^3$ est donnée par :

$0{,}004\,032\,\pi \times 7\,300 = 29{,}433\,6\,\pi$ kg, soit environ 92 kg.

L'empilement à 3 niveaux a donc une masse totale d'environ 92 kg.

Remarque

On pouvait aussi calculer les masses en cm^3.

- $\mathcal{V} = \frac{4}{3}\pi \times 6 \times 6 \times 6 = 288\,\pi\ cm^3$.
- Les 14 boulets ont un volume de $14 \times 288\,\pi = 4\,032\,\pi\ cm^3$.
- $1\ m^3 = 10^6\ cm^3$ de fonte pèse 7 300 kg.

1 cm^3 de fonte pèse $\frac{7\,300}{10^6} = 0{,}0073$ kg.

- D'où la masse des boulets cherchée :

$4\,032\,\pi \times 0{,}0073 = 29{,}4336\,\pi$, soit environ 92,5 kg.

Amérique du Nord, juin 2019 — **12 pts** — 15 min

3 Gaspillage alimentaire

Le diagramme ci-dessous représente, pour six pays, la quantité de nourriture gaspillée (en kg) par habitant en 2010.

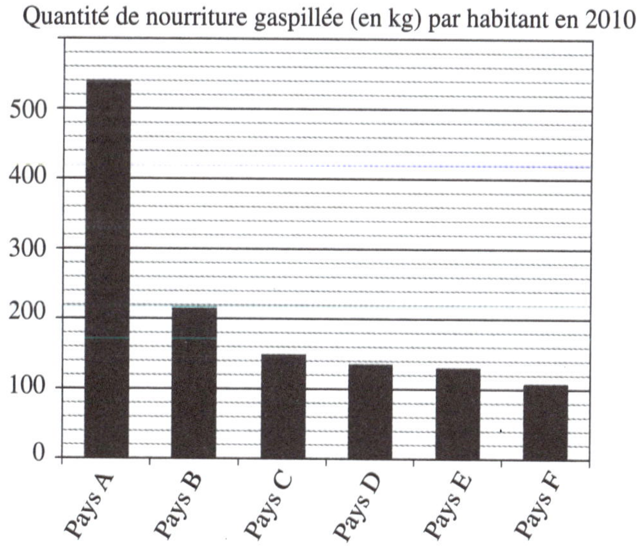

1 Donner approximativement la quantité de nourriture gaspillée par un habitant du pays D en 2010. **2 pts**

2 Peut-on affirmer que le gaspillage de nourriture d'un habitant du pays F représente environ un cinquième du gaspillage de nourriture d'un habitant du pays A ? **4 pts**

EXERCICES

3 On veut rendre compte de la quantité de nourriture gaspillée pour d'autres pays. On réalise alors le tableau ci-dessous à l'aide d'un tableur.
Rappel : 1 tonne = 1 000 kg.

	A	B	C	D
1		Quantité de nourriture gaspillée par habitant en 2010 (en kg)	Nombre d'habitants en 2010 (en millions)	Quantité totale de nourriture gaspillée (en tonnes)
2	Pays X	345	10,9	3 760 500
3	Pays Y	212	9,4	
4	Pays Z	135	46,6	

a. Quelle est la quantité totale de nourriture gaspillée par les habitants du pays X en 2010 ? **2 pts**

b. Voici trois propositions de formule, recopier celle qu'on a saisie dans la cellule D2 avant de l'étirer jusqu'en D4. **4 pts**

Proposition 1	Proposition 2	Proposition 3
= B2*C2*1000000	= B2*C2	= B2*C2*1000

3 Corrigé

1 Lecture graphique

On lit graphiquement que la quantité de nourriture gaspillée par un habitant du pays D en 2010 est environ **135 kg**.

> **Remarque**
> La valeur 130 kg est aussi acceptable.

2 Calcul d'une proportion

Gaspillage de nourriture d'un habitant du pays F : 110 kg.
Gaspillage de nourriture d'un habitant du pays A : 540 kg.
Le cinquième du gaspillage de nourriture d'un habitant du pays A est donné par :

$$\frac{1}{5} \times 540 = 108$$

On peut donc affirmer que **le gaspillage de nourriture d'un habitant du pays F représente environ un cinquième de nourriture d'un habitant du pays A.**

> **Pensez-y !**
> Prendre le cinquième d'une quantité revient à la multiplier par $\frac{1}{5}$, ou plus simplement à la diviser par 5.

3 a. Quantité totale de nourriture gaspillée par les habitants du pays X
On lit cette valeur dans la cellule D2 : **3 760 500 tonnes.**

Autre méthode

La quantité totale de nourriture gaspillée en tonnes peut se calculer :
345 kg = 0,345 t
10,9 millions = 10 900 000
$0{,}345 \times 10\,900\,000 = 3\,760\,500$ t

b. Formule dans le tableau
Pour calculer la quantité totale de nourriture gaspillée en tonnes, il faut multiplier la quantité de nourriture gaspillée par habitant en tonnes par le nombre d'habitants.

- Le nombre d'habitants est donné en millions.
Il faut donc le multiplier par 1 000 000.

- La quantité est donnée en kilogrammes et on la veut en tonnes.
Il faut donc la diviser par 1 000, car 1 t = 1 000 kg.
Par exemple, pour le pays X, on obtient cette quantité par :

$$\underbrace{(345 \div 1\,000)}_{\text{quantité de nourriture en tonnes}} \times \underbrace{10{,}9 \times 1\,000\,000}_{\text{nombre d'habitants}} = 3\,760\,500.$$

Dans la cellule D2, on peut donc saisir :

=B2/1000*C2*1000000

ou plus simplement :

=B2*C2*1000

C'est donc la proposition 3 qui convient.

Pensez-y !
Diviser par 1 000 puis multiplier par 1 000 000 revient à multiplier par 1 000.

France métropolitaine, septembre 2018 — **11 pts** — 15 min

4 Décomposition

1 Le nombre 588 peut se décomposer sous la forme $588 = 2^2 \times 3 \times 7^2$.
Quels sont ses diviseurs premiers, c'est-à-dire les nombres qui sont à la fois des nombres premiers et des diviseurs de 588 ? **3 pts**

2 a. Déterminer la décomposition en facteurs premiers de 27 000 000. **3 pts**
b. Quels sont ses diviseurs premiers ? **2 pts**

3 Déterminer le plus petit nombre entier positif impair qui admet trois diviseurs premiers différents. Expliquer votre raisonnement. **3 pts**

4 Corrigé

1 Diviseurs premiers de 588

$588 = 2^2 \times 3 \times 7^2$

Cette décomposition permet d'obtenir la liste des diviseurs premiers de 588 : **2, 3 et 7.**

Rappel
Une telle décomposition porte le nom de décomposition en facteurs premiers de 588 : 2, 3 et 7 sont des nombres premiers.

2 a. Décomposition en facteurs premiers de 27 000 000

$$\begin{aligned}27\,000\,000 &= 27 \times 1\,000\,000\\ &= 3^3 \times 10^6\\ &= 3^3 \times (2 \times 5)^6\\ &= 3^3 \times 2^6 \times 5^6\end{aligned}$$

La décomposition en facteurs premiers de 27 000 000 est : $3^3 \times 2^4 \times 5^6$

L'astuce du prof
Procédez méthodiquement en écrivant 1 000 000 avec une puissance de 10, puis utilisez les propriétés des puissances.

Autre méthode (moins élégante, mais tout aussi efficace...)

27 000 000	2
13 500 000	2
6 750 000	2
3 375 000	2
1 687 500	2
843 750	2
421 875	5
84 375	

84 375	5
16 875	5
3 375	5
675	5
135	5
27	3
9	3
3	3
1	

On retrouve bien :
$27\,000\,000 = 2^6 \times 5^6 \times 3^3$

b. Diviseurs premiers de 27 000 000

En utilisant la décomposition précédente, **les diviseurs premiers de 27 000 000 sont 2, 3 et 5.**

3 Recherche d'un nombre

Méthode

- a est un diviseur de b s'il existe un entier q tel que $b = a \times q$. Par exemple, 5 est un diviseur de 10, car $10 = 5 \times 2$.
- En faisant le produit de 3 entiers différents, on obtient un nombre admettant (au moins) trois diviseurs différents. Par exemple, $2 \times 3 \times 4$ est un nombre qui admet (au moins) trois diviseurs différents : 2, 3 et 4 (mais il y a aussi 6, 8...).
- Les diviseurs doivent être premiers.
Les premiers nombres premiers sont : 2, 3, 5, 7 et 11.
- Le nombre cherché doit être impair. Donc 2 ne doit pas être choisi.

Pour obtenir ce nombre, on choisit les trois premiers nombres premiers impairs et on en fait le produit :

$$3 \times 5 \times 7 = 105$$

105 est le plus petit entier positif impair qui admet trois diviseurs premiers différents (3, 5 et 7).

Pondichéry, mai 2018 — **18 pts** — 25 min

5 Les deux programmes

Programme A	**Programme B**
• Choisir un nombre. • Soustraire 3. • Calculer le carré du résultat obtenu.	• Choisir un nombre. • Calculer le carré de ce nombre. • Ajouter le triple du nombre de départ. • Ajouter 7.

1 Corinne choisit le nombre 1 et applique le programme A. Expliquer en détaillant les calculs que le résultat du programme de calcul est 4. **2 pts**

2 Tidjane choisit le nombre – 5 et applique le programme B. Quel résultat obtient-il ? **2 pts**

3 Lina souhaite regrouper le résultat de chaque programme à l'aide d'un tableur. Elle crée la feuille de calcul ci-après.

Quelle formule, copiée ensuite à droite dans les cellules C3 à H3, a-t-elle saisie dans la cellule B3 ? **3 pts**

B2 | =(B1-3)^2

	A	B	C	D	E	F	G	H
1	Nombre de départ	-3	-2	-1	0	1	2	3
2	Résultat du programme A	36	25	16	9	4	1	0
3	Résultat du programme B	7	5	5	7	11	17	25

4 Zoé cherche à trouver un nombre de départ pour lequel les deux programmes de calcul donnent le même résultat. Pour cela, elle appelle x le nombre choisi au départ et exprime le résultat de chaque programme de calcul en fonction de x.

a. Montrer que le résultat du programme A en fonction de x peut s'écrire sous forme développée et réduite : $x^2 - 6x + 9$. **4 pts**

b. Écrire le résultat du programme B en fonction de x. **2 pts**

c. Existe-t-il un nombre de départ pour lequel les deux programmes donnent le même résultat ? Si oui, lequel ? **5 pts**

EXERCICES

5 Corrigé

1 Résultat du programme A avec le nombre 1

- Choisir un nombre : 1.
- Soustraire 3 : $1 - 3 = -2$.
- Calculer le carré du résultat obtenu : $(-2)^2 = 4$.

Le résultat obtenu en prenant 1 comme nombre de départ est 4.

2 Résultat du programme B avec le nombre – 5

- Choisir un nombre : – 5.
- Calculer le carré de ce nombre : $(-5)^2 = 25$.
- Ajouter le triple du nombre de départ : $25 + 3 \times (-5) = 25 - 15 = 10$.
- Ajouter 7 : $10 + 7 = 17$.

Le résultat obtenu en prenant – 5 comme nombre de départ est 17.

3 Formule dans la cellule B3

- On commence par élever au carré le nombre inscrit dans la cellule B1, soit `=B1^2` ou `=B1*B1`.
- On ajoute le triple du nombre de départ : `=B1^2+3*B1`
- On ajoute 7 : `=B1^2+3*B1+7`

Ainsi, dans la cellule B3, Lina a saisi :

`=B1^2+3*B1+7`

> **Pensez-y !**
> N'oubliez pas le signe = devant la formule.

4 a. Résultat du programme A avec le nombre x

- Choisir un nombre : x.
- Soustraire 3 : $x - 3$.
- Calculer le carré du résultat obtenu : $(x - 3)^2$.

Le résultat du programme A en ayant choisi x comme nombre de départ est $(x - 3)^2$.

On développe $(x - 3)^2$:

$$(x - 3)^2 = (x - 3)(x - 3)$$
$$= x^2 - 3x - 3x + 9$$
$$= x^2 - 6x + 9$$

Le résultat du programme A sous forme développée est $x^2 - 6x + 9$.

> **Autre méthode**
> Pour développer $(x - 3)^2$, on peut aussi utiliser l'égalité remarquable $(a + b)^2 = a^2 + 2ab + b^2$ avec $a = x$ et $b = 3$:
> $$(x + 3)^2 = x^2 + 2 \times x \times 3 + 3^2 = x^2 + 6x + 9$$

b. Résultat du programme B avec le nombre x

- Choisir un nombre : x.
- Calculer le carré de ce nombre : x^2.
- Ajouter le triple du nombre de départ : $x^2 + 3x$.
- Ajouter 7 : $x^2 + 3x + 7$.

Avec le programme B, le résultat en fonction de x est $x^2 + 3x + 7$.

c. Détermination d'un nombre donnant le même résultat

On cherche x tel que :

$$\underbrace{x^2 - 6x + 9}_{\text{résultat avec le programme A}} = \underbrace{x^2 + 3x + 7}_{\text{résultat avec le programme B}}$$

$$x^2 - 6x + 9 = x^2 + 3x + 7$$

on retranche x^2

$$x^2 - x^2 - 6x + 9 = x^2 - x^2 + 3x + 7$$

$$-6x + 9 = 3x + 7$$

on retranche $3x$

$$-6x - 3x + 9 = 3x - 3x + 7$$

$$-9x + 9 = 7$$

on retranche 9

$$-9x + 9 - 9 = 7 - 9$$

$$-9x = -2$$

on divise par -9

$$\frac{-9x}{-9} = \frac{-2}{-9}$$

$$x = \frac{2}{9}$$

En choisissant $\frac{2}{9}$ comme nombre de départ, on obtient le même résultat avec les programmes A et B.

Vérification

On choisit $\frac{2}{9}$ comme nombre de départ.

- Avec le programme A, on obtient successivement :

$\frac{2}{9}$

$\frac{2}{9} - 3 = \frac{2}{9} - \frac{27}{9} = -\frac{25}{9}$

$\left(\frac{-25}{9}\right)^2 = \frac{625}{81}$

EXERCICES

- Avec le programme B, on obtient successivement :

$\frac{2}{9}$

$\left(\frac{2}{9}\right)^2 = \frac{4}{81}$

$\frac{4}{81} + 3 \times \frac{2}{9} = \frac{4}{81} + \frac{6}{9} = \frac{4}{81} + \frac{54}{81} = \frac{58}{81}$

$\frac{58}{81} + 7 = \frac{58}{81} + \frac{567}{81} = \frac{625}{81}$

- Les deux programmes donnent bien le même résultat.

20 min

Wallis et Futuna, décembre 2017 **14 pts**

6 Tests d'un vaccin

Dans un laboratoire A, pour tester le vaccin contre la grippe de la saison hivernale prochaine, on a injecté la même souche de virus à 5 groupes comportant 29 souris chacun.
Trois de ces groupes avaient été préalablement vaccinés contre ce virus.
Quelques jours plus tard, on remarque que :
- dans les 3 groupes de souris vaccinées, aucune souris n'est malade ;
- dans chacun des groupes de souris non vaccinées, 23 souris ont développé la maladie.

1 a. En détaillant les calculs, montrer que la proportion de souris malades lors de ce test est $\frac{46}{145}$. **4 pts**

b. Justifier sans utiliser la calculatrice pourquoi on ne peut pas simplifier cette fraction. **4 pts**

Donnée utile :
Le début de la liste ordonnée des nombres premiers est 2, 3, 5, 7, 11, 13, 17, 19, 23, 29.

Dans un laboratoire B, on informe que $\frac{140}{870}$ des souris ont été malades.

2 a. Décomposer 140 et 870 en produits de nombres premiers. **4 pts**
b. En déduire la forme irréductible de la proportion de souris malades dans le laboratoire B. **2 pts**

6 Corrigé

1 a. Proportion de souris malades

- La proportion de souris malades est donnée par le quotient :

$$\frac{\text{nombre de souris malades}}{\text{nombre total de souris}}$$

- Il y a 46 souris malades (23 dans chacun des deux groupes de souris non vaccinées et 0 dans les trois groupes de souris vaccinées).
- $5 \times 29 = 145$.
Il y a 145 souris au total.
- **La proportion de souris malades est donc bien $\frac{46}{145}$.**

b. Fraction non simplifiable

- $46 = 2 \times 23$
- $145 = 5 \times 29$
- $\frac{46}{145} = \frac{2 \times 23}{5 \times 29}$
- Les nombres 46 et 145 sont décomposés en produits de nombres premiers et aucun facteur commun n'apparaît, on peut alors affirmer que **la fraction $\frac{46}{145}$ n'est pas simplifiable**.

Pensez-y !
L'idée est de décomposer 46 et 145 en utilisant les nombres premiers donnés.

2 a. Décomposition de 140 et 870

-

140	2
70	2
35	5
7	7
1	

$140 = 2 \times 2 \times 5 \times 7$

Méthode

$$\left.\begin{array}{l} 14 \div 02 = 70 \\ 70 \div 2 = 35 \\ 35 \div 5 = 7 \\ 7 \div 7 = 1 \end{array}\right\} 140 = 2 \times 2 \times 5 \times 7$$

-

870	2
435	3
145	5
29	29
1	

$870 = 2 \times 3 \times 5 \times 29$

Méthode

$$\left.\begin{array}{l} 870 \div 2 = 435 \\ 435 \div 3 = 145 \\ 145 \div 5 = 29 \\ 29 \div 29 = 1 \end{array}\right\} 870 = 2 \times 3 \times 5 \times 29$$

b. Fraction irréductible

$$\frac{140}{870} = \frac{\cancel{2} \times 2 \times \cancel{5} \times 7}{\cancel{2} \times 3 \times \cancel{5} \times 29} = \mathbf{\frac{14}{87}}$$

L'astuce du prof
N'hésitez pas à utiliser votre calculatrice pour vérifier votre résultat.

Asie, juin 2017 — **18 pts** — 20 min

7 Les pluviomètres

Pour mesurer les précipitations, Météo France utilise deux sortes de pluviomètres :
– des pluviomètres à lecture directe ;
– des pluviomètres électroniques.

La mesure des précipitations s'exprime en millimètres. On donne ainsi la hauteur d'eau H qui est tombée en utilisant la formule :

$H = \frac{\mathcal{V}}{S}$ où $\mathcal{V}$ est le volume d'eau tombée sur une surface S.

Pour H exprimée en mm, $\mathcal{V}$ est exprimé en mm^3 et S en mm^2.

1 Pluviomètres à lecture directe

Ces pluviomètres sont composés d'un cylindre de réception et d'un réservoir conique gradué.

a. Vérifier à l'aide de la formule que lorsqu'il est tombé 1 mm de pluie, cela correspond à 1 L d'eau tombée sur une surface de 1 m^2. **4 pts**

b. Un pluviomètre indique 10 mm de pluie. La surface qui reçoit la pluie est de 0,01 m^2.
Quel est le volume d'eau dans ce pluviomètre ? **4 pts**

2 Pluviomètres électroniques

Durant un épisode pluvieux, on a obtenu le graphique suivant grâce à un pluviomètre électronique :

Hauteur d'eau mesurée en fonction du temps écoulé

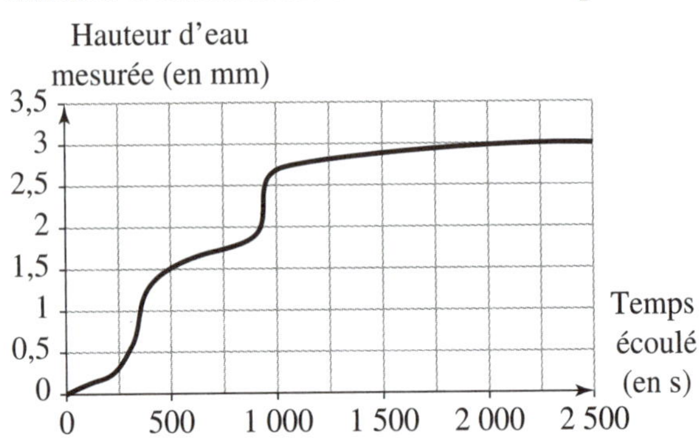

a. L'épisode pluvieux a commencé à 17 h 15.
Vers quelle heure la pluie s'est-elle arrêtée ? **4 pts**

b. On qualifie les différents épisodes pluvieux de la façon suivante :

Type de pluie	Vitesse d'accumulation
Pluie faible	Jusqu'à 2,5 mm/h
Pluie modérée	Entre 2,6 et 7,5 mm/h
Pluie forte	Supérieure à 7,5 mm/h

À l'aide des informations données par le graphique et le tableau ci-dessus, cette pluie serait-elle qualifiée de faible, modérée ou forte ? **6 pts**

7 Corrigé

1 a. Calcul d'une hauteur d'eau

Dans la formule $H = \frac{\mathcal{V}}{S}$, H est en mm, $\mathcal{V}$ en mm^3 et S en mm^2.

Rappel
Utilisez ce point de repère :
1 litre = 1 dm^3.

1 L = 1 dm^3 = 1 000 000 mm^3

dm³			cm³			mm³		
		1	0	0	0	0	0	0

3 colonnes à chaque unité

1 m^2 = 1 000 000 mm^2

m²		dm²		cm²		mm²	
	1	0	0	0	0	0	0

2 colonnes à chaque unité

Pensez-y !
Faites un tableau de conversion pour ne pas vous tromper.

1 litre d'eau tombée sur 1 m^2 correspond à une hauteur H telle que :
$H = \frac{1\,000\,000}{1\,000\,000} = 1\text{ mm}$

Il est bien tombé 1 mm de pluie.

b. Volume d'eau dans le pluviomètre

$H = \frac{\mathcal{V}}{S}$ avec $H = 10$ mm et $S = 0{,}01$ m² $= 10\,000$ mm².

m²		dm²		cm²		mm²	
	0⁄	0	1	0	0	0	0

Remarque

100 000 mm³ = 100 cm³
= 0,1 dm³
= 0,1 L

On obtient l'égalité : $10 = \frac{\mathcal{V}}{10\,000}$

$\mathcal{V} = 10 \times 10\,000$ ← produit en croix

$\mathcal{V} = 100\,000$

Le volume d'eau est 100 000 mm³.

2 a. Heure d'arrêt de la pluie

La courbe ne semble plus « monter » à partir de $T = 2\,000$ s.

$2\,000 = 33 \times 60 + 20$

Ainsi, **la pluie s'arrête** 33 minutes et 20 secondes après 17 h 15, soit **à 17 h 48** (à la minute près).

Pensez-y !

Faites la division euclidienne de 2 000 par 60 :
2 000 ÷ 60 = 33 (reste 20).

b. Qualification de la pluie étudiée

La hauteur d'eau mesurée lors de cet épisode pluvieux est 3 mm. Elle a été obtenue en 2 000 s.

En considérant que la hauteur d'eau est proportionnelle au temps de pluie, on obtient le tableau de proportionnalité suivant :

Temps (en s)	2 000	3 600
Hauteur d'eau (en mm)	3	x

Rappel

1 h = 3 600 s.

Dans un tableau de proportionnalité, les produits en croix sont égaux, donc :

$x \times 2\,000 = 3 \times 3\,600$

$$x = \frac{3 \times 3600}{2000} = 5{,}4$$

On peut considérer que la vitesse d'accumulation est de 5,4 mm/h.

D'après le tableau, **cela correspond à une pluie modérée.**

Asie, juin 2017 — 16 pts — 20 min

8 Une mosaïque

Gaspard réalise des motifs avec des carreaux de mosaïque blancs et gris de la façon suivante :

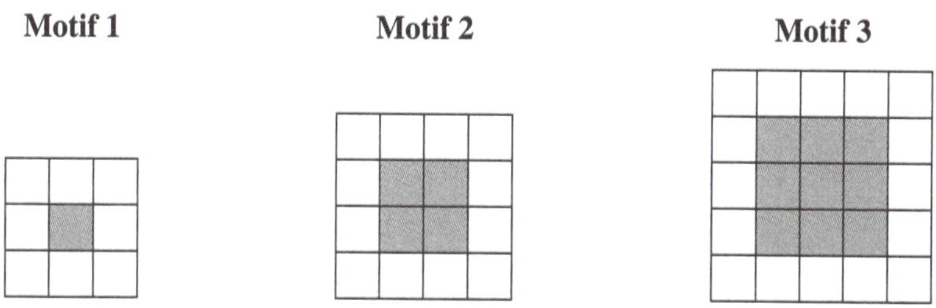

Gaspard forme un carré avec des carreaux gris, puis le borde avec des carreaux blancs.

1 Combien de carreaux blancs Gaspard va-t-il utiliser pour border le carré gris du **motif 4** (un carré ayant 4 carreaux gris de côté) ? **3 pts**

2 **a.** Justifier que Gaspard peut réaliser un motif de ce type en utilisant exactement 144 carreaux gris. **3 pts**

b. Combien de carreaux blancs utilisera-t-il alors pour border le carré gris obtenu ? **4 pts**

3 On appelle « motif n » le motif pour lequel on borde un carré de n carreaux gris de côté.

Trois élèves ont proposé chacun une expression pour calculer le nombre de carreaux blancs nécessaires pour réaliser le « motif n » :

- Expression n° 1 : $2 \times n + 2 \times (n + 2)$
- Expression n° 2 : $4 \times (n + 2)$
- Expression n° 3 : $4 \times (n + 2) - 4$

Une seule de ces trois expressions ne convient pas. Laquelle ? **6 pts**

EXERCICES

8 Corrigé

1 Nombre de carreaux gris utilisés pour le motif 4

Numéro du motif	Nombre de carreaux gris utilisés	Nombre de carreaux au total	Nombre de carreaux blancs
1	$1 \times 1 = 1$	$3 \times 3 = 9$	$9 - 1 = 8$
2	$2 \times 2 = 4$	$4 \times 4 = 16$	$16 - 4 = 12$
3	$3 \times 3 = 9$	$5 \times 5 = 25$	$25 - 9 = 16$
4	$4 \times 4 = 16$	$6 \times 6 = 36$	$36 - 16 = 20$

Il y aura 20 carreaux blancs sur le motif 4.

Remarque
Vous pouvez faire des schémas.

Autre méthode

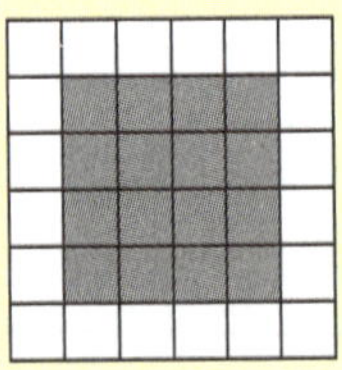

On réalise le croquis représentant la situation.
Pour le motif 4, on utilise 16 carreaux gris et 20 carreaux blancs.

2 a. Motif avec 144 carreaux gris

On remarque que $12 \times 12 = 144$.
Ainsi, pour le motif 12, **Gaspard utilisera 144 carreaux gris.**

Méthode
Avec votre calculatrice, $\sqrt{144} = 12$.

b. Nombre de carreaux blancs utilisés

Voici un schéma pour visualiser la situation.

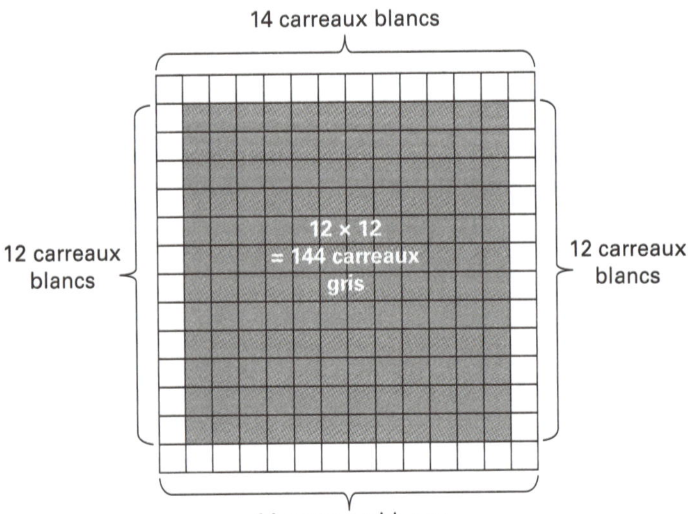

Le nombre de carreaux blancs est donné par :
$2 \times 14 + 2 \times 12 = 28 + 24 = 52$.
Il faudra 52 carreaux blancs pour border le carreau gris.

Piège à éviter
Attention de ne pas compter deux fois les carreaux blancs des coins.

3 Recherche d'une expression

Le motif *n* est obtenu en bordant de carrés blancs un carré de *n* carreaux gris de côté.

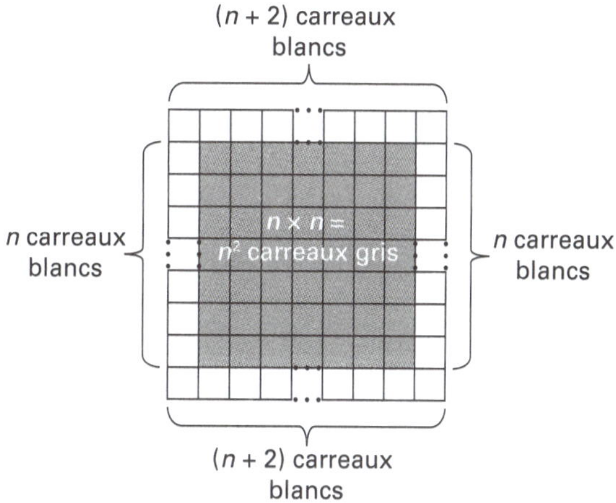

- Le nombre de carreaux blancs est donné par : $2 \times (n + 2) + 2 \times n$.

On retrouve l'expression n° 1.

L'écriture développée de cette expression est :
$2n + 2 \times (n + 2) = 2n + 2n + 4$
$= 4n + 4$

- L'écriture développée de l'expression n° 2 est :

$4 \times (n + 2) = 4n + 8$

Cette expression est différente de l'expression n° 1, elle ne permet pas de calculer le nombre de carreaux blancs.

- L'écriture développée de l'expression n° 3 est :

$4 \times (n + 2) - 4 = 4n + 8 - 4$
$= 4n + 4$

Cette expression permet également de déterminer le nombre de carreaux qu'il faut utiliser.

L'expression qui ne convient pas est l'expression n° 2.

Remarque
Cette expression résulte du calcul suivant :
$\underbrace{4 \times (n + 2)}_{\text{sur chaque côté, il y a } (n+2) \text{ carrés blancs}} - \underbrace{4}_{\text{carreaux comptés deux fois sur les coins}}$

Autres méthodes

- **Méthode 1**

En développant les trois expressions, on remarque qu'il y en a deux identiques. Donc l'expression différente est celle qui ne convient pas.

- **Méthode 2**

En remplaçant n par 2 (dans le motif 2), il y a 12 carreaux blancs.
Avec l'expression n° 1, on obtient :
$2 \times 2 + 2 \times (2 + 2) = 4 + 2 \times 4 = 12$
Avec l'expression n° 2, on obtient :
$4 \times (2 + 2) = 4 \times 4 = 16 \neq 12$
Avec l'expression n° 3, on obtient :
$4 \times (2 + 2) - 4 = 4 \times 4 - 4 = 12$
C'est donc la deuxième expression qui ne convient pas.

10 min

Asie, juin 2017 — 8 pts

9 Degré Celsius vs degré Fahrenheit

Aux États-Unis, la température se mesure en degrés Fahrenheit (en °F). En France, elle se mesure en degrés Celsius (en °C).

Pour faire les conversions d'une unité à l'autre, on a utilisé un tableur. Voici une copie de l'écran obtenu :

	A	B
1	**Conversions**	
2	**Températures en °C**	**Températures en °F**
3	-5	23
4	0	32
5	5	41
6	10	50
7	15	59
8	20	68
9	25	77

1 Quelle température en degrés Fahrenheit correspond à une température de 20 °C ? **2 pts**

2 Quelle température en degrés Celsius correspond à une température de 41 °F ? **2 pts**

3 Pour convertir la température de degrés Celsius en degrés Fahrenheit, il faut multiplier la température en degrés Celsius par 1,8 puis ajouter 32.
On a écrit une formule en B3, puis on l'a recopiée vers le bas.
Quelle formule a-t-on pu saisir dans la cellule B3 ? **4 pts**

9 Corrigé

1 Température en degrés Fahrenheit
D'après le tableau, 20 °C correspondent à **68 °F**.

2 Température en degrés Celsius
D'après le tableau, 41 °F correspondent à **5 °C**.

3 Formule dans la cellule B3
Dans la cellule B3 se trouve la température en °F.
On obtient celle-ci en multipliant par 1,8 la température en °C et en ajoutant 32.
Ainsi, dans la cellule B3, il faut saisir :

=1,8*A3+32

↑ température en °C

Remarque
En recopiant vers le bas cette formule, dans la cellule B4, on obtient : =1,8*A4+32.

France métropolitaine, juin 2017 — **20 pts** — 25 min

10 Méli-mélo

1 Lors des Jeux olympiques de Rio en 2016, la Danoise Pernille Blume a remporté le 50 m nage libre en 24,07 secondes.
A-t-elle nagé plus rapidement qu'une personne qui se déplace en marchant vite, c'est-à-dire à 6 km/h ? **4 pts**

2 On donne l'expression $E = (3x + 8)^2 - 64$.
a. Développer E. **4 pts**
b. Montrer que E peut s'écrire sous forme factorisée : $3x(3x + 16)$. **3 pts**
c. Résoudre l'équation $(3x + 8)^2 - 64 = 0$. **5 pts**

3 La distance d de freinage d'un véhicule dépend de sa vitesse et de l'état de la route.

EXERCICES

On peut la calculer à l'aide de la formule suivante :

$$d = k \times V^2$$

avec :
- d la distance de freinage en m ;
- V la vitesse du véhicule en m/s ;
- k le coefficient dépendant de l'état de la route ($k = 0,14$ sur route mouillée, $k = 0,08$ sur route sèche).

Quelle est la vitesse d'un véhicule dont la distance de freinage sur route mouillée est égale à 15 m ? **4 pts**

10 Corrigé

1 Comparaison de vitesses

- Calculons la vitesse v de nage de Pernille Blume en kilomètres par heure.

50 m = 0,05 km

$$24,07 \text{ s} = 24,07 \times \frac{1}{60} \text{ min} = \frac{24,07}{60} \text{ min}$$

$$= \frac{24,07}{60} \times \frac{1}{60} \text{ h} = \frac{24,07}{3\,600} \text{ h}$$

$$v = \frac{d}{t} = \frac{0,05}{\left(\frac{24,07}{3600}\right)} = 0,05 \times \frac{3600}{24,07}$$

$v \approx 7,48$ km/h

$v > 6$ km/h

Pensez-y !

$1 \text{ s} = \frac{1}{60} \text{ min.}$

$1 \text{ min} = \frac{1}{60} \text{ h.}$

Rappel

$$\text{Vitesse} = \frac{\text{distance parcourue}}{\text{temps de parcours}}$$

En conclusion, Pernille Blume a nagé plus rapidement qu'une personne se déplaçant en marchant vite.

Autres méthodes

- **Calcul de la vitesse**

La vitesse v de Pernille Blume en $m \cdot s^{-1}$ est :

$$v' = \frac{50}{24,07}$$

$v' \approx 2,08$ m/s

En 1 s, elle parcourt environ 2,08 m.

Donc en 1 h (1 h = 3 600 s), elle parcourt $3\,600 \times 2,08 \approx 7\,488$ m, soit environ 7,49 km.

Sa vitesse est donc de 7,49 km par heure.

- **Comparaison avec la vitesse du marcheur**

On compare les deux vitesses en m/s.
La vitesse v du marcheur est $v = 6$ km/h.
6 km = 6 000 m et 1 h = 60 × 60 s = 3 600 s.
$v = \dfrac{6000}{3600}$ m/s soit $v \approx 1{,}67$ m/s.
La vitesse de la nageuse est $v' = \dfrac{50}{24{,}07}$ m/s, soit $v' \approx 2{,}08$ m/s.
$v' > v$: la nageuse est plus rapide que le marcheur.

2 a. Développement de E

$E = (3x + 8)^2 - 64$.
L'expression $(3x + 8)^2$ est une identité remarquable de la forme $(a + b)^2$ avec $a = 3x$ et $b = 8$ qui se développe en $a^2 + 2ab + b^2$.
$E = (3x)^2 + 2 \times 3x \times 8 + 8^2 - 64$
$E = 9x^2 + 48x + \cancel{64} - \cancel{64}$
$\mathbf{E = 9x^2 + 48x}$

Gagnez des points !
$(3x)^2 = 3x \times 3x = 9x^2$.

b. Factorisation de E

$E = (3x + 8)^2 - 64$
$E = \underbrace{(3x + 8)^2}_{a^2} \underbrace{- 8^2}_{-b^2}$
E est de la forme $a^2 - b^2$ avec $a = 3x + 8$ et $b = 8$ qui se factorise en $(a - b)(a + b)$:
$E = [\underbrace{(3x + \cancel{8})}_{[a} \underbrace{- \cancel{8}]}_{-b]} \; [\underbrace{(3x + 8)}_{[a} \underbrace{+ 8]}_{+b]}$
$E = (3x + \cancel{8} - \cancel{8})(3x + 8 + 8)$
La forme factorisée de E est : $E = (3x)(3x + 16)$.

Rappel
Factoriser E, c'est transformer E en un produit de deux facteurs.

Autres méthodes

- **Méthode 1**

On part de la forme développée de $E = 9x^2 + 48x$ que l'on factorise.
On identifie le facteur commun $3x$ de part et d'autre du signe +.
$E = \underline{3x} \times 3x + \underline{3x} \times 16$
$E = \underline{3x}\,(3x + 16)$.

- **Méthode 2**

On développe : $3x\,(3x + 16) = 3x \times 3x + 3x \times 16 = 9x^2 + 48x$.
Or d'après la question 2 a. : $E = 9x^2 + 48x$.
On en déduit alors : $E = 3x\,(3x + 16)$.

- Ces deux autres méthodes sont efficaces, mais ont pour inconvénient d'utiliser le résultat de la question précédente. Aussi faut-il être sûr de soi !

EXERCICES

c. Résolution d'équation

$(3x + 8)^2 - 64 = 0$

En utilisant le résultat de la question **2 b.**, on est ramené à :

$3x\,(3x + 16) = 0.$

C'est une équation produit-nul.

$3x = 0$ ou $3x + 16 = 0$

$x = \frac{0}{3}$ $\quad$ $3x = -16$

$x = 0$ $\quad$ $x = -\frac{16}{3}.$

L'équation a pour solutions les nombres 0 et $-\frac{16}{3}$.

Rappel

Dans une équation produit-nul type $A \times B = 0$, $A = 0$ ou $B = 0$.

Remarque

Il ne faut pas donner de valeur approchée de x pour solution de l'équation.

Autre méthode

$(3x + 8)^2 - 64 = 0$

$(3x + 8)^2 = 64$

Deux nombres ont leur carré qui vaut 64 : les nombres 8 et −8.

$3x + 8 = 8$ ou $3x + 8 = -8$

$3x = 8 - 8$ $\quad$ $3x = -8 - 8$

$3x = 0$ $\quad$ $3x = -16$

$x = \frac{0}{3} = 0$ $\quad$ $x = -\frac{16}{3}$

Les solutions de l'équation sont 0 et $-\frac{16}{3}$.

3 Calcul de vitesse sur route mouillée

On utilise la formule :

$$d = k \times V^2$$

avec $\begin{cases} d = 15 \text{ m} \\ k = 0{,}14 \end{cases}$

(k, coefficient correspondant à une route mouillée)

$15 = 0{,}14 \times V^2$

$V^2 = \frac{15}{0{,}14}$

$V^2 \approx 107{,}14$

D'où $V \approx \sqrt{107{,}14}$ (car $V > 0$)

$V \approx 10{,}35$

Un véhicule mettant 15 m à s'arrêter sur route mouillée roulait à environ 10,35 m/s.

Remarque

L'équation $V^2 = 107{,}14$ admet deux solutions : $\sqrt{107{,}14}$ et $-\sqrt{107{,}14}$. Comme $V > 0$, la seconde solution ne répond pas à notre exercice.

Remarque

$10{,}35 \text{ m/s} = 10{,}35 \times 3{,}6 \text{ km/h} \approx 37 \text{ km/h}.$

10 min

Amérique du Nord, juin 2017 — **9 pts**

11 Calculs au choix

Sélectionner la bonne réponse (aucune justification n'est attendue).

3 pts par réponse

Question	Réponse A	Réponse B	Réponse C
1 La somme $\frac{7}{4}+\frac{2}{3}$ est égale à :	$\frac{9}{7}$	$\frac{29}{12}$	$\frac{9}{12}$
2 L'équation $5x + 12 = 3$ a pour solution :	1,8	3	−1,8
3 Une valeur approchée, au dixième près, du nombre $\frac{\sqrt{5}+1}{2}$ est :	2,7	1,6	1,2

EXERCICES

11 Corrigé

1 Calcul d'une somme

$$\frac{7}{4}+\frac{2}{3}=\frac{7\times 3}{4\times 3}+\frac{2\times 4}{3\times 4}$$
$$=\frac{21}{12}+\frac{8}{12}$$
$$=\frac{29}{12}$$

Réponse B

L'astuce du prof

On peut utiliser la calculatrice pour trouver la réponse exacte.

2 Solution d'une équation

$5x + 12 = 3$

$5x = 3 - 12$ (on soustrait 12 à chaque membre)

$5x = -9$

$x = -\frac{9}{5} = -1{,}8$ (on divise par 5 chaque membre)

Réponse C

Méthode

C'est une équation du premier degré dans laquelle on isole le *x*.

Autre méthode

On teste chacune des valeurs de x proposées :

- si $x = 1{,}8$ alors $5 \times 1{,}8 + 12 = 21$ et $21 \neq 3$.
Donc 1,8 n'est pas solution de l'équation $5x + 12 = 3$;
- si $x = 3$ alors $5 \times 3 + 12 = 27$ et $27 \neq 3$.
Donc 3 n'est pas solution de l'équation $5x + 12 = 3$;
- si $x = -1{,}8$ alors $5 \times (-1{,}8) + 12 = 3$.
Donc $-1{,}8$ est solution de l'équation $5x + 12 = 3$.

3 Valeur approchée d'un nombre

À la calculatrice, on obtient pour valeur approchée du nombre $\dfrac{\sqrt{5}+1}{2}$: 1,6.

Réponse B

Pensez-y !

N'oubliez pas les parenthèses autour de $\sqrt{5} + 1$ lorsque vous tapez votre calcul sur la calculatrice.

Centres étrangers, juin 2017 — 12 pts — 15 min

12 Le remplissage de la piscine

Sarah vient de faire construire une piscine dont la forme est un pavé droit de 8 m de longueur, 4 m de largeur et 1,80 m de profondeur. Elle souhaite maintenant remplir sa piscine. Elle y installe donc son tuyau d'arrosage.

Sarah a remarqué qu'avec son tuyau d'arrosage, elle peut remplir un seau de 10 litres en 18 secondes.

Pour remplir sa piscine, un espace de 20 cm doit être laissé entre la surface de l'eau et le haut de la piscine.

Faut-il plus ou moins d'une journée pour remplir la piscine ? Justifier votre réponse.

12 Corrigé

- **Volume d'eau $\mathcal{V}_{eau}$ contenu dans la piscine**

20 cm = 0,2 m

Le volume d'eau contenu dans la piscine est celui d'un pavé droit de 8 m de long, de 4 m de large et de 1,80 – 0,20 = 1,60 m de haut.

L'astuce du prof
Aidez-vous d'un croquis pour mieux comprendre.

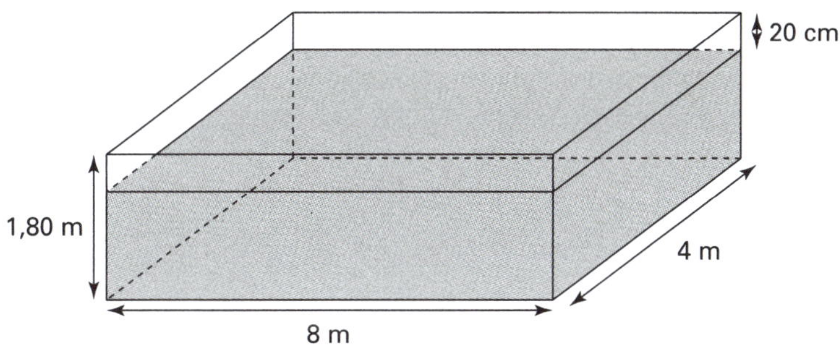

$\mathcal{V}_{eau}$ = longueur × largeur × hauteur
$\mathcal{V}_{eau} = 8 \times 4 \times 1{,}60 = 51{,}2\ m^3$.

- 1 m^3 = 1 000 L

$\mathcal{V}_{eau} = 51{,}2\ m^3 = 51{,}2 \times 1\,000\ L = 51\,200\ L$.
Sarah remplit un seau de 10 L en 18 s.
51 200 ÷ 10 = 5 120.
Sarah doit donc remplir l'équivalent de 5 120 seaux d'eau.
Un seau d'eau est rempli en 18 s.
5 120 × 18 = 92 160 s.
La piscine sera donc remplie en 92 160 s.

Gagnez des points !
Respectez les unités :
1 m^3 = 1 000 dm^3 = 1 000 L.

Autre méthode

On peut aussi utiliser un tableau de proportionnalité.

Volume d'eau $\mathcal{V}$ (en litres)	10	51 200
Temps de remplissage t (en secondes)	18	x

Par produit en croix, on obtient :
$10 \times x = 18 \times 51\,200$.
D'où $x = \frac{18 \times 51\,200}{10} = 92\,160$.

- 92 160 s = 92 160 ÷ 60 min
= 1 536 min
= 1 536 ÷ 60 h
= 25,6 h > 24 h.

Pensez-y !

$1 \text{ s} = \frac{1}{60} \text{ min}$

$1 \text{ min} = \frac{1}{60} \text{ h}$.

En conclusion, il faudra plus d'une journée (24 h) à Sarah pour remplir sa piscine.

Autre méthode

1 journée = 24 h = 24 × 60 min = 1 440 min = 1 440 × 60 s = 86 400 s.
92 160 s > 86 400 s.
Il faut plus d'une journée pour remplir la piscine.

Fonctions

France métropolitaine, septembre 2019 — 17 pts — 15 min

13 Le réchauffement climatique

Les activités humaines produisent du dioxyde de carbone (CO_2) qui contribue au réchauffement climatique. Le graphique suivant représente l'évolution de la concentration atmosphérique moyenne en CO_2 (en ppm) en fonction du temps (en années).

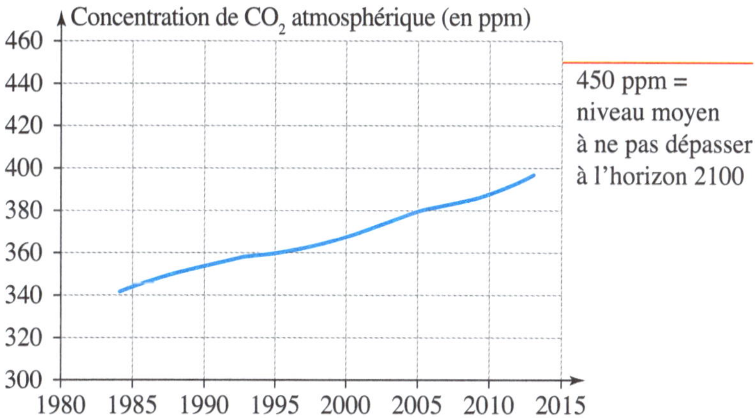

(Source : Centre mondial de données relatives aux gaz à effet de serre sous l'égide de l'OMM)

1 ppm de CO_2 = 1 partie par million de CO_2 = 1 milligramme de CO_2 par kilogramme d'air.

1 Déterminer graphiquement la concentration de CO_2 en ppm en 1995, puis en 2005. **2 pts**

2 On veut modéliser l'évolution de la concentration de CO_2 en fonction du temps à l'aide d'une fonction g où $g(x)$ est la concentration de CO_2 en ppm en fonction de l'année x.

a. Expliquer pourquoi une fonction affine semble appropriée pour modéliser la concentration en CO_2 en fonction du temps entre 1995 et 2005. **3 pts**

b. Arnold et Billy proposent chacun une expression pour la fonction g :
– Arnold propose l'expression $g(x) = 2x - 3\,630$;
– Billy propose l'expression $g(x) = 2x - 2\,000$.
Quelle expression modélise le mieux l'évolution de la concentration de CO_2 ? Justifier. **4 pts**

c. En utilisant la fonction que vous avez choisie à la question précédente, indiquer l'année pour laquelle la valeur de 450 ppm est atteinte. **4 pts**

3 En France, les forêts, grâce à la photosynthèse, captent environ 70 mégatonnes de CO_2 par an, ce qui représente 15% des émissions nationales de carbone (année 2016).
Calculer une valeur approchée à une mégatonne près de la masse M du CO_2 émis en France en 2016. **4 pts**

13 Corrigé

1 Lectures graphiques

La concentration de CO_2 en 1995 est **360 ppm** (traces graphiques rouges).
La concentration de CO_2 en 2005 est **380 ppm** (traces graphiques vertes).

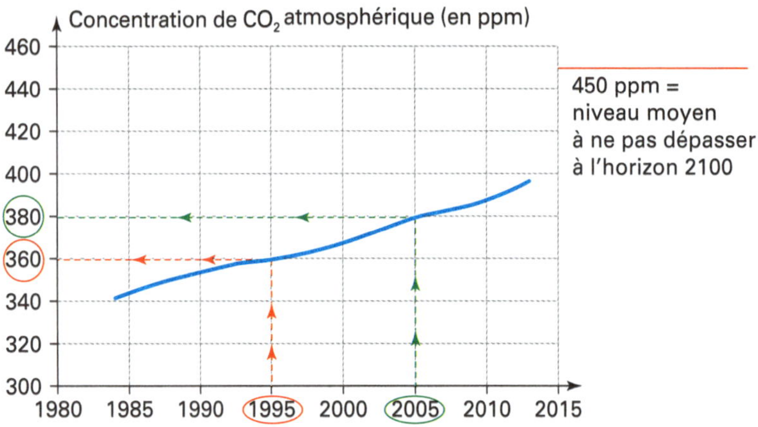

2 a. Modélisation par une fonction affine

La courbe représentant la fonction est proche d'une droite, ce qui est caractéristique d'une fonction affine. Ainsi, **une fonction affine semble appropriée pour modéliser cette situation.**

b. Choix de l'expression

On utilise les deux expressions pour calculer les images de 1995 et 2005 et on compare avec les résultats obtenus graphiquement dans la première question.

- Pour 1995 :

Avec la proposition d'Arnold, on trouve :
$g(1\,995) = 2 \times 1\,995 - 3\,630 = 360$.

Avec la proposition de Billy, on trouve :
$g(1\,995) = 2 \times 1\,995 - 2\,000 = 1\,990$.

- Pour 2005 :

Avec la proposition d'Arnold, on trouve :
$g(2\,005) = 2 \times 2\,005 - 3\,630 = 380$.
Avec la proposition de Billy, on trouve :
$g(2\,005) = 2 \times 2\,005 - 2\,000 = 2\,010$.

Remarque
Il n'est pas utile d'utiliser l'autre valeur puisque pour celle-ci, seule la fonction proposée par Arnold est cohérente.

Pour les deux années testées, **c'est la fonction proposée par Arnold qui donne les meilleurs résultats** puisqu'avec sa fonction, les images de 1995 et 2005 sont respectivement 360 et 380, qui sont les valeurs lues sur le graphique dans la question **1**.

c. Détermination d'une année

Déterminer l'année pour laquelle la valeur 450 ppm est atteinte revient à chercher x tel que $g(x) = 450$.

$g(x) = 450$
$2x - 3\,630 = 450$
$2x - 3\,630 + 3\,630 = 450 + 3\,630$
$2x = 4\,080$
$\frac{2x}{2} = \frac{4\,080}{2}$
$x = 2\,040$

Méthode
Faites bien attention à ce que représentent x et $g(x)$. Ici, on cherche une année, donc on cherche x. Cela revient à résoudre une équation.

C'est en 2040 que la valeur 450 ppm sera atteinte si l'évolution se poursuit de la même façon.

3 Recherche de la masse M du CO_2 émis en France en 2016

En 2016, 70 mégatonnes représentent 15 % des émissions de carbone. Alors, en notant M la masse (en mégatonnes) de CO_2 produite en 2016, on obtient :
15 % de $M = 70$
$0,15 \times M = 70$
D'où $M = \frac{70}{0,15} \approx 467$.

La masse de CO_2 émis en France en 2016 est d'environ 467 mégatonnes.

Amérique du Nord, juin 2019 — 12 pts — 20 min

14 Le médicament dans le sang

Les deux parties A et B sont indépendantes.

Partie A • Absorption du principe actif d'un médicament

Lorsqu'on absorbe un médicament, que ce soit par voie orale ou non, la quantité de principe actif de ce médicament dans le sang évolue en fonction du temps. Cette quantité se mesure en milligrammes par litre de sang.

Le graphique ci-dessous représente la quantité de principe actif d'un médicament dans le sang, en fonction du temps écoulé, depuis la prise de ce médicament.

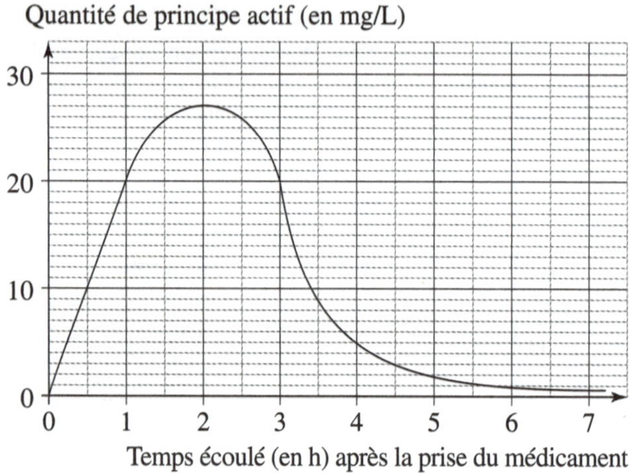

1 Quelle est la quantité de principe actif dans le sang, trente minutes après la prise de ce médicament ? **2 pts**

2 Combien de temps, après la prise de ce médicament, la quantité de principe actif est-elle la plus élevée ? **2 pts**

Partie B • Comparaison de masses d'alcool dans deux boissons

On fournit les données suivantes :

Formule permettant de calculer la masse d'alcool en g dans une boisson alcoolisée : $m = \mathcal{V} \times d \times 7{,}9$	**Deux exemples de boissons alcoolisées**	
$\mathcal{V}$: volume de la boisson alcoolisée en cL *d* : degré d'alcool de la boisson (exemple : un degré d'alcool de 2 % signifie que *d* est égal à 0,02)	**Boisson ①** Degré d'alcool : 5 % Contenance : 33 cL	**Boisson ②** Degré d'alcool : 12 % Contenance : 125 mL

La boisson ① contient-elle une masse d'alcool supérieure à celle de la boisson ② ? **8 pts**

14 Corrigé

Partie A

1 Lecture graphique

30 minutes = 0,5 heure.

30 minutes après la prise de ce médicament, la quantité de principe actif dans le sang est **10 mg/L** (voir les pointillés bleus).

2 Lecture graphique.

C'est **2 heures après la prise** de ce médicament que la quantité de principe actif est la plus élevée (voir les pointillés rouges).

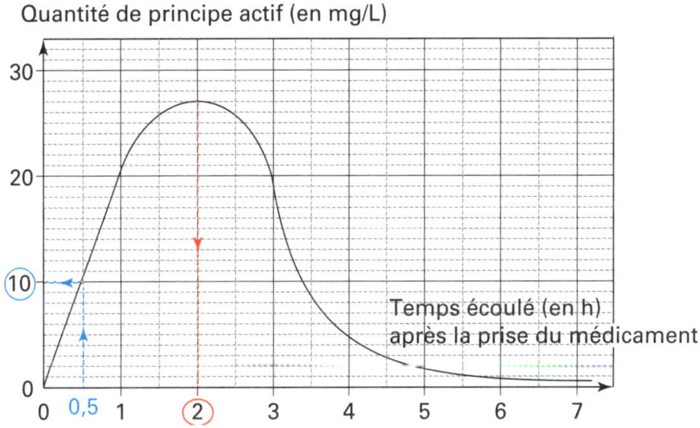

Partie B

Pour appliquer la formule permettant de calculer la masse d'alcool présente dans la boisson, on a besoin :

- du volume de la boisson en cL ;
- du degré d'alcool.

Remarque

$5\ \% = \frac{5}{100} = 0{,}05.$

- **Pour la boisson ①**

Volume de la boisson : 33 cL.

Degré d'alcool : 5 % = 0,05.

$m = \mathcal{V} \times d \times 7{,}9$

$m = 33 \times 0{,}05 \times 7{,}9$

$m = 13{,}035.$

La masse d'alcool dans la boisson ① est d'environ 13 g.

- **Pour la boisson ②**

Volume de la boisson : 125 mL = 12,5 cL

Degré d'alcool : 12 % = 0,12.

$m = \mathcal{V} \times d \times 7{,}9$

$m = 12{,}5 \times 0{,}12 \times 7{,}9$
$m = 11{,}85$.
La masse d'alcool dans la boisson ② est 11,85 g.

Conclusion : la boisson ① contient une masse d'alcool plus importante que la boisson ②.

Pensez-y !
N'hésitez pas à faire un petit tableau de conversion :

L	dL	cL	mL
	1	2,	5

Nouvelle-Calédonie, décembre 2018 — **16 pts** — 20 min

15 Course de natation

On étudie les performances de deux nageurs (nageur 1 et nageur 2).
La distance parcourue par le nageur 1 en fonction du temps est donnée par le graphique ci-dessous.

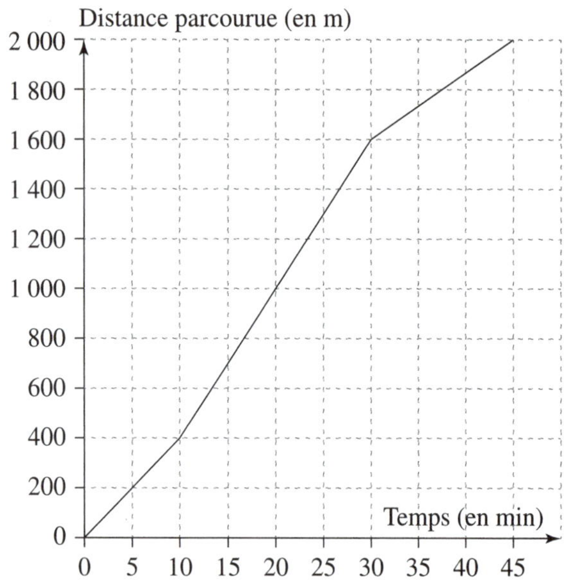

1 Répondre aux questions suivantes par lecture graphique. Aucune justification n'est demandée.

a. Quelle est la distance totale parcourue lors de cette course par le nageur 1 ? **2 pts**

b. En combien de temps le nageur 1 a-t-il parcouru les 200 premiers mètres ? **2 pts**

2 Y a-t-il proportionnalité entre la distance parcourue et le temps sur l'ensemble de la course ? Justifier. **2 pts**

3 Montrer que la vitesse moyenne du nageur 1 sur l'ensemble de la course est d'environ 44 m/min. **2 pts**

4 On suppose maintenant que le nageur 2 progresse à vitesse constante. La fonction f définie par $f(x) = 50x$ représente la distance qu'il parcourt en fonction du temps x.

a. Calculer l'image de 10 par f. **2 pts**

b. Calculer $f(30)$. **2 pts**

5 Les nageurs 1 et 2 sont partis en même temps.

a. Lequel est en tête au bout de 10 min ? Justifier. **2 pts**

b. Lequel est en tête au bout de 30 min ? Justifier. **2 pts**

15 Corrigé

1 Lectures graphiques

a. Distance totale parcourue par le nageur 1

La dernière image que l'on peut lire sur le graphique est l'image de 45. Elle vaut 2 000.

Ainsi, **la distance totale parcourue par le nageur 1 est 2 000 mètres.**

> **Rappel**
> Les images se lisent sur l'axe des ordonnées. C'est sur cet axe qu'on lit la distance parcourue en mètres.

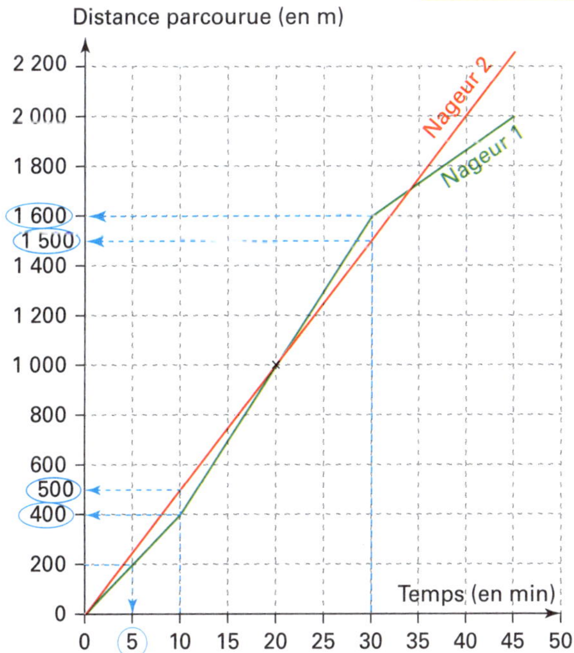

b. Temps pour parcourir les 200 premiers mètres

L'antécédent de 200 est 5.

Ainsi, **les 200 premiers mètres ont été parcourus en 5 minutes** (voir les traces graphiques).

2 Proportionnalité

Le graphique ne présente pas une droite passant par l'origine du repère, caractéristique du graphique d'une fonction linéaire qui traduit une situation de proportionnalité, donc **il n'y a pas de proportionnalité entre la distance parcourue et le temps sur l'ensemble de la course.**

Rappel
Ce sont les fonctions linéaires qui traduisent les situations de proportionnalité.

Remarques

- Même si la première partie du graphique est un morceau de droite qui passe par l'origine du repère, ce n'est pas le cas pour l'ensemble du graphique, et l'énoncé est clair : « sur l'ensemble de la course ».
- Cela signifie que la vitesse de ce nageur n'a pas été constante sur l'ensemble de la course. Ce sont d'ailleurs les pentes par rapport à l'horizontale des morceaux de droite qui indiquent les accélérations ou les décélérations.

3 Vitesse moyenne

La vitesse moyenne est donnée par la formule :

$$v = \frac{d}{t}$$

(v en m/min ; d en m ; t en min)

Le nageur 1 parcourt 2 000 m en 45 minutes, ainsi : $v = \frac{2\,000}{45} \simeq 44$.

La vitesse moyenne du nageur 1 est environ 44 m/min.

Remarque
Pour avoir la vitesse moyenne en km/h :
$$v = \frac{2}{0{,}75} \simeq 2{,}7 \text{ km/h}$$

4 a. Image de 10 par *f*

$f(10) = 50 \times 10 = 500$

L'image de 10 par *f* est 500.

Méthode
Pour calculer l'image de 10, on remplace x par 10.

b. Calcul de *f*(30)

$f(30) = 50 \times 30 =$ **1 500**

Remarque
Cela signifie qu'en 30 minutes, le nageur 2 a parcouru 1 500 m.

5 a. Position des nageurs au bout de 10 minutes

- Distance parcourue par le nageur 1 en 10 minutes

On lit graphiquement que le nageur 1 a parcouru 400 mètres (voir les traces graphiques).

- Distance parcourue par le nageur 2 au bout de 10 minutes

$f(10) = 500$ d'après la question **4 a**.
Le nageur 2 a parcouru 500 mètres en 10 minutes.
Le nageur 2 est donc en tête au bout de 10 minutes.

b. Position des nageurs au bout de 30 minutes

- Distance parcourue par le nageur 1 au bout de 30 minutes

On lit graphiquement que le nageur 1 a parcouru 1 600 m (voir les traces graphiques).

- Distance parcourue par le nageur 2 au bout de 30 minutes

$f(30) = 1\,500$ d'après la question **4 b**.
Le nageur 2 a parcouru 1 500 mètres au bout de 30 minutes.
Le nageur 1 est donc en tête au bout de 30 minutes.

Remarques

On retrouve ces deux derniers résultats sur le graphique.

- On trace la droite d d'équation $y = 50x$ représentant la fonction linéaire f pour le nageur 2.
- Pour $x = 10$, la droite d est au-dessus de la courbe du nageur 1, le nageur 2 est alors en tête.
- Pour $x = 30$, la droite d est en dessous de la courbe du nageur 1, le nageur 1 est alors en tête.

On peut voir aussi que les deux nageurs se situent à la même distance du départ au bout de 20 minutes et 34 minutes (environ).

France métropolitaine, juin 2018 — **17 pts** — 25 min

16 Le hand-spinner

Le hand-spinner est une sorte de toupie plate qui tourne sur elle-même.
On donne au hand-spinner une vitesse de rotation initiale au temps $t = 0$, puis, au cours du temps, sa vitesse de rotation diminue jusqu'à l'arrêt complet du hand-spinner. Sa vitesse de rotation est alors égale à 0.
Grâce à un appareil de mesure, on a relevé la vitesse de rotation exprimée en nombre de tours par seconde.

Sur le graphique ci-dessous, on a représenté cette vitesse en fonction du temps exprimé en secondes :

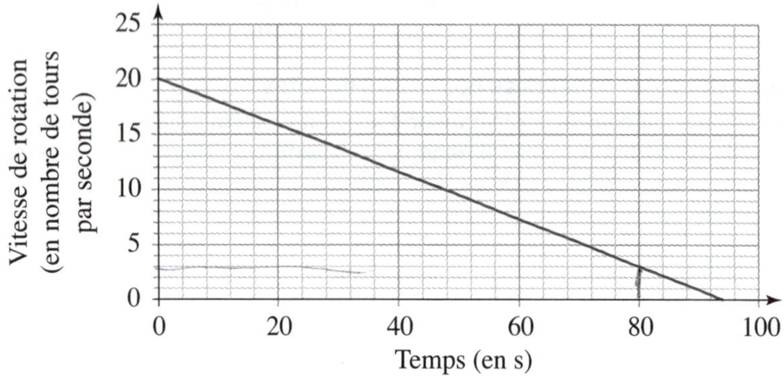

Inspiré de https://www.sciencesetavenir.fr/fondamental/combien-de-temps-peut-tourner-votre-hand-spinner_112808

1 Le temps et la vitesse de rotation du hand-spinner sont-ils proportionnels ? Justifier. **2 pts**

2 Par **lecture graphique,** répondre aux questions suivantes :

a. Quelle est la vitesse de rotation initiale du hand-spinner (en nombre de tours par seconde) ? **1 pt**

b. Quelle est la vitesse de rotation du hand-spinner (en nombre de tours par seconde) au bout de 1 minute et 20 secondes ? **2 pts**

c. Au bout de combien de temps le hand-spinner va-t-il s'arrêter ? **2 pts**

3 Pour calculer la vitesse de rotation du hand-spinner en fonction du temps t, notée $v(t)$, on utilise la fonction suivante :

$$v(t) = -0{,}214 \times t + v_{\text{initiale}}$$

- t est le temps (exprimé en s) qui s'est écoulé depuis le début de rotation du hand-spinner ;
- v_{initiale} est la vitesse de rotation à laquelle on a lancé le hand-spinner au départ.

a. On lance le hand-spinner à une vitesse initiale de 20 tours par seconde. Sa vitesse de rotation est donc donnée par la formule : $v(t) = -0{,}214 \times t + 20$. Calculer sa vitesse de rotation au bout de 30 s. **2 pts**

b. Au bout de combien de temps le hand-spinner va-t-il s'arrêter ? Justifier par un calcul. **4 pts**

c. Est-il vrai que, d'une manière générale, si l'on fait tourner le hand-spinner deux fois plus vite au départ, il tournera deux fois plus longtemps ? Justifier. **4 pts**

16 Corrigé

1 Proportionnalité temps/vitesse de rotation

La vitesse de rotation du hand-spinner en fonction du temps est représentée par une droite ne passant pas par l'origine du repère.

Ainsi, temps et vitesse de rotation de hand-spinner ne sont pas proportionnels.

2 Lectures graphiques

a. Vitesse initiale

La vitesse de rotation initiale du hand-spinner est la vitesse lue pour $t = 0$ s ; elle est de **20 tours par seconde** (voir point rouge).

b. Vitesse au bout d'une minute et 20 secondes

1 min 20 s = 60 s + 20 s = 80 s.

Pour $t = 80$ s, on lit $v = 3$ tours/s (voir pointillés bleus).

Au bout d'une minute et 20 secondes, la vitesse du hand-spinner est de 3 tours par seconde.

> **L'astuce du prof**
> Tracez des pointillés pour vos lectures graphiques.

c. Arrêt du hand-spinner

On lit (voir point vert) $v = 0$ tours/s pour $t \approx 93$ s, soit 1 min 33 s.

Le hand-spinner s'arrête au bout d'une minute et 33 secondes.

> **Pensez-y !**
> 93 s = 60 s + 33 s
> = 1 min 33 s

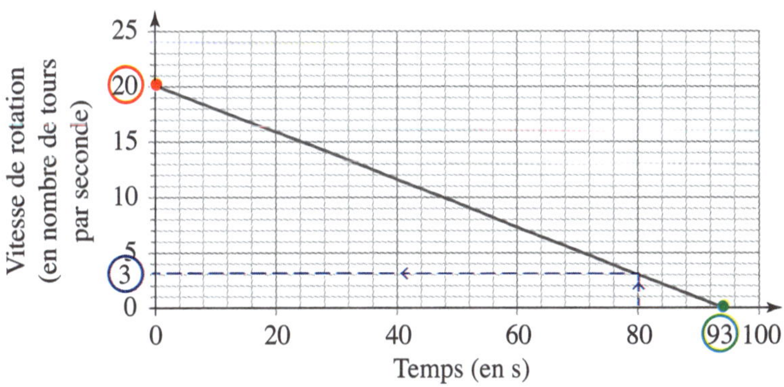

3 Calculs

a. Vitesse au bout de 30 s

Pour $t = 30$ s, on obtient :

$v(30) = -0{,}214 \times 30 + 20 = 13{,}58$.

Au bout de 30 secondes, la vitesse de rotation du hand-spinner est de 13,58 tours par seconde.

EXERCICES

b. Arrêt du hand-spinner

Il s'agit de déterminer pour quelle valeur de t on obtient $v(t) = 0$.

Gagnez des points !
On résout une équation du premier degré.

$-0{,}214 \times t + 20 = 0$

on soustrait 20 de part et d'autre du =

$-0{,}214\, t = -20$

on isole t en divisant par $-0{,}214$

$t = \dfrac{-20}{-0{,}214}$

$t \simeq 93$ (résultat arrondi à l'unité).

Le hand-spinner s'arrête au bout de 93 secondes, soit au bout d'une minute et 33 secondes.

c. Étude d'une affirmation

• Quand on fait tourner le hand-spinner, sa vitesse de rotation est : $v(t) = -0{,}214\, t + v_{\text{initiale}}$.

• Le hand-spinner s'arrête quand :

$-0{,}214\, t + v_{\text{initiale}} = 0$

$-0{,}214\, t = -\, v_{\text{initiale}}$

$t = \dfrac{-\, v_{\text{initiale}}}{-0{,}214}$

$t = \dfrac{v_{\text{initiale}}}{0{,}214}$

L'astuce du prof
Les calculs sont identiques à ceux faits en **3 b.** sauf qu'on remplace 20 par v_{initiale}.

Quand le hand-spinner a une vitesse initiale notée v_{initiale}, il s'arrête au bout d'un temps $t_{\text{arrêt}} = \dfrac{v_{\text{initiale}}}{0{,}214}$.

• Si l'on fait tourner le hand-spinner deux fois plus vite au départ, sa vitesse de rotation devient :

$v(t) = -\,0{,}214\, t + 2\, v_{\text{initiale}}$.

• Dans ce cas, il s'arrête quand :

$-0{,}214\, t + 2\, v_{\text{initiale}} = 0$

$-0{,}214\, t = -2\, v_{\text{initiale}}$

$t = \dfrac{-2 v_{\text{initiale}}}{-0{,}214}$

$t = 2 \times \underbrace{\dfrac{v_{\text{initiale}}}{0{,}214}}$

$t = 2 \times t_{\text{arrêt}}$

• En conclusion, quand la vitesse initiale de rotation du hand-spinner double (passant de v_{initiale} à $2 \times v_{\text{initiale}}$), alors le temps d'arrêt du hand-spinner double aussi (passant de $t_{\text{arrêt}}$ à $2 \times t_{\text{arrêt}}$).

Il est donc vrai de dire que **si l'on fait tourner le hand-spinner deux fois plus vite au départ, il tournera deux fois plus longtemps.**

Nouvelle-Calédonie, décembre 2017 **14 pts** 20 min

17 Programme de calcul et fonction

Voici un programme de calcul :

- Choisir un nombre.
- Ajouter 1 à ce nombre.
- Calculer le carré du résultat.
- Soustraire le carré du nombre de départ au résultat précédent.
- Écrire le résultat.

1 On choisit 4 comme nombre de départ. Prouver par le calcul que le résultat obtenu avec le programme est 9. **1 pt**

2 On note x le nombre choisi.

a. Exprimer le résultat du programme en fonction de x. **2 pts**

b. Prouver que ce résultat est égal à $2x + 1$. **2 pts**

3 Soit f la fonction définie par $f(x) = 2x + 1$.

a. Calculer l'image de 0 par f. **1 pt**

b. Déterminer par le calcul l'antécédent de 5 par f. **3 pts**

c. Tracer la droite représentative de la fonction f dans le repère ci-dessous. **3 pts**

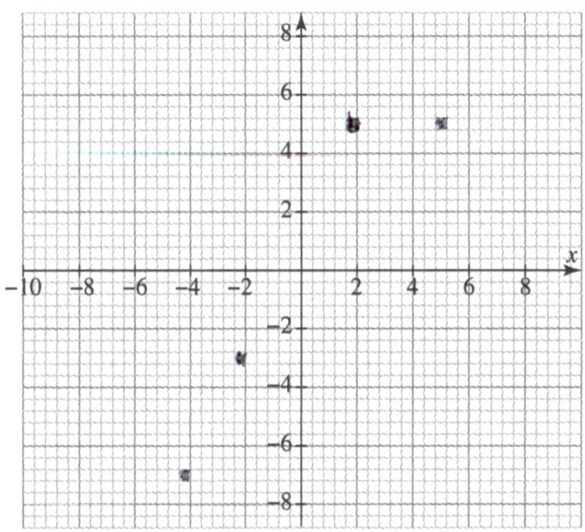

d. Par lecture graphique, déterminer le résultat obtenu en choisissant −3 comme nombre de départ dans le programme de calcul. Laisser les traits de construction apparents. **2 pts**

EXERCICES

17 Corrigé

1 Résultat obtenu avec 4 comme nombre de départ

- Choisir un nombre : 4.
- Ajouter 1 à ce nombre : $4 + 1 = 5$.
- Calculer le carré du résultat : $5^2 = 25$.
- Soustraire le carré du nombre de départ au résultat précédent :

$25 - 4^2 = 25 - 16 = 9$.

Le résultat final est bien 9.

2 a. Expression en fonction de *x* du résultat

- Choisir un nombre : x.
- Ajouter 1 à ce nombre : $x + 1$.
- Calculer le carré du résultat : $(x + 1)^2$.
- Soustraire le carré du nombre de départ au résultat précédent : $(x + 1)^2 - x^2$.

Le résultat en fonction de *x* est : $(x + 1)^2 - x^2$.

Pensez-y !
N'oubliez pas les parenthèses autour de $(x + 1)$.

b. Preuve de l'égalité

Il s'agit de donner l'expression développée de $(x + 1)^2 - x^2$.

$$\begin{aligned}(x+1)^2 - x^2 &= (x+1)(x+1) - x^2 \\ &= \cancel{x^2} + x + x + 1 - \cancel{x^2} \\ &= 2x + 1\end{aligned}$$

Ainsi, le résultat est bien $2x + 1$ quand on entre *x* comme nombre de départ.

Autre méthode

$(x + 1)^2$ peut se développer en utilisant l'égalité remarquable :
$(a + b)^2 = a^2 + 2ab + b^2$ avec $a = x$ et $b = 1$.
On obtient :
$$(x+1)^2 - x^2 = \underbrace{x^2}_{a^2} + \underbrace{2x}_{2ab} + \underbrace{1}_{b^2} - x^2 = 2x + 1$$

3 a. Image de 0 par *f*

$f(0) = 2 \times 0 + 1 = 1$

L'image de 0 par *f* est 1.

b. Antécédent de 5 par *f*

$f(x) = 5$

$2x + 1 = 5$ (on retranche 1)

$2x + \cancel{1} - \cancel{1} = 5 - 1$

$2x = 4$ (on divise par 2)

$x = \dfrac{4}{2}$

$x = 2$

L'antécédent de 5 par *f* est 2.

Méthode
Déterminer l'antécédent de 5 par *f*, c'est trouver le nombre qui a pour image 5 par *f*, c'est-à-dire le nombre *x* qui vérifie $f(x) = 5$.

c. Tracé de la droite qui représente *f*

- L'égalité $f(0) = 1$ signifie que le point A (0 ; 1) est un point de la droite.
- L'égalité $f(2) = 5$ signifie que le point B (2 ; 5) est un point de la droite.
- La droite (AB) est la représentation graphique de la fonction *f*.

Autre méthode

La fonction *f* est une fonction affine qui se représente par la droite d'équation $y = ②x + ①$.
① est l'ordonnée à l'origine. Cela signifie que la droite coupe l'axe des ordonnées au point de cordonnées (0 ; 1).
② est le coefficient directeur de la droite. Il mesure l'inclinaison de la droite par rapport à l'axe des abscisses (horizontal).
En partant du point A, en se décalant d'une unité (soit 2 carreaux) vers la droite et en montant de 2 unités (soit 4 carreaux), on obtient un autre point de la droite.

d. Lecture graphique

Le résultat obtenu en choisissant (– 3) comme nombre de départ est donné par l'image de (– 3) par *f*.
Graphiquement, ce nombre est (– 5) (voir les traces graphiques bleues).

Pensez-y !
N'oubliez pas de laisser les traces graphiques.

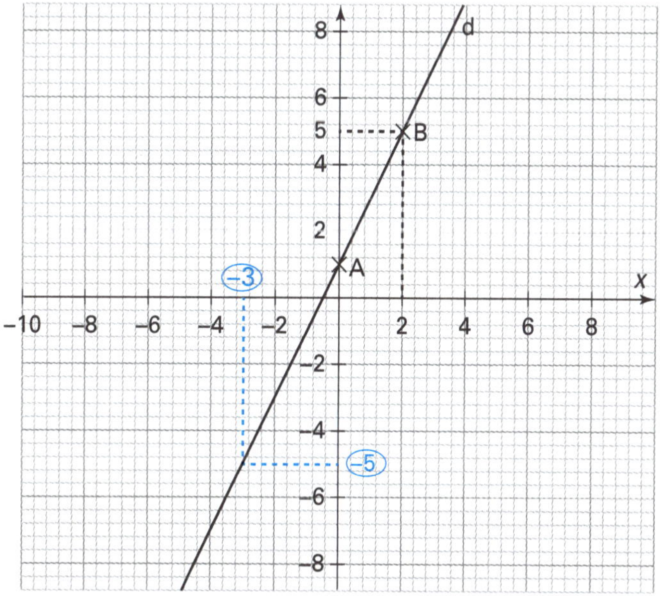

EXERCICES

France métropolitaine, juin 2017 **8 pts** 10 min

18 La tension monte

Un condensateur est un composant électronique qui permet de stocker de l'énergie électrique pour la restituer plus tard.
Le graphique ci-après montre l'évolution de la tension mesurée aux bornes d'un condensateur en fonction du temps lorsqu'il est en charge.

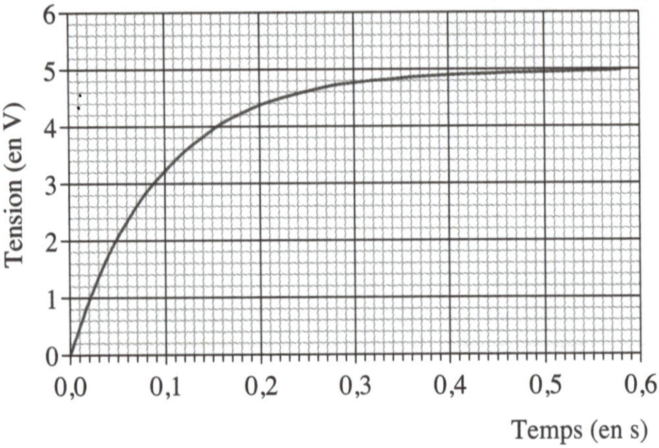

1 S'agit-il d'une situation de proportionnalité ? Justifier. **2 pts**

2 Quelle est la tension mesurée au bout de 0,2 s ? **2 pts**

3 Au bout de combien de temps la tension aux bornes du condensateur aura-t-elle atteint 60 % de la tension maximale qui est estimée à 5 V ? **4 pts**

18 Corrigé

1 Étude de proportionnalité

Une situation de proportionnalité entre deux grandeurs s'illustre graphiquement par une droite passant par l'origine du repère.
La courbe proposée passe par l'origine du repère mais n'est pas une droite. **Elle n'illustre donc pas une situation de proportionnalité.**

2 Mesure de tension

Sur le graphique, pour $t = 0{,}2$ s, **on lit une tension associée d'environ 4,4 V** (voir pointillés verts).

Pensez-y !
Aucune justification n'est demandée. Écrivez une phrase pour répondre.

3 Temps d'accès à 60 % de la tension maximale

- La tension maximale est estimée à 5 V.
60 % de la tension maximale correspond à $\frac{60}{100} \times 5 = 0{,}6 \times 5 = 3$ V.

- Sur le graphique, une tension de 3 V (voir pointillés roses) correspond à $t = 0{,}09$ s.
La tension aux bornes du condensateur aura atteint 60 % de la tension maximale au bout de 0,09 s.

L'astuce du prof
On trace la droite horizontale $y = 3$ et on lit la valeur de t correspondante.

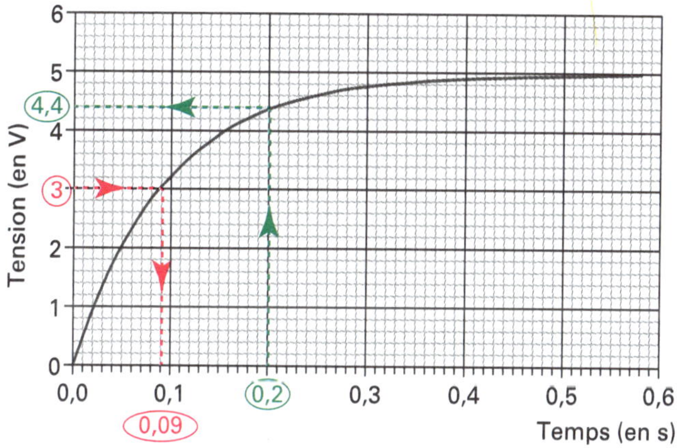

Amérique du Nord, juin 2017 — 20 pts — 25 min

19 L'enclos

Le schéma ci-dessous représente le jardin de Leïla. Il n'est pas à l'échelle. [OB] et [OF] sont des murs, OB = 6 m et OF = 4 m.
La ligne pointillée BCDEF représente le grillage que Leïla veut installer pour délimiter **un enclos rectangulaire OCDE.**
Elle dispose d'un rouleau de 50 m de grillage qu'elle veut utiliser entièrement.
Leïla envisage plusieurs possibilités pour placer le point C.

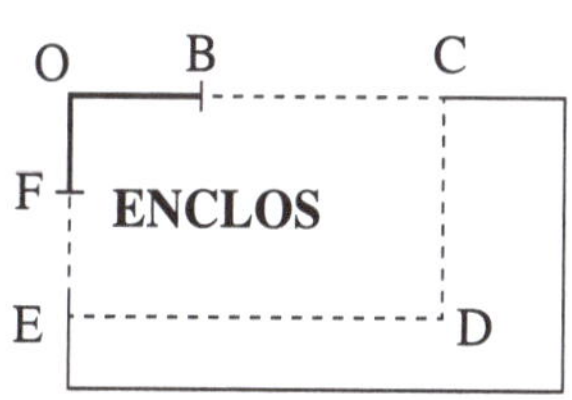

1 En plaçant C pour que BC = 5 m, elle obtient que FE = 15 m.

a. Vérifier qu'elle utilise les 50 m de grillage. **3 pts**

b. Justifier que l'aire $\mathcal{A}$ de l'enclos OCDE est 209 m². **3 pts**

2 Pour avoir une aire maximale, Leïla fait appel à sa voisine professeure de mathématiques qui, un peu pressée, lui écrit sur un bout de papier :

« En notant BC = x, on a $\mathcal{A}(x) = -x^2 + 18x + 144$ »

Vérifier que la formule de la voisine est bien cohérente avec le résultat de la question **1**. **4 pts**

3 *Dans cette partie, les questions* **a.** *et* **b.** *ne nécessitent pas de justification.*

a. Leïla a saisi une formule en B2 puis l'a étirée jusqu'à la cellule I2.

B2 | fx =-B1*B1+18*B1+144

	A	B	C	D	E	F	G	H	I	J
1	x	5	6	7	8	9	10	11	12	
2	$\mathcal{A}(x) = -x^2 + 18x + 144$	209	216	221	224	225	224	221	216	
3										

Quelle formule est alors inscrite dans la cellule F2 ? **3 pts**

b. Parmi les valeurs figurant dans le tableau, quelle est celle que Leïla va choisir pour BC afin d'obtenir un enclos d'aire maximale ? **2 pts**

c. Donner les dimensions de l'enclos ainsi obtenu. **5 pts**

19 Corrigé

1 a. Utilisation de la totalité du grillage

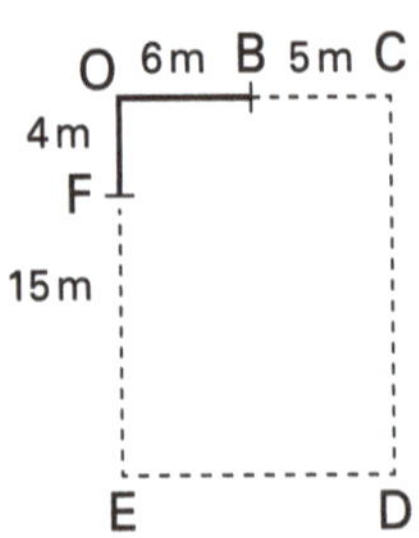

En prenant BC = 5 m et FE = 15 m, la longueur ℓ du grillage est :

ℓ= BC + CD + DE + EF

= 5 + 19 + 11 + 15

= 50

Leïla utilise les 50 m du grillage.

Pensez-y !
Notez les longueurs connues sur un croquis pour mieux visualiser et comprendre la situation.

Remarque
La longueur du mur ne compte pas.

b. Aire $\mathcal{A}$ de l'enclos

L'enclos est un rectangle de dimensions OC = 11 m et OE = 19 m.

L'aire $\mathcal{A}$ de l'enclos est : $\mathcal{A}$ = OC × OE = 11 × 19 = **209 m²**.

On trouve le résultat annoncé.

2 Vérification de la cohérence de la formule

Dans la configuration envisagée par Leïla, BC = 5, soit $x = 5$.

On calcule $\mathscr{A}$ avec la formule proposée par la voisine pour $x = 5$.

$\mathscr{A}(x) = -5^2 + 18 \times 5 + 144 = -25 + 90 + 144 = 209$

Ce résultat est cohérent avec celui de la question 1 b.

Méthode

Remplacez x par 5 dans la formule et concluez.

3 a. Formule inscrite dans la cellule F2

Dans la cellule F2 figure le nombre 225.

C'est la formule $-x^2 + 18x + 144$ appliquée en $x = 9$, nombre contenu dans la cellule F1.

Ainsi en F2 est inscrite la formule :

=-F1*F1+18*F1+144

L'astuce du prof

Pour déterminer la formule, aidez-vous du contenu de la ligne de saisie.

b. Choix de la longueur BC pour un enclos d'aire maximale

La valeur maximale de $\mathscr{A}(x)$ est 225, obtenue pour $x = 9$.

Leïla doit donc choisir BC = 9 m pour obtenir un enclos d'aire maximale.

c. Dimensions de l'enclos d'aire maximale

Pour $x = 9$, soit BC = 9 m, l'enclos est un rectangle de dimensions OC et OE.

- OC = OB + BC = 6 + 9 = 15 m.
- OE est tel que $\mathscr{A} = 225$, soit :

OC × OE = 225

15 × OE = 225

$OE = \dfrac{225}{15} = 15$ m.

Remarque

OE ne s'obtient pas directement.

En conclusion, **l'enclos d'aire maximale est un carré de côté 15 m.**

Autre méthode

- OC = 6 + 9 = 15
- En notant y la longueur FE et en utilisant le fait que le grillage a une longueur totale de 50 m, on obtient l'équation :

$$\underbrace{y}_{FE} + \underbrace{9}_{BC} + \underbrace{(y+4)}_{CD} + \underbrace{(6+9)}_{DE} = 50$$

- $2y + 28 = 50$ d'où $2y = 22$ et $y = 11$.
- On en déduit que EF = 11 et donc que OE = 11 + 4 = 15. Ainsi, l'enclos d'aire maximale est un carré de côté 15 m.

Pourcentages, statistiques et probabilités

Nouvelle-Calédonie, décembre 2019 — 8 pts — 15 min

20 Un assemblage de carreaux

Hugo réalise un assemblage de carreaux représentant son héros préféré. Pour cela, il doit coller 22 carreaux violets, 2 blancs, 162 noirs et 110 verts. Tous les carreaux sont mélangés dans une boîte.

Hugo choisit un carreau au hasard. On estime que tous les carreaux ont la même chance d'être choisis.

1 Quelle est la probabilité que Hugo choisisse un carreau vert ? **2 pts**

2 Quelle est la probabilité que Hugo ne choisisse pas un carreau violet ? **2 pts**

3 Quelle est la probabilité que le carreau choisi soit noir ou blanc ? **2 pts**

4 En une journée, Hugo a collé 75 % des carreaux. Combien de carreaux cela représente-t-il ? **2 pts**

20 Corrigé

1 Probabilité de choisir un carreau vert

La boîte contient un total de :

22 + 2 + 162 + 110 = 296 carreaux.

Hugo choisit un carreau vert avec une probabilité p_1 :

$$p_1 = \frac{\text{Nombre de carreaux verts}}{\text{Nombre total de carreaux}} = \frac{110}{296}$$

$$\boldsymbol{p_1 = \frac{55}{148}} \text{ (valeur exacte)}$$

$\boldsymbol{p_1 \approx 0{,}37}$ (valeur arrondie au centième).

> **Gagnez des points !**
> - Comme Hugo choisit un carreau au hasard et que tous les carreaux ont la même chance d'être choisis, on est en situation d'équiprobabilité.
> - Une probabilité se calcule alors avec la formule : $\frac{\text{Nombre de cas favorables}}{\text{Nombre de cas possibles}}$.

2 Probabilité de ne pas choisir un carreau violet

La probabilité p de choisir un carreau violet est :

$$p = \frac{\text{Nombre de carreaux violets}}{\text{Nombre total de carreaux}} = \frac{22}{296} = \frac{11}{148}.$$

La probabilité p_2 de choisir un carreau qui n'est pas violet est alors :

$$p_2 = 1 - p_1 = 1 - \frac{11}{148}$$

$$\mathbf{p_2 = \frac{137}{148}} \text{ (valeur exacte)}$$

$\mathbf{p_2 \approx 0,93}$ (valeur arrondie au centième).

Gagnez des points !

Les évènements « avoir un carreau violet » et « avoir un carreau non violet » sont deux évènements contraires dont la somme des probabilités vaut 1.

Autre méthode

La boîte contient 22 carreaux violets, donc 296 – 22 = 274 carreaux qui ne sont pas violets. La probabilité de choisir un carreau qui n'est pas violet est alors p_2 :

$$p_2 = \frac{\text{Nombre de carreaux non violets}}{\text{Nombre total de carreaux}} = \frac{274}{296} = \mathbf{\frac{137}{148}} \text{ (valeur exacte)}$$

$\mathbf{p_2 \approx 0,93}$ (valeur arrondie au centième).

3 Probabilité de choisir un carreau noir ou blanc

La boîte compte 2 carreaux blancs et 162 carreaux noirs, soit 164 carreaux noirs ou blancs. La probabilité de choisir un carreau noir ou blanc est p_3 :

$$p_3 = \frac{\text{Nombre de carreaux noirs ou blancs}}{\text{Nombre total de carreaux}} = \frac{164}{296}$$

$$\mathbf{p_3 = \frac{41}{74}} \text{ (valeur exacte)}$$

$\mathbf{p_3 \approx 0,55}$ (valeur arrondie au centième).

4 Nombre de carreaux posés par Hugo en une journée

La boîte compte un total de 296 carreaux.

75 % des carreaux représentent :

$$\frac{75}{100} \times 296 = 0,75 \times 296 = 222 \text{ carreaux.}$$

En une journée, Hugo a collé 222 carreaux.

Gagnez des points !

Prendre t % d'un nombre, c'est le multiplier par $\frac{t}{100}$.

Amérique du Nord, juin 2019 — 10 pts — 15 min

21 Le concours

Dans une classe de Terminale, huit élèves passent un concours d'entrée dans une école d'enseignement supérieur.

Pour être admis, il faut obtenir une note supérieure ou égale à 10.

Une note est attribuée avec une précision d'un demi-point (par exemple : 10 ; 10,5 ; 11...). On dispose des informations suivantes :

Information 1	Information 2	
Notes attribuées aux 8 élèves de la classe qui ont passé le concours : 10 ; 13 ; 15 ; 14,5 ; 6 ; 7,5 ; ◆ ; ●	La série constituée des huit notes : – a pour étendue 9 ; – a pour moyenne 11,5 ; – a pour médiane 12.	75 % des élèves de la classe qui ont passé le concours ont été reçus.

1 Expliquer pourquoi il est impossible que l'une des deux notes désignées par ◆ ou ● soit 16. **3 pts**

2 Est-il possible que les deux notes désignées par ◆ et ● soient 12,5 et 13,5 ? **7 pts**

21 Corrigé

1 Valeurs impossibles pour ◆ et ●

Si l'une des deux notes est 16, alors l'étendue est :

16 (↑ plus grande valeur) − 6 (↑ plus petite valeur) = 10

Or l'étendue est 9. Donc **cette valeur est impossible.**

2 Valeurs possibles pour ◆ et ●

Si les deux notes désignées par ◆ et ● sont 12,5 et 13,5 alors :

- l'étendue est : 15 − 6 = 9
- la moyenne est :

$$\frac{10 + 13 + 15 + 14,5 + 6 + 7,5 + 12,5 + 13,5}{8} = 11,5$$

- la médiane est :

6 7,5 10 12,5 (4 valeurs) ↑ Médiane 13 13,5 14,5 15 (4 valeurs)

On trouve que la médiane est strictement supérieure à 12.
Or la médiane est 12 d'après l'information 2.

Méthode
On teste les conditions données par l'information 2.

Conclusion : les deux notes désignées par ◆ et ● ne peuvent pas être 12,5 et 13,5.

Remarque

Intéressons-nous à la dernière information : 75 % des élèves de la classe qui ont passé le concours ont été reçus.
Parmi les 8 élèves, 6 ont obtenu une note supérieure ou égale à 10.

$$\frac{6}{8} = \frac{3}{4} = 0{,}75 = 75\ \%$$

75 % des élèves de la classe qui ont passé le concours ont été reçus.
Cette information était également vérifiée avec les notes 12,5 et 13,5.

Amérique du Sud, novembre 2018 — **17 pts** — 20 min

22 Finales du 100 m

EXERCICES

Dans tout l'exercice, on étudie les performances réalisées par les athlètes qui ont participé aux finales du 100 m masculin des Jeux olympiques de 2016 et de 2012.
On donne ci-dessous des informations sur les temps mis par les athlètes pour parcourir 100 m.

Finale du 100 m aux Jeux olympiques de 2016

Temps réalisés par tous les finalistes :

10,04 s	9,96 s	9,81 s	9,91 s	10,06 s	9,89 s	9,93 s	9,94 s

Finale du 100 m aux Jeux olympiques de 2012

• Nombre de finalistes	8	8
• Temps le plus long	10,06 s	11,99 s
• Étendue des temps	0,25	2,36 s
• Moyenne des temps	9,94	10,01 s
• Médiane des temps	9,93	9,84 s

1 Quel est le temps du vainqueur de la finale en 2016 ? **1 pt**

2 Lors de quelle finale la moyenne des temps pour effectuer 100 m est-elle la plus petite ? **4 pts**

3 Lors de quelle finale le meilleur temps a-t-il été réalisé ? **4 pts**

4 L'affirmation suivante est-elle vraie ou fausse ?
Affirmation : « Seulement trois athlètes ont mis moins de 10 s à parcourir les 100 m de la finale de 2012. » **4 pts**

5 C'est lors de la finale de 2012 qu'il y a eu le plus d'athlètes ayant réussi à parcourir le 100 m en moins de 10 s.
Combien d'athlètes ont réalisé un temps inférieur à 10 s lors de cette finale de 2012 ? **4 pts**

22 Corrigé

1 Temps du vainqueur

Le temps du vainqueur est : 9,81 s.

> **Remarque**
> C'est le temps du Jamaïcain Usain Bolt.

2 Moyenne des temps

Moyenne des temps en 2016 :

$$m = \frac{10{,}04 + 9{,}96 + 9{,}81 + 9{,}91 + 10{,}06 + 9{,}89 + 9{,}93 + 9{,}94}{8}$$

$m \simeq 9{,}94$

La moyenne du temps en 2012 est 10,01 s.
C'est donc en 2016 que la moyenne des temps pour effectuer le 100 m est la plus petite.

> **Gagnez des points !**
> Les temps sont donnés avec deux chiffres derrière la virgule, gardez cette précision pour la moyenne.

3 Meilleur temps

En 2016, le meilleur temps est 9,81 s.
Pour déterminer le meilleur temps en 2012, on utilise le temps le plus long et l'étendue.

étendue = temps le plus long − temps le plus court

Donc :

temps le plus court = temps le plus long − étendue

temps le plus court = 11,99 − 2,36 = 9,63.
C'est en 2012 que le meilleur temps a été réalisé.

> **Méthode**
> Analysez bien les données de l'énoncé et utilisez celles qui vous permettent de déterminer le meilleur temps en 2012.

> **Remarque**
> C'est encore Usain Bolt qui a gagné en 2012.

4 Nombre d'athlètes qui ont mis moins de 10 s

La médiane est 9,84 s. Comme le nombre de finalistes est 8, alors 4 coureurs (au moins) ont réalisé un temps inférieur ou égal à 9,84. On peut donc dire qu'il y a plus de 3 athlètes qui ont réussi à parcourir le 100 m en moins de 10 secondes en 2012.
L'affirmation est fausse.

> **Pensez-y !**
> Si la médiane est 9,84 s, alors 50 % des coureurs ont réalisé moins de ce temps (ou ce temps).

5 Nombre d'athlètes en dessous de 10 s en 2012

En 2016, 6 athlètes ont des temps inférieurs à 10 s. Comme il y en a plus en 2012 et qu'il y a 8 finalistes, il ne peut y avoir que 7 ou 8 athlètes qui ont couru le 100 mètres en moins de 10 s.
Or le temps le plus long est 11,99 s (donc supérieur à 10 s), **7 coureurs sont donc passés sous la barre des 10 secondes en 2012.**

> **Méthode**
>
> Expliquez clairement votre raisonnement.
> N'hésitez pas à faire des petits schémas qui permettent de visualiser la situation en 2012 :

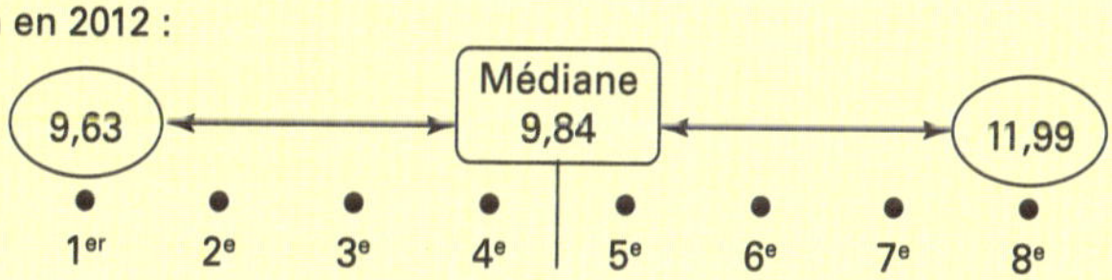

France métropolitaine, juin 2018 — 12 pts — 15 min

23 Lecture aléatoire

Dans son lecteur audio, Théo a téléchargé 375 morceaux de musique. Parmi eux, il y a 125 morceaux de rap. Il appuie sur la touche « lecture aléatoire » qui lui permet d'écouter un morceau choisi au hasard parmi tous les morceaux disponibles.

1 Quelle est la probabilité qu'il écoute du rap ? **4 pts**

2 La probabilité qu'il écoute du rock est égale à $\frac{7}{15}$.

Combien Théo a-t-il de morceaux de rock dans son lecteur audio ? **4 pts**

3 Alice possède 40 % de morceaux de rock dans son lecteur audio.

Si Théo et Alice appuient tous les deux sur la touche « lecture aléatoire » de leur lecteur audio, lequel a le plus de chances d'écouter un morceau de rock ? **4 pts**

23 Corrigé

1 Probabilité d'écouter du rap

Théo a 125 morceaux de rap parmi 375 morceaux de musique.

La probabilité p pour Théo d'écouter un morceau de rap est :

$p = \frac{125}{375}$

$p = \frac{1}{3}$.

Remarque

La lecture aléatoire justifie la situation d'équiprobabilité où les probabilités se calculent comme :

$p = \frac{\text{nombre de cas favorables}}{\text{nombre de cas possibles}}$

2 Nombre de morceaux de rock

Sur 375 morceaux de musique, $\frac{7}{15}$ sont des morceaux de rock.

$\frac{7}{15} \times 375 = 175$.

Gagnez des points !

effectif
= proportion × effectif total

Théo a 175 titres de rock dans son lecteur audio.

3 Comparaison de probabilités

- Alice possède 40 % de morceaux de rock dans son lecteur audio.

La probabilité p_1 qu'Alice écoute du rock est :

$p_1 = \frac{40}{100} = 0{,}4$.

- La probabilité pour Théo d'écouter du rock est :

$p_2 = \frac{7}{15}$ (donnée de la question 2).

$p_2 \simeq 0{,}47$.

Remarque

On écrit les deux probabilités sous forme décimale pour les comparer.

- $p_1 < p_2$

Théo a plus de chances qu'Alice d'écouter un titre de rock.

15 min

Pondichéry, mai 2018 — 13 pts

24 Le jeu du plateau

On considère un jeu composé d'un plateau tournant et d'une boule. Représenté ci-contre, ce plateau comporte 13 cases numérotées de 0 à 12.
On lance la boule sur le plateau. La boule finit par s'arrêter au hasard sur une case numérotée.
La boule a la même probabilité de s'arrêter sur chaque case.

1 Quelle est la probabilité que la boule s'arrête sur la case numérotée 8 ? **2 pts**

2 Quelle est la probabilité que le numéro de la case sur laquelle la boule s'arrête soit un nombre impair ? **3 pts**

3 Quelle est la probabilité que le numéro de la case sur laquelle la boule s'arrête soit un nombre premier ? **4 pts**

4 Lors des deux derniers lancers, la boule s'est arrêtée à chaque fois sur la case numérotée 9. A-t-on maintenant plus de chances que la boule s'arrête sur la case numérotée 9 plutôt que sur la case numérotée 7 ? Argumenter à l'aide d'un calcul de probabilités. **4 pts**

24 Corrigé

1 Probabilité que la boule s'arrête sur le 8

La boule a la même probabilité de s'arrêter sur chaque case. Ainsi, la probabilité que la boule s'arrête sur la case numérotée 8 est :

> **Remarque**
> On parle de situation d'équiprobabilité.

$$p_1 = \frac{\text{nombre de cases numérotées 8}}{\text{nombre total de cases}}$$

$$p_1 = \frac{1}{13}.$$

La probabilité que la boule s'arrête sur le numéro 8 est $\frac{1}{13}$.

2 Probabilité que la boule s'arrête sur un numéro impair

$$p_2 = \frac{\text{nombre de cases avec un numéro impair}}{\text{nombre total de cases}}$$

Les numéros impairs sont : 1 ; 3 ; 5 ; 7 ; 9 et 11.
Il y a donc 6 cases avec un numéro impair.

Ainsi, $p_2 = \frac{6}{13}$.

La probabilité que la boule s'arrête sur un numéro impair est $\frac{6}{13}$.

3 Probabilité que la boule s'arrête sur un nombre premier

$$p_3 = \frac{\text{nombre de cases avec un nombre premier}}{\text{nombre total de cases}}$$

Les nombres premiers sont : 2 ; 3 ; 5 ; 7 et 11.
Il y a 5 cases avec un nombre premier.

Ainsi, $p_3 = \frac{5}{13}$.

> **Pensez-y !**
> 1 n'est pas un nombre premier, car il n'a qu'un seul diviseur : lui-même.

La probabilité que la boule s'arrête sur un nombre premier est $\frac{5}{13}$.

4 Comparaison de probabilités

À chaque lancer, la probabilité d'obtenir le 9 est $\frac{1}{13}$ et la probabilité d'obtenir le 7 est également $\frac{1}{13}$.

> **Remarque**
> Le fait que la boule s'est arrêtée deux fois auparavant sur la case 9 ne change rien. Les lancers sont indépendants.

La probabilité que la boule s'arrête sur la case 9 est égale à la probabilité que la boule s'arrête sur la case 7.

10 min

France métropolitaine, juin 2017 — **8 pts**

25 Le tirage avec remise

Dans une urne contenant des boules vertes et des boules bleues, on tire au hasard une boule et on regarde sa couleur. On replace ensuite la boule dans l'urne et on mélange les boules.
La probabilité d'obtenir une boule verte est $\frac{2}{5}$.

1 Expliquer pourquoi la probabilité d'obtenir une boule bleue est égale à $\frac{3}{5}$. **2 pts**

2 Paul a effectué 6 tirages et a obtenu une boule verte à chaque fois. Au 7ᵉ tirage, aura-t-il plus de chances d'obtenir une boule bleue qu'une boule verte ? **2 pts**

3 Déterminer le nombre de boules bleues dans cette urne sachant qu'il y a 8 boules vertes. **4 pts**

25 Corrigé

1 Probabilité d'obtenir une boule bleue

L'urne contient des boules vertes et des boules bleues. Les évènements B « obtenir une boule bleue » et V « obtenir une boule verte » sont deux évènements contraires.

Rappel
La somme des probabilités de deux évènements contraires vaut 1.

$p(B) + p(V) = 1$

$p(B) + \frac{2}{5} = 1$

$p(B) = 1 - \frac{2}{5} = \frac{5}{5} - \frac{2}{5}$

D'où le résultat : $\boldsymbol{p(B) = \frac{3}{5}}$.

Remarque
On dit aussi V = non B.

2 Probabilité d'obtenir une boule verte au 7ᵉ tirage

À chaque tirage, on replace la boule tirée dans l'urne et on mélange les boules : les conditions de tirage restent donc à chaque fois identiques.

Ainsi, au 7ᵉ tirage (comme à n'importe quel tirage) : $p(V) = \frac{2}{5}$ et $p(B) = \frac{3}{5}$, soit $p(B) > p(V)$.

Paul a plus de chances d'obtenir une boule bleue qu'une boule verte.

3 Calcul du nombre de boules bleues

Dans l'urne, il y a 8 boules vertes, et on sait que $p(V) = \frac{2}{5}$.

Il s'agit alors de déterminer le nombre de boules bleues sachant que $p(B) = \frac{3}{5}$.

Remarque
On est en situation d'équiprobabilité, car les boules sont tirées au hasard.

On peut utiliser un tableau de proportionnalité puisque probabilité et nombre de boules sont proportionnels.

	Couleur verte	Couleur bleue
Nombre de boules	8	x
Probabilité	$\frac{2}{5}$	$\frac{3}{5}$

Par égalité des produits en croix :

$x \times \frac{2}{5} = 8 \times \frac{3}{5}$

$\frac{2}{5}x = \frac{24}{5}$ — on multiplie par 5 chacun des membres

$2x = 24$

$x = 24 \div 2$

$x = 12$

En conclusion, l'urne contient 12 boules bleues.

Autre méthode

$p(\text{V}) = \frac{2}{5} = \frac{\text{nombre de boules vertes}}{\text{nombre total de boules}}$

Soit x le nombre total de boules. Il y a 8 boules vertes.

On obtient l'égalité : $\frac{2}{5} = \frac{8}{x}$.

D'où : $2 \times x = 8 \times 5$

$2x = 40$

$x = 40 \div 2 = 20$

L'urne compte un total de 20 boules, dont 8 boules vertes.

Il y a donc $20 - 8 = 12$ boules bleues.

France métropolitaine, juin 2017 — 19 pts — 20 min

26 L'IMC

Doc. 1 Le surpoids

Le surpoids est devenu un problème majeur de santé, celui-ci prédispose à beaucoup de maladies et diminue l'espérance de vie.
L'indice le plus couramment utilisé est celui de masse corporelle (IMC).

Doc. 2 Calcul de l'IMC

L'IMC est une grandeur internationale permettant de déterminer la corpulence d'une personne adulte entre 18 ans et 65 ans.

Il se calcule avec la formule suivante :

$$\text{IMC} = \frac{\text{Masse}}{\text{Taille}^2}$$

avec « Masse » en kilogrammes et « Taille » en mètres.

Normes :
- $18{,}5 \leq \text{IMC} < 25$ corpulence normale ;
- $25 \leq \text{IMC} < 30$ surpoids ;
- $\text{IMC} \geq 30$ obésité.

1 Dans une entreprise, lors d'une visite médicale, un médecin calcule l'IMC de six des employés. Il utilise pour cela une feuille de tableur dont voici un extrait :

	A	B	C	D	E	F	G
1	Taille (en m)	1,69	1,72	1,75	1,78	1,86	1,88
2	Masse (en kg)	72	85	74	70	115	85
3	IMC (*)	25,2	28,7	24,2	22,1	33,2	24,0
4	(*) valeur approchée au dixième						

a. Combien d'employés sont en situation de surpoids ou d'obésité dans cette entreprise ? **2 pts**

b. Laquelle de ces formules a-t-on écrite dans la cellule B3, puis recopiée à droite, pour calculer l'IMC ? **3 pts**

=72/1.69^2 | =B1/(B2*B2) | =B2/(B1*B1) | =$B2/($B1*$B1)

2 Le médecin a fait le bilan de l'IMC de chacun des 41 employés de cette entreprise. Il a reporté les informations recueillies dans le tableau suivant dans lequel les IMC ont été arrondis à l'unité près.

IMC	20	22	23	24	25	29	30	33	Total
Effectif	9	12	6	8	2	1	1	2	41

a. Calculer une valeur approchée, arrondie à l'entier près, de l'IMC moyen des employés de cette entreprise. **4 pts**

b. Quel est l'IMC médian ? Interpréter ce résultat. **5 pts**

c. On lit sur certains magazines : « On estime qu'au moins 5 % de la population mondiale est en surpoids ou est obèse ». Est-ce le cas pour les employés de cette entreprise ? **5 pts**

26 Corrigé

1 a. Lecture de données dans le tableur

Les employés en situation de surpoids ou d'obésité dans cette entreprise sont ceux dont l'IMC dépasse 25 (d'après le *document 2*).

Ils sont au nombre de 3.

b. Formule écrite dans la cellule B3

En B3 figure l'IMC de l'employé dont la taille est notée en B1 et la masse en B2.

$\text{IMC} = \dfrac{\text{masse}}{\text{taille}^2}$.

La formule correcte est donc :

=B2/(B1*B1)

> **L'astuce du prof**
>
> Pour déterminer la bonne formule, on remplace les nombres par le contenu de la cellule correspondante.

Étude des autres propositions

- La formule =72/1,69^2 donne le bon résultat 25,2. Mais comme il n'y a pas de référence à une cellule, par recopie vers la droite, le résultat sera toujours égal à 25,2.
- La formule =B1/(B2*B2) fait pour l'employé le calcul : $\dfrac{\text{taille}}{\text{masse} \times \text{masse}}$.
Cela ne correspond pas à l'IMC.
- La formule =$B2/($B1*$B1) n'est pas correcte, car chaque $ placé devant la lettre B fixe la colonne B. Et donc un étirement vers la droite ne permettra pas de passer « à la colonne suivante » (pour faire le calcul C2/(C1*C1), puis D2/(D1*D1)...).

2 a. Calcul de l'IMC moyen

L'IMC moyen des 41 employés de cette entreprise est :

$$\text{IMC}_{\text{moyen}} = \frac{9 \times 20 + 12 \times 22 + 6 \times 23 + 8 \times 24 + 2 \times 25 + 1 \times 29 + 1 \times 30 + 2 \times 33}{41}$$

$$\text{IMC}_{\text{moyen}} = \frac{949}{41}$$

$\textbf{IMC}_{\textbf{moyen}} \approx \mathbf{23}$ (résultat arrondi à l'entier le plus proche).

b. Calcul de l'IMC médian

- L'entreprise compte 41 employés, un nombre impair.

Dans la série des 41 IMC, l'IMC médian est donc le terme central, le 21e terme.

> **Gagnez des points !**
>
> Dans une série à n termes, avec n impair, la médiane est le $\dfrac{n+1}{2}$ème terme.

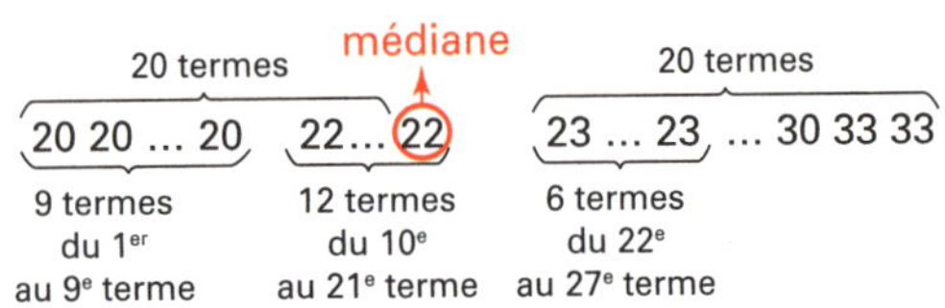

Ainsi, $\textbf{IMC}_{\textbf{médian}} = \mathbf{22}$.

- Interprétation du résultat :

Au moins 50 % des employés de l'entreprise ont un IMC supérieur ou égal à 22 (ou inférieur ou égal à 22).

c. Comparaison de proportions

- Parmi les 41 employés de l'entreprise, 2 + 1 + 1 + 2 = 6 sont en surpoids ou obèses (c'est-à-dire qu'ils ont un IMC $\geq$ 25).

Cela correspond à une proportion de : $\frac{6}{41} \approx 0{,}146$ soit 14,6 %.

- Selon certains magazines, au moins 5 % de la population mondiale est en surpoids.

14,6 % > 5 %.

Les employés de cette entreprise vérifient cette affirmation.

Asie, juin 2017 — **11 pts** — 10 min

27 Répartition dans la classe

Dans une classe de 24 élèves, il y a 16 filles.

1 L'un des deux diagrammes ci-après peut-il représenter correctement la répartition des élèves de cette classe ? **6 pts**

Diagramme 1 **Diagramme 2**

2 On a représenté la répartition des élèves de cette classe par un diagramme circulaire.
Écrire le calcul permettant de déterminer la mesure de l'angle du secteur qui représente les garçons. **5 pts**

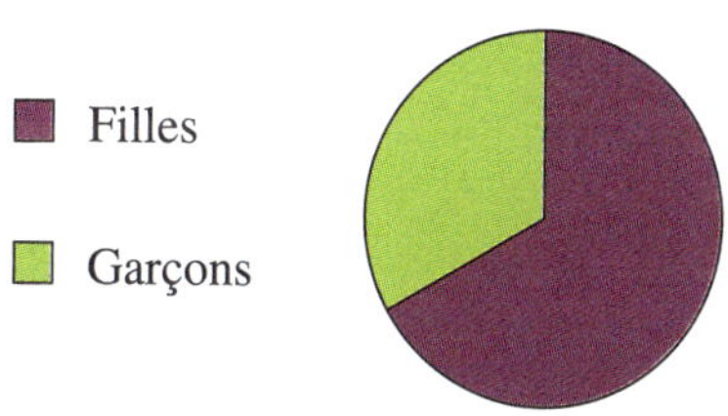

27 Corrigé

1 Diagramme représentant la répartition des élèves

- Il y a 16 filles sur 24 élèves dans cette classe. La proportion de filles dans la classe est donc :

$$p = \frac{16}{24} = \frac{2}{3}$$

Pensez-y !
Simplifiez la fraction pour obtenir un résultat plus « parlant ».

Dans cette classe, $\frac{2}{3}$ des élèves sont des filles et donc $\frac{1}{3}$ des élèves sont des garçons.

- Sur le diagramme 1, la proportion des filles est $\frac{1}{2}$ (comme celle des garçons). Ce n'est donc pas le diagramme qui représente la situation.
- Sur le diagramme 2, la proportion des filles est $\frac{5}{8}$.
Or $\frac{5}{8} \neq \frac{2}{3}$, donc le diagramme 2 ne représente pas non plus la répartition des élèves.
- **Aucun des deux diagrammes ne représente correctement la répartition des élèves dans cette classe.**

Remarque
Sur les deux diagrammes, les secteurs sont identiques. Par exemple, le diagramme 2 est composé de 8 secteurs identiques.

2 Calcul d'un angle

Dans un diagramme circulaire, il y a proportionnalité entre la mesure de l'angle et l'effectif.
On a donc le tableau de proportionnalité suivant :

	Classe	Garçons
Angle (en degrés)	360	x
Effectif	24	8

Par produit en croix, on obtient :
$8 \times 360 = 24 \times x$.

Le calcul permettant d'obtenir l'angle du secteur cherché est : $x = \frac{\mathbf{8 \times 360}}{\mathbf{24}}$.

Il donne 120°.

Rappel
L'angle correspondant à l'effectif de la classe est 360°.

Remarque
Il y a 16 filles dans la classe, donc il y a : 24 – 16 = 8 garçons.

Remarque
L'angle du secteur qui représente les filles est : 360 – 120 = 240°.

Autre méthode

Comme il y a $\frac{1}{3}$ de garçons dans cette classe, on trouve l'angle correspondant en calculant $\frac{1}{3}$ de 360 : $\frac{1}{3} \times 360 = 120$.

Asie, juin 2017 — 12 pts — 15 min

28 Lanceuses de poids

L'entraîneur d'un club d'athlétisme a relevé les performances de ses lanceuses de poids sur cinq lancers. Voici une partie des relevés qu'il a effectués (il manque trois performances pour une des lanceuses) :

		Lancers				
		n° 1	n° 2	n° 3	n° 4	n° 5
Performances (en mètres)	Solenne	17,8	17,9	18	19,9	17,4
	Rachida	17,9	17,6	18,5	18	19
	Sarah	18	?	19,5	?	?

On connaît des caractéristiques de la série d'une des lanceuses :

Caractéristiques des cinq lancers
Étendue : 2,5 m
Moyenne : 18,2 m
Médiane : 18 m

1 Expliquer pourquoi ces caractéristiques ne concernent ni les résultats de Solenne, ni ceux de Rachida. **6 pts**

2 Les caractéristiques données sont donc celles de Sarah. Son meilleur lancer est de 19,5 m.
Indiquer quels peuvent être les trois lancers manquants de Sarah. **6 pts**

EXERCICES

28 Corrigé

1 Explications

• Pour les résultats de Solenne :
Étendue : 19,9 – 17,4 = 2,5.

Moyenne : $\dfrac{17{,}8 + 17{,}9 + 18 + 19{,}9 + 17{,}4}{5} = 18{,}2$

Médiane : $\underbrace{17{,}4 ; 17{,}8}_{\text{2 valeurs}} ; \boxed{17{,}9} ; \underbrace{18 ; 19{,}9}_{\text{2 valeurs}}$

Médiane = 17,9

Rappel
Pour la médiane, on range les valeurs par ordre croissant.

L'étendue et la moyenne correspondent à celles proposées, mais pas la médiane.

Donc les caractéristiques proposées ne sont pas celles des résultats de Solenne.

- **Pour les résultats de Rachida :**

Étendue : $19 - 17{,}6 = 1{,}4 \neq 2{,}5$

Moyenne : $\dfrac{17{,}9 + 17{,}6 + 18{,}5 + 18 + 19}{5} = 18{,}2$

Médiane : $17{,}6 ; 17{,}9 ; \boxed{18} ; 18{,}5 ; 19$

↓

Médiane = 18

Remarque

En remarquant que l'étendue est différente, vous pouvez conclure.

La moyenne et la médiane correspondent à celles proposées, mais pas l'étendue.

Donc les caractéristiques proposées ne sont pas celles des résultats de Rachida.

2 Valeurs possibles des trois lancers manquants

- L'étendue est 2,5 et la plus grande valeur est 19,5. On en déduit que la plus petite valeur est donnée par $19{,}5 - 2{,}5 = 17$.

Une des valeurs manquantes est 17.

- Notons ℓ_1 et ℓ_2 les deux autres valeurs manquantes.

On obtient, grâce au calcul de la moyenne, l'égalité :

$$\frac{18 + 17 + 19{,}5 + \ell_1 + \ell_2}{5} = 18{,}2$$

$$18 + 17 + 19{,}5 + \ell_1 + \ell_2 = 5 \times 18{,}2$$

$$54{,}5 + \ell_1 + \ell_2 = 91$$

$$\ell_1 + \ell_2 = 91 - 54{,}5$$

$$\ell_1 + \ell_2 = 36{,}5$$

Pour avoir une médiane égale à 18, on doit avoir (en rangeant dans l'ordre croissant) : $17 ; \ell_1 ; 18 ; \ell_2 ; 19{,}5$.

↓

Médiane

Les solutions ℓ_1 et ℓ_2 sont telles que $\ell_1 + \ell_2 = 36{,}5$ avec $17 \leq \ell_1 \leq 18$ et $18 \leq \ell_2 \leq 19{,}5$.

Par exemple :

- $\ell_1 = 17{,}5$ et $\ell_2 = 19$;
- $\ell_1 = 17{,}9$ et $\ell_2 = 18{,}6$;
- $\ell_1 = 18$ et $\ell_2 = 18{,}5$...

Remarque

Il y a une infinité de valeurs possibles pour ℓ_1 et ℓ_2.

Amérique du Nord, juin 2017 — 12 pts — 15 min

29 Tirage de boules numérotées

Il y a dans une urne 12 boules indiscernables au toucher, numérotées de 1 à 12. On veut tirer une boule au hasard.

1 Est-il plus probable d'obtenir un numéro pair ou bien un multiple de 3 ? **4 pts**

2 Quelle est la probabilité d'obtenir un numéro inférieur à 20 ? **2 pts**

3 On enlève de l'urne toutes les boules dont le numéro est un diviseur de 6. On veut à nouveau tirer une boule au hasard.
Expliquer pourquoi la probabilité d'obtenir un numéro qui soit un nombre premier est alors 0,375. **6 pts**

EXERCICES

29 Corrigé

1 Comparaison de probabilités

- L'urne contient 12 boules, parmi lesquelles 6 ont un numéro pair (2, 4, 6, 8, 10, 12).

La probabilité p_1 d'obtenir un numéro pair est :

$$p_1 = \frac{6}{12} = \frac{1}{2} = 0{,}5.$$

- Parmi les 12 boules de l'urne, 4 boules portent un nombre multiple de 3 (3, 6, 9, 12).

La probabilité p_2 d'obtenir un multiple de 3 est :

$$p_2 = \frac{4}{12} = \frac{1}{3} \text{ soit } p_2 \approx 0{,}33.$$

- $\frac{1}{2} > \frac{1}{3}$ soit $p_1 > p_2$.

Il est plus probable d'obtenir un numéro pair qu'un multiple de 3.

Pensez-y !
Les boules sont indiscernables au toucher, donc on est en situation d'équiprobabilité.

Gagnez des points !
N'oubliez pas la conclusion.

Autre méthode

Sur les 12 boules de l'urne, 6 ont un numéro pair et 4 ont un multiple de 3. Comme il y a davantage de boules à numéro pair que de boules à numéro multiple de 3, il est plus probable d'obtenir un numéro pair qu'un multiple de 3.

2 Probabilité p_3 d'obtenir un numéro inférieur à 20

Parmi les 12 boules de l'urne, toutes ont un numéro inférieur à 20.

D'où $p_3 = \frac{12}{12}$.

$\mathbf{p_3 = 1}$

> **Remarque**
> On dit que l'évènement « obtenir un numéro inférieur à 20 » est un évènement certain.

3 Justification d'une probabilité

- Les boules dont le numéro est un diviseur de 6 sont {1 ; 2 ; 3 ; 6}.
On enlève ces 4 boules de l'urne. Il reste alors 8 boules dans l'urne : {4 ; 5 ; 7 ; 8 ; 9 ; 10 ; 11 ; 12}.
- Parmi ces huit nombres, trois sont premiers : {5 ; 7 ; 11}.
- La probabilité p_4 d'obtenir alors un nombre premier est :

$p_4 = \frac{3}{8}$

$\mathbf{p_4 = 0{,}375}$

C'est le résultat annoncé.

> **L'astuce du prof**
> Les diviseurs de 6 se trouvent grâce aux tables de multiplication :
> $6 = 1 \times 6 = 2 \times 3$.

> **L'astuce du prof**
> La seule façon de décomposer un nombre premier, c'est de l'écrire comme 1 × (lui-même).

8 min

Centres étrangers, juin 2017 — **8 pts**

30 Test de volets roulants électriques

Un fabricant de volets roulants électriques réalise une étude statistique pour connaître leur fiabilité.
Il fait donc fonctionner un échantillon de 500 volets sans s'arrêter, jusqu'à une panne éventuelle. Il inscrit les résultats dans le tableur ci-dessous :

	A	B	C	D	E	F	G	H
1	Nombre de montées-descentes	Entre 0 et 999	Entre 1000 et 1999	Entre 2000 et 2999	Entre 3000 et 3999	Entre 4000 et 4999	Plus de 5000	TOTAL
2	Nombre de volets roulants tombés en panne	20	54	137	186	84	19	

1 Quelle formule faut-il saisir dans la cellule H2 du tableur pour obtenir le nombre total de volets testés ? **2 pts**

2 Un employé prend au hasard un volet dans cet échantillon. Quelle est la probabilité que ce volet fonctionne plus de 3 000 montées/descentes ? **3 pts**

3 Le fabricant juge ses volets fiables si plus de 95 % des volets fonctionnent plus de 1 000 montées/descentes. Ce lot de volets roulants est-il fiable ? Expliquer votre raisonnement. **3 pts**

30 Corrigé

L'astuce du prof
Pour déterminer la formule, on remplace les nombres par le contenu de la cellule correspondante.

1 Formule à saisir en H2

La cellule H2 contient la somme des volets testés de la cellule B2 à la cellule G2 :
On entre en H2 :

= SOMME(B2:G2)

ou

= B2+C2+D2+E2+F2+G2

2 Calcul de probabilité

Gagnez des points !
Commencez par calculer le nombre d'issues favorables.

Sur 500 volets testés, les volets fonctionnant plus de 3 000 montées/descentes sont au nombre de :
186 + 84 + 19 = 289.
Un volet étant pris au hasard, la probabilité p correspondante est :

$$p = \frac{289}{500} = \mathbf{0{,}578.}$$

3 Étude de la fiabilité du lot de volets

Les volets fonctionnant plus de 1 000 montées/descentes sont au nombre de :
500 – 20 = 480.

Autre méthode
On pouvait aussi calculer directement le nombre de volets fonctionnant plus de 1 000 montées/descentes par somme :
54 + 137 + 186 + 84 + 19 = 480
Mais ce calcul est plus long.

La proportion correspondante p' est :

$$p' = \frac{480}{500} = 0{,}96 = \frac{96}{100} = 96\ \%.$$

$p' > 95\ \%$: **ce lot de volets roulants est fiable.**

Pensez-y !
La proportion est un nombre compris entre 0 et 1, exprimé ici en %.

EXERCICES

15 min

Pondichéry, mai 2017 **12 pts**

31 Boules et probabilités

Un sac contient 20 boules ayant chacune la même probabilité d'être tirée. Ces 20 boules sont numérotées de 1 à 20. On tire une boule au hasard dans le sac.
Tous les résultats seront donnés sous forme de fractions irréductibles.

1 Quelle est la probabilité de tirer la boule numérotée 13 ? **2 pts**

2 Quelle est la probabilité de tirer une boule portant un numéro pair ? **3 pts**

3 A-t-on plus de chances d'obtenir une boule portant un numéro multiple de 4 que d'obtenir une boule portant un numéro diviseur de 4 ? **4 pts**

4 Quelle est la probabilité de tirer une boule portant un numéro qui soit un nombre premier ? **3 pts**

31 Corrigé

1 Probabilité de tirer la boule numérotée 13

On est dans une situation d'équiprobabilité, car on tire une boule au hasard et toutes les boules ont la même probabilité d'être tirées.
Une seule boule porte le numéro 13 sur les 20 boules.

Donc $\boldsymbol{p = \frac{1}{20}}$ (fraction irréductible).

2 Probabilité de tirer une boule portant un numéro pair

Il y a 10 boules portant un numéro pair, celles numérotées :
2 ; 4 ; 6 ; 8 ; 10 ; 12 ; 14 ; 16 ; 18 et 20.

Donc $p = \frac{10}{20}$ soit $\boldsymbol{p = \frac{1}{2}}$ (fraction irréductible).

Rappel

On calcule une probabilité à l'aide de la formule :

$$p = \frac{\text{nombre d'issues favorables}}{\text{nombre total d'issues}}$$

3 Comparaison de deux probabilités

- Numéros des boules portant un multiple de 4 :

4 ; 8 ; 12 ; 16 et 20

- Numéros des boules portant un diviseur de 4 :

1 ; 2 et 4

Remarque

- La probabilité d'obtenir une boule avec un multiple de 4 est $\frac{5}{20} = \frac{1}{4}$.
- La probabilité d'obtenir une boule avec un diviseur de 4 est $\frac{3}{20}$. On a : $\frac{1}{4} > \frac{3}{20}$.

Il y a 5 boules qui portent un numéro multiple de 4 et seulement 3 qui portent un diviseur de 4, donc **on a plus de chances d'obtenir une boule portant un multiple de 4**.

4 Probabilité de tirer une boule portant un numéro qui est un nombre premier

Numéros des boules portant un nombre premier :
2 ; 3 ; 5 ; 7 ; 11 ; 13 ; 17 et 19.
Il y a 8 boules portant un numéro qui est un nombre premier, donc $p = \frac{8}{20}$ soit $\boldsymbol{p = \frac{2}{5}}$ (fraction irréductible).

Rappel
Un nombre est premier s'il admet exactement deux diviseurs : 1 et lui-même.

Géométrie dans le plan

15 min

Nouvelle-Calédonie, décembre 2019 — 14 pts

32 Cerf-volant

Thomas attache son cerf-volant au sol au point T. Il fait 20 pas pour parcourir la distance TH.
Un pas mesure 0,6 mètre.
Le schéma ci-dessous illustre la situation. Il n'est pas à l'échelle.

Les points T, C et E sont alignés.
Les points T, H et F sont alignés.
TC = 15 m

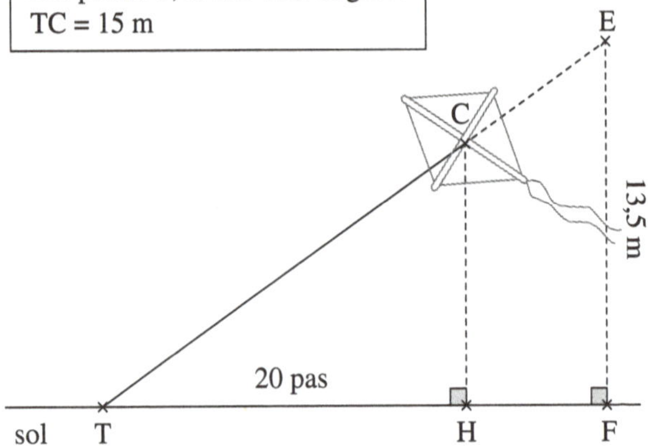

1 Montrer que la hauteur CH du cerf-volant est égale à 9 m. **7 pts**

2 Thomas souhaite que son cerf-volant atteigne une hauteur EF de 13,5 m.

Calculer la longueur TE de la corde nécessaire. **7 pts**

32 Corrigé

1 Justification du résultat CH = 9 m

On se place dans le triangle TCH rectangle en H.
TC = 15 m
TH = 20 pas = 20 × 0,6 m = 12 m
D'après le théorème de Pythagore :
$TC^2 = TH^2 + CH^2$
$15^2 = 12^2 + CH^2$

Gagnez des points !
Dans le triangle TCH, on fait le bilan des informations connues : triangle rectangle et deux longueurs.

$225 = 144 + CH^2$
$CH^2 = 225 - 144$
$CH^2 = 81$
$CH = \sqrt{81}$ (car CH > 0)
$CH = 9$ m

La hauteur CH du cerf-volant est donc bien égale à 9 m.

Méthode
Quand on connaît deux longueurs sur trois dans un triangle rectangle, on calcule la troisième avec le théorème de Pythagore.

2 Calcul de la longueur TE de corde nécessaire

- D'après le codage, les droites (CH) et (EF) sont toutes deux perpendiculaires à la droite (TF). (CH) et (EF) sont donc parallèles.
- Dans les triangles THC et TFE, (CH) et (EF) étant parallèles, on applique le théorème de Thalès :

$$\frac{TH}{TF} = \frac{TC}{TE} = \frac{CH}{EF}$$

$$\frac{12}{TF} = \boxed{\frac{15}{TE} = \frac{9}{13{,}5}}$$

De l'égalité encadrée, on déduit par produit en croix :
$TF \times 9 = 15 \times 13{,}5$
$$TE = \frac{202{,}5}{9} = 22{,}5$$

Piège à éviter
Vous devez justifier que (CH) et (EF) sont parallèles car ce n'est pas une donnée de l'énoncé.
Et vous en avez besoin pour la suite !

Gagnez des points !
On remplace toutes les longueurs connues dans les quotients.

22,5 mètres de corde seront nécessaires pour que le cerf-volant de Thomas atteigne 13,5 mètres de haut.

EXERCICES

Amérique du Nord, juin 2019 — **10 pts** — 10 min

33 Avec un hexagone

Dans cet exercice, aucune justification n'est attendue.

On considère l'hexagone ABCDEF de centre O représenté ci-dessous.

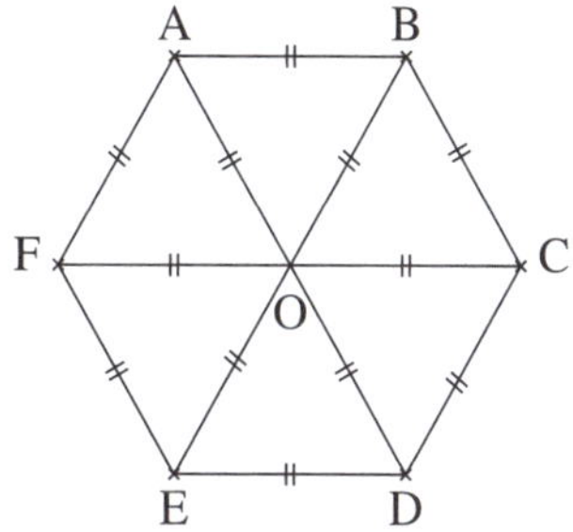

1 Parmi les propositions suivantes, recopier celle qui correspond à l'image du quadrilatère CDEO par la symétrie de centre O. **2 pts**

Proposition 1	Proposition 2	Proposition 3
FABO	ABCO	FODE

2 Quelle est l'image du segment [AO] par la symétrie d'axe (CF) ? **2 pts**

3 On considère la rotation de centre O qui transforme le triangle OAB en le triangle OCD. Quelle est l'image du triangle BOC par cette rotation ? **3 pts**

La figure ci-contre représente un pavage dont le motif de base a la même forme que l'hexagone ci-avant. On a numéroté certains de ces hexagones.

4 Quelle est l'image de l'hexagone 14 par la translation qui transforme l'hexagone 2 en l'hexagone 12 ? **3 pts**

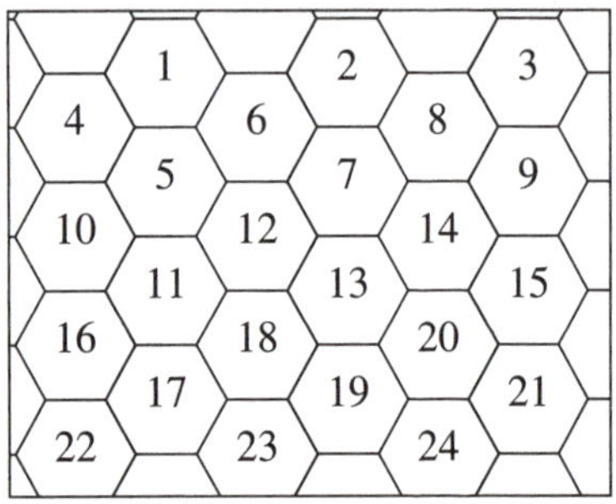

33 Corrigé

1 Image du quadrilatère CDEO

Par la symétrie de centre O :
- C a pour image F ;
- D a pour image A ;
- E a pour image B ;
- O a pour image O.

Par conséquent, **l'image du quadrilatère CDEO est le quadrilatère FABO.**

Remarque
Le point O ne bouge pas. On dit qu'il est invariant. C'est le seul.

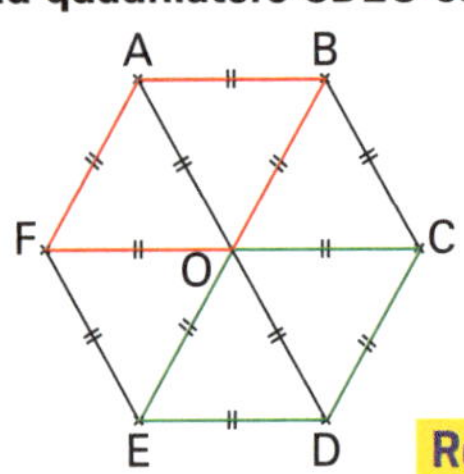

2 Image du segment [AO]

Par la symétrie d'axe (CF) :
- A a pour image E ;
- O a pour image O.

Par conséquent, **l'image du segment [AO] est le segment [OE].**

Remarque
La droite (AO) est invariante. Les points qui sont sur cette droite ne « bougent » pas.

3 Image du triangle BOC

Par la rotation de centre O qui transforme OAB en OCD :
- B a pour image D ;
- O a pour image O ;
- C a pour image E.

Par conséquent, **l'image du triangle BOC est le triangle DOE.**

Remarque

O est seul point invariant. L'angle de cette rotation est 120° dans le sens horaire (sens des aiguilles d'une montre).

4 Image de l'hexagone 14

L'image de l'hexagone 14 est l'**hexagone 19**.

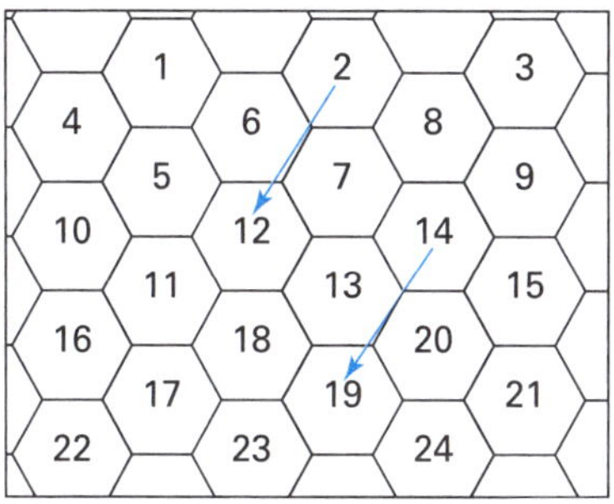

EXERCICES

Nouvelle-Calédonie, mars 2019 — 12 pts — 15 min

34 Hissez la voile !

Pour son confort, Lisa souhaite installer une voile d'ombrage triangulaire dans son jardin.
L'aire de celle-ci doit être de 8 m² au minimum.
Pour chacun des trois modèles suivants, indiquer s'il convient en justifiant chaque réponse.

Rappel

Aire d'un triangle rectangle : $\mathcal{A} = \dfrac{h \times b}{2}$

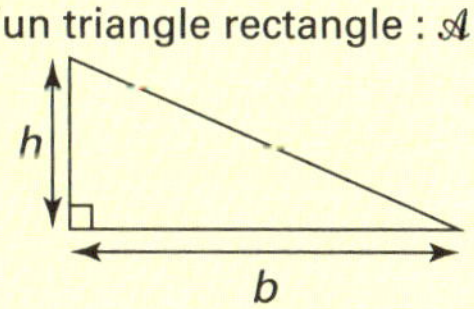

1 2 pts

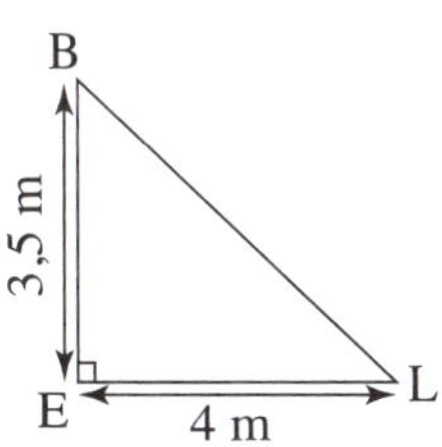

2 4 pts

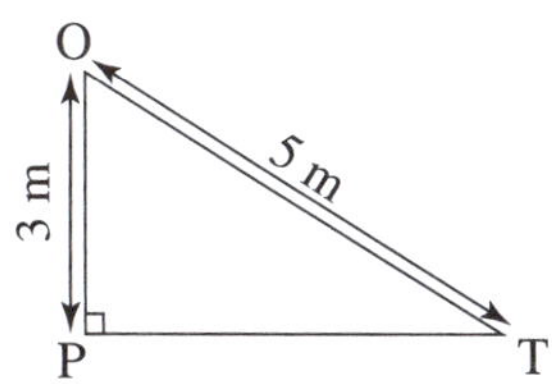

3 6 pts

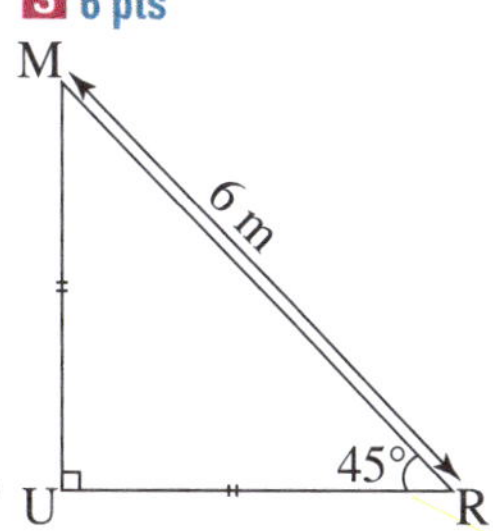

34 Corrigé

1 Étude du modèle 1

L'aire $\mathcal{A}_1$ du triangle BLE rectangle en E est :

$$\mathcal{A}_1 = \frac{\text{Base} \times \text{Hauteur}}{2} = \frac{\text{EL} \times \text{BE}}{2} = \frac{4 \times 3{,}5}{2} = 7\ \text{m}^2 < 8\ \text{m}^2.$$

Lisa souhaite une voile de 8 m^2 au minimum, donc **le modèle 1 ne convient pas.**

2 Étude du modèle 2

- L'aire $\mathcal{A}_2$ du triangle POT rectangle en P est : $\mathcal{A}_2 = \frac{\text{PT} \times \text{OP}}{2}$.
- Il s'agit ici de déterminer la longueur PT manquante.

Dans le triangle POT rectangle en P, d'après le théorème de Pythagore :

$\text{OT}^2 = \text{OP}^2 + \text{PT}^2$.

$5^2 = 3^2 + \text{PT}^2$

$\text{PT}^2 = 25 - 9 = 16$

$\text{PT} = \sqrt{16}$ (car PT > 0) = 4 m

- $\mathcal{A}_2 = \frac{4 \times 3}{2} = 6\ \text{m}^2 < 8\ \text{m}^2$.

Méthode

Connaissant deux longueurs sur trois dans un triangle rectangle, le théorème de Pythagore permet de calculer la longueur manquante.

Le modèle 2 ne convient pas à Lisa, car l'aire de la voile d'ombrage est inférieure à 8 m^2.

3 Étude du modèle 3

- L'aire $\mathcal{A}_3$ du triangle MUR rectangle en U est : $\mathcal{A}_3 = \frac{\text{UR} \times \text{MU}}{2}$.
- Il s'agit de déterminer les longueurs UR et MU.

Dans le triangle MUR rectangle en U :

$$\cos \hat{\text{R}} = \frac{\text{Côté adjacent à } \hat{\text{R}}}{\text{Hypoténuse}} = \frac{\text{UR}}{\text{MR}}$$

$$\cos 45° = \frac{\text{UR}}{6}$$

UR = 6 × cos 45° soit UR ≃ 4,24 m.

Le triangle MUR étant (d'après les codages) isocèle en U, on en déduit MU = UR soit MU ≃ 4,24 m.

Méthode

Dans un triangle rectangle, connaissant un angle aigu et une longueur, la trigonométrie permet de calculer les deux autres longueurs.

Remarque

La calculatrice donne la valeur exacte de MU :
$\text{MU} = 3\sqrt{2}$ m.

Autre méthode

Dans le triangle MUR rectangle en U : $\sin \hat{\text{R}} = \frac{\text{Côté opposé à } \hat{\text{R}}}{\text{Hypoténuse}} = \frac{\text{MU}}{\text{MR}}$.

$$\sin 45° = \frac{\text{MU}}{6}$$

MU = 6 × sin 45° soit MU ≃ 4,24 m.

• On obtient alors : $\mathcal{A}_3 = \dfrac{4{,}24 \times 4{,}24}{2}$ soit $\mathcal{A}_3 \simeq 9\ \text{m}^2 > 8\ \text{m}^2$.

L'aire de cette voile dépassant 8 m², **le modèle 3 convient à Lisa**.

Amérique du Nord, juin 2018 — **16 pts** — 20 min

35 Réalisation d'une terrasse

Madame Martin souhaite réaliser une terrasse en béton en face de sa baie vitrée. Elle réalise le dessin ci-contre.

Pour faciliter l'écoulement des eaux de pluie, le sol de la terrasse doit être incliné. La terrasse a la forme d'un prisme droit dont la base est le quadrilatère ABCD et la hauteur est le segment [CG]. P est le point du segment [AD] tel que BCDP est un rectangle.

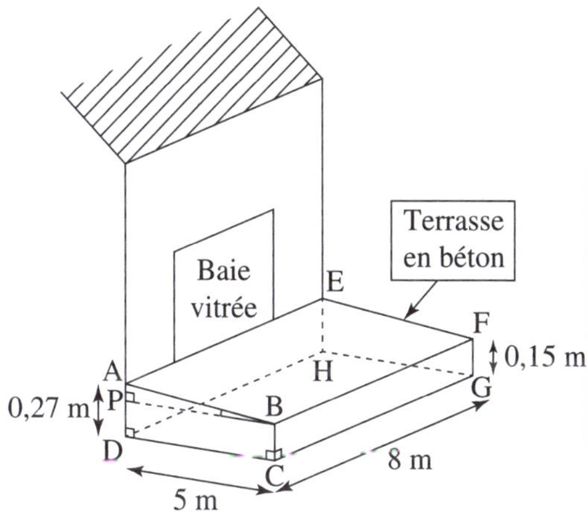

1 L'angle $\widehat{ABP}$ doit mesurer entre 1° et 1,5°.
Le projet de Madame Martin vérifie-t-il cette condition ? **6 pts**

2 Madame Martin souhaite se faire livrer le béton nécessaire à la réalisation de sa terrasse. Elle fait appel à une entreprise spécialisée.
À l'aide des informations ci-après, déterminer le montant de la facture établie par l'entreprise. **10 pts**

Information 1
Distance entre l'entreprise et la maison de Madame Martin : 23 km.

Information 2 – Formule du volume d'un prisme droit
Volume d'un prisme droit = aire de la base du prisme × hauteur du prisme.

Information 3 – Conditions tarifaires de l'entreprise spécialisée
- Prix du m³ de béton : 95 €.
- Capacité maximale du camion-toupie : 6 m³.
- Frais de livraison : 5 € par km parcouru par le camion-toupie.
- L'entreprise facture les distances aller et retour (entreprise/lieu de livraison) parcourues par le camion-toupie.

35 Corrigé

1 Étude de la faisabilité du projet

Il s'agit de déterminer une mesure de l'angle $\widehat{ABP}$.

- **Justification d'égalité de longueurs**

Le quadrilatère BCDP étant un rectangle, on a :
FG = BC = PD = 0,15 m
BP = CD = 5 m

Vue de face

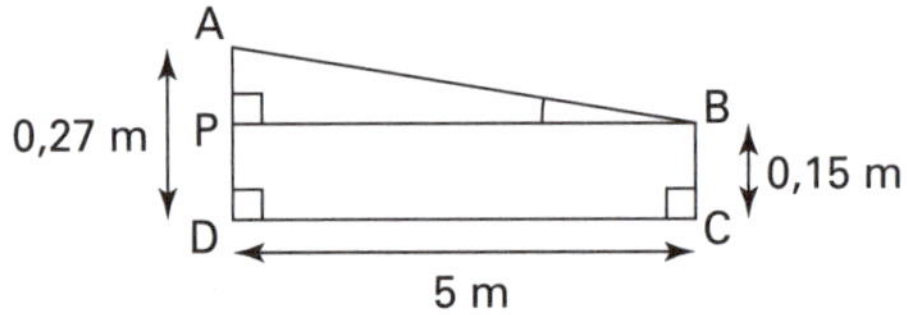

L'astuce du prof
Faites un croquis sur lequel vous reportez les longueurs connues.

- **Calcul de la longueur AP**

Le point P est situé sur le segment [AD], donc :
AP = AD – PD = 0,27 – 0,15
AP = 0,12 m

- **Calcul de la mesure de $\widehat{ABP}$**

Dans le triangle APB rectangle en P,

$$\tan \widehat{ABP} = \frac{\text{côté opposé à } \widehat{ABP}}{\text{côté adjacent à } \widehat{ABP}} = \frac{AP}{PB}$$

$$\tan \widehat{ABP} = \frac{0{,}12}{5} = 0{,}024$$

À la calculatrice, on déduit :
$\widehat{ABP} = \tan^{-1}(0{,}024)$
$\widehat{ABP} \simeq 1{,}37°$

Gagnez des points !
Assurez-vous d'être dans un triangle rectangle pour utiliser la trigonométrie.

Pensez-y !
Vérifiez que votre calculatrice est bien en mode degrés.

- En conclusion, l'angle $\widehat{ABP}$ est compris entre 1° et 1,5° : **le projet de Madame Martin vérifie la condition de bon écoulement des eaux de pluie.**

2 Calcul du montant de la facture

- **Volume $\mathcal{V}$ de béton nécessaire**

La quantité de béton nécessaire à la réalisation de la terrasse correspond au volume $\mathcal{V}$ d'un prisme droit de base ABCD et de hauteur CG.
$\mathcal{V}$ = aire de la base du prisme × hauteur du prisme (*information 2*)
$\mathcal{V} = \mathcal{A}_{ABCD} \times CG$
On décompose le quadrilatère ABCD en un rectangle PBCD et un triangle APB :
$\mathcal{A}_{ABCD} = \mathcal{A}_{PBCD} + \mathcal{A}_{APB}$

$\mathcal{A}_{PBCD}$ = Longueur × Largeur = DC × BC = 5 × 0,15 = 0,75

$$\mathcal{A}_{APB} = \frac{\text{Base} \times \text{Hauteur}}{2} = \frac{PB \times AP}{2} = \frac{5 \times 0,12}{2} = 0,3$$

$\mathcal{A}_{ABCD}$ = 0,75 + 0,3 = 1,05 m^2

Autre méthode

Le quadrilatère ABCD est un trapèze d'aire :

$$\frac{(\text{Petite base} + \text{Grande base}) \times \text{Hauteur}}{2}$$

$$\mathcal{A}_{ABCD} = \frac{(BC + AD) \times DC}{2} = \frac{(0,15 + 0,27) \times 5}{2} = 1,05 \text{ m}^2$$

On en déduit : $\mathcal{V}$ = 1,05 × 8 = 8,4 m^3.
8,4 m^3 de béton sont nécessaires pour la construction de la terrasse.

- **Prix du béton**

1 m^3 de béton coûte 95 € (*information 3*).
8,4 × 95 = 798.
Le béton est facturé 798 €.

- **Nombre de toupies de béton nécessaires**

La capacité maximale du camion-toupie est 6 m^3 (*information 3*).
Ayant besoin de 8,4 m^3 de béton, 2 toupies de béton seront nécessaires.

- **Distance parcourue par le camion-toupie**

L'entreprise facture les distances aller et retour parcourues par le camion-toupie (*information 3*).
L'entreprise se situe à 23 km du domicile de Madame Martin (*information 1*).

Gagnez des points !
Lisez attentivement l'énoncé, car il contient de nombreuses informations.

Sachant que le camion-toupie devra effectuer deux trajets, il parcourra :

$$\underbrace{(23 \times 2)}_{\text{trajet aller-retour}} \times \underbrace{2}_{\text{2 trajets}} = 92 \text{ km}$$

- **Frais de livraison**

1 km parcouru est facturé 5 € (*information 3*).
92 × 5 = 460.
Les frais de livraison s'élèvent à 460 €.

- En conclusion, la facture de Madame Martin s'élève à :

prix du béton + frais de livraison
= 798 + 460 = **1 258 €**

Gagnez des points !
N'oubliez pas la conclusion.

15 min

Pondichéry, mai 2018 **9 pts**

36 Le motif pied-de-coq

Le pavage représenté sur la figure 1 ci-après est réalisé à partir d'un motif appelé pied-de-coq qui est présent sur de nombreux tissus utilisés pour la fabrication de vêtements.
Le motif pied-de-coq est représenté par le polygone ci-après (figure 2) qui peut être réalisé à l'aide d'un quadrillage régulier.

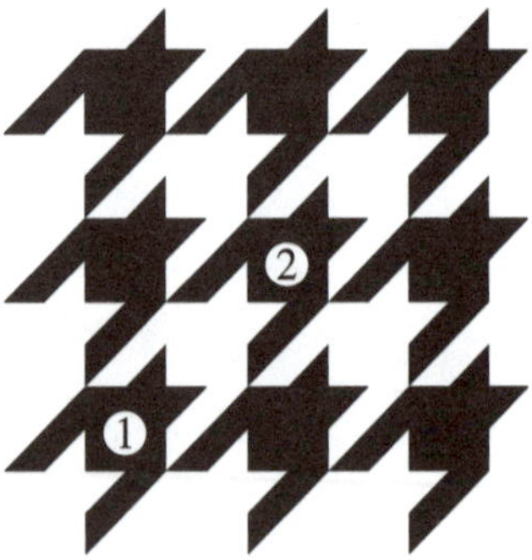

Figure 1

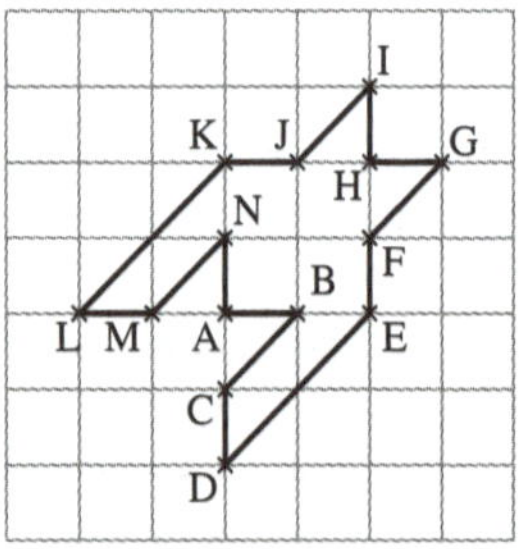

Figure 2

1 Sur la figure 1, quel type de transformation géométrique permet d'obtenir le motif 2 à partir du motif 1 ? **2 pts**

2 Dans cette question, on considère que : AB = 1 cm (figure 2).
Déterminer l'aire d'un motif pied-de-coq. **4 pts**

3 Marie affirme : « Si je divise par 2 les longueurs d'un motif, son aire sera aussi divisée par 2. »
A-t-elle raison ? Expliquer pourquoi. **3 pts**

36 Corrigé

1 Transformation géométrique

La figure ② est obtenue par glissement de la figure ①.
Il s'agit donc d'une translation qui permet d'obtenir le motif ② à partir du motif ①.

Remarque

Ce glissement est un déplacement caractérisé par un sens, une direction, une longueur.

2 Aire du motif

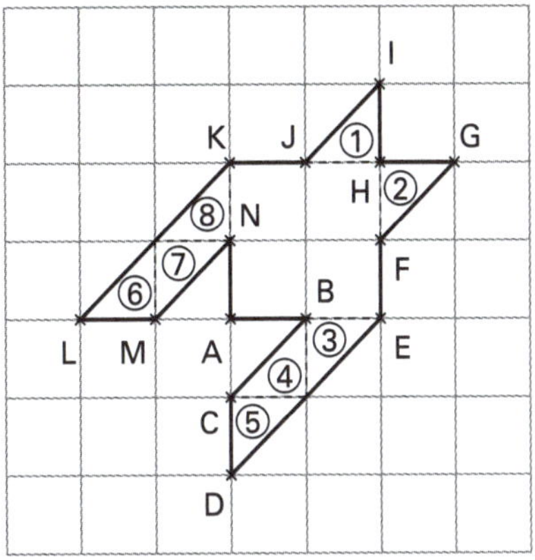

Le motif pied-de-coq est composé d'un carré (AEHK) et de 8 triangles rectangles isocèles (numérotés de 1 à 8 sur la figure) identiques.

- Le carré AEHK a une surface de 4 cm².
- Un triangle rectangle isocèle (comme HGF) a une surface de 0,5 cm² (la moitié de la surface d'un carré de 1 cm de côté).
- $4 + 8 \times 0{,}5 = 8$.

L'aire d'un motif pied-de-coq est 8 cm².

> **Remarque**
> AEHK est constitué de 4 carrés de 1 cm de côté.

3 Aire d'un motif dont on divise les longueurs par 2

Lorsque les longueurs d'une figure géométrique sont multipliées par k, la surface est multipliée par k^2.

Diviser par 2 revient à multiplier par $k = \frac{1}{2}$.

$$k^2 = \left(\frac{1}{2}\right)^2 = \frac{1}{2} \times \frac{1}{2} = \frac{1}{4}$$

Par conséquent, la surface est multipliée par $\frac{1}{4}$.

Multiplier par $\frac{1}{4}$ revient à diviser par 4, donc l'aire du motif sera divisée par 4.

Marie a donc tort.

> **Remarque**
> Retrouvez ce résultat à partir d'un exemple simple.
> Un carré de 6 cm de côté a une aire de 36 cm².
> Un carré de 3 cm de côté (donc en divisant par 2) a une aire de 9 cm².
> On a $36 \div 4 = 9$.
> Donc l'aire a bien été divisée par 4.

Pondichéry, mai 2018 — 16 pts — 15 min

37 Triangles semblables

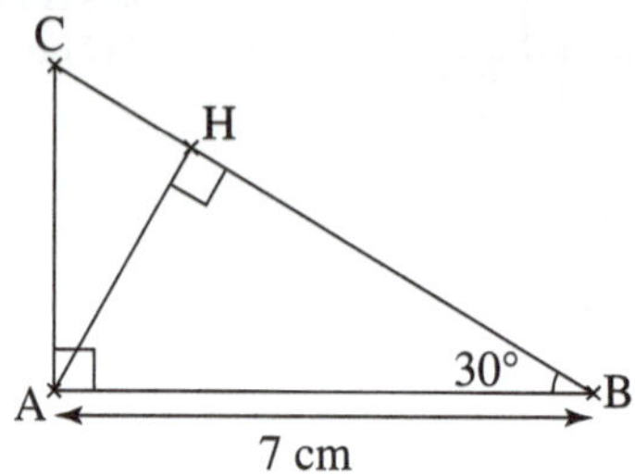

On considère ci-dessus un triangle ABC rectangle en A tel que $\widehat{ABC} = 30°$ et AB = 7 cm. H est le pied de la hauteur issue de A.

1 Tracer la figure en vraie grandeur. Laisser les traits de construction apparents. **3 pts**

2 Démontrer que AH = 3,5 cm. **5 pts**

3 Démontrer que les triangles ABC et HAC sont semblables. **4 pts**

4 Déterminer le coefficient de réduction permettant de passer du triangle ABC au triangle HAC. **4 pts**

37 Corrigé

1 Construction de la figure

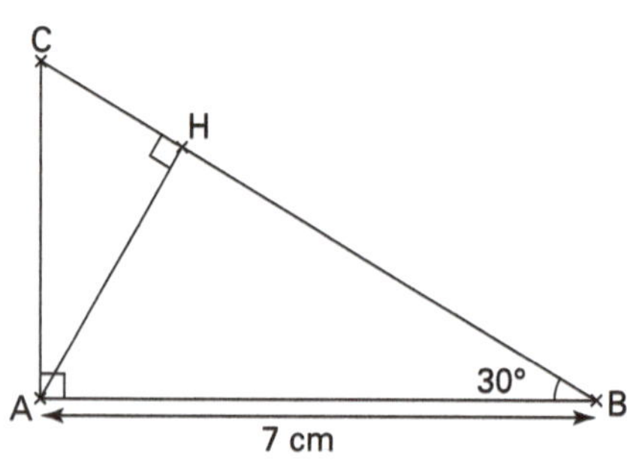

Programme de construction :

- Tracer un segment [AB] de 7 cm.
- À l'aide du rapporteur, tracer l'angle de 30°.
- En utilisant l'équerre, tracer la perpendiculaire à (AB) passant par A.
- Placer le point C puis toujours avec l'équerre, tracer la perpendiculaire à (BC) passant par A.
- Placer le point H.

2 Calcul de la longueur AH

Dans le triangle ABH rectangle en H :

$$\sin \hat{B} = \frac{\text{Côté opposé à } \hat{B}}{\text{Hypoténuse}}$$

$\sin 30° = \frac{AH}{7}$

produit en croix

$AH = 7 \times \sin 30°$

$AH = 3{,}5$

On trouve bien le résultat annoncé : AH = 3,5 cm.

Remarque

Dans ce triangle, on connaît l'angle et l'hypoténuse, et on cherche le côté opposé. C'est donc le sinus qu'il faut choisir.

3 Triangles semblables

ABC et HAC ont l'angle $\hat{C}$ en commun.
De plus, ces deux triangles sont rectangles. Ainsi, deux angles du triangle ABC sont égaux à deux angles du triangle HAC.
On en déduit que **les triangles ABC et HAC sont semblables**.

Pensez-y !

Si deux angles de l'un sont égaux à deux angles de l'autre, alors les troisièmes angles sont forcément égaux.

Remarque

Dans ABC, $\hat{A} = 90°$, $\hat{B} = 30°$ et $\hat{C} = 60°$.
Dans AHC, $\hat{A} = 30°$, $\hat{H} = 90°$ et $\hat{C} = 60°$.
Les triangles ABC et AHC ont leurs angles deux à deux égaux.

4 Coefficient de réduction

Le côté [AH] dans le triangle HAC et le côté [AB] dans le triangle ABC sont tous les deux les côtés adjacents de l'angle de 30°. Ils sont donc correspondants.

Rappel

Si deux triangles sont semblables, alors l'un est une réduction de l'autre.

Le coefficient de réduction pour passer du triangle ABC au triangle HAC est donné par le quotient $\frac{AH}{AB} = \frac{3{,}5}{7} = 0{,}5$.

Le coefficient de réduction est donc 0,5.

Remarque

Cela signifie que les longueurs du triangle HAC sont deux fois plus petites que celles du triangle ABC.

France métropolitaine, septembre 2017 — 14 pts — 20 min

38 Classique

Pour illustrer l'exercice, la figure ci-dessous a été faite à main levée.

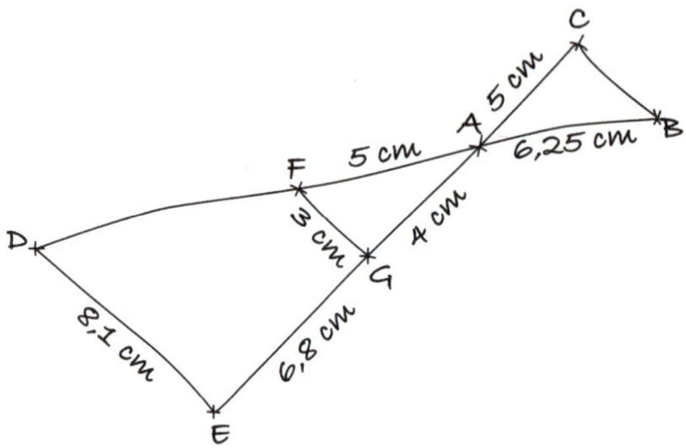

Les points D, F, A et B sont alignés, ainsi que les points E, G, A et C.
De plus, les droites (DE) et (FG) sont parallèles.

1 Montrer que le triangle AFG est un triangle rectangle. **4 pts**

2 Calculer la longueur du segment [AD]. En déduire la longueur du segment [FD]. **5 pts**

3 Les droites (FG) et (BC) sont-elles parallèles ? Justifier. **5 pts**

38 Corrigé

1 Nature du triangle AFG

Si le triangle AFG est rectangle, il ne peut l'être qu'en G (car [AF] est le plus grand côté).

L'astuce du prof

(3 ; 4 ; 5) est un triplet pythagoricien : un triangle dont les côtés mesurent 3, 4 et 5 cm est un triangle rectangle.

$$\left.\begin{array}{r} AF^2 = 5^2 = 25 \\ GA^2 + GF^2 = 4^2 + 3^2 = 25 \end{array}\right\} GA^2 + GF^2 = AF^2$$

D'après la réciproque du théorème de Pythagore, le triangle EFG est rectangle en G.

2 Calcul de AD et FD

- Dans le triangle ADE, F ∈ [AD] et G ∈ [AE].

De plus (FG) // (DE).

D'après le théorème de Thalès :

$$\frac{AG}{AE} = \frac{AF}{AD} = \frac{FG}{DE}$$

$$\boxed{\frac{4}{10,8} = \frac{5}{AD}} = \frac{3}{8,1}$$

Remarque
On dit que les triangles AFG et ADE sont en configuration de Thalès.

- En utilisant l'égalité encadrée, on obtient :

$$\frac{4}{10,8} = \frac{5}{AD}$$

produit en croix

$$4 \times AD = 5 \times 10,8$$

on divise par 4

$$AD = \frac{5 \times 10,8}{4}$$

AD = 13,5 cm

Autre méthode

On pouvait utiliser l'égalité $\frac{5}{AD} = \frac{3}{8,1}$.

On obtient : $3 \times AD = 5 \times 8,1$ soit $AD = \frac{5 \times 8,1}{3} = 13,5$.

- On a : AD = AF + FD
13,5 = 5 + FD
FD = 13,5 – 5
FD = 8,5 cm

Remarque
Cette égalité est vraie, car les points A, F et D sont alignés.

3 Position des droites [FG] et [BC]

Les points F, A et B d'une part et G, A et C d'autre part sont alignés dans cet ordre.

$$\left.\begin{array}{l} \frac{AB}{AF} = \frac{6,25}{5} = 1,25 \\ \frac{AC}{AG} = \frac{5}{4} = 1,25 \end{array}\right\} \text{donc } \frac{AB}{AF} = \frac{AC}{AG}$$

Pensez-y !
Comparez toujours des valeurs exactes.

On en déduit, **d'après la réciproque du théorème de Thalès, que les droites (BC) et (FG) sont parallèles.**

EXERCICES

Asie, juin 2017 **15 pts**

20 min

39 Au choix

On considère la figure ci-dessous qui n'est pas représentée en vraie grandeur. Les points A, B et E sont alignés, ainsi que les points C, B et D.

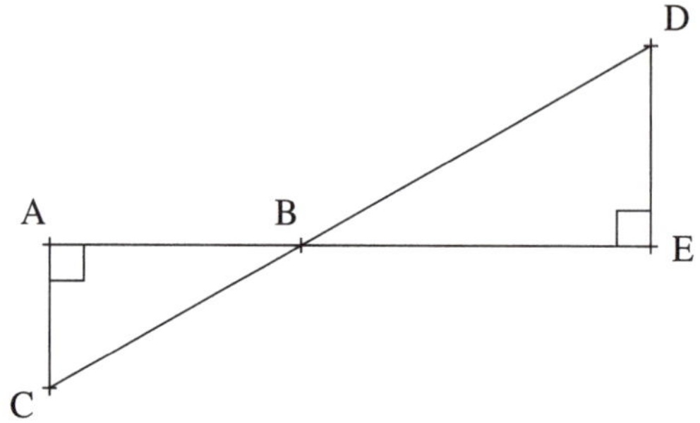

1 Dans chacun des cas suivants, indiquer la réponse qui correspond à la longueur du segment [AB] parmi les réponses proposées.
Aucune justification n'est attendue. **9 pts**

	Données	Réponse A	Réponse B	Réponse C
a. Cas 1	AC = 51 cm CB = 85 cm DE = 64 cm	68 cm	99,1 cm	67,7 cm
b. Cas 2	$\widehat{ACB} = 62°$ CB = 9 cm BE = 5 cm	Environ 10,2 cm	Environ 4,2 cm	Environ 7,9 cm
c. Cas 3	AC = 8 cm BE = 7 cm DE = 5 cm	11,2 cm	10,6 cm	4,3 cm

2 Pour l'un des trois cas uniquement, au choix, justifier la réponse en rédigeant. **6 pts**

39 Corrigé

1 et 2 Calculs de AB avec justifications

Les figures ne sont pas à l'échelle.

a. Cas n° 1

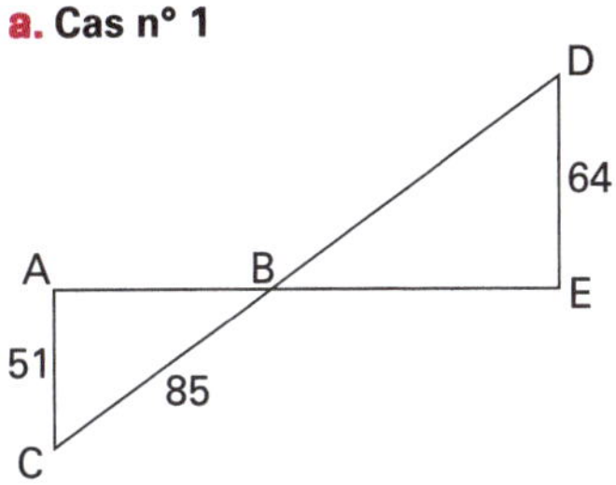

Gagnez des points !

Faites une figure pour chacun des cas et prenez le temps d'analyser la situation. En fonction des données, utilisez soit le théorème de Pythagore, soit la trigonométrie, soit le théorème de Thalès.

Dans ce cas, on connaît deux longueurs (AC et BC) dans le triangle ABC rectangle en A. On utilise donc le théorème de Pythagore pour calculer la longueur AB.

Remarque

La donnée de la longueur DE est inutile.

Dans le triangle ABC rectangle en A, d'après le théorème de Pythagore :

$AB^2 + AC^2 = BC^2$

$AB^2 + 51^2 = 85^2$

$AB^2 = 85^2 - 51^2$

$AB^2 = 4\,624$

$AB = 68$ (car $AB > 0$)

Dans le cas n° 1, la longueur AB est 68 cm.

Réponse A

b. Cas n° 2

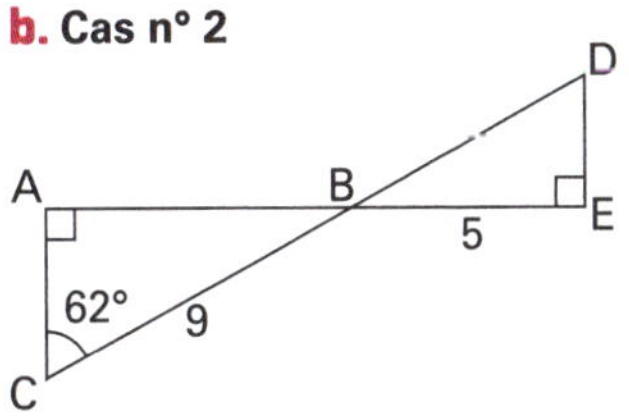

Remarque

Les informations inscrites sur cette figure doivent vous inciter à choisir la trigonométrie pour calculer la longueur AB.

Dans ce cas, on connaît l'angle $\widehat{ACB}$ et la longueur BC dans le triangle ABC rectangle en A. On utilise donc la trigonométrie pour calculer la longueur AB.

Remarque

Encore une fois, il y a une donnée « parasite » : la longueur BE.

Dans le triangle ABC rectangle en A, on connaît la mesure de l'angle $\widehat{ACB}$ et l'hypoténuse.

On cherche la longueur du côté opposé [AB], c'est donc le sinus de l'angle $\widehat{ACB}$ que l'on va utiliser.

$$\sin \widehat{ACB} = \frac{\text{Côté opposé à } \widehat{ACB}}{\text{Hypoténuse}}$$

$$\sin \widehat{ACB} = \frac{AB}{BC}$$

$$\sin 62° = \frac{AB}{9}$$

produit en croix

$$AB = 9 \times \sin 62°$$

$AB \approx 7{,}9$ cm (valeur arrondie au dixième)

Dans le cas n° 2, la longueur AB est d'environ 7,9 cm.

Réponse C

Remarque

Les informations inscrites sur cette figure doivent vous inciter à utiliser le théorème de Thalès pour calculer la longueur AB.

Remarque

On parle de configuration en « papillon ».

c. Cas n° 3

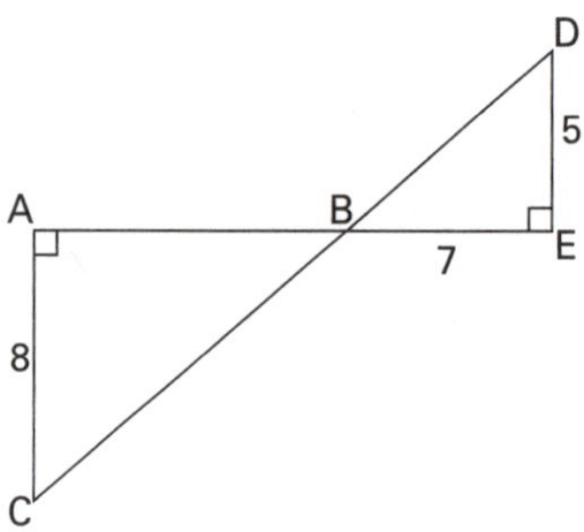

Les triangles ABC et BDE sont en configuration de Thalès. En effet, les droites (AC) et (DE) sont toutes les deux perpendiculaires à (AE). Elles sont donc parallèles.

D'après le théorème de Thalès :

$$\frac{BA}{BE} = \frac{BC}{BD} = \frac{AC}{DE}$$

$$\boxed{\frac{BA}{7}} = \frac{BC}{BD} = \boxed{\frac{8}{5}}$$

Rappel

Le point B est le sommet commun des triangles ABC et BDE. Aux numérateurs, on retrouve les longueurs du triangle ABC et aux dénominateurs, celles (correspondantes) du triangle BDE.

En utilisant l'égalité des deux quotients encadrés, on obtient :

$$\frac{BA}{7} = \frac{8}{5}$$

produit en croix

$$5 \times BA = 8 \times 7$$

$$BA = \frac{8 \times 7}{5}$$

$BA = 11{,}2$ cm

Dans le cas n° 3, la longueur AB est de 11,2 cm.

Réponse A

30 min

Amérique du Nord, juin 2017 — 19 pts

40 Construction et calculs

Avec un logiciel de géométrie, on exécute le programme ci-dessous (voir figure obtenue ci-après).

Programme de construction

- Construire un carré ABCD.
- Tracer le cercle de centre A et de rayon [AC].
- Placer le point E à l'intersection du cercle et de la demi-droite [AB).
- Construire un carré DEFG.

1 Sur la copie, réaliser la construction avec **AB = 3 cm**. 3 pts

2 Dans cette question, **AB = 10 cm**.

a. Montrer que $AC = \sqrt{200}$ cm. 4 pts

b. Expliquer pourquoi $AE = \sqrt{200}$ cm. 2 pts

c. Montrer que l'aire du carré DEFG est le triple de l'aire du carré ABCD. 6 pts

3 On admet pour cette question que pour n'importe quelle longueur du côté [AB], l'aire du carré DEFG est toujours le triple de l'aire du carré ABCD.

En exécutant ce programme de construction, on souhaite obtenir un carré DEFG ayant une aire de 48 cm^2.

Quelle longueur AB faut-il choisir au départ ? 4 pts

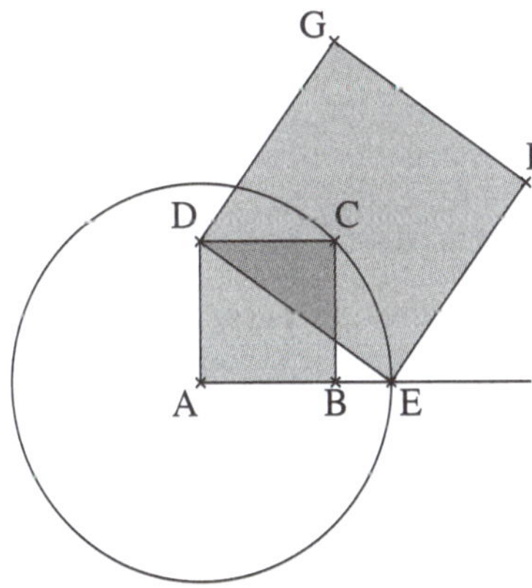

40 Corrigé

1 Construction

Programme de construction :

- Construisez le carré ABCD de côté 3 cm.
- Tracez le cercle $\mathscr{C}$ de centre A et de rayon AC.
- Prolongez la droite (AB) : elle coupe $\mathscr{C}$ en E.
- À l'aide de votre compas et d'une équerre, construisez les sommets F et G du carré DEFG.

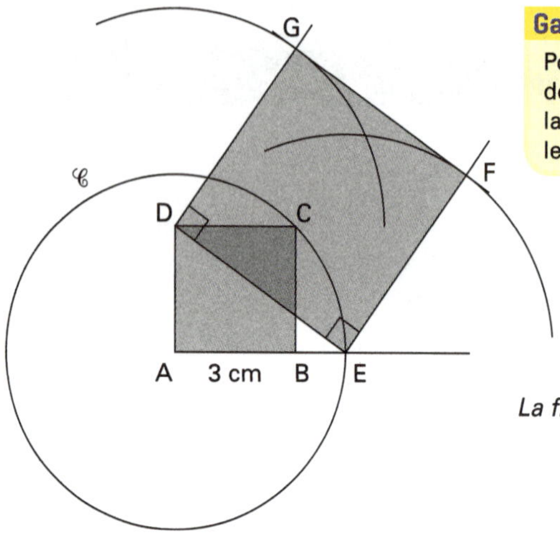

Gagnez des points !

Pour reporter une longueur dont on ne connaît pas la mesure, on utilise le compas.

La figure n'est pas à l'échelle.

2 a. Calcul de la longueur AC

ABCD est un carré. Le triangle ABC est donc rectangle en B.
D'après le théorème de Pythagore :
$AC^2 = AB^2 + BC^2$
$AC^2 = 10^2 + 10^2$
$AC^2 = 100 + 100$
$AC^2 = 200.$
D'où **AC = $\sqrt{200}$ cm**.
C'est le résultat annoncé.

Remarque

La valeur obtenue de AC est une valeur exacte.

b. Justification du résultat AE = $\sqrt{200}$ cm

Le cercle $\mathscr{C}$ tracé a pour rayon AC = $\sqrt{200}$ cm. Or E est l'intersection de $\mathscr{C}$ avec la droite (AB).
Par conséquent, E appartient à $\mathscr{C}$.
Et donc AE est aussi un rayon de $\mathscr{C}$, soit AE = $\sqrt{200}$ cm.

c. Calculs d'aires

- ABCD est un carré de côté AB = 10 cm.
$\mathscr{A}_{ABCD} = 10^2 = 100$ cm².

- DEFG est un carré de côté DE.
Il s'agit d'abord de calculer la longueur DE.
Dans le triangle ADE rectangle en A, d'après le théorème de Pythagore :
$DE^2 = AD^2 + AE^2$
$DE^2 = 10^2 + (\sqrt{200})^2$
$DE^2 = 100 + 200$
$DE^2 = 300$

Rappel

Pour tout $a \geq 0$:
$(\sqrt{a})^2 = a$.

On en déduit : DE = $\sqrt{300}$ cm.
Et par conséquent, $\mathcal{A}_{DEFG} = DE^2 = (\sqrt{300})^2 = 300$ cm².

- On remarque que : $\mathcal{A}_{DEFG} = 300 = 3 \times 100 = 3 \times \mathcal{A}_{ABCD}$.

Ainsi, **l'aire du carré DEFG est le triple de l'aire du carré ABCD**.

3 Calcul de AB quand $\mathcal{A}_{DEFG}$ = 48 cm²

On cherche la longueur AB telle que $\mathcal{A}_{DEFG} = 48$.
Comme $\mathcal{A}_{DEFG} = 3 \times \mathcal{A}_{ABCD}$, on déduit :

$$\mathcal{A}_{ABCD} = \frac{\mathcal{A}_{DEFG}}{3} = \frac{48}{3} = 16 \text{ cm}^2.$$

Méthode
Il s'agit de faire le raisonnement à l'envers.

Le carré ABCD ayant pour aire 16 cm², soit AB², on déduit que AB = $\sqrt{16}$ cm, soit **AB = 4 cm**.

Vérification :
Avec AB = 4 cm, $\mathcal{A}_{ABCD} = 4^2 = 16$ cm² et $\mathcal{A}_{DEFG} = 3 \times \mathcal{A}_{ABCD} = 3 \times 16 = 48$ cm².

Autre méthode

On note x la longueur AB cherchée.
$\mathcal{A}_{ABCD} = x \times x = x^2$ et $\mathcal{A}_{DEFG} = 3 \times x^2 = 3x^2$.
On cherche x tel que : $\mathcal{A}_{DEFG} = 48$.
On est ramené à l'équation :
$3x^2 = 48$
$x^2 = \frac{48}{3}$
$x^2 = 16$
$x = 4$ ou $x = -4$
Comme x est une longueur, $x > 0$.
En conclusion, $x = 4$.

Pondichéry, mai 2017 — 14 pts — 20 min

41 Pente d'une route

On obtient la pente d'une route en calculant le quotient du dénivelé (c'est-à-dire du déplacement vertical) par le déplacement horizontal correspondant. Une pente s'exprime sous forme d'un pourcentage. Sur l'exemple schématisé ci-après, la pente de la route est :

$$\frac{\text{Dénivelé}}{\text{Déplacement horizontal}} = \frac{15}{120} = 0{,}125 = 12{,}5\ \%$$

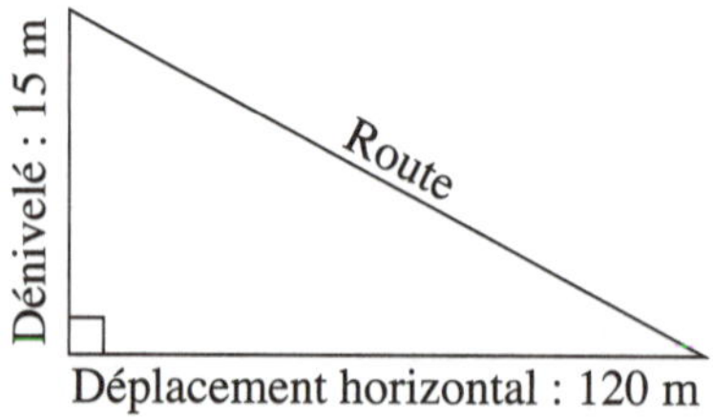

Classer les trois pentes suivantes dans l'ordre décroissant, c'est-à-dire de la pente la plus forte à la pente la moins forte.

Route descendant du château des Adhémar, à Montélimar.	
Tronçon d'une route descendant du col du Grand Colombier (Ain).	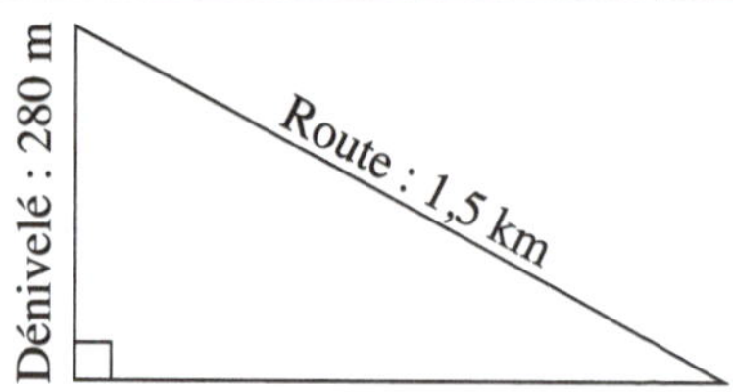
Tronçon d'une route descendant de l'Alto de l'Angliru (région des Asturies, Espagne).	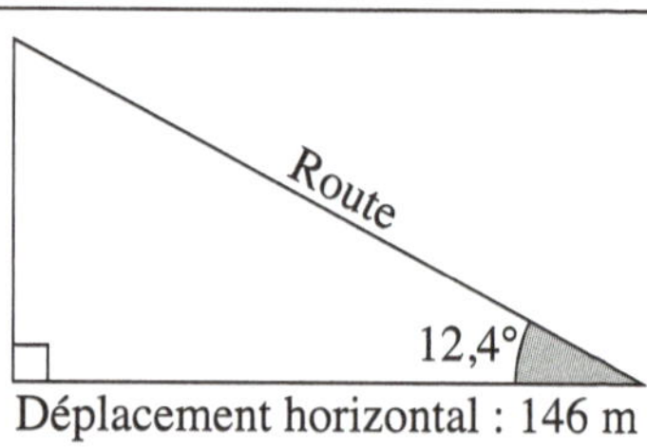

41 Corrigé

• **Pente de la route descendant du château des Adhémar à Montélimar**
La pente de la route descendant du château des Adhémar à Montélimar est de 24 %.

• **Calcul de la pente du tronçon d'une route descendant du col du Grand Colombier dans l'Ain**
On calcule le déplacement horizontal AB.

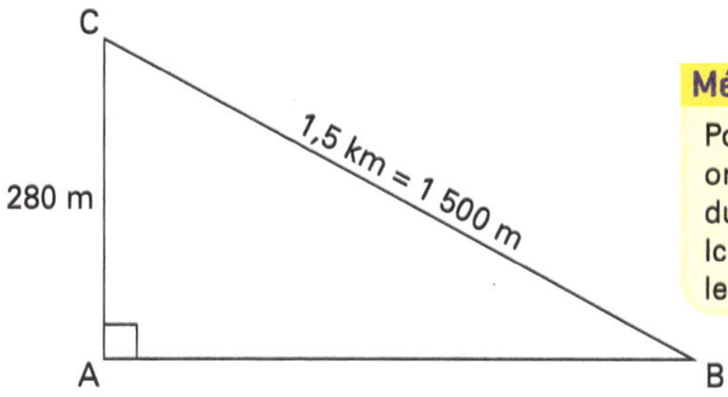

Méthode

Pour calculer la pente, on a besoin du dénivelé et du déplacement horizontal. Ici, il nous manque le déplacement horizontal.

Dans le triangle ABC rectangle en A, d'après le théorème de Pythagore :

$AB^2 + AC^2 = BC^2$

$AB^2 + 280^2 = 1\,500^2$

$AB^2 = 1\,500^2 - 280^2 = 2\,171\,600$

$AB = \sqrt{2\,171\,600}$

$AB \approx 1\,473{,}6$

Le déplacement horizontal est de 1 473,6 m.

La pente est donnée par :

$\frac{280}{1473{,}6} \approx 0{,}19$ soit 19 %.

Ce tronçon de route a une pente d'environ 19 %.

Pensez-y !

Attention aux unités ! Les valeurs utilisées doivent être dans les mêmes unités.

- **Calcul de la pente du tronçon d'une route descendant de l'Alto de l'Angliru (Espagne)**

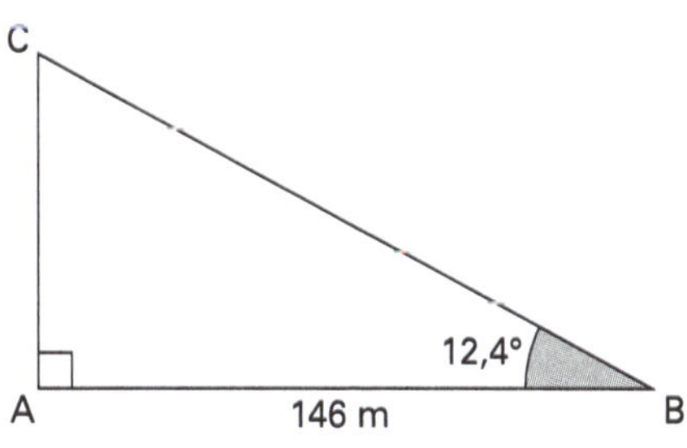

Méthode

Dans ce cas, on connaît le déplacement horizontal et l'angle $\hat{B}$. Pour calculer la pente, on a besoin du dénivelé.

Pour calculer le dénivelé (longueur AC), on utilise la trigonométrie.

$$\tan \hat{B} = \frac{\text{côté opposé à } \hat{B}}{\text{côté adjacent à } \hat{B}} = \frac{AC}{AB}$$

$$\tan 12{,}4° = \frac{AC}{146}$$

$$AC = 146 \times \tan 12{,}4°$$

produit en croix

$$AC \approx 32{,}1$$

Méthode

Par rapport à l'angle $\hat{B}$, on connaît le côté adjacent et on cherche le côté opposé. C'est donc la tangente qu'il faut utiliser.

EXERCICES

Le dénivelé est de 32,1 m environ.

La pente est donnée par : $\dfrac{32{,}1}{146} \approx 0{,}22$ soit 22 %.

Ce tronçon de route a une pente d'environ 22 %.

Conclusion :

Le classement des pentes est alors le suivant :

1. Pente de la route descendant du **château des Adhémar** à Montélimar (24 %).
2. Pente du tronçon d'une route descendant de l'**Alto de l'Angliru** (22 %).
3. Pente du tronçon d'une route descendant du **col du Grand Colombier** (19 %).

15 min

France métropolitaine, juin 2016 — 12 pts

42 Calcul d'une longueur

Trois figures codées sont données ci-après. Elles ne sont pas dessinées en vraie grandeur. Pour chacune d'elles, déterminer la longueur AB au millimètre près.

Dans cet exercice, on n'attend pas de démonstration rédigée. Il suffit d'expliquer brièvement le raisonnement suivi et de présenter clairement les calculs.

Figure 1

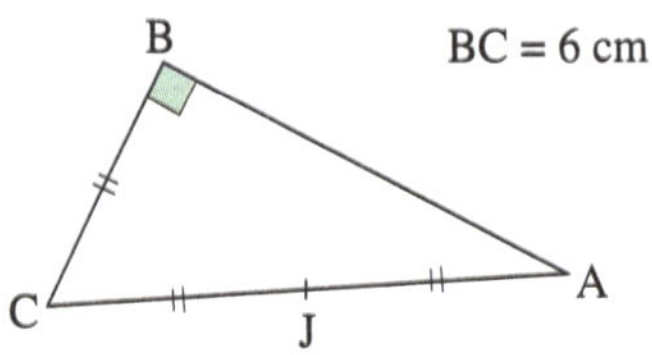

4 pts

Figure 2

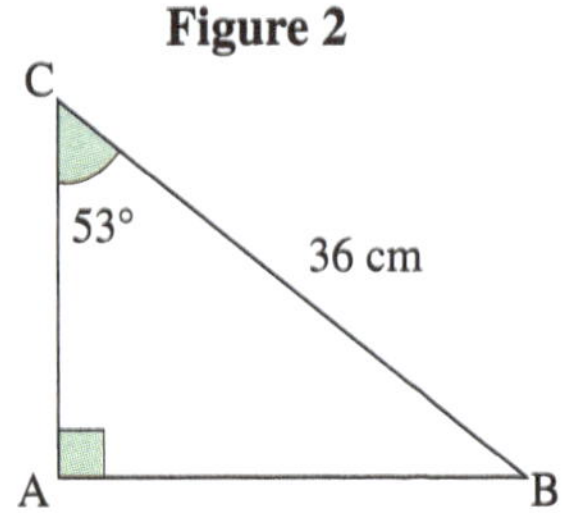

4 pts

Figure 3

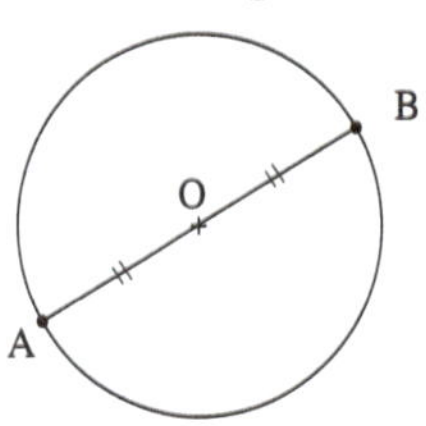

[AB] est un diamètre du cercle de centre O.
La longueur du cercle est 154 cm.

4 pts

42 Corrigé

• Figure 1

On calcule AB à l'aide du théorème de Pythagore dans le triangle ABC rectangle en B :

$AB^2 + BC^2 = AC^2$.

Comme $AC = 2 \times BC$, $AC = 2 \times 6 = 12$ cm.

Ainsi $AB^2 + 6^2 = 12^2$

$AB^2 + 36 = 144$

$AB^2 = 144 - 36$

$AB^2 = 108$

$AB = \sqrt{108}$

$AB \simeq 10,4$ cm

Remarques

• Regardez bien les codages de la figure.

• Il est demandé un arrondi au mm. Les longueurs étant données en cm, il faut arrondir avec un chiffre après la virgule.

• Figure 2

On calcule AB à l'aide de la trigonométrie dans le triangle ABC rectangle en A :

$$\sin \widehat{C} = \frac{\text{Côté opposé à l'angle } \widehat{C}}{\text{Hypoténuse}}$$

$$\sin \widehat{C} = \frac{AB}{BC}$$

$$\sin 53° = \frac{AB}{36}$$

produit en croix

$AB = 36 \times \sin 53°$

avec la calculatrice

$AB \approx 28,8$ cm

L'astuce du prof

Identifiez les côtés par rapport à l'angle $\widehat{C}$. Ici, on cherche le côté opposé et on connaît l'hypoténuse. On utilise donc le sinus.

Autre méthode

On calcule le côté AC à l'aide du cosinus, puis on détermine la longueur AB avec le théorème de Pythagore :

$$\cos 53° = \frac{AC}{36}$$

$AC = 36 \times \cos 53°$

$AC \approx 21,7$

Puis : $AB^2 + AC^2 = BC^2$

$AB^2 + 21,7^2 = 36^2$

$AB^2 = 36^2 - 21,7^2$

$AB = \sqrt{825,11}$

$AB \approx 28,7$

Cette méthode est moins précise puisqu'on utilise une valeur approchée de AC pour le calcul de AB.

EXERCICES

- **Figure 3**

La longueur d'un cercle de rayon R est donnée par $2\pi R$.
On obtient donc $2\pi R = 154$
soit $R = \dfrac{154}{2\pi}$ soit $R \simeq 24{,}5$.
Ainsi, $AB = 2 \times R$ soit $AB \simeq 2 \times 24{,}5 =$ **49,0 cm.**

Remarque
La longueur d'un cercle est le périmètre du cercle.

Autre méthode

Le périmètre d'un cercle de diamètre d est donné par $\pi \times d$.

Ainsi $\pi \times AB = 154$. On obtient $AB = \dfrac{154}{\pi}$ soit $AB \simeq 49{,}0$ cm.

France métropolitaine, juin 2016 — 13 pts — 20 min

43 Le *skatepark*

La figure PRC ci-dessous représente un terrain appartenant à une commune.
Les points P, A et R sont alignés.
Les points P, S et C sont alignés.
Il est prévu d'aménager sur ce terrain :
- une « zone de jeux pour enfants » sur la partie PAS ;
- un « *skatepark* » sur la partie RASC.

On connaît les dimensions suivantes :
PA = 30 m ; AR = 10 m ;
AS = 18 m.

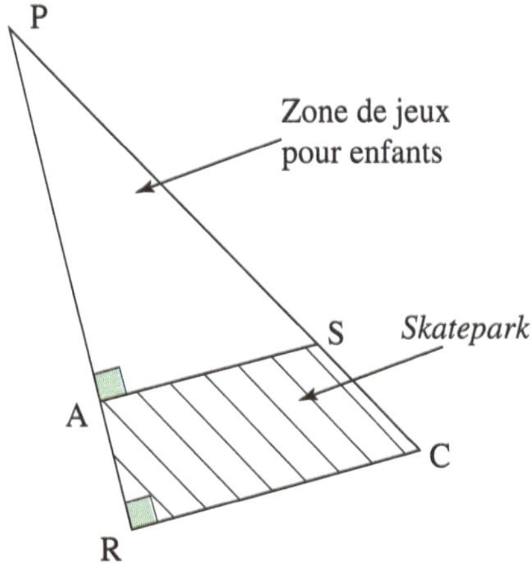

1 La commune souhaite semer du gazon sur la « zone de jeux pour enfants ». Elle décide d'acheter des sacs de 5 kg de mélange de graines pour gazon à 13,90 € l'unité. Chaque sac permet de couvrir une surface d'environ 140 m^2.
Quel budget doit prévoir cette commune pour pouvoir semer du gazon sur la totalité de la « zone de jeux pour enfants » ? **5 pts**

2 Calculer l'aire du « *skatepark* ». **8 pts**

43 Corrigé

1 Calcul du budget

- **Calcul de l'aire de la « zone de jeux pour enfants »**

Il s'agit du triangle rectangle PAS.

$$\text{Aire (PAS)} = \frac{AS \times AP}{2} = \frac{30 \times 18}{2} = 270.$$

L'aire de la zone à engazonner est 270 m^2.

- **Calcul du nombre de sacs de graines de gazon**

Chaque sac permet de couvrir 140 m^2.

$\frac{270}{140} \simeq 1{,}9$. Il faudra 2 sacs.

Remarque
Le deuxième sac ne sera pas complètement utilisé.

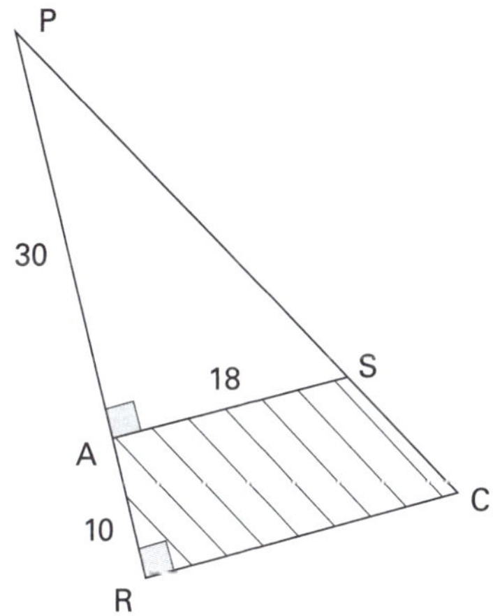

- **Calcul du budget**

$2 \times 13{,}90 = 27{,}8.$

La commune doit prévoir un budget de 27,80 € pour pouvoir semer du gazon sur la totalité de la « zone de jeux pour enfants ».

2 Aire du « *skatepark* »

Le *skatepark* est représenté par le trapèze ASCR.

$$\text{Aire (ASCR)} = \text{Aire (PRC)} - \text{Aire (PAS)}$$

- Pour calculer l'aire du triangle PRC, on a besoin de la longueur RC.

On calcule RC grâce au théorème de Thalès.
(AS) et (RC) sont deux droites perpendiculaires à la même droite (PR), elles sont donc parallèles.
D'après le théorème de Thalès :

$$\frac{PA}{PR} = \frac{PS}{PC} = \frac{AS}{RC}$$

Pensez-y !
L'énoncé ne précise pas que les droites sont parallèles. C'est donc à vous de le démontrer.

$$\boxed{\frac{30}{40}} = \frac{PS}{PC} = \boxed{\frac{18}{RC}}$$

Remarque

PR = PA + AR

PR = 30 + 10 = 40

En utilisant les deux quotients encadrés :

$\frac{30}{40} = \frac{18}{RC}$.

produit en croix

$30 \times RC = 40 \times 18$

$RC = \frac{720}{30}$

RC = 24 m.

- Aire (PRC) = $\frac{40 \times 24}{2} = 480 \text{ m}^2$

Aire (ASCR) = Aire (PRC) – Aire (PAS)
= 480 – 270
= 210

L'aire du « *skatepark* » est 210 m².

Autre méthode

Le *skatepark* est un trapèze. L'aire d'un trapèze est donnée par $\frac{(B+b) \times h}{2}$ avec B la grande base, b la petite base et h la hauteur.

Dans le trapèze ASCR, la grande base est RC, la petite base est AS et la hauteur est AR.

Ainsi, Aire (ASCR) = $\frac{(AS + RC) \times AR}{2} = \frac{(18 + 24) \times 10}{2} = 210 \text{ m}^2$.

Géométrie dans l'espace

15 min

Polynésie, septembre 2018 **14 pts**

44 Le ballon de basket

Un collégien français et son correspondant anglais ont de nombreux centres d'intérêt communs, comme le basket qu'ils pratiquent tous les deux.
Le tableau ci-dessous donne quelques informations sur leurs ballons.

Ballon du collégien français	Ballon du correspondant anglais
$A \approx 1\,950$ cm²	$D \approx 9{,}5$ inch
A désigne l'aire de la surface du ballon et r son rayon. On a $A = 4 \times \pi \times r^2$.	D désigne le diamètre du ballon. L'inch est une unité de longueur anglo-saxonne. On a 1 inch = 2,54 cm.

Pour qu'un ballon soit utilisé dans un match officiel, son diamètre doit être compris entre 23,8 cm et 24,8 cm.

1 Le ballon du collégien français respecte-t-il cette norme ? **8 pts**

2 Le ballon du collégien anglais respecte-t-il cette norme ? **6 pts**

44 Corrigé

1 Étude du ballon du collégien français

• Il s'agit de calculer d'abord le rayon r du ballon.
L'aire A de la surface du ballon est d'environ 1 950 cm², soit :
$4\pi r^2 = 1\,950$

$$r^2 = \frac{1\,950}{4\pi}$$

$$r = \sqrt{\frac{1\,950}{4\pi}} \text{ (car } r > 0\text{)}$$

$r \simeq 12{,}46$ cm

• On en déduit le diamètre d_1 du ballon :
$d_1 = 2 \times r$
$d_1 \simeq 2 \times 12{,}46$
$d_1 \simeq 24{,}92$ cm

Piège à éviter

Prenez deux décimales pour r afin d'obtenir une valeur de d suffisamment précise.

Remarque

La valeur exacte de d est :

$$d = 2r = 2\sqrt{\frac{1\,950}{4\pi}}$$

- $d_1 > 24{,}8$ cm

Le ballon du collégien français ne respecte pas la norme d'un match officiel.

2 Étude du ballon du correspondant anglais

- Le diamètre d_2 du ballon du correspondant anglais est :

$d_2 \simeq 9{,}5$ inch.
Or 1 inch = 2,54 cm, d'où :
$d_2 \simeq 9{,}5 \times 2{,}54$ cm
$d_2 \simeq 24{,}13$ cm

- $23{,}8 \text{ cm} < d_2 < 24{,}8 \text{ cm}$

Le ballon du correspondant anglais respecte la norme d'un match officiel.

Gagnez des points !
Justifiez votre conclusion soigneusement.

10 min

France métropolitaine, juin 2018 — **11 pts**

45 Boule de cristal

Le gros globe de cristal est un trophée attribué au vainqueur de la Coupe du monde de ski. Ce trophée pèse 9 kg et mesure 46 cm de hauteur.

1 Le biathlète français Martin Fourcade a remporté le sixième gros globe de cristal de sa carrière en 2017 à Pyeongchang en Corée du Sud.
Donner approximativement la latitude et la longitude de ce lieu repéré sur la carte ci-dessous. **2 pts**

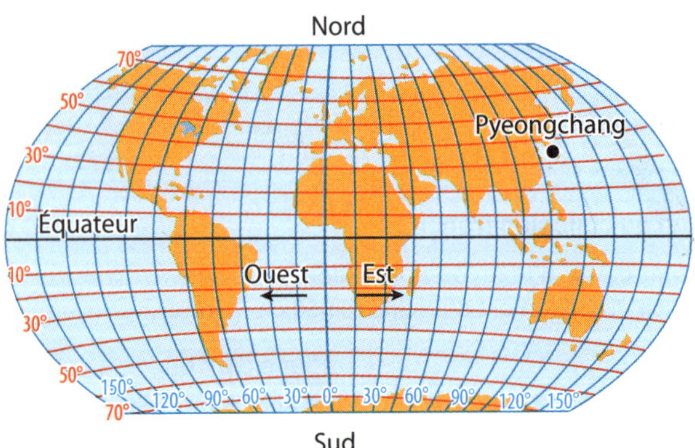

2 On considère que ce globe est composé d'un cylindre en cristal de diamètre 6 cm, surmonté d'une boule de cristal (voir schéma ci-contre).
Montrer qu'une valeur approchée du volume de la boule de ce trophée est de 6 371 cm^3. **3 pts**

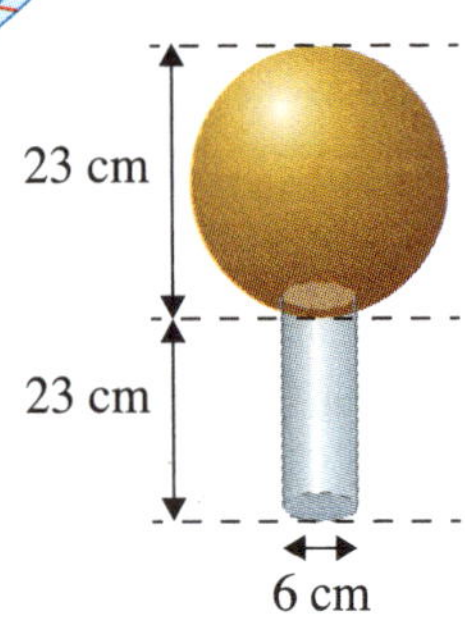

3 Marie affirme que le volume de la boule de cristal représente environ 90 % du volume total du trophée. A-t-elle raison ? **6 pts**

Rappels :

- Volume d'une boule de rayon R : $\mathcal{V} = \frac{4}{3}\pi R^3$.
- Volume d'un cylindre de rayon r et de hauteur h : $\mathcal{V} = \pi r^2 h$.

45 Corrigé

1 Lecture de coordonnées géographiques

Pyeongchang se situe approximativement :

– à une **latitude de 35° Nord** : en effet, la valeur centrale entre 30° et 40° est 35° ;

– à une **longitude de 128° Est** :
les méridiens sont gradués tous les 15°. Le point étudié se situe au milieu des méridiens de degrés 120 et 135.

> **Gagnez des points !**
> $\frac{120 + 135}{2} = 127{,}5$
> soit environ 128.

2 Volume $\mathcal{V}$ de la boule du trophée

La boule du trophée a pour diamètre 23 cm, soit pour rayon :
$r = 23 \div 2 = 11{,}5$ cm.

Son volume $\mathcal{V}$ correspondant est :

$\mathcal{V} = \frac{4}{3}\pi r^3$

$\mathcal{V} = \frac{4}{3} \times \pi \times 11{,}5^3$

$\mathcal{V} - \frac{12167\,\pi}{6}$ cm^3 (volume exact)

> **L'astuce du prof**
> Lisez attentivement l'énoncé. Les formules utilisées sont rappelées à la fin.

$\mathcal{V} \approx 6\,371$ cm^3 (valeur arrondie au cm^3 près).

Une valeur approchée du volume de la boule de ce trophée est bien 6 371 cm³.

3 Étude de l'affirmation de Marie

- Le volume $\mathcal{V}'$ du cylindre portant la boule est :

$\mathcal{V}' = \pi r^2 h$

or $r = \frac{\text{diamètre}}{2} = \frac{6}{2} = 3$ cm

d'où $\mathcal{V}' = \pi \times 3^2 \times 23$.

$\mathcal{V}' = 207\pi$ cm^3 (volume exact)

$\mathcal{V}' \approx 650$ cm^3 (valeur arrondie au cm^3 près)

> **Pensez-y !**
> Les formules proposées utilisent des rayons. L'énoncé donne des diamètres.

- Le trophée complet a pour volume :

$\mathcal{V}_{\text{trophée}} = \mathcal{V} + \mathcal{V}'$
$= 6\,371 + 650$
$= 7\,021 \text{ cm}^3$.

- Le volume de la boule de cristal par rapport au trophée complet représente une proportion p :

$$p = \frac{\mathcal{V}}{\mathcal{V}_{\text{trophée}}}$$

$$p = \frac{6\,371}{7\,021}$$

$p \approx 0{,}907$
soit $p \approx 90{,}7\ \%$.
En conclusion, le volume de la boule de cristal représente bien environ 90 % du volume total du trophée : **l'affirmation de Marie est exacte.**

Rappel
Une proportion est un nombre compris entre 0 et 1, exprimé en % pour être plus représentatif.

Gagnez des points !
N'oubliez pas de conclure !

France métropolitaine, juin 2017 — **14 pts** — 15 min

46 La confiture de fraise

Léo a ramassé des fraises pour faire de la confiture.

1 Il utilise les proportions de sa grand-mère : 700 g de sucre pour 1 kg de fraises.
Il a ramassé 1,8 kg de fraises. De quelle quantité de sucre a-t-il besoin ? **2 pts**

2 Après cuisson, Léo a obtenu 2,7 litres de confiture.
Il verse la confiture dans des pots cylindriques de 6 cm de diamètre et de 12 cm de haut, qu'il remplit jusqu'à 1 cm du bord supérieur.
Combien pourra-t-il remplir de pots ? **6 pts**

Rappels :

- 1 litre = 1 000 cm^3 ;
- volume d'un cylindre = $\pi \times R^2 \times h$.

3 Il colle ensuite sur ses pots une étiquette rectangulaire de fond blanc qui recouvre toute la surface latérale du pot.

a. Montrer que la longueur de l'étiquette est d'environ 18,8 cm. **3 pts**

b. Dessiner l'étiquette à l'échelle $\frac{1}{3}$. **3 pts**

46 Corrigé

1 Calcul de la quantité de sucre nécessaire

Pour 1 kg de fraises, il faut 700 g de sucre.
En respectant ces proportions, pour 1,8 kg de fraises, il faut $1{,}8 \times 700 = 1\,260$ g de sucre.
Léo a besoin de 1 260 g, soit 1,26 kg de sucre.

2 Calcul du nombre de pots de confiture

- Schéma d'un pot de confiture :

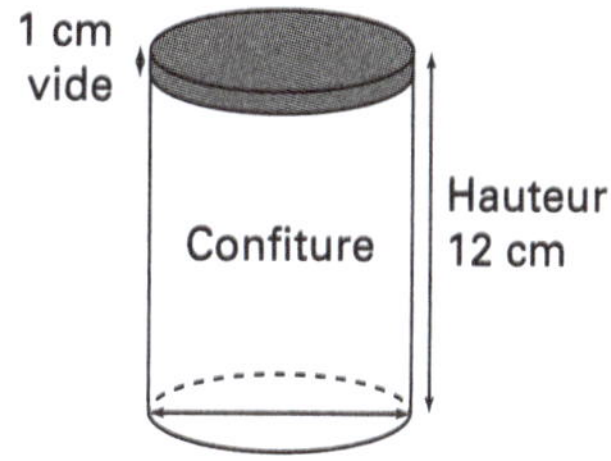

- Le volume $\mathcal{V}$ de confiture contenu dans un pot est celui d'un cylindre de rayon $R = \frac{\text{diamètre}}{2} = \frac{6}{2} = 3$ cm et de hauteur h celle du pot moins un centimètre, soit $h = 12 - 1 = 11$ cm.

$\mathcal{V} = \pi \times 3^2 \times 11$
$\mathcal{V} = 99\,\pi$ cm³ (volume exact)
$\mathcal{V} \approx 311$ cm³ (volume arrondi au cm³ près).

Gagnez des points !
$\mathcal{V}_{\text{cylindre}} = \pi r^2 h$.

- Léo a obtenu 2,7 L de confiture.
2,7 L = 2,7 dm³ = 2 700 cm³.

Rappel
1 L = 1 dm³ = 1 000 cm³.

- On déduit le nombre de pots de confiture à remplir.
$2\,700 \div 311 \approx 8{,}7$.
Léo pourra remplir complètement 8 pots, et le 9ᵉ pot ne sera pas complètement rempli.

Pensez-y !
Le nombre de pots est un entier.

3 a. Calcul de la longueur de l'étiquette

L'étiquette du pot recouvre toute la surface latérale du cylindre. Elle a la forme d'un rectangle de longueur correspondant au périmètre du cercle de base du cylindre.

$L = 2 \times \pi \times \text{rayon}$
$L = 2 \times \pi \times 3$
$L = 6\pi$ (valeur exacte)
$L \approx 18{,}8$.

La longueur de l'étiquette est bien d'environ 18,8 cm.

Rappel
Périmètre d'un cercle $= 2 \times \pi \times \text{rayon}$.

b. Étiquette à l'échelle $\frac{1}{3}$

• L'étiquette a la forme d'un rectangle de longueur $L \approx 18{,}8$ cm et de largeur ℓ correspondant à la hauteur du pot, soit 12 cm.

• Dans une réduction de rapport $\frac{1}{3}$, les longueurs sont multipliées par $\frac{1}{3}$.

$L_{\text{réduit}} = L \times \frac{1}{3} = 18{,}8 \times \frac{1}{3}$ soit $L_{\text{réduit}} \approx 6{,}3$ cm.

$\ell_{\text{réduit}} = \ell \times \frac{1}{3} = 12 \times \frac{1}{3} = 4$ cm.

• Réduction à l'échelle $\frac{1}{3}$ de l'étiquette :

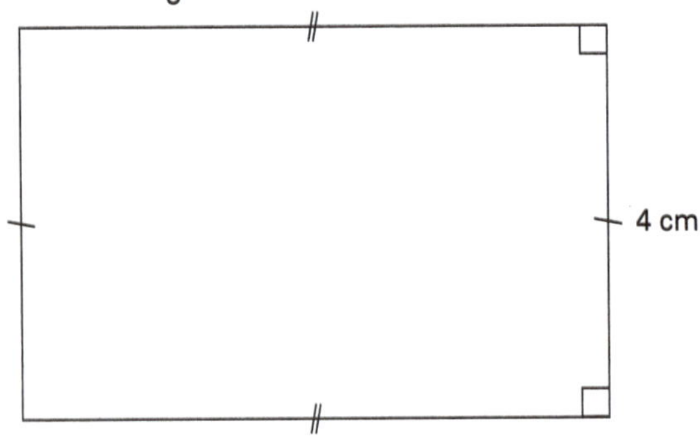

Asie, juin 2017 — **10 pts** — 10 min

47 Différents points de vue

La figure ci-contre représente un solide constitué de l'assemblage de quatre cubes :
– trois cubes d'arête 2 cm ;
– un cube d'arête 4 cm.

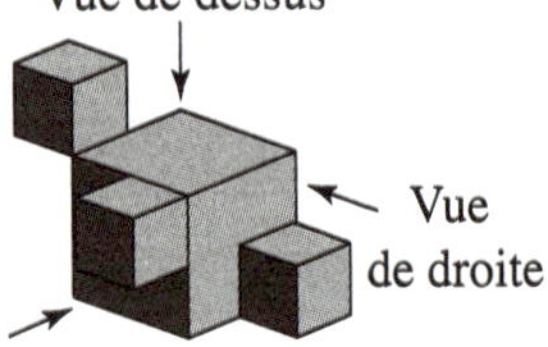

1 Quel est le volume de ce solide ? **4 pts**

2 On a dessiné ci-après deux vues de ce solide (elles ne sont pas en vraie grandeur).
Dessiner la **vue de droite** de ce solide **en vraie grandeur**. **6 pts**

Vue de face

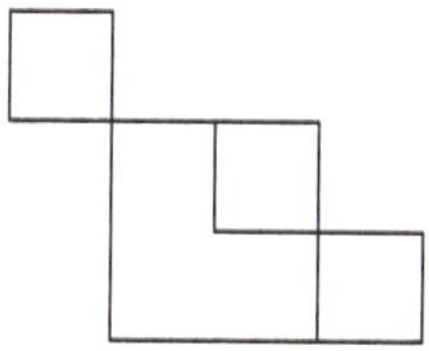

Vue de dessus

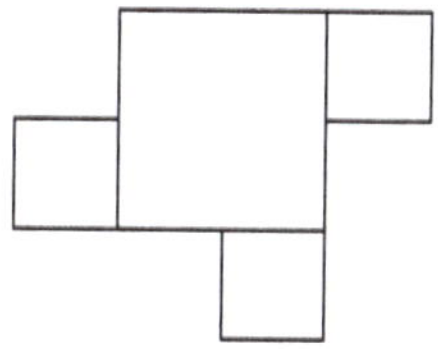

47 Corrigé

1 Volume du solide

Le solide est composé d'un cube d'arête 4 cm et de 3 cubes d'arête 2 cm.
$4^3 = 64$ donc le volume du gros cube est 64 cm^3.
$2^3 = 8$ donc le volume d'un petit cube est 8 cm^3.
$64 + 3 \times 8 = 64 + 24 = 88$.
Le volume du solide est 88 cm^3.

2 Représentation de la vue de droite

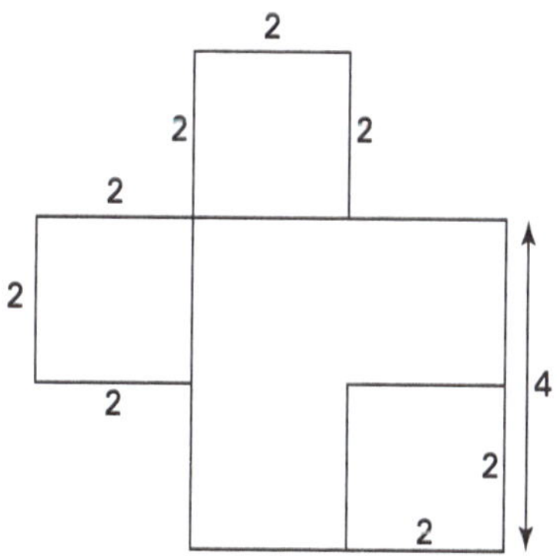

L'astuce du prof

Imaginez que vous êtes placé sur le côté droit du solide et dessinez ce que vous voyez.

Centres étrangers, juin 2017 — 12 pts — 15 min

48 Comparaison de volumes

Voici les dimensions de quatre solides :
- une pyramide de 6 cm de hauteur dont la base est un rectangle de 6 cm de longueur et de 3 cm de largeur ;
- un cylindre de 2 cm de rayon et de 3 cm de hauteur ;
- un cône de 3 cm de rayon et de 3 cm de hauteur ;
- une boule de 2 cm de rayon.

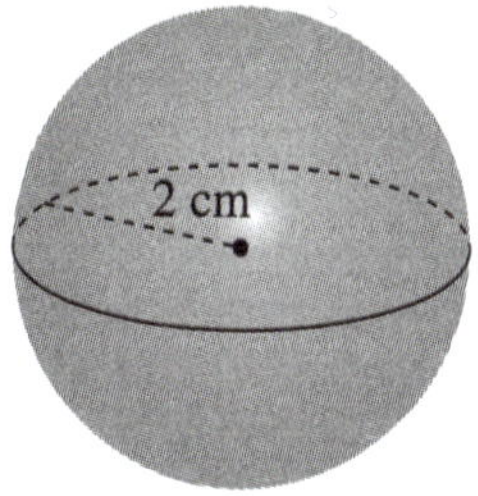

1 **a.** Représenter approximativement les trois premiers solides comme dans l'exemple ci-avant. **2 pts**
b. Placer les dimensions données sur les représentations. **2 pts**

2 Classer ces quatre solides dans l'ordre croissant de leur volume. **8 pts**

Quelques formules :

$\frac{4}{3} \times \pi \times \text{rayon}^3$ $\quad$ $\pi \times \text{rayon}^2 \times \text{hauteur}$

$\frac{1}{3} \times \pi \times \text{rayon}^2 \times \text{hauteur}$ $\quad$ $\frac{1}{3} \times \text{aire de la base} \times \text{hauteur}$

48 Corrigé

1 **a. Schéma des trois solides**

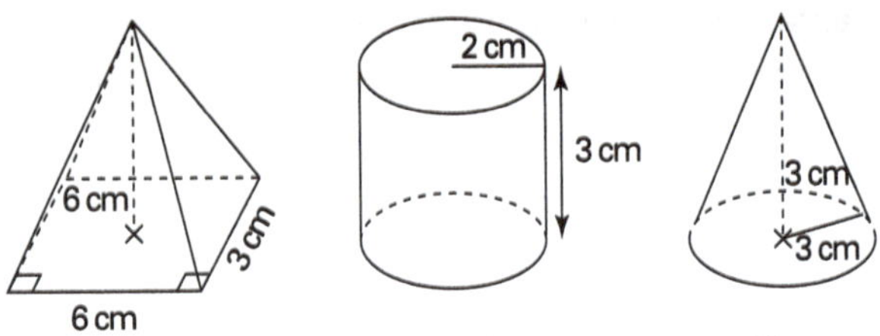

Pyramide **Cylindre** **Cône**

b. Dimensions des solides

Il s'agit de reporter toutes les longueurs données (largeur, longueur, hauteur, rayon) sur chacun des solides.

2 **Comparaison des volumes des solides**

- **Calcul du volume de la pyramide**

$$\mathcal{V}_{\text{pyramide}} = \frac{1}{3} \times \text{Aire de la base} \times \text{Hauteur}$$

$$= \frac{1}{3} \times (6 \times 3) \times 6$$

$$= 36 \text{ cm}^3.$$

- **Calcul du volume du cylindre**

$$\mathcal{V}_{\text{cylindre}} = \pi \times \text{rayon}^2 \times \text{hauteur}$$

$$= \pi \times 2^2 \times 3$$

$$= 12\pi \text{ cm}^3 \text{ (valeur exacte)}$$

$\mathcal{V}_{\text{cylindre}} \approx 37{,}7 \text{ cm}^3$ (valeur arrondie au dixième).

Remarque

πr^2 correspond à la surface du disque de rayon r.

- **Calcul du volume du cône**

$\mathcal{V}_{\text{cône}} = \frac{1}{3} \times \pi \times \text{rayon}^2 \times \text{hauteur}$

$= \frac{1}{3} \times \pi \times 3^2 \times 3$

$= 9\pi$ cm³ (valeur exacte)

$\mathcal{V}_{\text{cône}} \approx 28{,}3$ cm³ (valeur arrondie au dixième).

- **Calcul du volume de la boule**

$\mathcal{V}_{\text{boule}} = \frac{4}{3} \times \pi \times \text{rayon}^3$

$= \frac{4}{3} \times \pi \times 2^3$

$= \frac{32\pi}{3}$ cm³ (valeur exacte)

$\mathcal{V}_{\text{boule}} \approx 33{,}5$ cm³ (valeur arrondie au dixième).

Piège à éviter

N'oubliez pas la conclusion !

- **Comparons les quatre volumes par ordre croissant** :

$28{,}3 < 33{,}5 < 36 < 37{,}7$

soit $\mathcal{V}_{\text{cône}} < \mathcal{V}_{\text{boule}} < \mathcal{V}_{\text{pyramide}} < \mathcal{V}_{\text{cylindre}}$.

Algorithmique et programmation

15 min

Nouvelle-Calédonie, septembre 2019 **13 pts**

49 Géométrie avec Scratch

Dans les figures de cet exercice, la flèche indique la position et l'orientation du lutin au départ.

1 Indiquer le numéro du dessin correspondant au script ci-dessous. **3 pts**

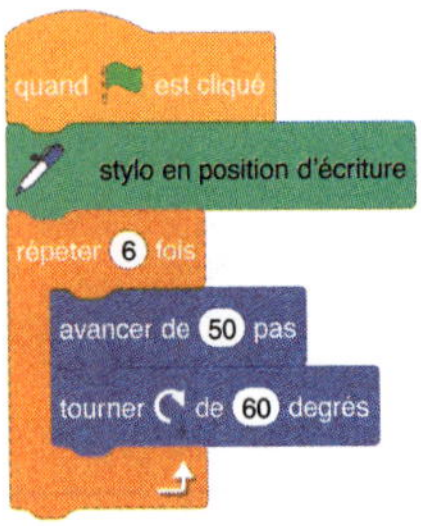

Dessin n° 1 Dessin n° 2 Dessin n° 3

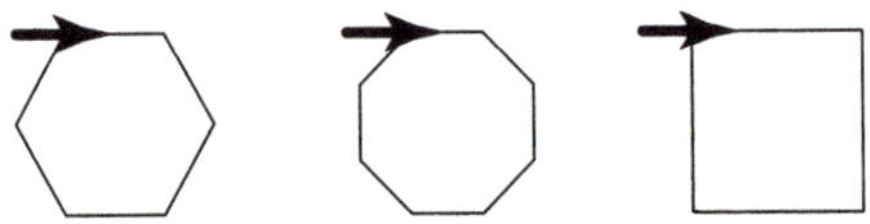

2 Sur **le script ci-après**, compléter les deux informations manquantes du script qui permet de réaliser la figure ci-dessous. **4 pts**

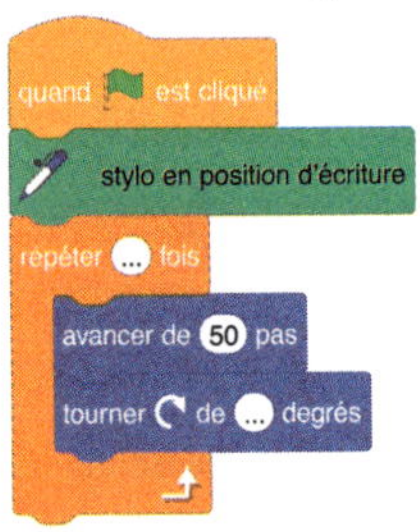

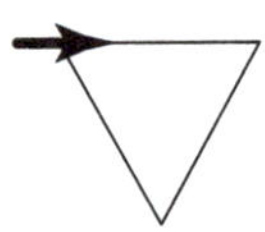

3 En ordonnant les instructions proposées ci-après, compléter le script ci-après permettant de réaliser la figure ci-contre.

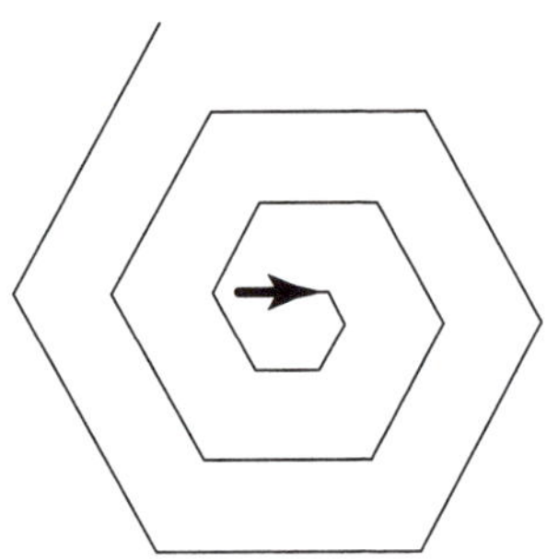

Pour ce script, on a créé la variable longueur. Compléter en mettant les numéros à leur place. **6 pts**

n° 1

n° 2

n° 3

n° 4

n° 5

n° 6

n° 7

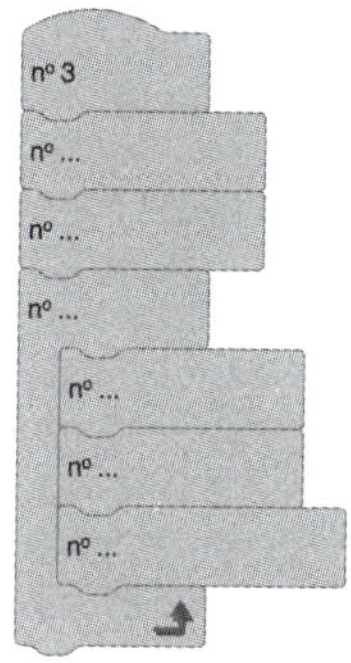

49 Corrigé

1 Dessin associé au script

Le stylo répète 6 fois l'instruction : « Un trait de longueur 50 pas, puis une rotation de 60° ». La figure obtenue est donc un polygone à 6 côtés : c'est le **dessin n° 1**.

2 Script complété pour le tracé d'un triangle

La figure réalisée est un triangle équilatéral.
C'est pourquoi il faut reproduire **trois** côtés de même longueur, en tournant à chaque fois le stylo de **120°**.

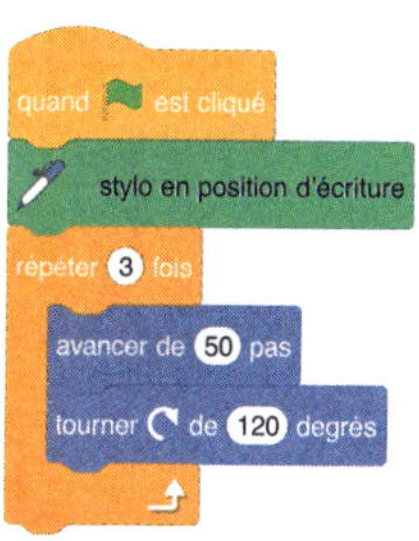

L'astuce du prof

Aidez-vous du script proposé dans la question 1 pour compléter celui-ci.

Piège à éviter

Faites attention au sens dans lequel tourne le stylo pour trouver l'angle en degrés.

3 Script correspondant au tracé de la figure

- Étudions la figure représentée.

Il s'agit d'abord de tracer un segment de longueur donnée.

- Puis à chaque rotation, la longueur du segment sera augmentée.
- Il y a au total 18 segments.

On en déduit la série d'instructions :
n° 3 – n° 6 – n° 7 – n° 1 – n° 4 – n° 2 – n° 5.

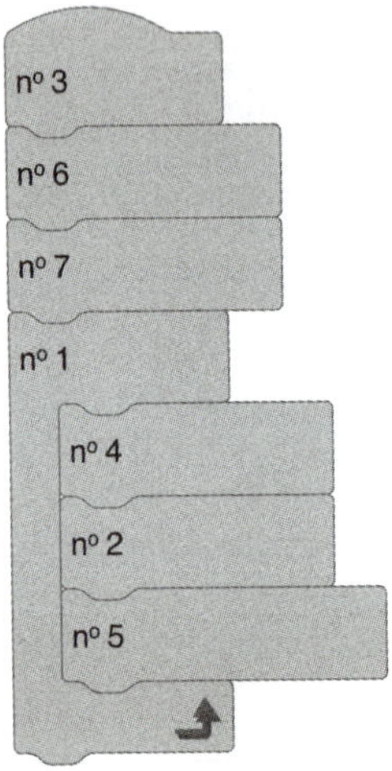

Gagnez des points !
Aidez-vous là encore de la question **1** pour la structure de l'algorithme.

Remarque
Il est possible d'inverser les étiquettes n° 6 et n° 7.

10 min

Amérique du Nord, juin 2019 — **10 pts**

50 Le labyrinthe

On a programmé un jeu.
Le but du jeu est de sortir du labyrinthe.
Au début du jeu, le lutin se place au point de départ. Lorsque le lutin touche un mur, représenté par un trait noir épais, il revient au point de départ.

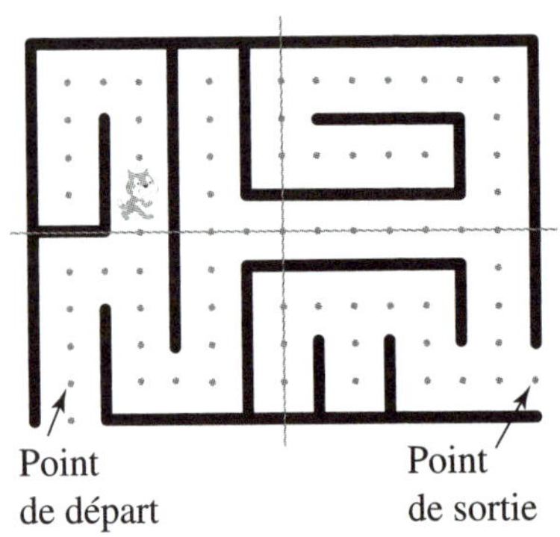

L'arrière-plan est constitué d'un repère d'origine O avec des points espacés de 30 unités verticalement et horizontalement.
Dans cet exercice, on considérera que seuls les murs du labyrinthe sont noirs.

Voici le programme :

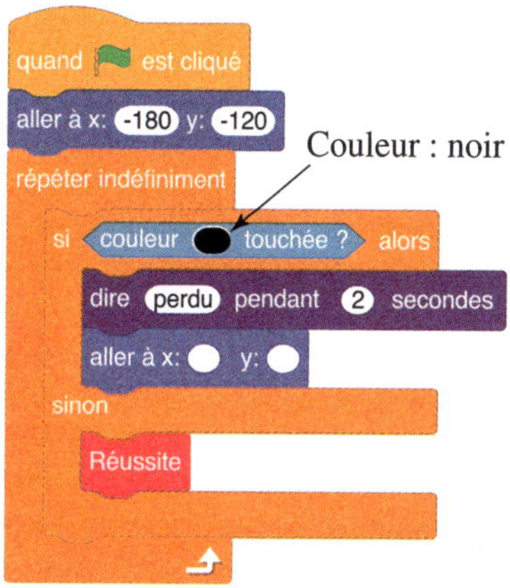

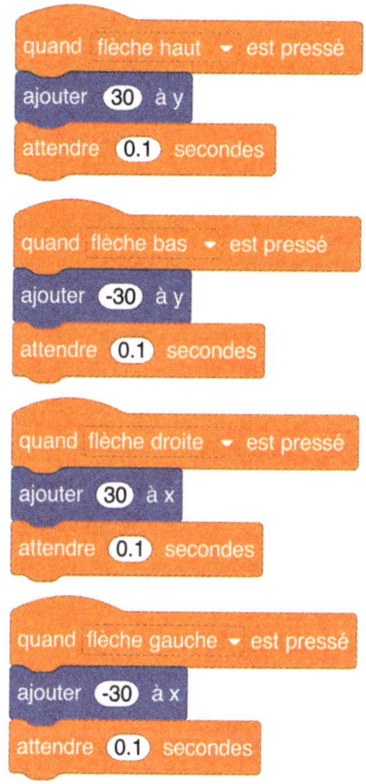

Le bloc Réussite correspond à un sous-programme qui fait dire « Gagné ! » au lutin lorsqu'il est situé au point de sortie ; le jeu s'arrête alors.

1 Recopier et compléter l'instruction « aller à x: ◯ y: ◯ » du programme pour ramener le lutin au point de départ si la couleur noire est touchée. **2 pts**

2 Quelle est la distance minimale parcourue par le lutin entre le point de départ et le point de sortie ? **4 pts**

3 On lance le programme en cliquant sur le drapeau. Le lutin est au point de départ. On appuie brièvement sur la touche ↑ (« flèche haut »), puis sur la touche → (« flèche droite »).
Quelles sont toutes les actions effectuées par le lutin ? **4 pts**

50 Corrigé

1 Instruction complétée

Au début du programme, on trouve l'instruction « aller à x: -180 y: -120 » qui indique la position du lutin au point de départ.

C'est donc cette instruction qu'il faut répéter pour ramener le lutin au point de départ.

2 Distance minimale parcourue par le lutin

Pour arriver au point de sortie, le lutin doit parcourir 27 déplacements, soit $27 \times 30 = 810$ unités de longueur.

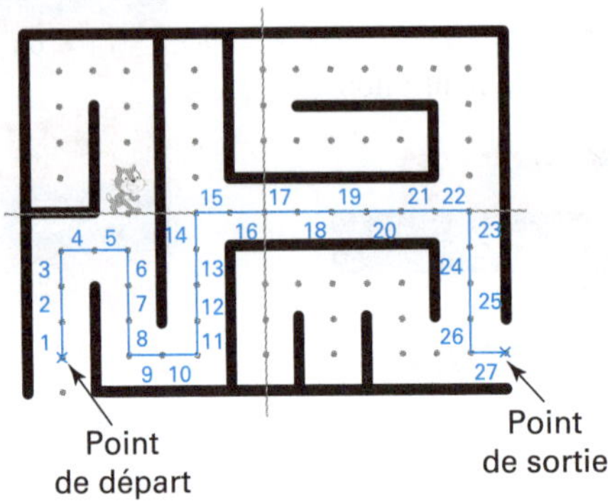

3 Actions effectuées par le lutin

En appuyant sur la touche ↑ (« flèche haut »), la valeur de y augmente de 30. Le lutin se retrouve donc un point au-dessus du point de départ.

Remarque

Sa position a alors pour coordonnées (–180 ; –90).
↑
–120 + 30

En appuyant sur la touche → (« flèche droite »), la valeur de x augmente de 30. Le lutin se retrouve un point à droite de sa position précédente.

Remarque

Sa position a alors pour coordonnées (–150 ; –90).
↑
–180 + 30

Il heurte alors un mur (trait noir). Le jeu affiche « perdu ». Et le lutin revient au point de départ.

France métropolitaine, septembre 2018 — **15 pts** — 20 min

51 Une affaire de rectangles

Sam a écrit le programme ci-après qui permet de tracer un rectangle comme ci-dessous.

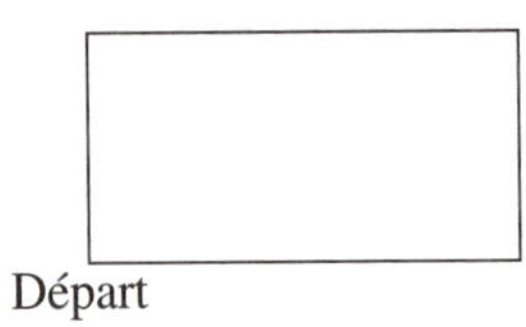

Ce programme comporte deux variables (Longueur) et (Largeur) qui représentent les dimensions du rectangle.

On rappelle que l'instruction `s'orienter à 90` signifie que l'on s'oriente vers la droite.

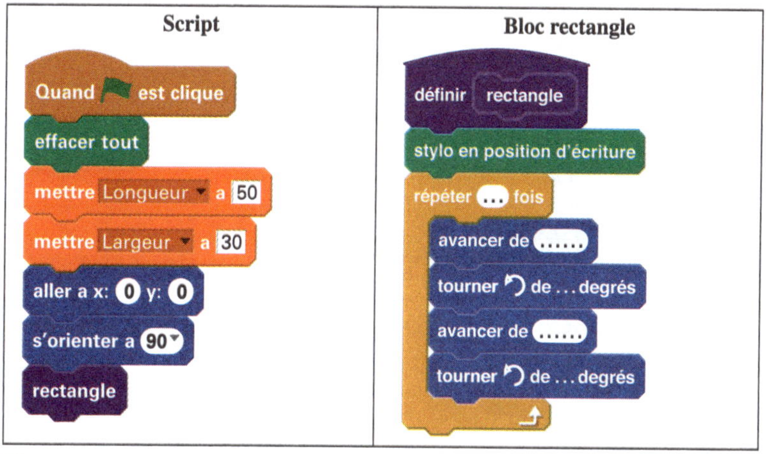

1 Compléter le bloc rectangle ci-dessus avec des nombres et des variables pour que le script fonctionne. **5 pts**
On recopiera et on complétera uniquement la boucle « répéter ».

2 Lorsque l'on exécute le programme, quelles sont les coordonnées du point d'arrivée et dans quelle direction est-on orienté ? **3 pts**

3 Sam a modifié son script pour tracer également l'image du rectangle par l'homothétie de centre le point de coordonnées (0 ; 0) et de rapport 1,3.

a. Compléter le nouveau script de Sam donné ci-contre afin d'obtenir la figure ci-dessous. On recopiera et on complètera les lignes 9 et 10 ainsi que l'instruction manquante en ligne 11. **4 pts**

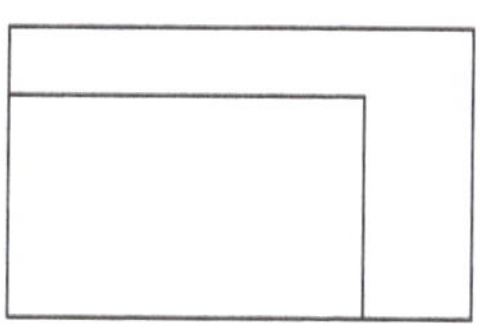

Départ

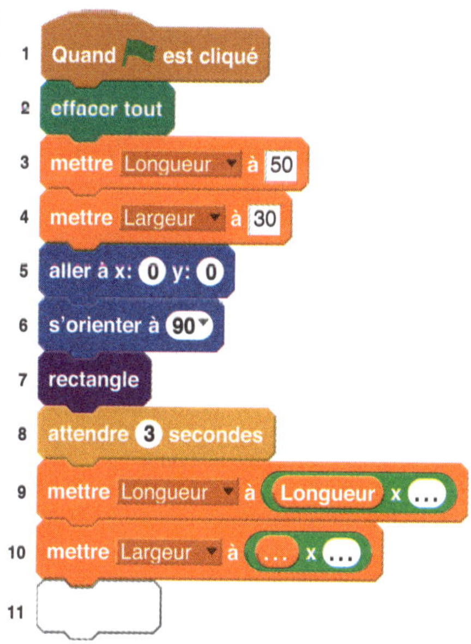

b. Sam exécute son script. Quelles sont les nouvelles valeurs des variables Longueur et Largeur à la fin de l'exécution du script ? **3 pts**

51 Corrigé

1 Bloc rectangle complété

2 Point d'arrivée

Lorsque l'on exécute le programme, **le point d'arrivée a pour coordonnées celles du point de départ**, en étant orienté vers la droite, c'est-à-dire à 90 degrés.

Explication :

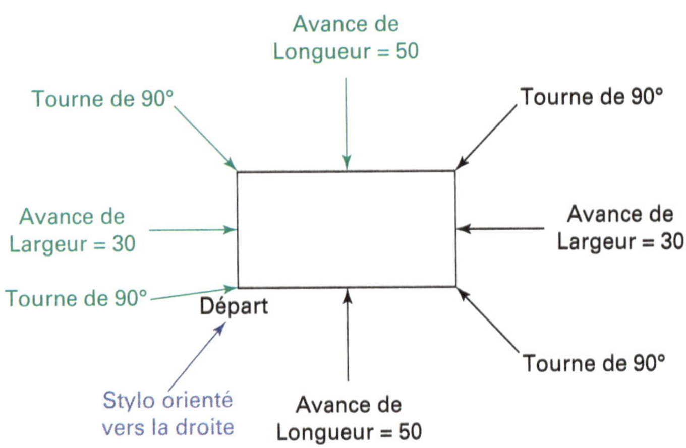

3 a. Nouveau script complété

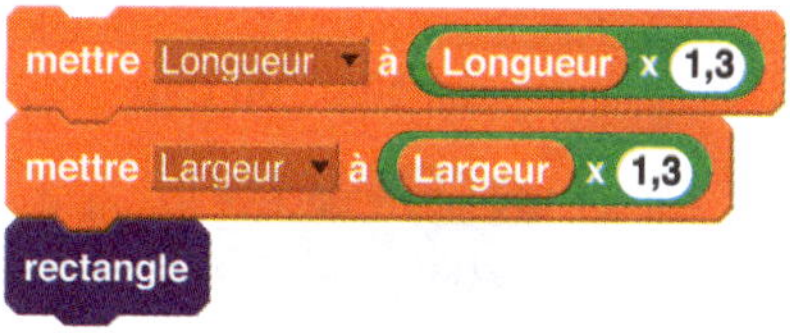

Pensez-y !
Une homothétie de rapport k (avec $k > 0$) multiplie les longueurs par k.

b. Nouvelles valeurs des variables

- La variable Longueur vaut :
  Longueur × 1,3 = 50 × 1,3 = **65**
- La variable Largeur vaut :
  Largeur × 1,3 = 30 × 1,3 = **1,39**

France métropolitaine, septembre 2017 — 12 pts — 15 min

52 La spirale

Voici trois figures différentes, aucune n'est à l'échelle indiquée dans l'exercice :

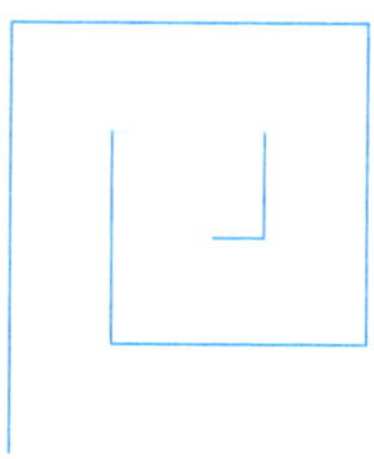

Figure 1

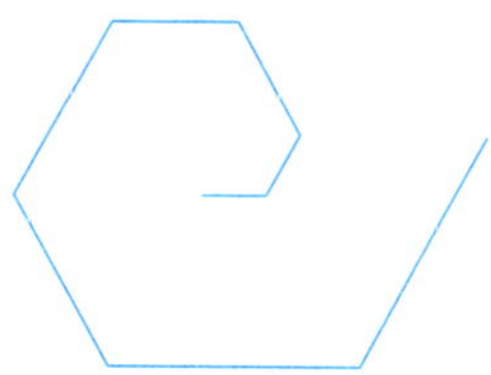

Figure 2

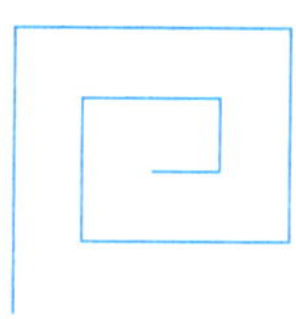

Figure 3

Le programme ci-dessous contient une variable nommée « **longueur** ».

Script

Le bloc : **un tour**

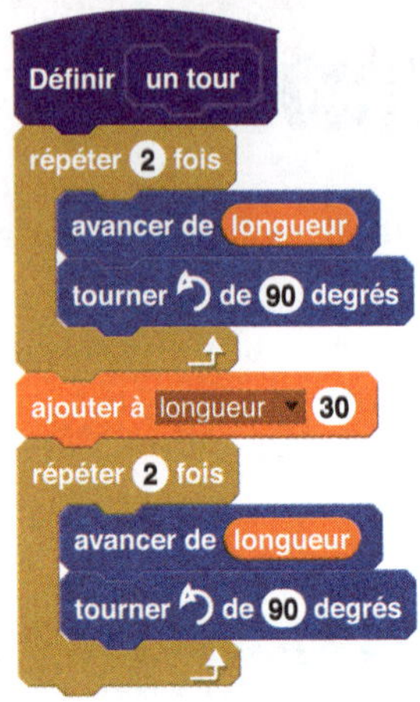

On rappelle que l'instruction « s'orienter à 90 degrés » signifie que l'on s'oriente vers la droite avec le stylo.

1 **a.** Dessiner la figure obtenue avec le bloc « **un tour** » donné dans le cadre de droite ci-avant, pour une longueur de départ égale à 30, étant orienté vers la droite avec le stylo, en début de tracé. On prendra 1 cm pour 30 unités de longueur, c'est-à-dire 30 pixels. **4 pts**

b. Comment est-on orienté avec le stylo après ce tracé ? (aucune justification n'est demandée) **1 pt**

2 Laquelle des **figures 1** ou **3** le programme ci-dessus permet-il d'obtenir ? Justifier votre réponse. **4 pts**

3 Quelle modification faut-il apporter au bloc « **un tour** » pour obtenir la **figure 2** ci-avant ? **3 pts**

52 Corrigé

1 a. Figure obtenue avec le bloc « un tour »

Explications :
On part du point A avec le stylo orienté à droite.

- On trace un segment de 1 cm.
- On tourne de 90°, le stylo est donc orienté vers le haut.
- On trace un segment de 1 cm (vers le haut).
- On tourne de 90°, le stylo est donc orienté vers la gauche.

- On ajoute 30 à la variable longueur (soit 1 cm de plus).

- On trace un segment de 2 cm.
- On tourne de 90°, le stylo est donc orienté vers le bas.
- On trace un segment de 2 cm.
- On tourne de 90°, le stylo est donc orienté vers la droite (au point B).

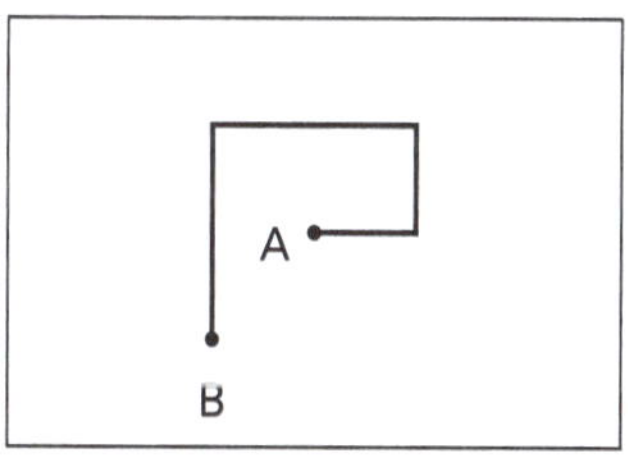

Figure obtenue avec le bloc « un tour »

b. Orientation du stylo

Au point B, **le stylo est orienté vers la droite**.

2 Figure réalisée avec le programme

Le programme répète deux fois le bloc « un tour » et ajoute 30 à la variable longueur.
Dans la définition du bloc « un tour », la variable longueur augmente après avoir dessiné deux segments.
Or sur la figure 1, la longueur du segment augmente après le premier segment tracé. La figure 1 ne peut donc pas correspondre au script proposé.
Le programme proposé permet de réaliser la figure 3.

EXERCICES

3 Modification du programme

Sur la figure 2, les segments ne forment pas d'angles droits. Le stylo change d'orientation de seulement 45°, comme on peut le voir sur la figure ci-dessous.

Il faut donc modifier l'instruction `tourner ↺ de 90 degrés` **en** `tourner ↺ de 60 degrés` pour obtenir la figure 2.

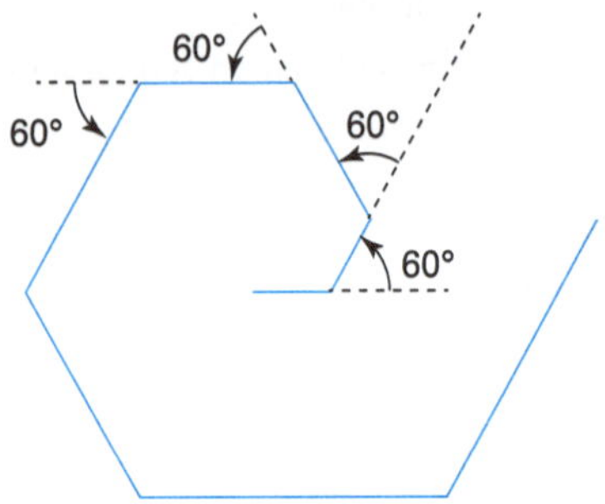

France métropolitaine, juin 2017 — 12 pts — 15 min

53 Une affaire de triangles

On donne le programme ci-après qui permet de tracer plusieurs triangles équilatéraux de tailles différentes.

Ce programme comporte une variable nommée « **côté** ». Les longueurs sont données en pixels.

On rappelle que l'instruction `s'orienter à 90` signifie que l'on se dirige vers la droite.

1 Quelles sont les coordonnées du point de départ du tracé ? **2 pts**

2 Combien de triangles sont dessinés par le script ? **2 pts**

3 **a.** Quelle est la longueur (en pixels) du côté du deuxième triangle tracé ? **2 pts**

b. Tracer à main levée l'allure de la figure obtenue quand on exécute ce script. **4 pts**

Numéros d'instruction	Script	Le bloc triangle
1	Quand 🏳 est cliqué	définir triangle
2	effacer tout	stylo en position écriture
3	aller à x: −200 y: −100	répéter 3 fois
4	s'orienter à 90	avancer de côté
5	Mettre côté à 100	tourner ↺ de 120 degrés
6	répéter 5 fois	(fin répéter)
7	triangle	relever le stylo
8	avancer de côté	
9	Ajouter à côté −20	
	(fin répéter)	

4 On modifie le script initial pour obtenir la figure ci-dessous.
Indiquer le numéro d'une instruction du script **après laquelle** on peut placer l'instruction tourner ↺ de 60 degrés pour obtenir cette nouvelle figure.
2 pts

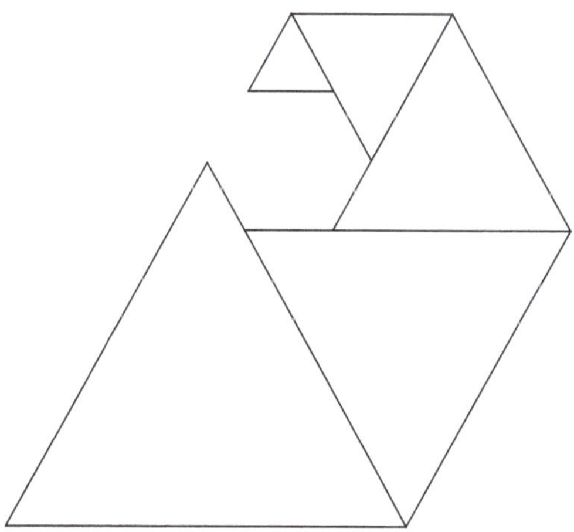

53 Corrigé

1 Coordonnées du point de départ du tracé

Les coordonnées du point de départ du tracé se lisent à la 3e ligne d'instruction du script : **(–200 ; –100).**

2 Nombre de triangles dessinés par le script

Selon la ligne 6 du script, il faut répéter 5 fois l'instruction « bloc triangle ».
Ainsi, **ce script dessine 5 triangles.**

> **Remarque**
> L'instruction « répéter 5 fois » constitue une boucle.

3 a. Longueur du côté du deuxième triangle

- Initialement, le côté du triangle est mis à 100 pixels (ligne 5).
- Un premier triangle est construit grâce à la première application du « bloc triangle ».
- Puis la longueur du côté est modifiée (ligne 9) : côté – 20, soit 100 – 20 = 80.
- Le deuxième triangle est alors construit.

Le côté du deuxième triangle tracé mesure 80 pixels.

b. Figure obtenue à l'exécution du script

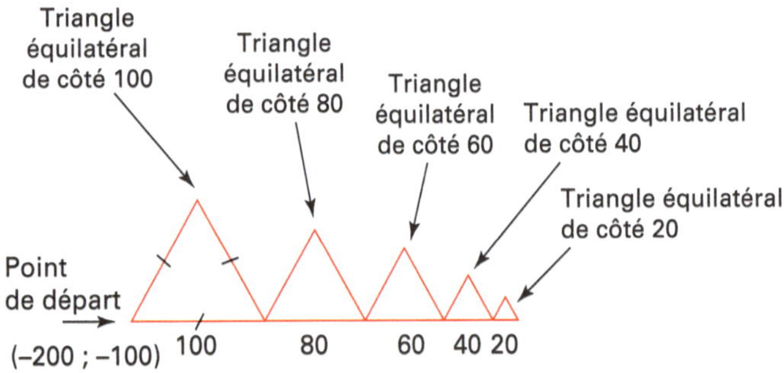

4 Instruction à modifier

Chaque nouveau triangle est construit après que le crayon ait effectué une rotation de 60°.

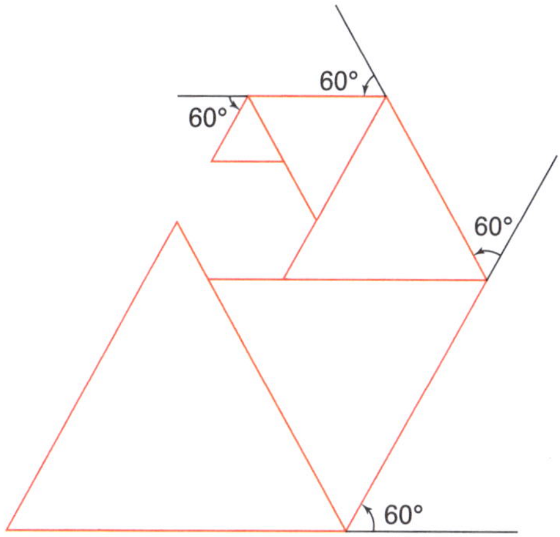

Aussi, **on place l'instruction** tourner ↺ de 60 degrés **après l'instruction n° 8 ou après l'instruction n° 9.**

Révisions

▶ En flashant cette page, des exercices interactifs sur tous les thèmes du programme.

1 Nombres et calcul

Multiple et diviseur

	Exemples
• **Entier naturel** Un **nombre entier naturel** est un nombre entier positif ou nul.	0 ; 1 ; 2 ; 3 sont des entiers naturels.
• **Multiple** a est un **multiple** de b lorsqu'il existe un entier q tel que $a = b \times q$. On dit aussi que b est un **diviseur** de a ou que a est **divisible** par b.	$18 = 9 \times 2$. 18 est un multiple de 9. 9 est un diviseur de 18. 18 est divisible par 9.

Diviseur commun

	Exemple
• d est un diviseur commun de a et b lorsque a et b sont divisibles par d.	3 est un diviseur commun de 12 et 15.

Critères de divisibilité

	Exemples
• **Un nombre est divisible par …**	
▸ **2** s'il se termine par 0, 2, 4, 6 ou 8.	218
▸ **3** si la somme des chiffres qui le composent est un multiple de 3.	72 (car $7 + 2 = 9$, multiple de 3)
▸ **5** s'il se termine par 0 ou 5.	495
▸ **9** si la somme des chiffres qui le composent est un multiple de 9.	153 (car $1 + 5 + 3 = 9$)
▸ **10** s'il se termine par un 0.	1 050

Nombres premiers et fractions irréductibles

Exemples

• Nombre premier

Un nombre entier naturel est premier s'il admet exactement deux diviseurs : 1 et lui-même.
Le nombre 1 n'est pas premier, car il n'a qu'un seul diviseur (lui-même).

2 ; 3 ; 5 ; 7 ; 11 ; 13 sont les premiers nombres premiers.

• Nombres premiers entre eux

Deux nombres sont premiers entre eux lorsque leur seul diviseur commun est 1.

Diviseurs de 15 : 1 ; 3 ; 5 et 15.
Diviseurs de 28 : 1 ; 2 ; 4 ; 7 ; 14 et 28.
Le seul diviseur commun est 1, donc 15 et 28 sont premiers entre eux.

• Décomposition en facteurs premiers

Tout entier naturel non premier se décompose en produit de facteurs premiers.

$$60 = \underbrace{2^2 \times 3 \times 5}_{\text{décomposition en facteurs premiers}}$$

• Fraction irréductible

Une fraction $\frac{a}{b}$ $(b \neq 0)$ est irréductible quand a et b sont premiers entre eux.
Autrement dit, $\frac{a}{b}$ est irréductible lorsque a et b n'ont pas de diviseur commun autre que 1.

$\frac{15}{28}$ est une fraction irréductible car 15 et 28 sont premiers entre eux.

Calculs avec des fractions

Exemples

$b \neq 0$; $c \neq 0$ et $d \neq 0$.

• Addition et soustraction

▶ Lorsque les fractions ont le même dénominateur, on additionne les numérateurs :

$$\frac{a}{b} + \frac{c}{b} = \frac{a+c}{b}$$

$$\frac{3}{5} + \frac{6}{5} = \frac{3+6}{5} = \frac{9}{5}$$

▶ Lorsque les fractions n'ont pas le même dénominateur, on les réduit au même dénominateur :

$$\frac{a}{b} + \frac{c}{d} = \frac{ad}{bd} + \frac{cb}{bd} = \frac{ad+cb}{bd}$$

$$\frac{4}{7} - \frac{2}{3} = \frac{4 \times 3}{7 \times 3} - \frac{2 \times 7}{3 \times 7}$$

$$= \frac{12}{21} - \frac{14}{21} = \frac{-2}{21}$$

Fiches de Révisions

Calculs avec des fractions (suite)

- **Multiplication**

On multiplie les numérateurs entre eux et les dénominateurs entre eux :

$$\frac{a}{b} \times \frac{c}{d} = \frac{a \times c}{b \times d}$$

$$\frac{5}{3} \times \frac{4}{7} = \frac{5 \times 4}{3 \times 7} = \frac{20}{21}$$

- **Division**

Diviser par une fraction $\frac{c}{d}$ revient à multiplier par son inverse $\frac{d}{c}$:

$$\frac{a}{b} \div \frac{c}{d} = \frac{a}{b} \times \frac{d}{c} = \frac{a \times d}{b \times c}$$

inverse de $\frac{c}{d}$

$$\frac{2}{9} \div \frac{3}{4} = \frac{2}{9} \times \frac{4}{3} = \frac{2 \times 4}{9 \times 3} = \frac{8}{27}$$

Opérations sur les puissances

	Exemples
$a \neq 0$; $b \neq 0$; m et n sont des entiers relatifs.	
• $a^n = \underbrace{a \times a \times \ldots \times a}_{n \text{ fois}}$	$5^3 = 5 \times 5 \times 5 = 125$
• $a^{-n} = \frac{1}{a^n}$	$3^{-2} = \frac{1}{3^2} = \frac{1}{9}$
• $a^1 = a$	$10^1 = 10$
• $a^0 = 1$	$3^0 = 1$
• $a^{-1} = \frac{1}{a}$	$4^{-1} = \frac{1}{4}$
• $a^n \times a^m = a^{n+m}$	$3^2 \times 3^4 = 3^{2+4} = 3^6$
• $\frac{a^n}{a^m} = a^{n-m}$	$\frac{10^5}{10^2} = 10^{5-2} = 10^3$
• $(a^n)^m = a^{n \times m}$	$(3^2)^5 = 3^{2 \times 5} = 3^{10}$
• $a^n \times b^n = (a \times b)^n$	$4^2 \times 3^2 = (4 \times 3)^2 = 12^2$

Puissances de 10 et écriture décimale

- $10^n = \underbrace{10 \times 10 \times ... \times 10}_{n \text{ facteurs } 10} = 1\underbrace{00....000}_{n \text{ zéros}}$

- $10^{-n} = \dfrac{1}{10^n} = \dfrac{1}{\underbrace{100...0}_{n \text{ zéros}}} = \underbrace{0,0....}_{n \text{ zéros}}1 = \underbrace{0,0....1}_{n \text{ chiffres après la virgule}}$

Exemples

$10^4 = \underbrace{10 \times 10 \times 10 \times 10}_{4 \text{ facteurs } 10}$

$= 1\underbrace{0000}_{4 \text{ zéros}}$

$10^{-3} = \dfrac{1}{10^3} = \dfrac{1}{1\underbrace{000}_{3 \text{ zéros}}}$

$= \underbrace{0,00}_{3 \text{ zéros}}1 = 0,\underbrace{001}_{3 \text{ chiffres après la virgule}}$

Écriture scientifique

- L'écriture scientifique d'un nombre positif est de la forme :

$$a \times 10^n$$

avec $1 \leqslant a < 10$ (a) ; entier relatif (n)

Exemples

$4\,200\,000 = 4,2 \times 10^6$

un seul chiffre (non nul) avant la virgule

$0,001\,9 = 1,9 \times 10^{-3}$

Racines carrées

- **Racine carrée d'un nombre positif**

La racine carrée d'un nombre positif x (notée $\sqrt{x}$) est le nombre positif dont le carré vaut x.

- **Carrés parfaits**

a	0	1	2	3	4	5	6	7	8	9	10	11	12
a^2	0	1	4	9	16	25	36	49	64	81	100	121	144

Ainsi $\sqrt{25} = 5$; $\sqrt{49} = 7$...

Exemples

$\sqrt{3}$ est le nombre positif dont le carré vaut 3 : $(\sqrt{3})^2 = 3$.

$\sqrt{16}$ est le nombre positif dont le carré vaut 16 : $\sqrt{16} = 4$ car $4^2 = 16$.

Développement

• Règles de distributivité

▸ $a(b \pm c) = ab \pm ac$

Exemple : $5(x-3) = 5x - 15$

▸ $(a+b)(c+d) = ac + ad + bc + bd$

Exemple : $(3+x)(x-2) = 3x - 6 + x^2 - 2x$
$= x^2 + x - 6$

• Égalités remarquables

▸ $(a+b)^2 = a^2 + 2ab + b^2$

Exemple : $(x+4)^2 = x^2 + 2 \times 4 \times x + 4^2$
$= x^2 + 8x + 16$

▸ $(a-b)^2 = a^2 - 2ab + b^2$

Exemple : $(2x-3)^2 = (2x)^2 - 2 \times 2x \times 3 + 3^2$
$= 4x^2 - 12x + 9$

▸ $(a+b)(a-b) = a^2 - b^2$

Exemple : $(x-5)(x+5) = x^2 - 5^2 = x^2 - 25$

Factorisation

• Avec un facteur commun

$\underline{a}b - \underline{a}c = \underline{a}(b-c)$

Exemple : $x^2 - 3x = \underline{x} \times x - \underline{x} \times 3$
$= \underline{x}(x-3)$

$\underline{a}b + \underline{a}c = \underline{a}(b+c)$

$\underline{a}$ est un facteur commun.

Exemple : $\underline{(x+2)}(x-5) + \underline{(x+2)}(3x-1)$
$= \underline{(x+2)}[(x-5) + (3x-1)]$
$= \underline{(x+2)}[x - 5 + 3x - 1]$
$= \underline{(x+2)}(4x-6)$

• Avec une égalité remarquable

▸ $a^2 + 2ab + b^2 = (a+b)^2$

Exemple : $x^2 + 2x + 1 = x^2 + 2 \times x \times 1 + 1^2$
$= (x+1)^2$

▸ $a^2 - 2ab + b^2 = (a-b)^2$

Exemple : $x^2 - 6x + 9 = x^2 - 2 \times 3 \times x + 3^2$
$= (x-3)^2$

▸ $a^2 - b^2 = (a-b)(a+b)$

Exemple : $(x+3)^2 - 16$
$= (x+3)^2 - 4^2$
$= (x+3-4)(x+3+4)$
$= (x-1)(x+7)$

Exemple : $(2x+3)^2 - (x+1)^2$
$= [(2x+3) + (x+1)] \times [(2x+3) - (x+1)]$
$= (2x + 3 + x + 1) \times (2x + 3 - x - 1)$
$= (3x+4)(x+2)$

Résolution d'équations

Exemples

- **Solution d'une équation**

Un nombre est solution d'une équation (E) quand il vérifie l'égalité correspondant à cette équation.

(E) : $3x^2 + 7x = -4$
Le nombre -1 est solution de (E). En effet,
$3 \times (-1)^2 + 7 \times (-1) = 3 \times 1 - 7 = 3 - 7 = -4$

$a \neq 0$; $c \neq 0$.

- **Équation du 1er degré :**

$ax + b = 0$

On isole les « x » :

$$x = -\frac{b}{a}$$

$3x + 4 = 0$
$3x = -4$ (on retranche 4 de chaque côté)
$x = -\frac{4}{3}$ (on divise par 3 de chaque côté)
$-\frac{4}{3}$ est la solution de l'équation.

- **« Équation-produit nul » :**

$(ax + b)(cx + d) = 0$

Un produit de deux facteurs est nul si, et seulement si, l'un au moins des deux facteurs est nul :

$ax + b = 0$ ou $cx + d = 0$

$x = -\frac{b}{a}$ ou $x = -\frac{d}{c}$

$(2x + 1)(x + 2) = 0$
$2x + 1 = 0$ ou $x + 2 = 0$
$2x = -1$ ou $x = -2$
$x = -\frac{1}{2}$ ou $x = -2$
$-\frac{1}{2}$ et -2 sont les solutions de l'équation.

Résolution d'inéquations

Exemples

- **Règles sur les inégalités**

On résout une inéquation de la même façon qu'une équation, en isolant les « x ».

Le sens de l'inégalité est conservé SAUF quand on multiplie ou divise par un nombre strictement négatif.

$6x - 5 > 2x + 7$
$6x - 2x > 7 + 5$
$4x > 12$
$x > \frac{12}{4}$ (on ne change pas de sens, car on divise par 4)
$x > 3$

$3x - 2 < 5x + 6$
$3x - 5x < 6 + 2$
$-2x < 8$
$x > \frac{8}{-2}$ (on change de sens, car on divise par -2)
$x > -4$

Résolution d'inéquations (suite)

• Représentation graphique

- Les nombres strictement supérieurs à *a* sont colorés en rose.

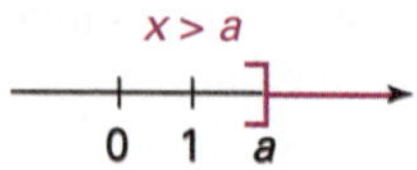

- Les nombres inférieurs ou égaux à *a* sont colorés en rose.

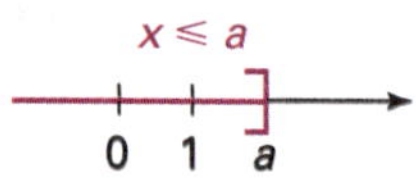

- Le crochet orienté vers l'intérieur de la zone rose indique que *a* est compris ; orienté vers l'extérieur, il indique que *a* n'est pas compris.

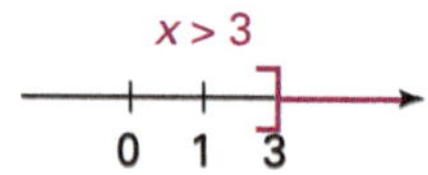

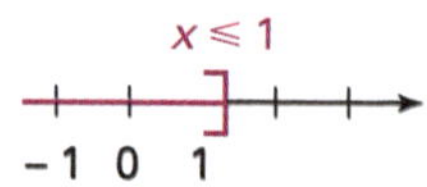

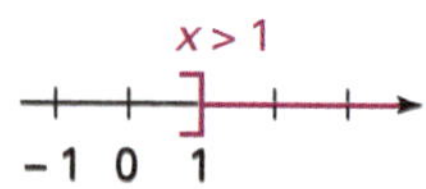

• Solution d'une inéquation

Un nombre est solution d'une inéquation (I) quand il vérifie l'inégalité correspondant à cette inéquation.

(I) : $-4x + 5 < 3x - 1$

Le nombre 2 est solution de (I).

En effet,

$$\left.\begin{array}{l} -4 \times 2 + 5 = -8 + 5 = -3 \\ 3 \times 2 - 1 = 6 - 1 = 5 \end{array}\right\} -3 < 5$$

2 Organisation et gestion de données, fonctions

Notion de fonction

• Définition

Une fonction f est un procédé qui, à chaque valeur de x, associe un unique nombre noté $f(x)$.

On note $x \mapsto f(x)$.

On lit : f est la fonction qui à x associe $f(x)$.

Il y a trois façons différentes de définir une fonction :

• avec un graphique

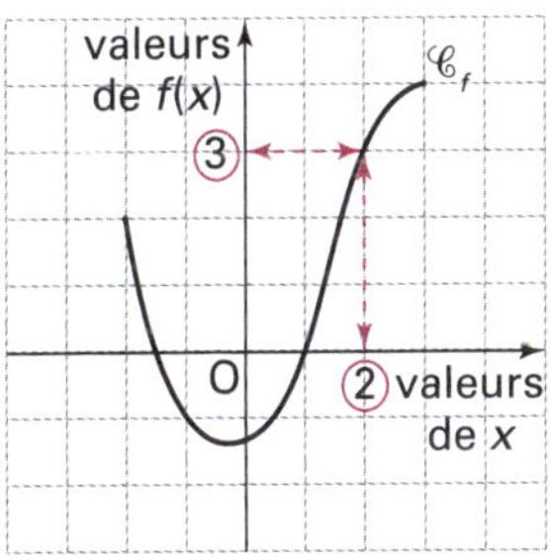

• avec un tableau de valeurs

x	0	**1**	2	3	4
$g(x)$	−3	**0**	4	1	0

• avec une formule

$$h(x) = 3x^2 + 1$$

Exemples

$$x \xrightarrow{\text{fonction } f} f(x)$$

image de x par f

L'image de 2 par la fonction f est 3.

Un antécédent de 3 par la fonction f est 2.

L'image de 1 par la fonction g est 0.

Un antécédent de 0 par la fonction g est 1.

$h(2) = 3 \times 2^2 + 1$
$= 3 \times 4 + 1$
$= 12 + 1$
$= 13$

L'image de 2 par la fonction h est 13.

Un antécédent de 13 par la fonction h est 2.

Fonctions affines

• Fonction affine

Une fonction affine est une fonction qui à un nombre x associe le nombre $ax + b$ avec a et b donnés.
On écrit $x \mapsto ax + b$.
Toute fonction f qui s'écrit sous la forme $f(x) = ax + b$ est une fonction affine.

Exemples

La fonction $x \mapsto -2x + 3$ est une fonction affine avec :

$$a = -2 \text{ et } b = 3$$

• Proportionnalité des accroissements

Les accroissements de x et de $f(x)$ sont proportionnels.
Cela signifie que :

$$f(x_2) - f(x_1) = a(x_2 - x_1)$$

ou : $$a = \frac{f(x_2) - f(x_1)}{x_2 - x_1}$$

Soit f une fonction affine telle que $f(1) = 2$ et $f(3) = 5$.

$$a = \frac{f(3) - f(1)}{3 - 1}$$

$$a = \frac{5 - 2}{2}$$

$$a = \frac{3}{2}$$

• Représentation graphique

Dans tous les cas, une fonction affine se représente par une droite.

- Le nombre a « mesure » l'inclinaison de la droite par rapport à l'axe des abscisses (horizontal).
  On parle de coefficient directeur de la droite.

- Le nombre b est l'ordonnée à l'origine de la droite : c'est l'« endroit » où la droite coupe l'axe des ordonnées (vertical).

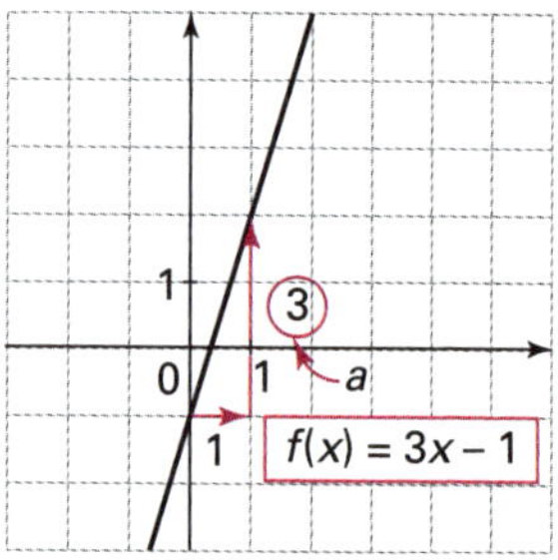

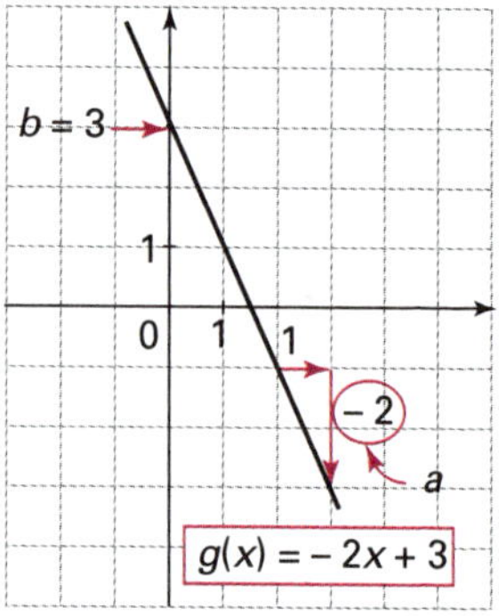

Fonctions linéaires

Une fonction linéaire f est une fonction qui à un nombre x associe le nombre $a \times x$ (soit ax).
On écrit $x \mapsto ax$ ou $f(x) = ax$.

Exemple
La fonction $x \mapsto 3x$ est la fonction linéaire de coefficient 3.

Proportionnalité – Ratio

• Ratio :
On dit par exemple :
– que deux nombres a et b sont dans le ratio 2:3 si $\frac{a}{2} = \frac{b}{3}$. On a alors $\frac{a}{b} = \frac{2}{3}$;
– que trois nombres a, b et c sont dans le ratio 2:3:7 si $\frac{a}{2} = \frac{b}{3} = \frac{c}{7}$.

Exemples
Louise et Juliette doivent se partager 140 € dans le ratio 3:4.

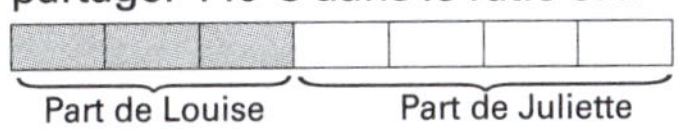

$140 = 7 \times 20$

$20 \times 3 = 60$ } Louise reçoit 60 €
$20 \times 4 = 80$ } et Juliette 80 €.

On a bien $\frac{60}{3} = \frac{80}{4}$ et $\frac{60}{80} = \frac{3}{4}$.

• Proportionnalité
Un tableau est dit de proportionnalité lorsque l'on passe d'une ligne à l'autre en multipliant par le même nombre.

Exemple

1	3	8
0,5	1,5	4

$\times 0,5$ coefficient de proportionnalité

• Représentation graphique
Dans tous les cas, une fonction linéaire se représente par une droite qui passe par l'origine du repère.

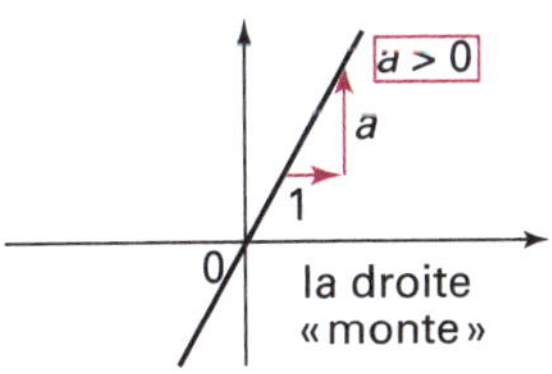

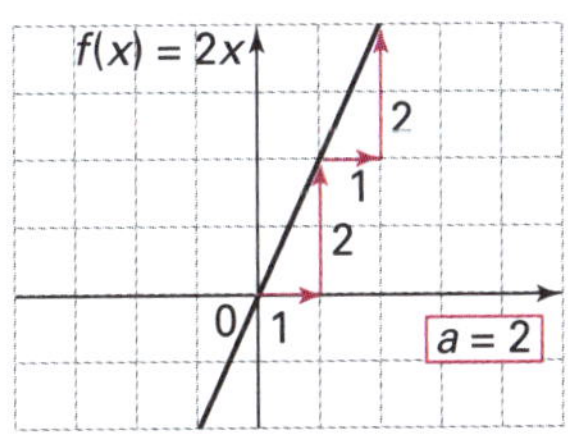

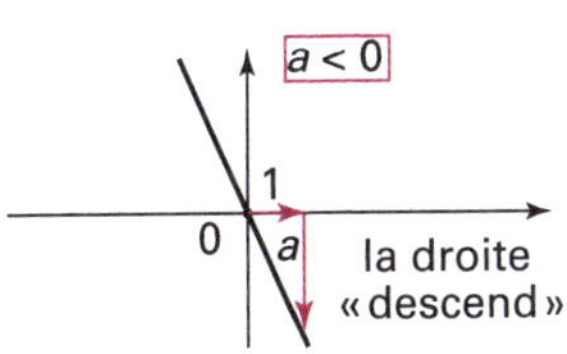

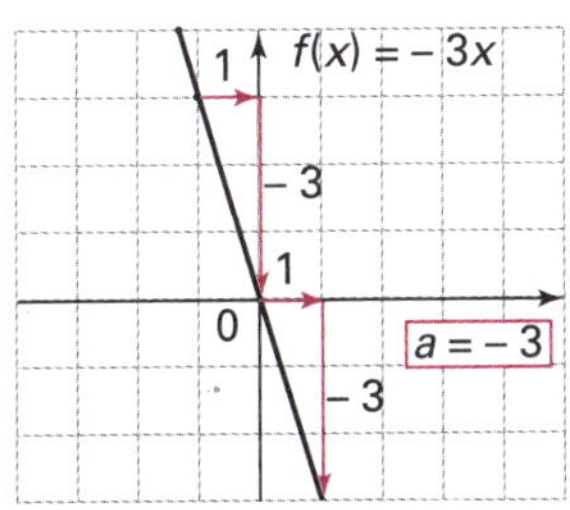

Pourcentages

• Appliquer un pourcentage

Prendre t % d'une quantité revient à la multiplier par $\frac{t}{100}$.

• Calculer une part en pourcentage

Une partie A d'un ensemble E représente t % de E lorsque :

$$\frac{\text{Nombre d'éléments de A}}{\text{Nombre d'éléments de E}} = \frac{t}{100}$$

• Augmenter en pourcentage

Augmenter une quantité de t % revient à la multiplier par $\left(1 + \frac{t}{100}\right)$.

• Diminuer en pourcentage

Diminuer une quantité de t % revient à la multiplier par $\left(1 - \frac{t}{100}\right)$.

Exemples

5 % de 30 = $\frac{5}{100} \times 30 = 1{,}5$

Dans une classe de 30 élèves, il y a 9 filles.

$$\frac{9}{30} = 0{,}3 = \frac{30}{100} = 30\ \%$$

Les filles représentent 30 % de l'effectif de la classe.

Augmenter de 17 %, c'est multiplier par $1 + \frac{17}{100} = 1{,}17$.

Diminuer de 15 %, c'est multiplier par $1 - \frac{15}{100} = 0{,}85$.

Représentations graphiques

• Diagramme circulaire ou « camembert »

Chaque angle est proportionnel à l'effectif.

• Diagramme en bâtons

La hauteur des bâtons est proportionnelle à l'effectif.

• Histogramme

L'aire des rectangles est proportionnelle à l'effectif.

Exemples

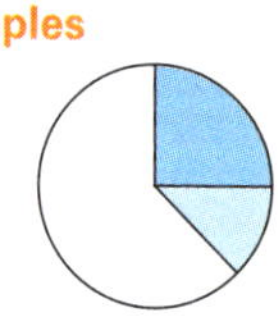

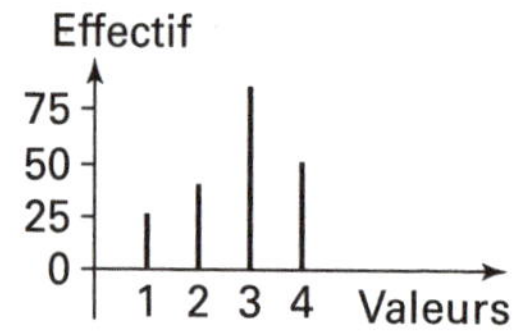

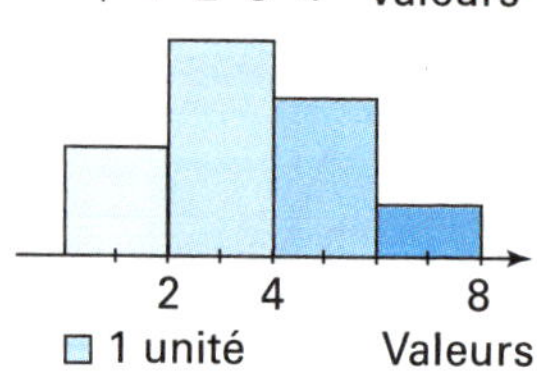

Indicateurs en statistiques

Exemples/Illustrations

• Fréquence

$$f = \frac{\text{Effectif}}{\text{Effectif total}} = \frac{n}{N}$$

Une fréquence est un nombre compris entre 0 et 1.

24 élèves sur un total de 32 pratiquent du sport.

La fréquence associée est $\frac{24}{32} = 0{,}75$.

• Moyenne

$$m = \frac{n_1x_1 + n_2x_2 + \ldots}{N}$$

x_1, x_2, … : valeurs de la série
n_1, n_2, … : effectifs associés
N : effectif total
($N = n_1 + n_2 + \ldots$).

x	0	1	2	3	4
Effectifs	4	5	8	7	3

$$m = \frac{4 \times 0 + 5 \times 1 + 8 \times 2 + 7 \times 3 + 3 \times 4}{4 + 5 + 8 + 7 + 3}$$

$m = 2$

Cas particulier : quand on travaille avec des intervalles (ou classes), on prend pour représentant le milieu de l'intervalle (centre de la classe).

Intervalle	[0 ; 5[	[5 ; 15[	[15 ; 25[
Effectifs	12	8	5

$$m = \frac{12 \times 2{,}5 + 8 \times 10 + 5 \times 20}{12 + 8 + 5}$$

$m = 8{,}4$

• Médiane Me

- Quand les termes de la série sont rangés par ordre croissant, c'est la valeur qui partage une série en deux groupes de même effectif.

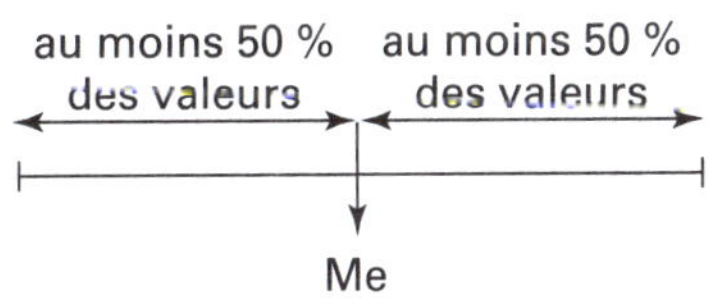

- Si la série compte un nombre pair de termes, Me est la demi-somme des deux termes « centraux ».

La série a un nombre pair de termes :

4 (5 7) 12

$$\text{Me} = \frac{5 + 7}{2} = 6$$

- Si la série compte un nombre impair de termes, Me est égale au terme « central ».

La série a un nombre impair de termes :

4 5 (7) 12 19

Me = 7

• Étendue

C'est la différence entre les valeurs extrêmes d'une série.

4 – 5 – 7 – 12 – 19

L'étendue vaut 19 – 4 = 15.

Probabilités

• Issues – Évènements

▸ Une expérience est dite aléatoire lorsque l'on ne peut pas prévoir de manière certaine quel résultat elle produira.

Exemple : Lancer un dé à 6 faces est une expérience aléatoire.

▸ Les issues sont les résultats possibles de l'expérience.

Exemple : Les issues sont : 1 ; 2 ; 3 ; 4 ; 5 ; 6.

▸ Un évènement est constitué par des issues.

Exemple : A : « obtenir un multiple de 3 » est un évènement composé de deux issues, 3 et 6.

• Probabilité

▸ La probabilité d'une issue est un nombre compris entre 0 et 1.

Exemple : Toutes les issues ont la même probabilité : $\frac{1}{6}$.

▸ La probabilité d'un évènement est la somme des probabilités des issues qui le composent.

Exemple : La probabilité de l'évènement A est $p(A) = \frac{1}{6} + \frac{1}{6} = \frac{1}{3}$.

▸ Lorsque dans une expérience aléatoire, toutes les issues ont la même probabilité de se réaliser, on calcule la probabilité d'un évènement par :

$$\frac{\text{nombre d'issues qui réalisent l'évènement}}{\text{nombre total d'issues}}$$

Exemple : ou

$$p(A) = \frac{\text{nombre d'issues qui réalisent A}}{\text{nombre total d'issues}}$$

$$p(A) = \frac{2}{6} = \frac{1}{3}.$$

• Évènements incompatibles, évènements contraires

▸ Deux évènements sont incompatibles s'ils ne peuvent se réaliser en même temps.

Exemple : Soit B l'évènement « obtenir le chiffre 5 ».
Les évènements A et B sont incompatibles.

▸ L'évènement contraire de A est l'évènement qui se réalise lorsque A ne se réalise pas.
On le note non A.
On a la relation :

$$p(A) + p(\text{non } A) = 1$$

Exemple : L'évènement contraire de A est l'évènement constitué des quatre issues 1 ; 2 ; 4 ; 5.

$$p(\text{non } A) = 1 - p(A) = 1 - \frac{1}{3} = \frac{2}{3}$$

3 Grandeurs et mesures

Grandeurs composées

	Exemples
• Vitesse $\text{Vitesse} = \dfrac{\text{Distance}}{\text{Temps}}$ Distance → en km ; Temps → en h ; Vitesse → en km/h	Un mobile évolue à la vitesse de 14 m/s (v en m/s) pendant 8 s (t en s). De $v = \dfrac{d}{t}$, on déduit $d = v \times t$. Il parcourt alors la distance d telle que : $d = 14 \times 8 = 112$ m.
• Consommation d'électricité Consommation d'électricité = Puissance × Durée Consommation d'électricité → en kWh ; Puissance → en kW ; Durée → en h	Un aspirateur affiche une puissance P de 1 800 kW. On l'utilise 15 minutes ($t = 15 \text{ min} = \dfrac{15}{60}$ h $= 0{,}25$ h). Il consomme la quantité d'énergie E telle que : $E = P \times t = 1\,800 \times 0{,}25 = 450$ kWh.
• Débit $\text{Débit} = \dfrac{\text{Volume}}{\text{Durée}}$ Volume → en m^3 ; Durée → en s ; Débit → m^3/s	Le débit D d'une fontaine est de 30 L/h. On veut remplir une bouteille de 2 L (vol en L). De débit $= \dfrac{\text{vol}}{t}$, il vient $t = \dfrac{\text{vol}}{\text{débit}}$. Le temps t de remplissage de la bouteille est : $t = \dfrac{2}{30}$ h $= \dfrac{1}{15}$ h $= \dfrac{1}{15} \times 60$ min $= 4$ min.
• Masse volumique $\text{Masse volumique} = \dfrac{\text{Masse}}{\text{Volume}}$ Masse → en kg ; Volume → en m^3 ; Masse volumique → kg/m^3	25120 kg d'acier (m en kg) occupent un volume de 3,2 m^3 ($\mathcal{V}$ en m^3). La masse volumique ρ de l'acier est : $\rho = \dfrac{m}{\mathcal{V}} = \dfrac{25\,120}{3{,}2} = 7\,850$ kg/m^3.

Tableaux d'unités

• Masse

t tonne	q quintal	X	kg	hg	dag	g	dg	cg	mg

• Capacité

X	hL	daL	L	dL	cL	mL

• Longueur

km	hm	dam	m	dm	cm	mm

• Aire

km^2	hm^2	dam^2	m^2	dm^2	cm^2	mm^2

• Volume

m^3	dm^3	cm^3	mm^3

• Conversions L en m^3

1 L = 1 dm^3

1000 L = 1 m^3

• Conversions de temps

1 min = 60 s = $\frac{1}{60}$ h

1 h = 60 min = 3600 s

Exemples

2570 kg = 2,5 t

39 g = 0,039 kg

15 cL = 0,15 L

6,9 km = 6900 m

45 mm = 4,5 cm

5,7 km^2 = 5700000 m^2

0,89 m^2 = 8900 cm^2

1 m^3 = 1000000 cm^3

3700 cm^3 = 0,0037 m^3

1,5 L = 1,5 dm^3 = 0,0015 m^3

18000 L = 18 × 1000 L = 18 m^3

3 h 27 min 14 s = (3 × 60 + 27) min 14 s
= 207 min 14 s
= (207 × 60 + 14) s
= 12434 s

$$2\text{ min }7\text{ s} = 2\text{ min} + \frac{7}{60}\text{ min} = \frac{127}{60}\text{ min} = \left(\frac{127}{60}\right) \times \frac{1}{60}\text{ h} = \frac{127}{3600}\text{ h}$$

Périmètres et aires

Illustrations

- **Disque**
  - Périmètre : $2\pi R$
  - Aire : πR^2

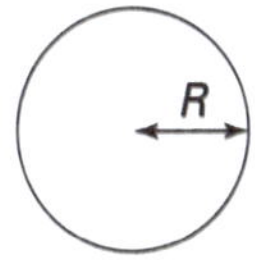

- **Triangle**
  - Aire : $\dfrac{b \times h}{2}$

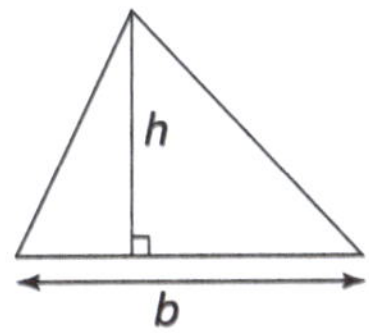

- **Carré**
  - Périmètre : $4c$
  - Aire : c^2

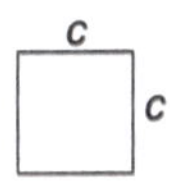

- **Rectangle**
  - Périmètre : $2(L + \ell)$
  - Aire : $L \times \ell$

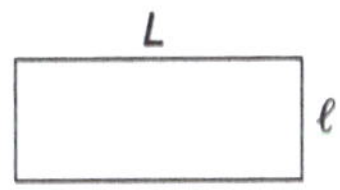

- **Parallélogramme**
  - Aire : $b \times h$

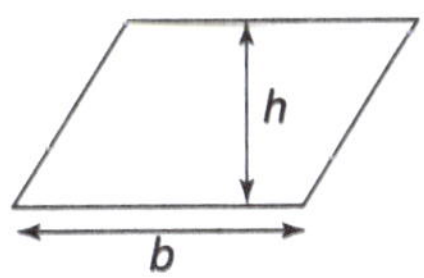

- **Losange**
  - Aire : $\dfrac{D \times d}{2}$

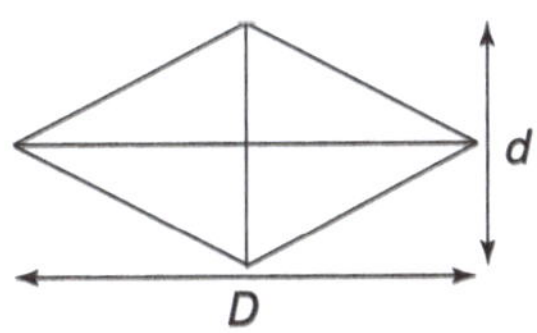

- **Trapèze**
  - Aire : $\dfrac{(B + b) \times h}{2}$

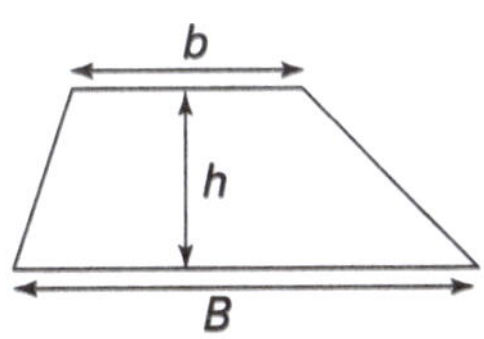

Volumes et aires latérales

Illustrations

• Sphère, boule
- Aire : $4\pi R^2$
- Volume : $\dfrac{4}{3}\pi R^3$

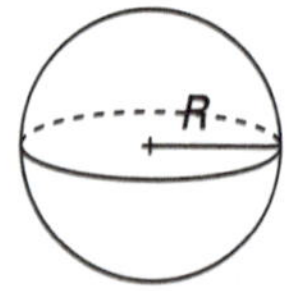

• Cube
- Aire : $6c^2$
- Volume : c^3

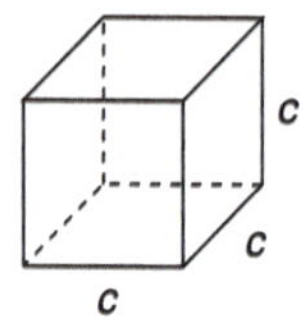

• Pavé droit
- Aire : $2(Lh + \ell h + L\ell)$
- Volume : $L \times \ell \times h$

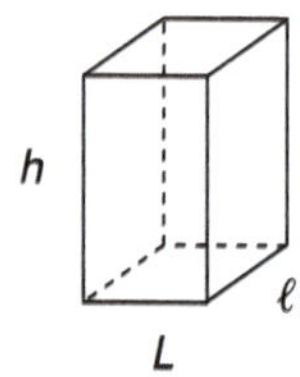

• Pyramide
- Volume : $\dfrac{1}{3}\,\mathcal{B} \times h$

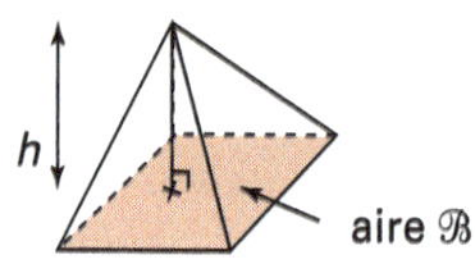

• Cône de révolution
- Volume : $\dfrac{1}{3}\pi R^2 h$

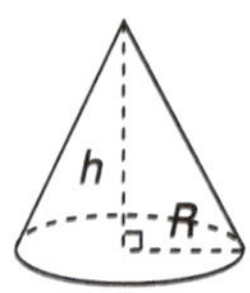

• Cylindre de révolution
- Aire : $2\pi R h$
- Volume : $\pi R^2 h$

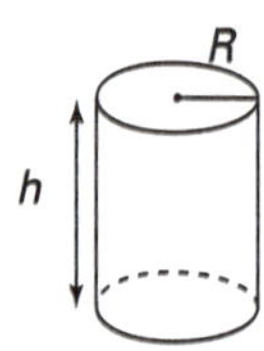

• Prisme droit
- Volume : $\mathcal{B} \times h$.

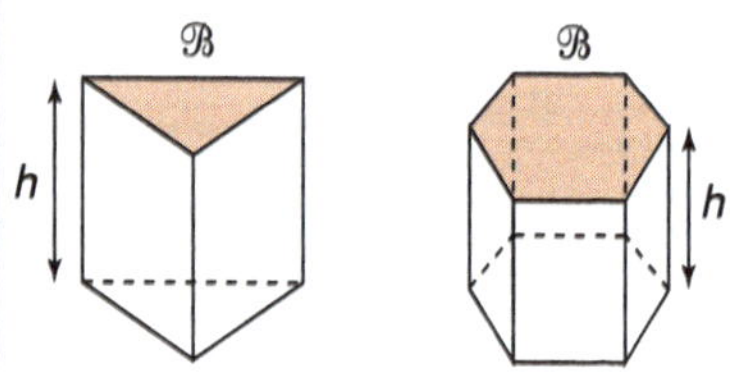

4 Espace et géométrie

Triangles particuliers

Illustrations

• Triangle isocèle
- 2 côtés de même longueur.
- 2 angles de même mesure.

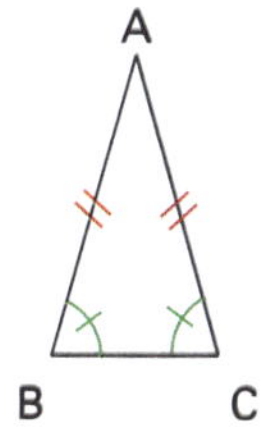

• Triangle équilatéral
- 3 côtés de même longueur.
- 3 angles de même mesure (60°).

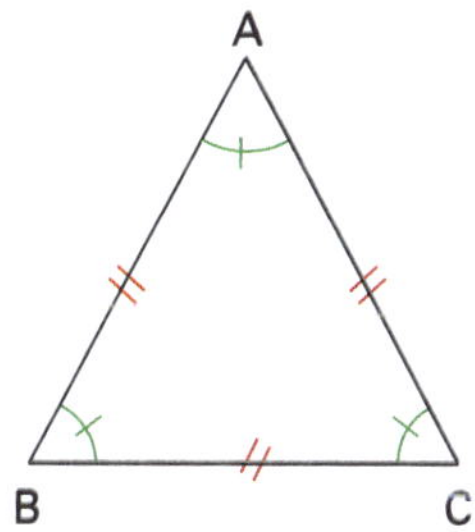

• Triangle rectangle
- 1 angle droit.

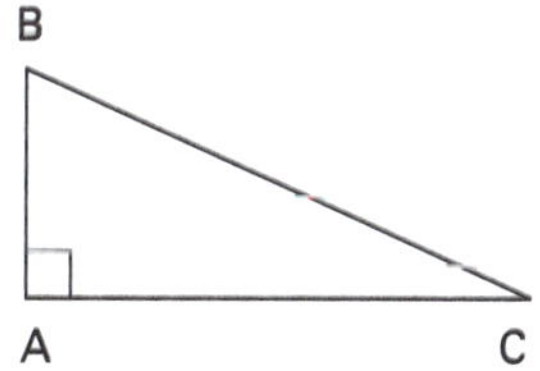

• Triangle rectangle isocèle
- 1 angle droit.
- 2 côtés de même longueur.
- 2 angles de même mesure (45°).

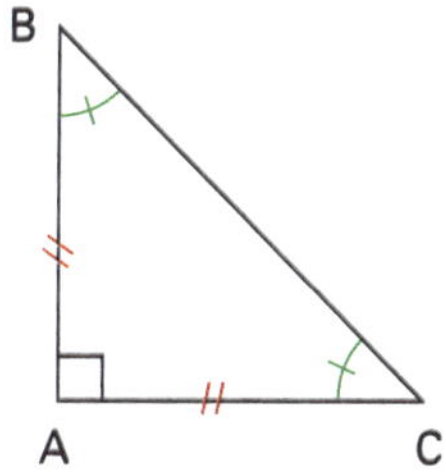

Quadrilatères particuliers

Illustrations

- **Parallélogramme**
  - Les côtés opposés sont parallèles deux à deux.
  - Les côtés opposés sont de même longueur deux à deux.
  - Les diagonales se coupent en leur milieu.
  - Les angles opposés sont de même mesure.
  - Deux angles consécutifs sont supplémentaires.

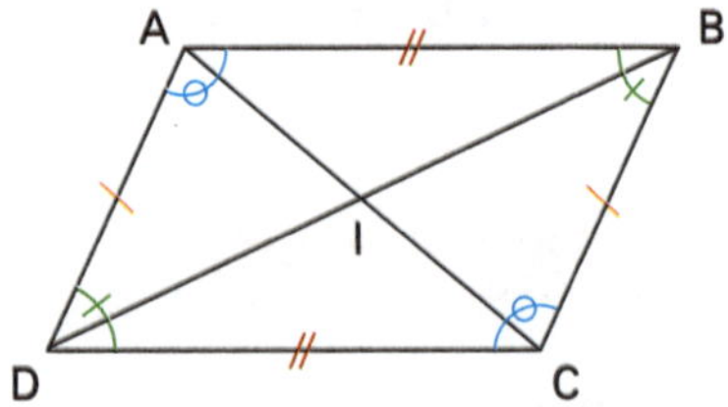

I milieu de [AC] et [BD]

- **Rectangle**

C'est un parallélogramme avec :
  - 4 angles droits ;
  - les diagonales de même longueur.

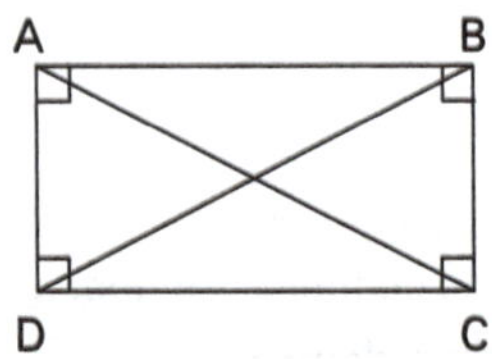

AC = BD

- **Losange**

C'est un parallélogramme avec :
  - les diagonales perpendiculaires ;
  - 4 côtés de même longueur.

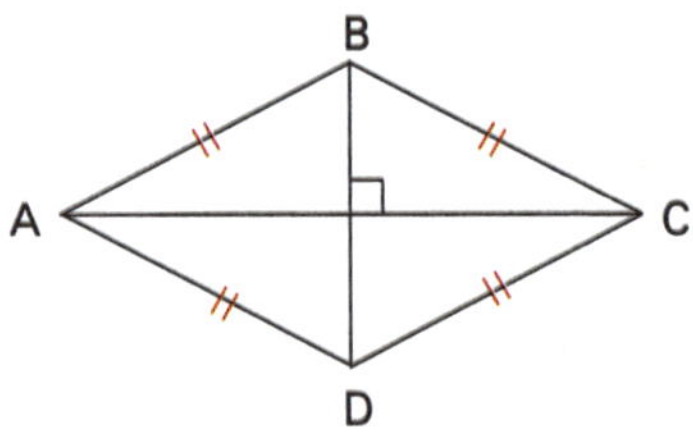

- **Carré**

C'est un losange et un rectangle.

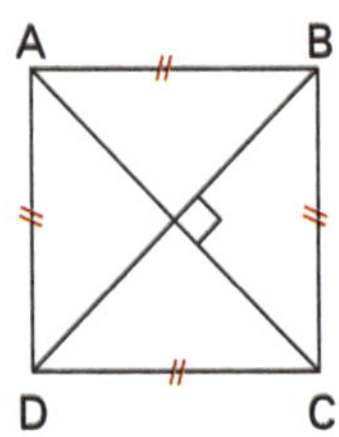

- **Trapèze**

2 côtés opposés parallèles.

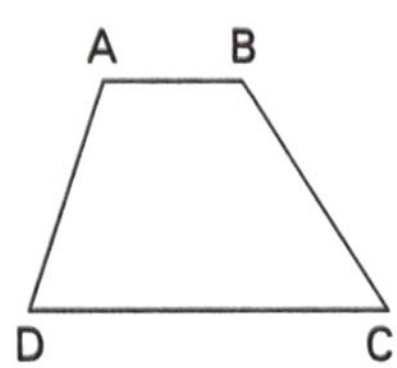

Angles : égalités caractéristiques

Illustrations

- **Angle aigu**
Angle dont la mesure est comprise entre 0° et 90°.

- **Angle obtus**
Angle dont la mesure est comprise entre 90° et 180°.

- **Angles opposés par le sommet**

$$\widehat{A} = \widehat{B}$$

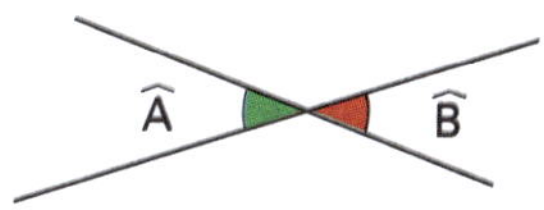

- **Angles supplémentaires**

$$\widehat{A} + \widehat{B} = 180°$$

- **Angles complémentaires**

$$\widehat{A} + \widehat{B} = 90°$$

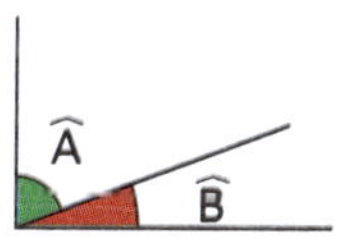

- **Angles alternes-internes**

$$\widehat{A} = \widehat{B}$$

- **Angles alternes-externes**

$$\widehat{C} = \widehat{D}$$

$\mathcal{D}$ et $\mathcal{D}'$ sont parallèles

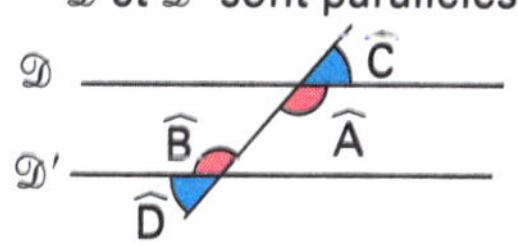

- **Angles correspondants**

$$\widehat{A} = \widehat{B}$$

$\mathcal{D}$ et $\mathcal{D}'$ sont parallèles

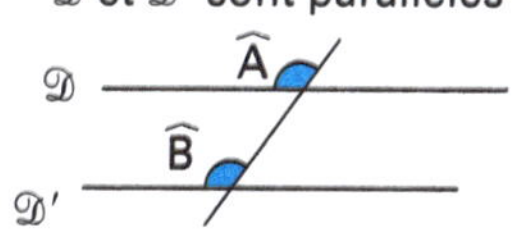

- **Angles dans un triangle**

$$\widehat{A} + \widehat{B} + \widehat{C} = 180°$$

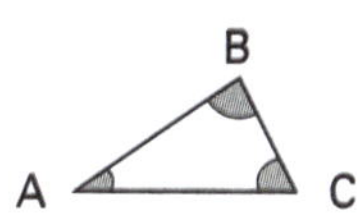

Théorèmes et propriétés

• Droites parallèles et perpendiculaires

▶ $\left.\begin{array}{l}\mathcal{D}_1 \,//\, \mathcal{D} \\ \mathcal{D}_2 \,//\, \mathcal{D}\end{array}\right\}$ alors $\mathcal{D}_1 \,//\, \mathcal{D}_2$

Deux droites parallèles à une même troisième droite sont parallèles entre elles.

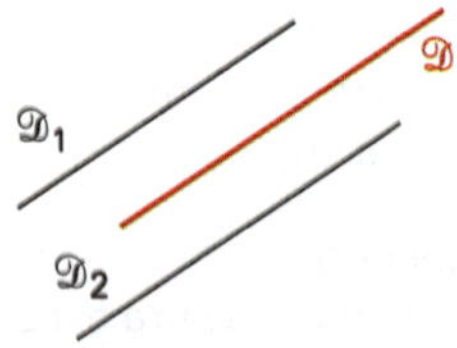

▶ $\left.\begin{array}{l}\mathcal{D}_1 \perp \mathcal{D} \\ \mathcal{D}_2 \perp \mathcal{D}\end{array}\right\}$ alors $\mathcal{D}_1 \,//\, \mathcal{D}_2$

Deux droites perpendiculaires à une même droite sont parallèles entre elles.

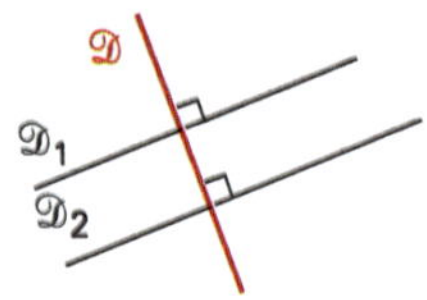

▶ $\left.\begin{array}{l}\mathcal{D}_1 \,//\, \mathcal{D}_2 \\ \mathcal{D} \perp \mathcal{D}_1\end{array}\right\}$ alors $\mathcal{D} \perp \mathcal{D}_2$

Lorsque deux droites sont parallèles, toute perpendiculaire à l'une est perpendiculaire à l'autre.

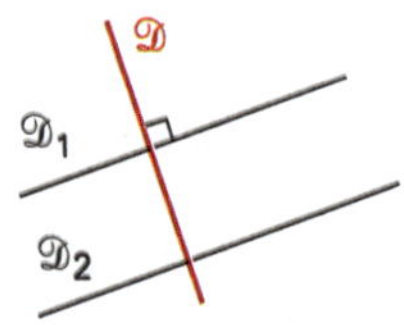

• Triangle et droite des milieux

▶ Si, dans un triangle, une droite passe par les milieux de deux côtés, alors elle est parallèle au troisième côté. De plus, le segment joignant les milieux des deux côtés mesure la moitié du troisième côté.

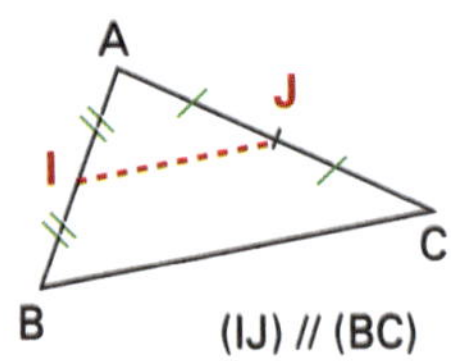

(IJ) // (BC)

$IJ = \frac{1}{2} BC$

▶ Dans un triangle, si une droite passe par le milieu d'un côté et est parallèle à un deuxième côté, alors elle coupe le troisième côté en son milieu.

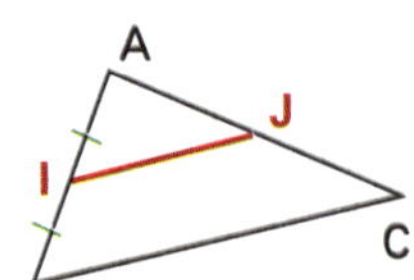

J est alors le milieu de [AC].

• Triangle et cercles

▶ Si un triangle est inscrit dans un cercle et a pour côté un diamètre, alors il est rectangle.

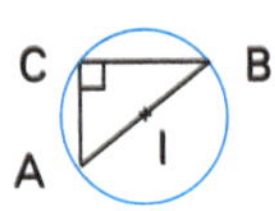

▶ Dans un triangle rectangle, le centre du cercle circonscrit est le milieu de l'hypoténuse.

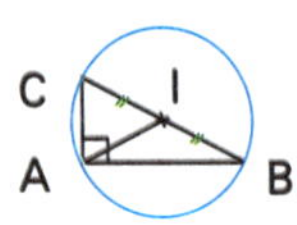

IA = IB = IC

Droites remarquables et triangles

Illustrations

- **Médiatrice**

Droite passant par le milieu d'un côté perpendiculairement à ce côté.

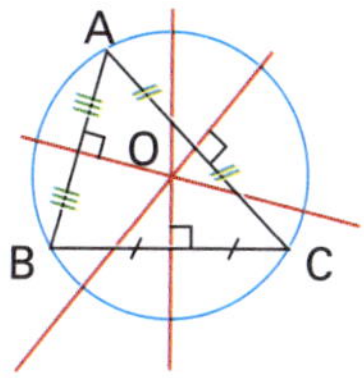

O : centre du cercle circonscrit au triangle ABC

Remarque : la médiatrice *d* du segment [AB] est l'ensemble des points équidistants de A et de B.
M ∈ *d* si et seulement si MA = MB.

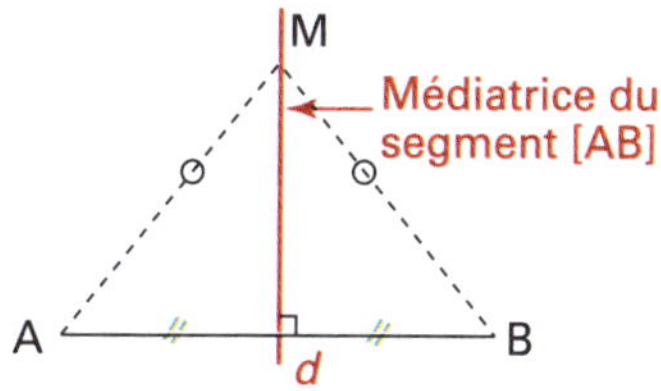

- **Médiane**

Droite passant par un sommet et par le milieu du côté opposé.

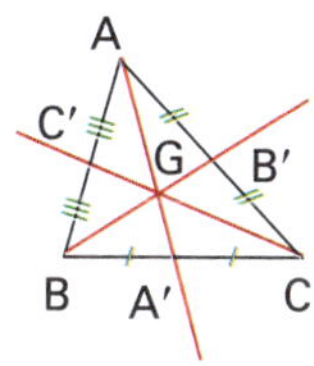

G : centre de gravité du triangle ABC

$$AG = \frac{2}{3}AA'$$

- **Hauteur**

Droite passant par un sommet perpendiculairement au côté opposé.

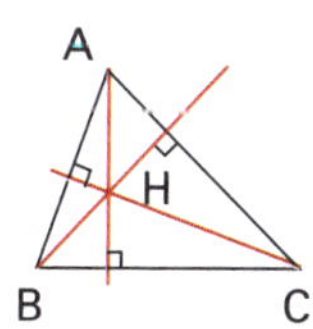

H : orthocentre du triangle ABC

- **Bissectrice**

Droite partageant un angle en deux angles de même mesure.

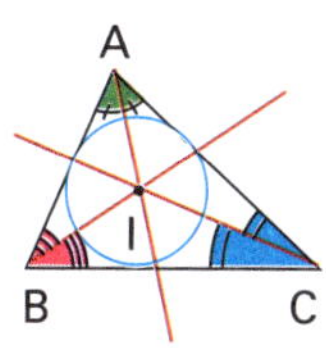

I : centre du cercle inscrit au triangle ABC

Transformations du plan

Illustrations

- **La symétrie axiale**

Le symétrique d'un point A par rapport à une droite *d* est le point A′ tel que *d* soit la médiatrice du segment [AA′].

Sur la figure ci-contre, le triangle ABC a pour image le triangle A′B′C′ dans la symétrie d'axe *d*.

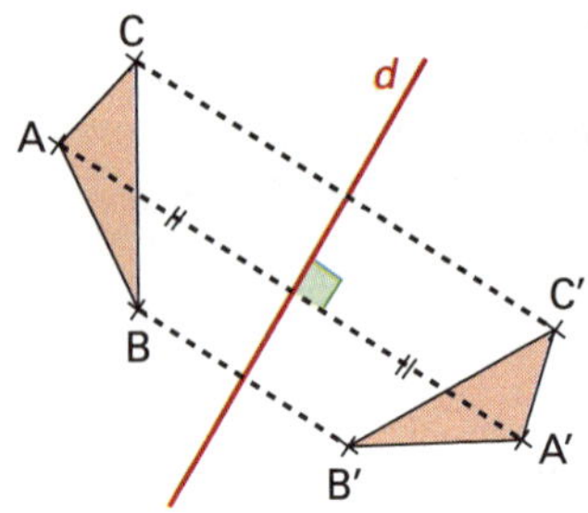

- **La symétrie centrale**

Le symétrique d'un point A par rapport à un point O est le point A′ tel que O soit le milieu du segment [AA′].

Sur la figure ci-contre, le triangle ABC a pour image le triangle A′B′C′ dans la symétrie de centre O.

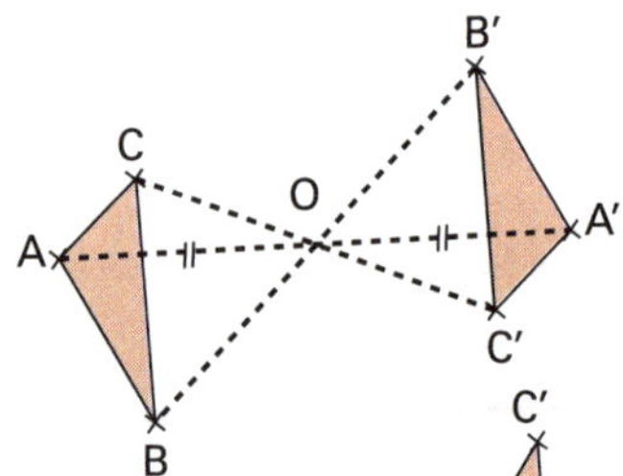

- **La translation**

L'image d'un point A par une translation est un point A′ obtenu par un déplacement (caractérisé par une direction, un sens et une longueur) du point A.

Sur la figure ci-contre, le triangle ABC a pour image A′B′C′ dans la translation qui transforme A en A′.

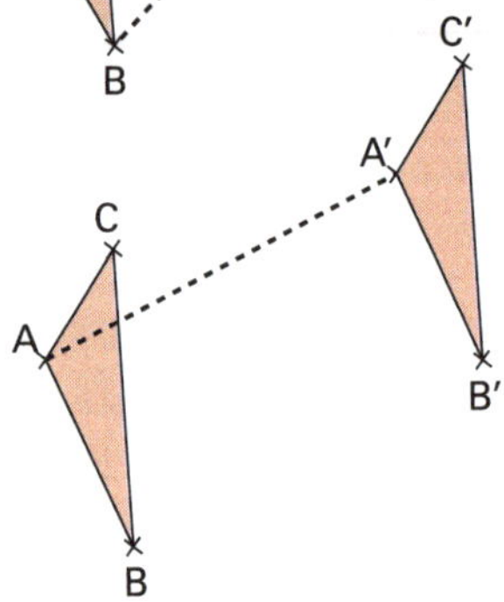

- **La rotation**

L'image d'un point A par la rotation de centre O et d'angle α est le point A′ tel que :

- OA = OA′.
- $\widehat{AOA'} = \alpha$.

Le sens de la rotation est le sens inverse des aiguilles d'une montre.

Sur la figure ci-contre, le triangle ABC a pour image le triangle A′B′C′ dans la rotation de centre O et d'angle $\alpha = 60°$.

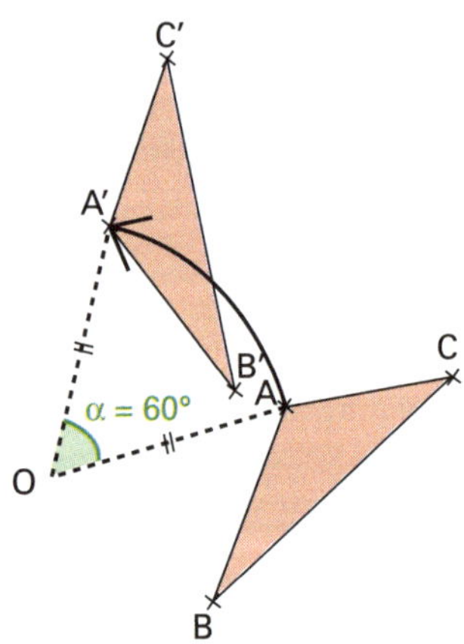

Transformations du plan (suite)

• L'homothétie

L'image d'un point A par l'homothétie de centre O et de rapport $k \neq 0$ est le point A' tel que :

- OA' = $k \times$ OA si $k > 0$.
- OA' = $-k \times$ OA si $k < 0$.
- A' ∈ [OA) si $k > 0$.
- O ∈ [AA'] si $k < 0$.

Illustrations

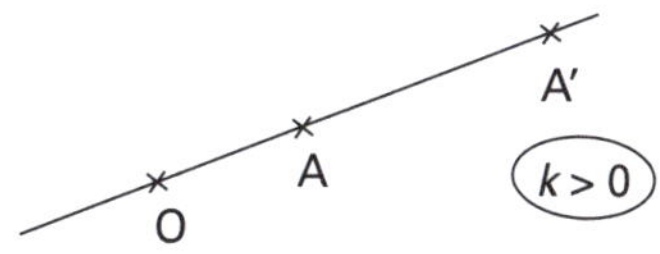

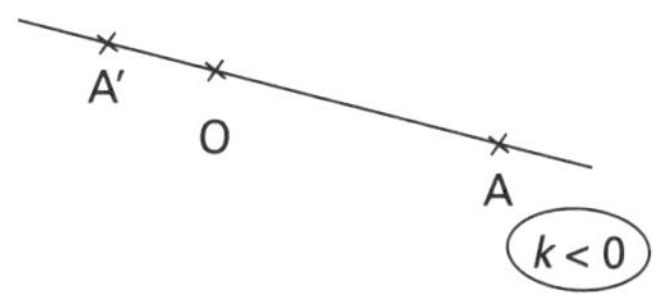

Sur les figures ci-contre, le triangle ABC a pour image le triangle A′B′C′ dans l'homothétie de centre O et de rapport k.

- Si $k > 1$ ou $k < -1$, la figure image est un agrandissement de la figure de départ.

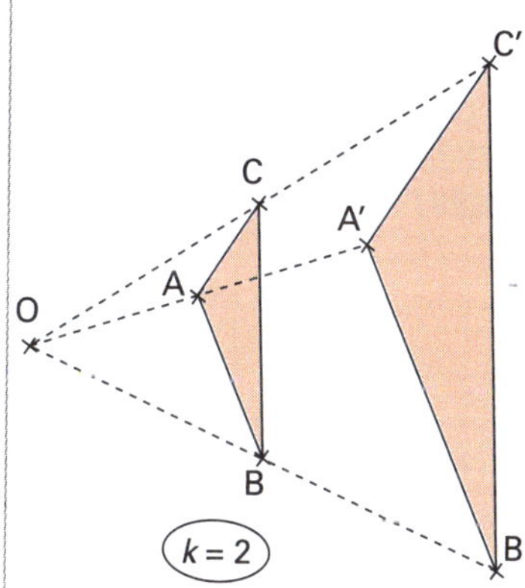

Le triangle A′B′C′ est un agrandissement du triangle ABC de rapport 2.

- Si $-1 < k < 0$ ou $0 < k < 1$, la figure image est une réduction de la figure de départ.

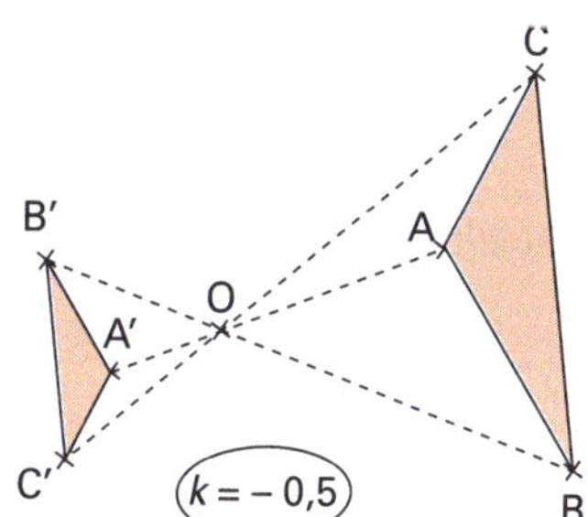

Le triangle A′B′C′ est une réduction du triangle ABC de rapport 0,5.

Pythagore

• Théorème de Pythagore
Si le triangle ABC est rectangle en A, alors : $BC^2 = AB^2 + AC^2$.

• Réciproque du théorème de Pythagore
Si dans un triangle (où [BC] est le plus grand côté), on a :

$$BC^2 = AB^2 + AC^2$$

alors le triangle ABC est rectangle en A.

• Attention : si $BC^2 \neq AB^2 + AC^2$, alors le triangle ABC n'est pas rectangle (en A) d'après la contraposée du théorème de Pythagore.

Illustrations

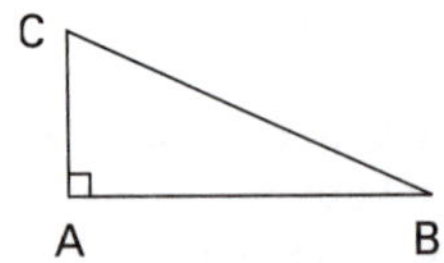

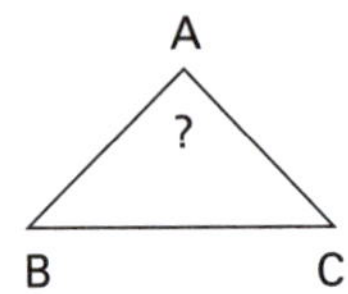

Thalès

• Les configurations de Thalès

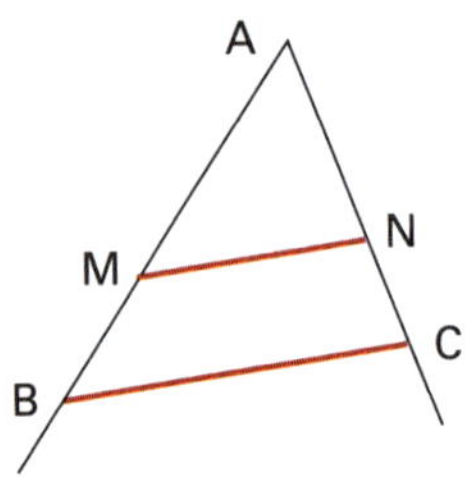

(MN) et (BC) sont parallèles

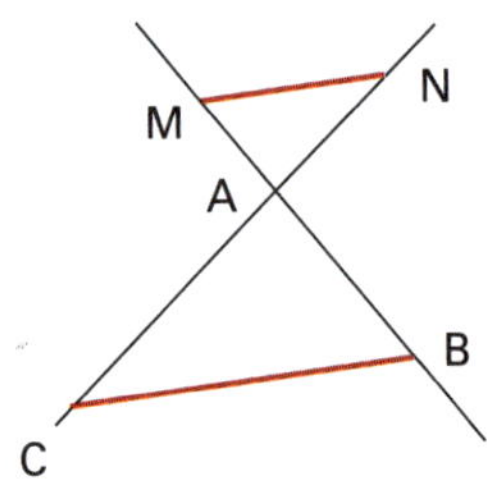

• Théorème de Thalès
Si (MN) et (BC) sont parallèles et si les triangles ABC et AMN sont en configuration de Thalès, alors $\dfrac{AM}{AB} = \dfrac{AN}{AC} = \dfrac{MN}{BC}$.

• Réciproque du théorème de Thalès
Si les points A, M et B d'une part, A, N et C d'autre part sont alignés dans le même ordre et si $\dfrac{AM}{AB} = \dfrac{AN}{AC}$, alors les droites (MN) et (BC) sont parallèles.

• Attention : si $\dfrac{AM}{AB} \neq \dfrac{AN}{AC}$, alors les droites (MN) et (BC) ne sont pas parallèles d'après la contraposée du théorème de Thalès.

Agrandissement – Réduction

• **Définition**

Dans un agrandissement ou une réduction de rapport k ($k > 0$), les longueurs sont multipliées par k.
k est le coefficient d'agrandissement ou de réduction.
Pour un agrandissement : $k > 1$.
Pour une réduction : $k < 1$.

• **Propriétés**

Dans un agrandissement ou une réduction de rapport k, les aires sont multipliées par k^2 et les volumes sont multipliés par k^3.

Illustration

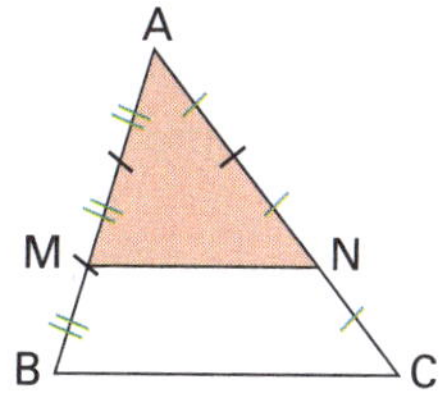

Le triangle AMN est une réduction du triangle ABC de rapport :

$$k = \frac{AM}{AB} = \frac{2}{3}.$$

Le triangle ABC est un agrandissement du triangle AMN de rapport :

$$k = \frac{AB}{AM} = \frac{3}{2} = 1{,}5.$$

$$\mathcal{A}_{AMN} = \left(\frac{2}{3}\right)^2 \times \mathcal{A}_{ABC}$$

Triangles semblables

• Deux triangles sont semblables ou de même forme si les angles de l'un sont égaux aux angles de l'autre.

• Deux triangles sont semblables si et seulement s'ils ont leurs côtés deux à deux proportionnels, autrement dit, si l'un est l'agrandissement/réduction de l'autre.

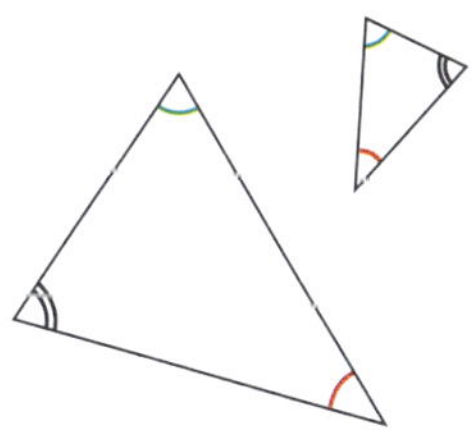

Trigonométrie

• **Dans un triangle ABC rectangle en A**

$$\cos \widehat{B} = \frac{\text{Côté adjacent à } \widehat{B}}{\text{Hypoténuse}} = \frac{AB}{BC}$$

$$\sin \widehat{B} = \frac{\text{Côté opposé à } \widehat{B}}{\text{Hypoténuse}} = \frac{AC}{BC}$$

$$\tan \widehat{B} = \frac{\text{Côté opposé à } \widehat{B}}{\text{Côté adjacent à } \widehat{B}} = \frac{AC}{AB}$$

Illustration

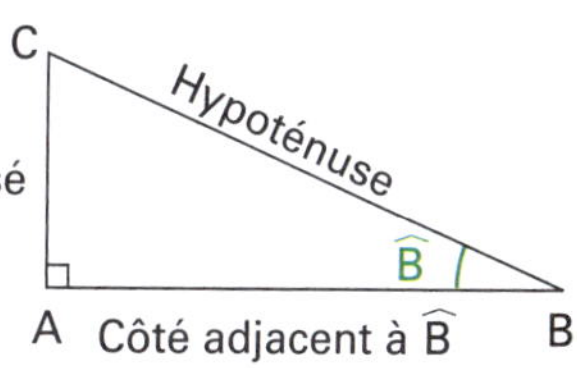

Sections planes

Illustrations

- **d'un parallélépipède rectangle**

▸ par un plan parallèle à une face est un rectangle de même dimension que la face.

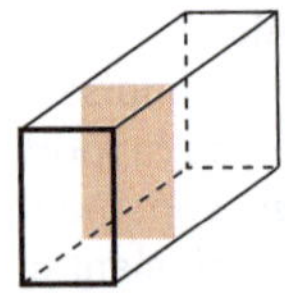

▸ par un plan parallèle à une arête est un rectangle dont l'un des côtés a la longueur de l'arête.

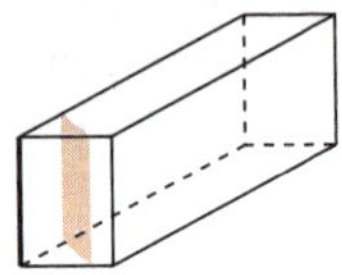

- **d'un cylindre de révolution**

▸ par un plan parallèle à sa base (et donc perpendiculaire à son axe) est un cercle de même rayon que le cercle de base.

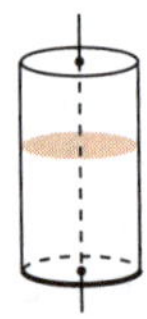

▸ par un plan parallèle à son axe est un rectangle dont l'un des côtés a pour longueur la hauteur du cylindre.

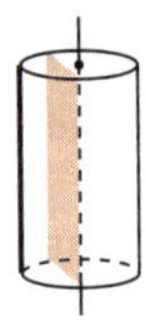

- **d'un cône de révolution**

par un plan parallèle à sa base (et donc perpendiculaire à son axe) est un cercle. Ce cercle est une réduction de celui de la base.

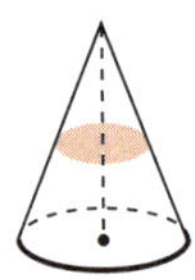

- **d'une pyramide**

par un plan parallèle à sa base est un polygone de même forme que le polygone de base (c'en est une réduction).

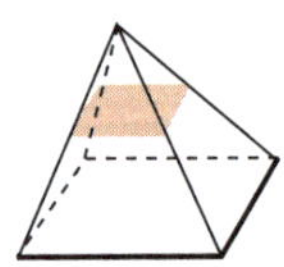

- **d'une sphère**

▸ Si OH < R,
la section de la sphère par le plan perpendiculaire à (OH) passant par H est un cercle.

▸ Si OH = R,
le plan et la sphère sont tangents. Ils ont un seul point commun, H.

▸ Si OH > R,
le plan et la sphère n'ont aucun point commun.

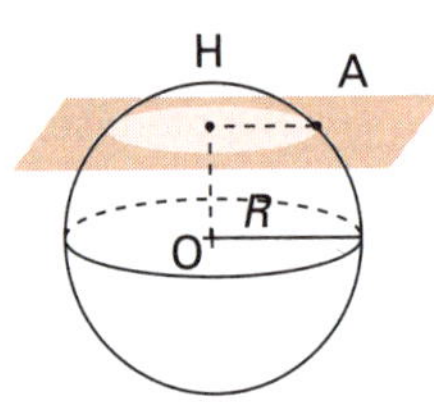

5 Algorithmes et programmation

Illustrations

• Algorithme

Un algorithme est une suite finie d'instructions, à appliquer dans un ordre déterminé, qui permet d'obtenir un résultat.

Une recette de cuisine est un algorithme.

• Variable

Une variable est désignée par un nom. Elle peut prendre différentes valeurs (un nombre, une liste de nombres, un mot...) et évoluer au cours des instructions.

Avec Scratch

On crée les variables à partir du menu Données

• Boucles

Une boucle permet de répéter un certain nombre de fois une même séquence d'instructions.

Boucle « répéter *n* fois ».

• Instructions conditionnelles

Pour que des instructions ne soient effectuées que sous certaines conditions, on utilise les instructions conditionnelles.

Instruction « Si... Alors... » ou « Si... Alors... Sinon ».

Instruction « Répéter jusqu'à... ».

Calcul mental

Ces activités mentales visent à développer des aptitudes pour le calcul réfléchi et à construire des automatismes numériques et géométriques.
Munissez-vous d'un stylo et notez vos réponses dans les cases prévues à cet effet. Les calculs intermédiaires et l'utilisation d'un brouillon ne sont pas autorisés.
Le temps maximal pour répondre aux questions d'une activité est de 3 min pour les activités de niveau 1 ★☆ et 4 min pour les activités plus difficiles de niveau 2 ★★

★☆ ACTIVITÉ 1 → *Corrigé p. 274*

3 min

<table>
<tr><th>N°</th><th>QUESTIONS</th><th>RÉPONSES</th></tr>
<tr><td>1.</td><td>$5 - 3 \times 7 =$</td><td>–16</td></tr>
<tr><td>2.</td><td>$0 \div 2 =$</td><td>0</td></tr>
<tr><td>3.</td><td>Décomposer en produit de facteurs premiers le nombre 28.</td><td>28 = 2×2×7</td></tr>
<tr><td>4.</td><td>Soit la fonction f définie par $f(x) = x^2 + 1$. Calculer $f(-3)$.</td><td>f(–3) = –9 + 1</td></tr>
<tr><td>5.</td><td>$3x \times 2x$ est égal à :</td><td>6x²</td></tr>
<tr><td>6.</td><td>Voici la composition d'une boîte de chocolats :
<table>
<tr><th>Chocolat</th><td>Noir</td><td>Blanc</td><td>Au lait</td></tr>
<tr><th>Nombre de chocolats</th><td>4</td><td>7</td><td>4</td></tr>
</table>
Je choisis un chocolat au hasard.
Quelle est la probabilité qu'il soit blanc ?</td><td>7/15</td></tr>
<tr><td>7.</td><td>Quelle est la solution de l'équation $2x - 7 = -3$?</td><td>–2</td></tr>
<tr><td>8.</td><td>Quel est le volume de ce solide ?
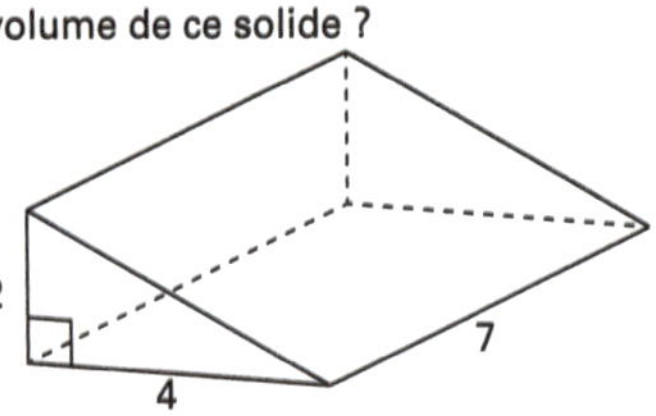
</td><td>B×h
~~2×4×7~~
~~56~~</td></tr>
<tr><td>9.</td><td>Quelle est l'écriture décimale de $\frac{7}{5}$?</td><td>1,4</td></tr>
<tr><td>10.</td><td>4 530 kg = ... t</td><td>45,530 t</td></tr>
</table>

ou 4,530 t

★☆ ACTIVITÉ 2 → Corrigé p. 275

3 min

<table>
<tr><th>N°</th><th>QUESTIONS</th><th>RÉPONSES</th></tr>
<tr><td>1.</td><td>8 × 9 =</td><td>72</td></tr>
<tr><td>2.</td><td>1 – 0,005 =</td><td>0,995</td></tr>
<tr><td>3.</td><td>Dans une classe, il y a 30 élèves dont 17 filles.
Le professeur interroge un élève au hasard.
Quelle est la probabilité qu'il interroge un garçon ?</td><td>13/30</td></tr>
<tr><td>4.</td><td>Le tableau ci-dessous est un tableau de proportionnalité.
Quelle est la valeur de x ?
<table><tr><td>4</td><td>6</td></tr><tr><td>6</td><td>x</td></tr></table></td><td>9</td></tr>
<tr><td>5.</td><td>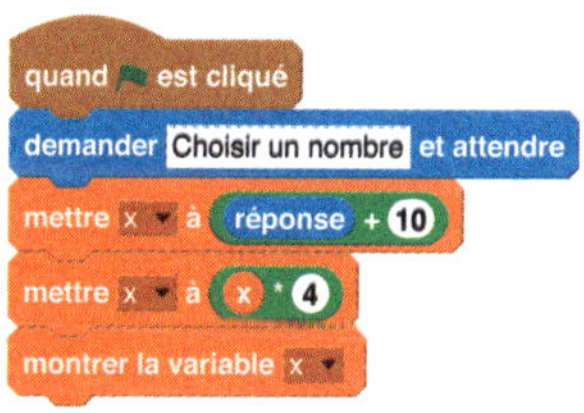

Louise fait fonctionner ce programme en choisissant le nombre 5.
Quel résultat s'affiche à l'écran ?</td><td>60</td></tr>
<tr><td>6.</td><td>Les nombres premiers compris entre 10 et 20 sont :</td><td>11, 13, 17, 19</td></tr>
<tr><td>7.</td><td>Donner la valeur exacte de la longueur BC.
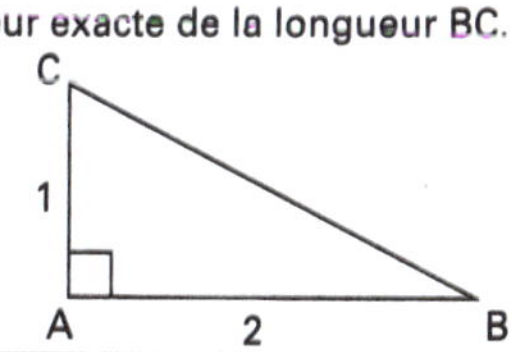
</td><td>5</td></tr>
<tr><td>8.</td><td>2 h 45 min = 2,75 h</td><td>2,75 h</td></tr>
<tr><td>9.</td><td>Soit x = 2 et y = – 3.
Combien vaut x – y ?</td><td>5</td></tr>
<tr><td>10.</td><td>Écrire sous forme de fraction irréductible $\frac{42}{70}$.</td><td>3/5</td></tr>
</table>

★☆ **ACTIVITÉ 3** → *Corrigé p. 276*

3 min

N°	QUESTIONS	RÉPONSES
1.	4 + 2 − 9 =	−3
2.	8 × 7 =	56
3.	2 kg de pommes de terre coûtent 5 €. Quel est le prix de 5 kg ?	12,5
4.	Je suis un entier dont le carré est compris entre 40 et 50. Qui suis-je ?	7
5.	Pour la location d'un véhicule, une entreprise de location propose l'option suivante : 150 € pour la première semaine et 25 € par jour supplémentaire. Juliette loue un véhicule de cette entreprise pendant 9 jours. Combien va-t-elle payer ?	150 + 2 × 25 200 €
6.	Un manteau coûtait avant les soldes 100 €. Après les soldes, il coûte 84 €. Quel est le pourcentage de réduction ?	16 %
7.	Voici un programme de calcul : • Prendre un nombre. • Lui ajouter 1,8. • Multiplier le résultat par 3,2. On choisit 8,2 comme nombre de départ. Quel est le résultat final ?	32 ~~28,8~~
8.	Célian creuse un trou et doit évacuer 10 m³ de terre. Sa brouette contient au maximum à chaque trajet 0,8 m³ de terre. Combien de trajets au minimum devra-t-il effectuer pour évacuer ses 10 m³ de terre ?	13
9.	Louise roule à 120 km/h sur l'autoroute. Combien de temps va-t-elle mettre pour faire 180 km sur cette autoroute ?	1h30
10.	Les longueurs indiquées sont en cm. Combien vaut l'aire de ce triangle en cm² ? 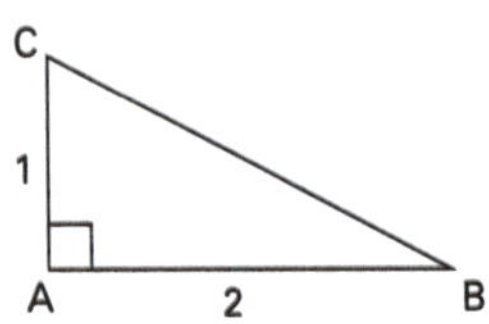 	1

★☆ **ACTIVITÉ 4** → *Corrigé p. 277*

3 min

N°	QUESTIONS	RÉPONSES
1.	$3 \times 12 =$	36
2.	$1 - 1{,}2 =$	–0,2
3.	Écrire sous forme décimale $\frac{3}{4}$.	0,75
4.	Quel est le volume en cm³ d'un cube de 3 cm de côté ?	~~9~~ 27
5.	Dans une classe de 20 élèves, 10 font du sport. Quel est le pourcentage des élèves de cette classe qui ne font pas de sport ?	50%
6.	Nabolos a acheté sa voiture à crédit. Il a pris un prêt sur 5 ans. Sa mensualité est de 500 €. Combien va-t-il rembourser au total ?	6000
7.	J'ai dépensé le quart de mes économies, soit 12 €. Quel était le montant de mes économies ?	3€
8.	Louise fait fonctionner ce programme en choisissant le nombre 5. Quel résultat s'affiche à l'écran ? 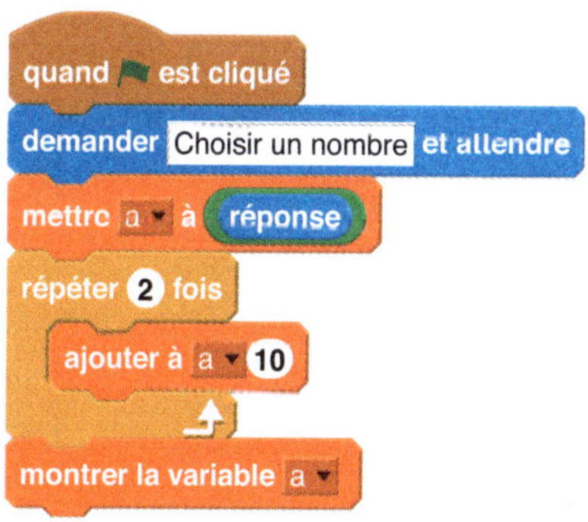	25
9.	Sur cette figure, les droites (DE) et (BC) sont parallèles. 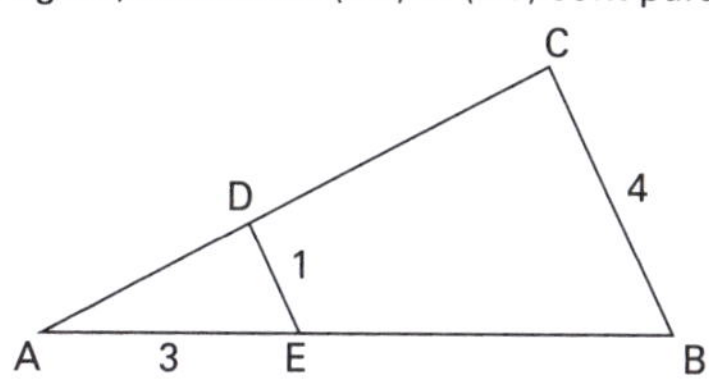 AB =	12
10.	Quel faut-il ajouter à 5 pour obtenir –7 ?	– 12

★☆ **ACTIVITÉ 5** → *Corrigé p. 278* 3 min

N°	QUESTIONS	RÉPONSES
1.	6 × 7 =	42
2.	4,2 − 2,3 =	~~2,3~~ 1,9 √
3.	Compléter avec l'entier le plus proche : $\frac{2}{3} \simeq$ … %. 0,67 soit	0,7
4.	J'ai dépensé dans un premier temps le tiers de mes économies, puis la moitié de ce qui me restait. Mes économies s'élevaient à 60 €. Combien me reste-t-il ?	20
5.	Chez le boulanger, j'achète du pain et des croissants pour un total de 6 euros et 35 centimes. Pour simplifier le rendu de monnaie, je donne 10 euros et 5 centimes. Combien doit-on me rendre ?	3,7
6.	Une voiture consomme 6,5 litres d'essence pour 100 km. Le prix de l'essence est 1,50 € le litre. Quel est le coût de carburant pour parcourir 200 km ?	19,5
7.	Les droites (AB) et (MN) sont parallèles. Quelle est la valeur de AN ? 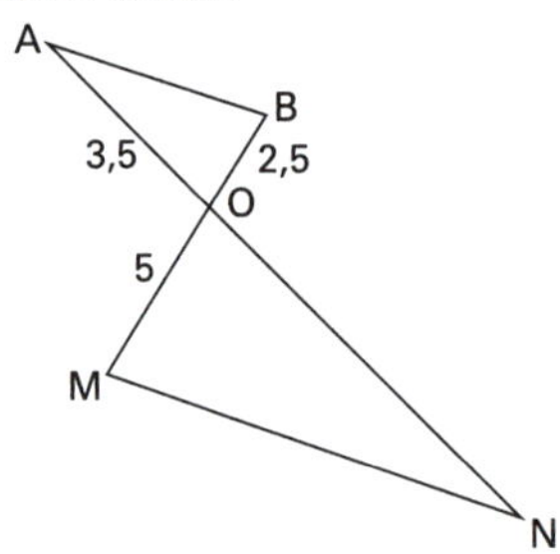 	7 + 3,3 = 10,3 √
8.	On lance un dé parfaitement équilibré. Quelle est la probabilité d'obtenir un nombre premier ?	ou 3/6
9.	Par quel nombre doit-on multiplier 5 pour obtenir 3 ?	0,6
10.	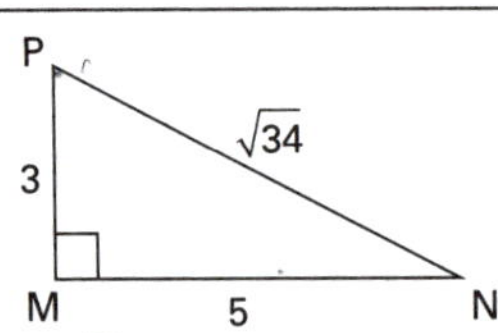 Compléter : $\sin\hat{P} = \frac{5}{\sqrt{34}}$	……

★★ ACTIVITÉ 6 → Corrigé p. 279

4 min

N°	QUESTIONS	RÉPONSES
1.	$\frac{1}{2} \div \frac{1}{4} =$ $\frac{1}{2} \times \frac{4}{1} = \frac{4}{2}$	$\frac{4}{2} = \frac{2}{1} = 2$
2.	Un pain au chocolat coûte 1,10 € et un croissant coûte 0,9 €. J'ai acheté 5 croissants et 5 pains au chocolat et j'ai payé avec un billet de 20 €. Combien doit-on me rendre ?	10
3.	5 h 27 min – 2 h 52 min = ...2... h ...35... min	2h35
4.	Donner la forme développée réduite de l'expression : $(3 - 2x) \times 5 + 2$.	$17 - 10x$ $15 - 10x + 2$
5.	Les notes de Sandy ce trimestre sont : 14, 7, 13 et 10. Quelle est sa moyenne ?	11
6.	tan $\hat{C}$ = 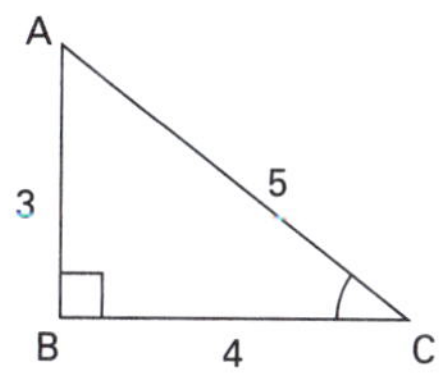	$\frac{3}{4}$
7.	Soit la fonction f définie par $f(x) = 3x - 2$. Quelle est l'image de – 5 par f ?	-17
8.	Un rectangle est deux fois plus long que large. Sa longueur est 12 cm. Quelle est son aire ?	72 cm²
9.	Les droites (MN) et (AB) sont-elles parallèles ? 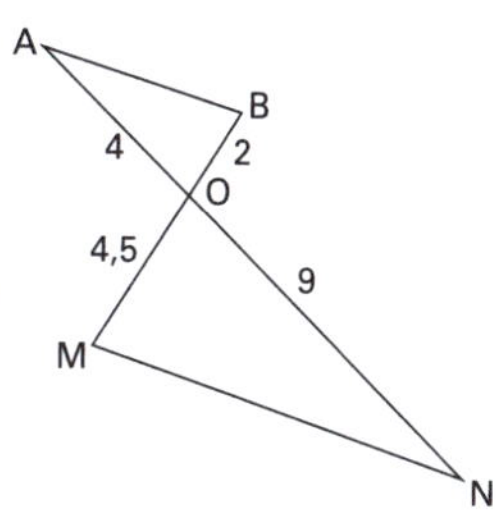	☑ Oui ○ Non ○ On ne peut pas savoir
10.	Donner la valeur exacte de l'abscisse du point A : 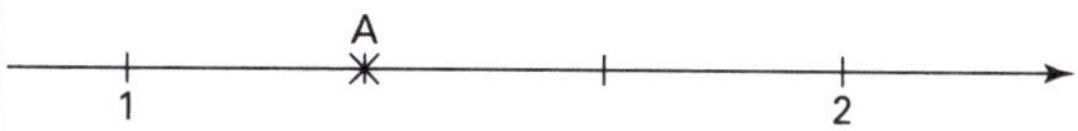	$\frac{1}{3} + 1 = \frac{4}{3}$

★★ **ACTIVITÉ 7** → *Corrigé p. 280*

4 min

N°	QUESTIONS	RÉPONSES
1.	Donner le résultat simplifié de $15 \times \frac{6}{5}$.	$\frac{90}{5} = 18$
2.	Quelle est la longueur exacte de la diagonale d'un carré de côté 5 ?	....
3.	Les triangles T_1 et T_2 sont semblables. Combien vaut x ? 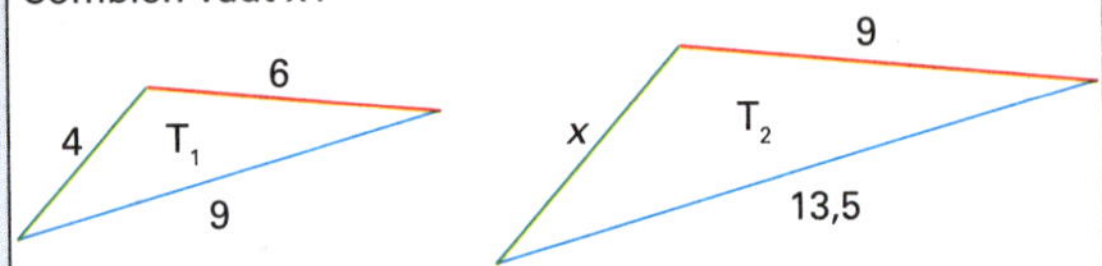	~~8~~6
4.	Pour convertir la température de °C en °F, il faut multiplier la température en °C par 1,8 puis ajouter 32. Soit x la température en °C et y celle en °F. Écrire y en fonction de x.	$x \times 1{,}8 + 32 = y$ $1{,}8x + 32 = y$
5.	90 % du volume d'un iceberg est situé sous la surface de l'eau. Si la partie visible mesure 2 m, quelle est la hauteur totale de l'iceberg ?	3,8 + 2 = 5,8
6.	$\mathscr{A}_1 = 3$. Combien vaut $\mathscr{A}_2$? 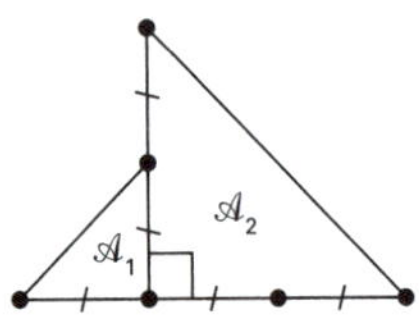	6
7.	Un tuyau d'arrosage a un débit de 15 litres par minute. Gilles met 12 minutes pour remplir son bassin. Quel est le volume du bassin de Gilles ?	180 dm³
8.	$\frac{2^3 \times 2^7}{2^5} = 2^x$ Combien vaut x ?	~~2~~ 5
9.	2 m + 31,5 cm + 41 mm = 236 cm	236
10.	Un confiseur prépare des sachets de 8 chocolats. Il dispose de 172 chocolats. Combien lui reste-t-il de chocolats après avoir confectionné tous ses sachets ?	4

★★ **ACTIVITÉ 8** → *Corrigé p. 281*

4 min

N°	QUESTIONS	RÉPONSES
1.	4,1 – 9,4 =	–5,3
2.	4 × 39 × 0,25 =	39
3.	Un article coûte 50 €. Une remise de 30 % est offerte. Combien coûte alors cet article ?	35
4.	Donner la solution exacte de l'équation $\frac{x}{5} = \frac{2}{3}$.	$\frac{3x}{3} = \frac{10}{3}$ $x = \frac{10}{3}$
5.	Soit la fonction définie par $f(x) = 5x + 1$. L'image de $-\frac{7}{5}$ par f est :	–6
6.	cos 35° = sin ....°	....
7.	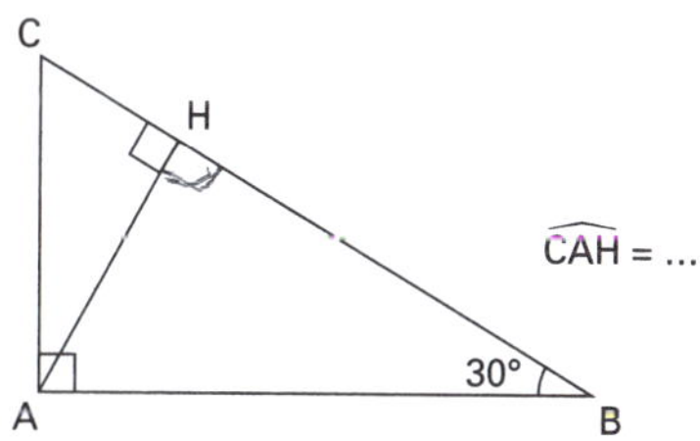 $\widehat{CAH}$ = ...	30
8.	Voici les notes de Juliette : 14 ; 9 ; 15 ; 11 ; 17. Quelle est la note médiane ?	15
9.	Un sac contient vingt jetons numérotés de 1 à 20. On tire au hasard un jeton. Quelle est la probabilité d'obtenir un nombre premier ? Donner le résultat sous forme décimale.	8/20 = 4/10 = 0,4
10.	Quelle est l'ordonnée du point A ? 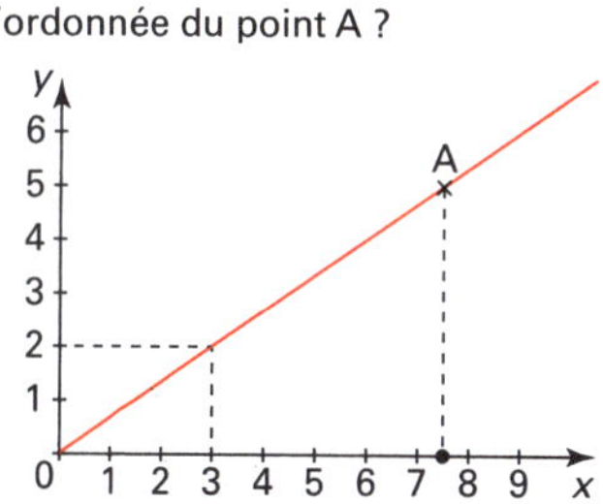	5

★★ **ACTIVITÉ 9** → *Corrigé p. 282*

4 min

N°	QUESTIONS	RÉPONSES
1.	$\frac{1}{3}+\frac{1}{5}=$ $\frac{5}{15}+\frac{3}{15}$	$\frac{8}{15}$
2.	Dans un jeu bien battu de 32 cartes, quelle est la probabilité d'obtenir une figure ?	$\frac{6}{32}$
3.	On considère le programme de calcul suivant : • Prendre un nombre. • Ajouter 2,5. • Multiplier par 3. On obtient comme résultat 12,3. Quel est le nombre choisi au départ ?	1,6
4.	Combien de diviseurs le nombre 18 admet-il ?	3
5.	Quel est le volume d'un cube dont chaque face a pour périmètre 20 cm ?	125 cm^3
6.	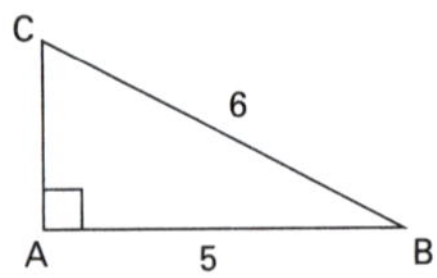 Donner la valeur exacte de la longueur AC.	$\sqrt{11}$
7.	Développer, réduire et ordonner : $(2x+5)(x+1)$.	$2x^2+7x+5$
8.	Soit la série de nombres : 65 ; 72 ; 108 ; 59 ; 84 ; 79. L'étendue de cette série vaut :	49
9.	$\widehat{ACB}$ = 70 ° 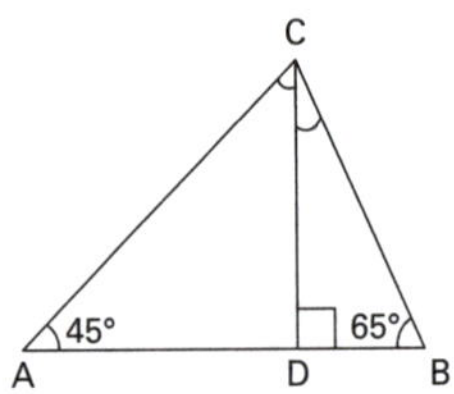	70
10.	SEFGH est une pyramide régulière dont la base est un carré de côté 3 cm et de hauteur 5 cm. Quel est son volume $\mathcal{V}$?	45 cm^3

★★ **ACTIVITÉ 10** → *Corrigé p. 283* 4 min

N°	QUESTIONS	RÉPONSES
1.	$30 \times 1,3 =$	30+30×0,3 ~~60~~ 39
2.	$-2^2 + 1^2 =$	−4+1=−3
3.	Factoriser l'expression $x^2 + x$.	x(x+x)
4.	5,3 heures = ...5... h ..18.. min	5h18
5.	Un club sportif compte 40 adhérents. Son effectif augmente de 30 %. Combien d'adhérents compte alors le club ?	52
6.	Encadrer par deux entiers consécutifs : ...7... $< \sqrt{57} <$ ...8...	7 < √57 < 8
7.	Le débit d'un robinet est de 100 litres en 30 min. Combien de temps faut-il pour remplir un réservoir de 250 L ?	1h30
8.	Ce solide est constitué de quatre cubes : trois cubes d'arête 2 cm et un cube d'arête 4 cm. Quel est le volume de ce solide ? 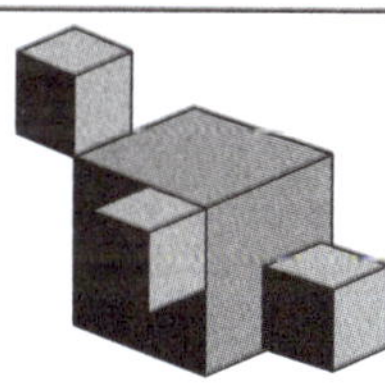	2³×3 = 6³ 88 cm³ 2³+2³+2³+4³=
9.	Exprimer en fonction de x l'aire du domaine hachuré : 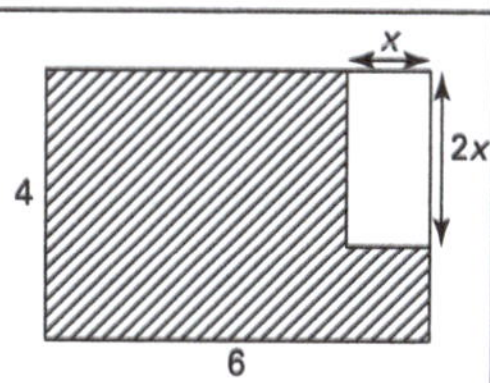	4×6 − 24−2x² ~~f(x) (4×6) (x×2x)~~
10.	Le triangle T_1 a pour aire 28. Quelle est l'aire du triangle T_2 ? 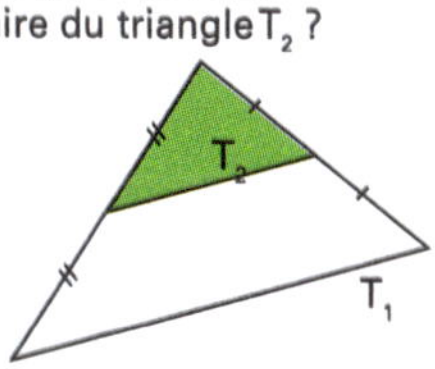	7

Calcul mental – Corrigés

1 point par bonne réponse pour obtenir une note sur 10 points.

★☆ **ACTIVITÉ 1** → *Énoncé p. 264*

N°	RÉPONSES	MÉTHODE	POINTS
1.	–16	La multiplication est prioritaire sur l'addition. Commencez par effectuer $3 \times 7 = 21$, puis $5 - 21 = -16$.	1
2.	0	La moitié de zéro vaut 0.	1
3.	$2 \times 2 \times 7$	Il s'agit de chercher dans les tables de multiplication le nombre 28 : $28 = 4 \times 7$. 7 est un nombre premier, mais pas 4. Ensuite, $4 = 2 \times 2$; 2 est un nombre premier. Finalement, $28 = 2 \times 2 \times 7$.	1
4.	10	Calculez d'abord $(-3)^2 = (-3) \times (-3) = 9$. $9 + 1 = 10$ $f(-3) = 10$	1
5.	$6x^2$	Calculez d'abord $3 \times 2 = 6$. Puis $x \times x = x^2$. D'où : $3x \times 2x = 6x^2$.	1
6.	$\frac{7}{15}$	Faites le quotient du nombre de chocolats blancs par le nombre total de chocolats ($4 + 7 + 4 = 15$).	1
7.	2	Commencez par ajouter 7 dans chaque membre. L'équation devient $2x = 4$. Puis divisez par 2, soit $x = \frac{4}{2} = 2$.	1
8.	28	$\mathcal{V}_{\text{prisme}}$ = Aire du triangle × Hauteur Aire du triangle rectangle $= \frac{\text{Base} \times \text{Hauteur}}{2} = \frac{4 \times 2}{2} = 4$ $\mathcal{V}_{\text{prisme}} = 4 \times 7 = 28$	0
9.	1,4	$\frac{7}{5}$, c'est $7 \times \frac{1}{5}$. Or $\frac{1}{5} = 0{,}2$. Donc $\frac{7}{5} = 7 \times 0{,}2 = 1{,}4$.	1
10.	4,53 t	1 000 kg = 1 tonne Donc 4 530 kg = 4,53 tonnes.	1
		NOTE	9 /10

★☆ **ACTIVITÉ 2** → *Énoncé p. 265*

N°	RÉPONSES	MÉTHODE	POINTS
1.	72	$8 \times 9 = 72$.	1
2.	0,995	La question revient à se demander : « Quel nombre faut-il ajouter à 0,005 pour obtenir 1 ? » $1 - 0{,}005 = 0{,}995$	1
3.	$\frac{13}{30}$	La probabilité se calcule par le quotient : $\frac{\text{Nombre de garçons}}{\text{Nombre total d'élèves}}$. Il y a 13 garçons, car $30 - 17 = 13$. D'où la probabilité cherchée : $\frac{13}{30}$.	1
4.	$x = 9$	Dans un tableau de proportionnalité, les produits en croix sont égaux : $4x = 6 \times 6$ soit $4x = 36$. Donc $x = \frac{36}{4} = 9$.	1
5.	60	On initialise : Réponse à 5. Réponse + 10 = 5 + 10 = 15. Puis $4 \times 15 = 60$.	1
6.	11 ; 13 ; 17 ; 19	Un nombre premier est un nombre qui admet exactement 2 diviseurs distincts : 1 et lui-même.	1
7.	$\sqrt{5}$	Appliquez le théorème de Pythagore dans le triangle ABC. Calculez la somme des carrés des côtés perpendiculaires : $2^2 + 1^2 = 4 + 1 = 5$. Puis prenez-en la racine carrée : $\sqrt{5}$.	0
8.	2,75 h	Il s'agit de convertir en écriture décimale 45 minutes. 45 min $= \frac{3}{4}$ h $= 0{,}75$ h. 2 h 45 min = 2,75 h	1
9.	5	$x - y = 2 - (-3) = 2 + 3 = 5$	1
10.	$\frac{3}{5}$	Simplifiez $\frac{42}{70}$ par 7 : $\frac{42}{70} = \frac{7 \times 6}{7 \times 10} = \frac{6}{10}$. Puis simplifiez $\frac{6}{10}$ par 2 : $\frac{6}{10} = \frac{2 \times 3}{2 \times 5} = \frac{3}{5}$.	1

NOTE	9 /10

★☆ **ACTIVITÉ 3** → *Énoncé p. 266*

N°	RÉPONSES	MÉTHODE	POINTS
1.	–3	En présence d'addition et de soustraction, le calcul se fait de gauche à droite : $\underbrace{4+2}_{=6}-9=6-9=-3$	1
2.	56	$8 \times 7 = 56$	1
3.	12,50 €	C'est une situation de proportionnalité. • Si 2 kg coûtent 5 €, 1 kg coûte 2,50 €. Ainsi, 5 kg coûtent : $5 \times 2{,}50$. Pour calculer $5 \times 2{,}50$, on décompose 2,50 en $2 + 0{,}50$, soit : $5 \times (2 + 0{,}50) = 5 \times 2 + 5 \times 0{,}50 = 10 + 2{,}5 = 12{,}50$. Autre façon de procéder : • 2 kg coûtent 5 €, donc 4 kg coûtent 10 €. Le prix de 1 kg est $5 \div 2 = 2{,}50$ que l'on ajoute au prix des 4 kg, soit $10 + 2{,}50 = 12{,}50$.	1
4.	7	Lisez bien la consigne pour comprendre la situation. On cherche un nombre entier. Quand on l'élève au carré (on multiplie le nombre par lui-même), on obtient un nombre plus grand que 40 et plus petit que 50. C'est 7, car $7^2 = 49$, et 49 est compris entre 40 et 50.	1
5.	200 €	$150 + \underbrace{2 \times 25}_{=50} = 200$. Une semaine est composée de 7 jours. Donc Juliette loue le véhicule une semaine et deux jours supplémentaires. Le jour supplémentaire est facturé 25 €, donc au prix pour la semaine de location, on ajoute $2 \times 25 = 50$ €.	1
6.	16 %	Le prix de départ est de 100 €. Il y a 16 € de réduction $(100 - 84 = 16)$ sur les 100 €, soit 16 % de réduction.	1
7.	32	$8{,}2 + 1{,}8 = 10$ et $10 \times 3{,}2 = 32$.	0
8.	13	10 trajets lui permettent d'évacuer $10 \times 0{,}8 = 8$ m³. Avec le 11ᵉ trajet : $8 + 0{,}8 = 8{,}8$ Avec le 12ᵉ trajet : $8{,}8 + 0{,}8 = 9{,}6$ Avec le 13ᵉ trajet : $9{,}6 + 0{,}8 = 10{,}4$. C'est un peu plus que les 10 m³ qu'il avait à évacuer, mais le 13ᵉ trajet est nécessaire pour enlever les 0,4 m³ qu'il reste à évacuer après les 12 trajets. Au dernier trajet, la brouette sera à moitié pleine.	1
9.	1 h 30 min	En 1 heure, elle parcourt 120 km. En une demi-heure, elle parcourt 60 km. $\underbrace{120}_{\text{en 1 heure}} + \underbrace{60}_{\text{en 1/2 heure}} = \underbrace{180}_{\text{en 1 h 1/2}}$	1
10.	1 cm²	L'aire d'un triangle est donnée par : $\frac{\text{Base} \times \text{Hauteur}}{2} = \frac{AB \times AC}{2} = \frac{2 \times 1}{2} = 1$	1
		NOTE	9 /10

★☆ **ACTIVITÉ 4** → *Énoncé p. 267*

N°	RÉPONSES	MÉTHODE	POINTS
1.	36	$3 \times 12 = 3 \times (10 + 2) = 3 \times 10 + 3 \times 2 = 30 + 6 = 36$.	1
2.	–0,2	$1 - \underbrace{1,2}_{1+0,2} = 1 - 1 - 0,2 = 0 - 0,2 = -0,2$	0
3.	0,75	$\frac{3}{4} = 3 \times \frac{1}{4} = 3 \times 0,25 = 0,75$.	1
4.	27	Le volume d'un cube se calcule en multipliant la longueur du côté par lui-même trois fois. $3 \times 3 \times 3 = 27$.	1
5.	50 %	Si 10 élèves font du sport, 10 n'en font pas. Et 10 est la moitié de 20, soit 50 % de 20. Donc 50 % des élèves ne font pas de sport.	1
6.	30 000 €	5 ans = 5×12 mois = 60 mensualités (mois). $60 \times 500 = 60 \times (5 \times 100) = \underbrace{60 \times 5}_{300} \times 100 = 300 \times 100$ $= 30\ 000$.	0
7.	48 €	Le quart de mes économies représente 12 euros, donc pour avoir le montant de mes économies, je dois multiplier par 4. $4 \times 12 = 48$.	0
8.	25	À 5, on ajoute 10 une première fois, on obtient 15, puis on ajoute encore 10, on obtient 25.	1
9.	12	Dans une configuration de Thalès, le grand triangle est un agrandissement du petit. Comme DE = 1 et BC = 4, les longueurs du grand triangle (ABC) sont 4 fois plus grande que les longueurs du petit (ADE). Ainsi, la longueur AB est 4 fois plus grande que la longueur AE, soit AB = $4 \times 3 = 12$.	1
10.	–12	On cherche le nombre x tel que $x + 5 = -7$. En ajoutant –5 dans chaque membre, on obtient $x = -7 - 5 = -12$. On a bien $5 + (-12) = -7$.	1

NOTE	7 /10

★☆ ACTIVITÉ 5 → *Énoncé p. 268*

N°	RÉPONSES	MÉTHODE	POINTS
1.	42	$6 \times 7 = 42$.	1
2.	1,9	$4{,}2 - 2{,}3 = \underbrace{4{,}2 - 2}_{2{,}2} - 0{,}3 = 2{,}2 - 0{,}3 = 1{,}9$	1
3.	67	$\frac{2}{3} \simeq 0{,}67$ soit 67 %.	0
4.	20 €	Dans un premier temps, j'ai dépensé le tiers de mes économies, soit le tiers de 60 = 20 €. Il me reste donc 60 – 20 = 40 €. J'ai dépensé ensuite la moitié de ce qui reste, soit 20 €. Au final, il me reste 20 €.	0
5.	3,70 €	On part de 6,35 € pour aller jusqu'à 10,05 €. On commence par les centimes : 6,35 € + 70 centimes = 7,05 €. 7,05 € + 3 € = 10,05 €. On doit me rendre 3 € et 70 centimes.	1
6.	19,5 €	Pour les 200 km, la consommation est de 13 litres d'essence ($2 \times 6{,}5 = 13$). 1 litre d'essence coûte 1,50 €, donc 13 litres coûtent $13 \times 1{,}50$ €. $13 \times 1{,}50 = 13 \times (1 + 0{,}50) = 13 + 13 \times 0{,}5 = 13 + 6{,}5 = 19{,}50$. N'oubliez pas que multiplier par 0,5 revient à diviser par 2.	1
7.	10,5	On est dans une configuration de Thalès du fait que les droites (AB) et (MN) sont parallèles. Les valeurs 2,5 et 5 montrent que les longueurs du triangle OMN sont le double de celles du triangle OAB. Ainsi, $ON = 2 \times 3{,}5 = 7$ et par suite $AN = 3{,}5 + 7 = 10{,}5$.	0,5
8.	0,5 ou $\frac{1}{2}$	Il y a trois nombres premiers compris entre 1 et 6 : 2 ; 3 ; 5. La probabilité est donc $\frac{3}{6} = \frac{1}{2} = 0{,}5$.	1
9.	$\frac{3}{5}$	On cherche le nombre x tel que $5 \times x = 3$. En divisant par 5 dans chaque membre, on obtient : $\frac{3}{5}$.	1
10.	$\frac{5}{\sqrt{34}}$	On a : $\sin\hat{P} = \frac{\text{Côté opposé à } \hat{P}}{\text{Hypoténuse}} = \frac{MN}{PN} = \frac{5}{\sqrt{34}}$.	1
		NOTE	7,5 /10

★★ **ACTIVITÉ 6** → *Énoncé p. 269*

N°	RÉPONSE	MÉTHODE	POINTS
1.	2	Dans $\frac{1}{2}$, combien y a-t-il de fois $\frac{1}{4}$? $2 \times \frac{1}{4} = \frac{1}{2}$ Donc $\frac{1}{2} \div \frac{1}{4} = 2$.	1
2.	10 €	Un pain au chocolat et un croissant coûtent : 1,10 + 0,90 = 2 €. 5 pains au chocolat et 5 croissants coûtent donc : 5 × 2 = 10 €. Sur 20 €, on me rendra 20 – 10 = 10 €.	1
3.	2 h 35 min	5 h 27 min – 2 h 52 min = 5 h 27 min – 3 h + 8 min = 2 h 27 min + 8 min = 2 h 35 min	1
4.	$-10x + 17$	N'oubliez pas que la multiplication est prioritaire sur l'addition. Développez d'abord en utilisant la distributivité : $(3 - 2x) \times 5 = 3 \times 5 - 2x \times 5 = 15 - 10x$. Puis ajoutez 2 : $15 - 10x + 2 = 17 - 10x$.	1
5.	11	Regroupez judicieusement les notes pour les additionner, puis les diviser par 4 : 14 + 7 + 13 + 10 = 14 + 20 + 10 = 14 + 30 = 44 $\frac{44}{4} = 11$	1
6.	$\frac{3}{4}$ ou 0,75	$\tan \hat{C} = \frac{\text{Côté opposé à } \hat{C}}{\text{Côté adjacent à } \hat{C}} = \frac{AB}{BC} = \frac{3}{4} = 0{,}75$	1
7.	– 17	Calculez : 3 × (– 5) = – 15. Puis – 15 – 2 = – 17.	1
8.	72 cm²	La longueur est 12 cm, donc sa largeur est 6 cm. Aire d'un rectangle = Longueur × Largeur = 12 × 6 = 72 L'aire de ce rectangle est donc 72 cm².	1
9.	Oui	Il s'agit de comparer les quotients $\frac{OA}{ON}$ et $\frac{OB}{OM}$. $\frac{OA}{ON} = \frac{4}{9}$ et $\frac{OB}{OM} = \frac{2}{4{,}5} = \frac{4}{9}$. On obtient le même résultat, les droites sont parallèles (réciproque de Thalès).	1
10.	$\frac{4}{3}$	La droite est graduée en tiers (il y a trois espaces identiques entre 1 et 2). Calculez $1 + \frac{1}{3}$ sous forme de fraction irréductible en remplaçant 1 par $\frac{3}{3}$: $1 + \frac{1}{3} = \frac{3}{3} + \frac{1}{3} = \frac{4}{3}$.	0
		NOTE	9 /10

★★ ACTIVITÉ 7 → Énoncé p. 270

N°	RÉPONSE	MÉTHODE	POINTS
1.	18	Simplifiez d'abord 15 avec 5 : 15 = 3 × 5. $15 \times \frac{6}{5} = 3 \times 5 \times \frac{6}{5} = 3 \times 6 = 18$	1
2.	$\sqrt{50}$	Visualisez le carré avec la longueur 5 sur les côtés. Pour obtenir la diagonale, c'est le théorème de Pythagore qu'on applique : Diagonale² = 5² + 5² = 25 + 25 = 50 et donc Diagonale = $\sqrt{50}$.	0
3.	$x = 6$	Le triangle T_2 est un agrandissement du triangle T_1 de rapport k. En utilisant le codage des couleurs, le rapport de proportionnalité des longueurs vaut $\frac{9}{6} = \frac{3}{2} = 1{,}5$. 4 × 1,5 = 6 D'où $x = 6$.	1
4.	$y = 1{,}8x + 32$	Pour avoir la température en °F (qui est y) à partir de celle en °C (qui est x), on multiplie par 1,8 soit $1{,}8x$ puis on ajoute 32, soit $1{,}8x + 32$.	1
5.	20 m	Si 90 % du volume de l'iceberg est sous l'eau, 10 % est au-dessus de la surface de l'eau. Ces 10 % correspondent à 2 mètres. L'iceberg complet mesure 10 fois plus, soit : 10 × 2 m = 20 m.	0
6.	$\mathscr{A}_2 = 12$	En utilisant les codages de la figure, il vient que le grand triangle est un agrandissement du petit triangle de rapport 2. Quand les longueurs d'une figure sont multipliées par un nombre k, l'aire est multipliée par k^2. $\mathscr{A}_2 = 2^2 \times \mathscr{A}_1 = 4 \times \mathscr{A}_1 = 4 \times 3 = 12$	0
7.	180 litres	En 1 minute, le tuyau débite 15 litres d'eau. En 12 minutes, il débite 12 fois plus, soit 12 × 15. Il s'agit alors de calculer 12 × 15. Par exemple, 12 × 15 = 10 × 15 + 2 × 15 = 150 + 30 = 180. Le volume du bassin de Gilles est de 180 litres.	1
8.	$x = 6$	Utilisez les règles de calcul sur les puissances, en commençant par le numérateur : $2^3 \times 2^8 = 2^{3+8} = 2^{11}$ et $\frac{2^{11}}{2^5} = 2^{11-5} = 2^6$. D'où $x = 6$.	1
9.	235,6 cm	2 m + 31,5 cm + 41 mm = 200 cm + 31,5 cm + 4,1 cm = 235,6 cm	1
10.	4	On cherche le reste de la division de 172 par 8. 160 est divisible par 8, donc 160 + 8 = 168 aussi. 172 − 168 = 4 Il reste donc au confiseur, après avoir confectionné ses sachets, 4 chocolats.	1
		NOTE	6 /10

7/10

★★ ACTIVITÉ 8 → *Énoncé p. 271*

N°	RÉPONSES	MÉTHODE	POINTS
1.	– 5,3	4,1 – 9,4 = – (9,4 – 4,1) = – 5,3.	....1.....
2.	39	Il s'agit de faire un regroupement judicieux pour faciliter le calcul : $4 \times 39 \times 0{,}25 = 4 \times 0{,}25 \times 39 = 1 \times 39 = 39$.	1 ....
3.	35 €	Un article coûtant 50 € subit une baisse de 30 %. 10 % de 50 € correspondent à 5 €. 30 % de 50 € correspondent à $3 \times 5 = 15$ €. Le prix final de l'article est : 50 – 15 = 35 €.	1 ....
4.	$x = \dfrac{10}{3}$	Le nombre x s'obtient par produit en croix : $3x = 2 \times 5$ d'où $x = \dfrac{2 \times 5}{3} = \dfrac{10}{3}$.	1 ....
5.	– 6	$f\left(-\dfrac{7}{5}\right) = 5 \times \left(-\dfrac{7}{5}\right) + 1 = -7 + 1 = -6$	1 ....
6.	sin 55°	Dans un triangle rectangle, la somme de deux angles aigus vaut 90° (puisque le 3ᵉ angle est droit et mesure 90°). Si l'un mesure 35°, l'autre mesure 90 – 35 = 55°. Dans un triangle rectangle, le cosinus d'un angle est égal au sinus de l'autre angle. D'où cos 35° = sin 55°.	0 ....
7.	30°	Dans un triangle rectangle, la somme des deux autres angles (non droits) vaut 90°. Dans le triangle rectangle ABC, puisque $\widehat{B} = 30°$, alors $\widehat{C} = 60°$. Et, dans le triangle rectangle ACH, puisque $\widehat{C} = 60°$, alors $\widehat{A} = 30°$.	1 ....
8.	14	La médiane d'une série de 5 nombres est le nombre du « milieu » quand les termes de la série sont rangés dans le sens croissant. La série de notes classée s'écrit : 9 ; 11 ; 14 ; 15 ; 17. La note centrale, la médiane, est donc 14.	0 ....
9.	0,4	Les nombres premiers situés entre 1 et 20 sont {2 ; 3 ; 5 ; 7 ; 11 ; 13 ; 17 ; 19} : il y en a 8. La probabilité cherchée est alors : $\dfrac{8}{20} = \dfrac{4}{10} = 0{,}4$.	1 ....
10.	5	La droite rouge passe par l'origine du repère : elle représente donc une fonction linéaire. Les abscisses (les x) et les ordonnées (les y) sont donc proportionnelles. Pour $x = 3$, $y = 2$. Le point A a pour abscisse 7,5 (soit $2{,}5 \times 3$). Son ordonnée est donc $2{,}5 \times 2 = 5$.	1 ....
		NOTE	...8.. /10

★★ **ACTIVITÉ 9** → *Énoncé p. 272*

N°	RÉPONSES	MÉTHODE	POINTS
1.	$\frac{8}{15}$	Pour additionner deux fractions, on les met au même dénominateur, ici $3 \times 5 = 15$. $\frac{1}{3}+\frac{1}{5}=\frac{1\times 5}{3\times 5}+\frac{1\times 3}{5\times 3}=\frac{5+3}{15}=\frac{8}{15}$.	1
2.	$\frac{3}{8}$	Il y a 12 figures (4 valets, 4 dames et 4 rois) dans un jeu de cartes. La probabilité p d'obtenir une figure est donc : $p=\frac{12}{32}=\frac{4\times 3}{4\times 8}=\frac{3}{8}$.	0
3.	1,6	Remontez le programme à l'envers en partant de 12,3. • $12{,}3 \div 3 = 4{,}1$ (car $12 \div 3 = 4$ et $3 \div 3 = 1$) ; • $4{,}1 - 2{,}5 = 1{,}6$. Le nombre de départ est 1,6.	1
4.	6	On écrit 18 comme produit de deux facteurs de toutes les façons possibles : $18 = 1 \times 18 = 2 \times 9 = 3 \times 6$. Les diviseurs de 18 sont 1 ; 2 ; 3 ; 6 ; 9 ; 18. Il y en a 6.	0
5.	125 cm^3	Les faces du cube sont des carrés de périmètre 20 cm. Le périmètre d'un carré de côté c est $4 \times c$. Donc le côté du carré est $20 \div 4 = 5$ cm. Le volume du cube est : $c^3 = 5^3 = 5 \times 5 \times 5 = 25 \times 5 = 125$ cm^3.	1
6.	$\sqrt{11}$	Le théorème de Pythagore appliqué au triangle ABC rectangle en A s'écrit : $BC^2 = AB^2 + AC^2$. $AC^2 = 6^2 - 5^2 = 36 - 25 = 11$ D'où $AC = \sqrt{11}$ (car $AC > 0$).	1
7.	$2x^2 + 7x + 5$	Avec la distributivité, on développe $(2x + 5) \times (x + 1)$. Le terme en x^2 est $2x \times x = 2x^2$. Le terme en x est $2x \times 1 + 5 \times x = 2x + 5x = 7x$. Le terme constant (sans x) s'obtient comme $5 \times 1 = 5$. D'où la forme cherchée : $2x^2 + 7x + 5$.	1
8.	49	L'étendue est la différence entre le plus grand nombre (108) et le plus petit nombre de la série (59) : $108 - 59 = 49$.	1
9.	70°	La somme des angles d'un triangle vaut 180°. • Dans ACD : $\widehat{ACD} = 180 - 90 - 45 = 45°$. • Dans BCD : $\widehat{DCB} = 180 - 90 - 65 = 25°$. D'où $\widehat{ACB} = \widehat{ACD} + \widehat{DCB} = 45 + 25 = 70°$.	1
10.	15 cm^3	Le volume $\mathcal{V}$ d'une pyramide est $\mathcal{V} = \frac{1}{3} \times S_{base} \times$ hauteur. La base de cette pyramide est un carré de côté 3 cm. Soit $S_{base} = 3^2 = 3 \times 3$ cm^2. $\mathcal{V} = \frac{1}{\cancel{3}} \times \cancel{3} \times 3 \times 5 = 3 \times 5 = 15$ cm^3.	0
		NOTE	7 /10

★★ ACTIVITÉ 10 → Énoncé p. 273

N°	RÉPONSES	MÉTHODE	POINTS
1.	39	$30 \times 1{,}3 = 30 \times (1 + 0{,}3) = 30 \times 1 + 30 \times 0{,}3$ • $30 \times 1 = 30$ • $30 \times 0{,}3 = 10 \times 3 \times 0{,}3 = 10 \times 0{,}9 = 9$ $30 \times 1{,}3 = 30 + 9 = 39$	1
2.	– 3	$-2^2 + 1^2 = -2 \times 2 + 1 \times 1 = -4 + 1 = -3.$	1
3.	$x\,(x + 1)$	On factorise $x^2 + x$ en repérant le facteur commun x de part et d'autre du +. $x^2 + x = x \times x + x \times 1 = x \times (x + 1).$	0
4.	5 heures 18 minutes	5,3 heures = 5 heures + 0,3 heure 0,3 h = $0{,}3 \times 60$ min = $0{,}3 \times 10 \times 6$ min = 3×6 min = 18 min. Ainsi 5,3 heures = 5 heures 18 minutes.	1
5.	52	L'effectif du club est de 40 et augmente de 30 %. 10 % de 40 = 4. Donc 30 % de 40 = $3 \times 4 = 12$. Le nouvel effectif du club est donc : $40 + 12 = 52$.	1
6.	$7 < \sqrt{57} < 8$	Il s'agit de trouver les deux carrés parfaits les plus proches de 57. $49 < 57 < 64$, soit $7^2 < 57 < 8^2$. D'où le résultat cherché : $7 < \sqrt{57} < 8$.	1
7.	1 h 15 min	100 L ↔ 30 min Par proportionnalité du débit et du temps d'écoulement : 200 L ↔ 2×30 min = 60 min 50 L ↔ $0{,}5 \times 30$ min = 15 min Ainsi, 250 L = 200 L + 50 L ↔ 60 min + 15 min = 75 min = 1 h 15 min.	1
8.	88 cm³	Le volume $\mathcal{V}$ du solide étudié est : $\mathcal{V} = \mathcal{V}_{\text{grand cube}} + 3 \times \mathcal{V}_{\text{petit cube}}$ • $\mathcal{V}_{\text{grand cube}} = 4^3 = 4 \times 4 \times 4 = 16 \times 4 = 16 \times 2 \times 2$ $= 32 \times 2 = 64$ cm³. • $\mathcal{V}_{\text{petit cube}} = 2^3 = 2 \times 2 \times 2 = 4 \times 2 = 8$ cm³. Les 3 petits cubes réunis ont pour volume $3 \times 8 = 24$ cm³. D'où $\mathcal{V} = 64 + 24 = 88$ cm³.	1
9.	$24 - 2x^2$	L'aire du rectangle blanc est $x \times 2x = 2x^2$. L'aire du grand rectangle complet est $4 \times 6 = 24$. L'aire du domaine grisé est : $24 - 2x^2$.	1
10.	7	Les triangles T_1 et T_2 sont en configuration de Thalès. En utilisant le codage de la figure, on voit que le triangle T_2 est une réduction du triangle T_1 de rapport $\frac{1}{2}$. Ainsi, Aire $T_2 = \left(\frac{1}{2}\right)^2 \times$ Aire $T_1 = \frac{1^2}{2^2} \times 28 = \frac{1}{4} \times 28 = 28 \div 4 = 7.$	1
		NOTE	...... /10

Crédits photographiques :

p. 151 : Adobe Stock Photo / Nikita Starichenko ; **p. 189** : Adobe Stock Photo / Nethuz.

CARRÉS CLASSIQUES COLLÈGE

UNE NOUVELLE FORMULE
POUR ACCOMPAGNER TOUS LES ÉLÈVES

- Des **pauses lecture en contexte** après chaque extrait clé
- Un **« dossier du collégien »** complet pour bien connaître l'œuvre
- Des **textes complémentaires** pour faire découvrir d'autres œuvres

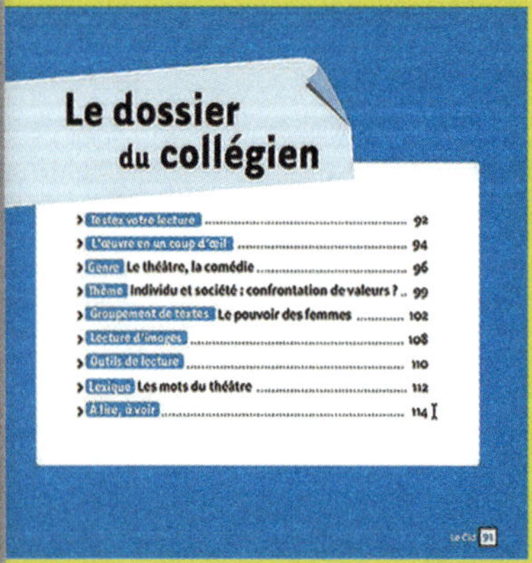
Le dossier du collégien

- Testez votre lecture 92
- L'œuvre en un coup d'œil 94
- Genre Le théâtre, la comédie 96
- Thème Individu et société : confrontation de valeurs ? .. 99
- Groupement de textes Le pouvoir des femmes 102
- Lecture d'images 108
- Outils de lecture 110
- Lexique Les mots du théâtre 112
- À lire, à voir 114

Nathan

Dépôt légal : août 2021 - N° de projet : 10269603
Imprimé en France par Maury-Imprimeur
45330 Malesherbes
N° d'imprimeur : 255092